U0650327

她不是我妈妈

[法] 米歇尔·普西（Michel Bussi）——著　　白雪——译

MAMAN

A

TORT

C|S 湖南文艺出版社
HUNAN LITERATURE AND ART PUBLISHING HOUSE

博集天卷
CS-BOOKY

献给我的妈妈，自不必言

我有许多妈妈。

这对我来说有点复杂。

特别是她们之间关系不太好。

甚至有一个妈妈就要死了。

也许这有一部分是我的错？

也许这一切都是因我而起？

因为我不记得究竟谁是真的。

目　录

MAMAN
A
TORT

那孩子每晚都会做噩梦。他不肯闭眼，因为比起他眼皮后面的一片血红，他更愿意看着黑漆漆的夜色。他觉得雨滴是锋利的玻璃，被它们碰到就会被割伤。

只需很短的时间，一个不到三岁的孩子就能忘记过去，变成一个在他的余生里保持缄默的目击者。只需要几星期他就会忘记一张脸，要不了一年，几个月，他就会忘记过去经历的一切。

在登机之前，你应该说一句话，这句话你已经说了一千遍，但是你应该在那一刻把它说出来。即便它不是真的，也必须让别人相信你。

第一部

玛丽安

那孩子每晚都会做噩梦。他不肯闭眼,因为比起他眼皮后面的一片血红,他更愿意看着黑漆漆的夜色。他觉得雨滴是锋利的玻璃,被它们碰到就会被割伤。

1

勒阿弗尔 - 奥克特维尔机场^①，
2015 年 11 月 6 日，星期五，16：15

　　马罗内感觉自己被人从地上抱了起来，紧接着便看见了橱窗后的女士。她穿着紫色的制服，有点类似警察的那种，长着一张圆脸，还戴了一副滑稽的眼镜。身处透明隔间里的她就像是旋转木马的售票员。

　　他能感觉到妈妈抱着他的双手有点发抖。

　　女人直直地盯着他的眼睛，然后又转向妈妈，接着低头看看手里翻开的棕色小本子。

　　妈妈向他解释过了。她需要检查他们的照片，以确保是本人才可以登机。

　　然而这位女士不知道他们要去哪儿。或者说，不知道他们真正的目的地。

　　只有他知道。

　　他们要飞往食人妖森林。

　　马罗内用两手扒着隔间的窗沿，这样可以帮妈妈省些力气，也让自己不至于滑下去。他看着固定在女人上衣上的字母，虽然他还不识字，但他可以辨认出一些字母。

　　J……A……N……

---

① 位于法国西北部滨海城市勒阿弗尔。——译者注（以下若无特殊说明均为译者所注）

　　机场工作人员示意她面前的女人可以把孩子放下了。要是平常，让娜可不会这么主动。勒阿弗尔－奥克特维尔的这个机场小得只有三个柜台、两条传送带和一台咖啡机。但是从下午开始，安保队伍就高度紧张，从停车场到停机坪一刻都不放松。所有人都被调动起来，为的是和一个谁也没见过的逃犯玩捉迷藏，而这个人尤其不可能从登机口这个老鼠洞里钻过去。

　　管他呢。警察部门的奥格蕾丝的做法可一点也不含糊：大厅的墙上张贴了疑犯和一个女人的照片，并要求机场的每一位海关职员和安保人员都时刻保持警惕。

　　他们很危险。

　　尤其是两名疑犯的其中一人。

　　先是持枪抢劫，然后又杀了人。根据发放给当地所有警局的通缉令上的说法，这是一个惯犯。

　　让娜微微向前倾身。

　　"你坐过飞机吗，小家伙？你去过那么远的地方吗？"

　　那孩子退了一步，躲在了他母亲的腿后。让娜没有孩子。机场的工作时间表乱七八糟，简直令人无法容忍，而这竟然又成了她那个虚情假意的男朋友求之不得的借口，每一次当她提及生小孩的问题时，他总是拿这个来当挡箭牌，顺便搪塞过去。不过，她知道如何同小孩子打交道，至少比跟男人打交道容易多了。小孩子的话，没错，她很擅长让他们听话。小孩子和小猫一样。

　　她再次微笑。

　　"你不害怕，对吗？因为你知道，你要去的那个地方啊，有——"

　　她故意拖长了声音，因为她看到小孩子从母亲紧裹牛仔裤的两腿中间探出了那么一点点鼻尖。

　　"那里有一片丛林。对不对，小家伙？"

　　孩子快速地向后缩了一下，好像是被让娜吓到了一样，她怎么知道自己的小秘密？让娜最后看了一眼护照，用力盖上了两枚印章。

　　"你完全不用怕，小宝贝。你妈妈陪着你呢！"

小男孩再次躲到了母亲身后。让娜感到很失望，她现在连对付小孩子也没辙了。她自我安慰，是因为这个环境太吓人了，再说，还有那些蛮横的警察在大厅里走来走去，他们腰里别着手枪，斜挎着突击步枪，就好像警长奥格蕾丝要来巡视，并且要根据他们放哨执勤的表现评估打分一样。

让娜继续尝试。她的工作是保证安全，这也包含了要让乘客在心理上感到踏实安全。

"你可以问问妈妈，她会告诉你丛林什么样。"

孩子的母亲微笑致谢。对小孩子不能要求这么高，但不管怎么样，那孩子有所反应。

很奇怪。

有一瞬间，让娜不知该如何理解她捕捉到的那双眼睛那快速的一瞥，连一秒都不到。当她第二次说出"妈妈"这个词时，小男孩没有看自己的母亲，而是把目光投向了大厅的墙上几分钟前她刚刚贴上去的那个女人的照片，当地所有的警察都在寻找这个女人。旁边贴着那家伙的照片——阿列克西·泽尔达。那个杀人犯。

没准儿是看错了吧。

那孩子也许在看左边的大玻璃窗，或者窗外的飞机，或者远处的大海。他可能有些心不在焉，或者已经幻想着飞到天上去了。

让娜仍在犹豫要不要再详细盘问一下这对母子，她试图甩掉这种难以解释的预感，甩掉这对母子之间的违和感。有什么东西不寻常，令人不安，但她说不清楚。

他们的所有文件都没问题，要找什么借口把他们留下呢？两个穿着迷彩服的安保人员又走过去了，靴子响亮地敲在地上。在保障安全的同时也让这里带着小孩子出行的家庭乘客惊恐不安。

让娜给自己找到了理由。是因为压力。每次有什么危险分子被发现逃窜到了荒郊野外，屁股后头跟着一群警察的时候，机场里总是弥漫着如同内战一般令人难以忍受的气氛。她太过敏感了，她知道，和男人在一起的时候她也是这样。

工作人员把护照从加固玻璃板上开的小窗口里递过去。

"没有问题，夫人。祝您旅途愉快。"

"谢谢。"

这是女人说的第一句话。

跑道尽头,一架天蓝色的荷兰皇家航空 A318 号空中客车起飞了。

　　　　　　　　　　　　●ﾟ꒰͡⁼̴͡ᴥ⁼͡꒱

　　警长玛丽安·奥格蕾丝抬起头望着划过天空的蓝色空中客车。她的目光追随着它越过石油一般的黑色海面,然后继续自己脚下艰难的攀爬。

　　四百五十级台阶。

　　距离她上面五十多级台阶的地方,吉贝 ① 一溜小跑地冲了下来,她的这位助手就好像是在玩游戏一样,他风一般的速度就好像是对她的讽刺!此时此刻,这比其他所有事都更让玛丽安恼火。

　　"我发现了一个目击者!"副手在跑到距离她二十级台阶的时候叫道,"而且不是普通的目击者……"

　　玛丽安·奥格蕾丝抓着阶梯扶手喘气。她感到汗流浃背。她痛恨动不动就流遍全身的汗水,痛恨自己每增加哪怕几克体重就会转化成流遍皮肤的汗水。人到中年,这该死的年过四十,每天只能吃指甲盖分量的晚餐,窝在沙发上打发的睡前时光、孤零零的夜晚和不断往后拖延的晨跑,这些都让她深恶痛绝。

　　她的副手一溜小跑着下了台阶,就好像在和一台看不见的电梯赛跑。

　　他在玛丽安面前站定,递给她一只像是灰老鼠的动物玩偶。潮湿的。一动不动。

　　"你在哪里找到的?"

　　"在树莓丛里,从这儿往上再爬几级台阶。肯定是阿列克西·泽尔达在消失之前把它扔掉了。"

　　奥格蕾丝没有回答他。她只是用拇指和食指捏着磨损的鼠皮上一小撮软趴趴

──────────

① 奥格蕾丝手下的大将。

的绒毛，因为它曾经被一个三岁的孩子用他颤抖的身体紧紧地抱着抚摸、吮吸、啃咬，老鼠的皮毛已经泛白了。缝在布上的两只黑色珠子做的眼睛夸张地睁大着，一眨不眨，仿佛因为极度的恐惧而呆住了。

吉贝说得没错，现在警长的手里有了一个目击者。一个散架的目击者。黏糊糊的，被剖了心的，永远也不会再开口的目击者。

玛丽安抱紧了玩偶，心里想到了最坏的结果。

那孩子从来没有丢掉过他的毛绒玩具。

她机械地分开玩偶上的绒毛，就像在抚摸男人的胸毛那样。腈纶纤维的根部沾着斑斑点点的棕色印迹。毫无疑问，是血。这和他们在一百来级台阶下的平台上发现的血是属于同一个人的吗？

小孩子的血？

阿曼达·穆兰的血？

"继续走，吉贝！"警长命令，语气里带着迫人的压力。他们加快脚步，继续攀爬。

警员让 - 巴蒂斯特·勒什瓦里埃听到一声令下，迅速向前冲，跑到了他的长官前面五级台阶远。玛丽安·奥格蕾丝努力用思考稳住自己的脚步，她不能因为疲惫而放慢速度，又忍不住去想头脑中成堆的假设，尽管在内心深处，只有一个最最紧要的问题。

在哪儿？

火车、汽车、电车、大客车、飞机……阿列克西·泽尔达有一千种逃命和消失的方式，两小时前的警报、张贴的照片、出动的十几个人都无济于事。

逃到哪儿？怎么逃？

台阶一级连着一级。分析一层牵出一层。

逃到哪儿？怎么逃？为什么？

为了不再提出新的问题，还是直接考虑最主要的。

为什么要扔掉玩偶？

为什么要从孩子手中抢走玩偶？一个当时肯定哭闹着拒绝继续爬台阶的孩子，恐怕宁可当场没命也不愿和这只已经秃了毛的老鼠玩偶分开，那上面有自己和妈妈的味道。

海风吹来了难闻的燃油气味。远处勒阿弗尔的航道上挤满了集装箱船，如同首尾相连等红灯的车子。

警长太阳穴处的血管鼓胀了起来。血液，汗水，没有尽头的台阶，好像她每爬一级台阶就会有另一级凭空冒出来，就在高处，在她视线所不能及的地方。

只有一个问题，挥之不去，不停地在她的头脑中盘旋。

为什么？

因为泽尔达不想和小孩子纠缠在一起了？扔掉毛绒玩具其实不是重点？因为他同样会扔掉那个小孩，扔在更远一点的某条沟里，他只是需要时间找到一个更隐蔽的角落？

另一架空中客车划过天际。他们与机场的直线距离不到两公里。想到布置好的警戒，玛丽安自我安慰，至少泽尔达不可能从那里逃跑！

又爬了几十级台阶。勒什瓦里埃警员已经快要到达停车场了。奥格蕾丝警长开始以一种均匀的节奏攀登。她的手指紧紧抓着灰色的毛球揉捏着，仿佛为了确认它的心脏和舌头确实已被挖掉，这只毛茸茸的小动物永远无法再向任何人讲述故事，告发秘密或是吐露隐情。在马罗内和它说了那么久的心里话之后，它彻底地死掉了，他们之间的对话被她和她的部下们听了一遍又一遍。

警长的手指在僵硬的皮毛上又抚摸了一两秒，然后突然停下了，只有食指继续在腈纶纤维上滑动了几毫米。她的目光无神地垂下来，不带任何期待，也丝毫不去想他们有可能发现什么。

这一堆被开膛破肚的纤维织物究竟能揭示什么？

这一次玛丽安·奥格蕾丝的目光放缓，收敛，集中在被洗得褪色的字上。突然间，真相大白。

所有的拼图碎片一瞬间全部归位，包括最不可能的那些。

火箭、食人妖森林、海盗和他们搁浅的船、热带啮齿动物的健忘症、宝藏、城堡的四座塔，这些胡言乱语五天以来一直困扰着她和她的部下们。

这些是一个有着天马行空想象力的孩童的寓言。他们以为……

一切都写在那里。小马罗内没有编造任何故事！

　　一切都源自三个词，它们被缝在这只沉默的见证者的人造皮毛上。所有人早就把它握在手中了，就是这只玩偶，却没有一个人注意到。大家的注意力都集中在它会说出什么。这只玩偶过于聒噪，结果人们只顾倾听却忘了观察。为了让它永远闭嘴，凶手把它杀掉后丢弃在了一个斜坡上。

　　警长闭了一会儿眼。她突然想到，如果有人能够阅读并截取她的思想，就像人们偶然听到一段对话那样，若不知道故事的开头，别人可能会觉得她是疯子！

　　玩具不会说话，不会哭泣，也不会死去。我们从四岁起就不再相信这些了，或者六岁，顶多八岁。

　　没错，如果有人从这一章开始阅读这个故事，他可能会认为玛丽安·奥格蕾丝有点精神失常。要么是他自己，要么是她不正常，而她是理智的。

　　她五天前还没有想这些东西。

　　经历了此番思索，玛丽安依旧将玩偶紧紧贴在胸口，她回头望着自己走过的几百级台阶，感到一阵眩晕。远处，她只能看到无边无际的辽阔天空，几乎和大海一样黑，海浪泡沫的灰色和云朵的灰色融为一体。

　　还剩不到二十级台阶。吉贝已经发动了雷诺梅甘娜，她听到了引擎轰隆隆的声音。她用尽最后的力气，加快了步伐。

　　现在，真相已经再明了不过了，她只剩一个问题。

　　还来得及阻止他们吗？

四天前……

星期一
月之日

2

短针指着 8，长针指着 7

"妈妈走得很快。她牵着我的手，弄得我胳膊有点疼。她在找一个能把我俩藏起来的角落。她在大叫，但是我听不清，因为人太多了。"

"人太多？是谁，你们周围的那些人？"

"嗯……是购物的人。"

"所以你们周围有商店？"

"对。很多。可我们没有购物车，只有一个大袋子。我的大袋子杰克和海盗们。"

"你和你妈妈，你们也在购物？"

"不，不。我放假了。妈妈是这么说的。很长的假。可我不想。所以妈妈才要找一个角落把我们俩藏起来，不让别人看到我犯病的样子。"

"就像你在学校那样？就像克劳蒂尔德告诉我的那样？大哭，发怒，想打碎教室里的东西，对吗，马罗内？"

"对。"

"为什么？"

"因为我不想跟另一个妈妈走。"

"只是这样？"

"……"

"好吧，关于你的另一个妈妈，我们一会儿再说。先试着回想接下来的事。你能向我描述你看到的东西吗？就是在你和你妈妈走得很快的地方。"

"有商店。很多商店。还有一家麦当劳，但我们没在那儿吃东西。妈妈不想让我和别的小朋友玩。"

"你记得那条街吗？你记得其他商店吗？"

"那不在街上。"

"什么意思？不在街上？"

"对，看着像一条街，但看不到天空！"

"你确定，马罗内？看不到天空？外面是不是有一个很大的停车场，在商店周围？"

"我不知道。我在车里睡着了。我只记得后来的事，在看不见天空的街上有很多商店，妈妈拉着我的手。"

"好吧。没关系，马罗内。等等。稍等一下，我给你看一些照片，你要告诉我你认不认得。"

马罗内在床上等待着，一动不动。

古奇没再说什么，像死了一样。然后他再次开口。他总是这样，这很正常。

"看，马罗内，看看电脑屏幕上的图片。你能想起什么吗？"

"能。"

"就是这些对吗？这些就是你和你妈妈一起去的商店？"

"对。"

"你确定？"

"我想是的。有一样的红色和绿色的鸟儿，还有那只鹦鹉，被打扮成海盗的鹦鹉。"

"好的。这很重要，马罗内。一会儿我再给你看另一些照片。现在，继续说你的故事，你和你妈妈一起躲在一个角落里，那是哪里？"

"在厕所。我坐在地上。妈妈关上了门，好让别人听不见她对我说的话。"

"你妈妈跟你说了什么？"

"她说我脑袋里的东西都会不见，就像我夜里做的梦一样。但是每次睡觉之前我都得让自己想着她，然后还要想我们的房子，要想海滩、海盗船、城堡。她只是跟我说这个，说我脑袋里的画面会不见。我不相信，但她总是重复同样的话。'你脑袋里的画面会消失。你在床上不想它们，它们就会飞走，就像树枝上的叶子那样。'"

"那是在她把你交给另一个妈妈之前，对吗？"

"另一个人，那不是我妈妈！"

"好好，马罗内，我明白，正因为这样我才说另一个妈妈。她还跟你说了别的什么吗？我是说你第一个妈妈。"

"听古奇的话。"

"古奇，是它。那是你的玩具，对吗？你好，古奇！所以你要听古奇的话，这是你妈妈对你说的？"

"对！我要听古奇的话，悄悄地。"

"它真厉害！那么古奇通过什么办法帮你想起一切呢？"

"它和我说话。"

"它和你说话？"

"对。"

"它什么时候和你说话？"

"我不能说，这是我的秘密。妈妈让我发过誓。妈妈还告诉了我另一个秘密，在厕所里。关于如何在食人妖面前保护自己的秘密，如果他们要把我带到森林里的话。"

"好吧，这是个秘密，我懂了。我不会非要你说出来的。你妈妈她没跟你说别的吗，马罗内？"

"说了。她就说了这个！"

"什么？"

"马罗内！"

"她叫了你的名字，马罗内，是吗？"

"对。她说这个名字很美，马罗内。说别人这样叫我的时候我就得回答。"

"但你以前不叫这个，嗯？你还记得你以前的名字吗？"

马罗内沉默了，长久地沉默。

"没关系，我的好孩子。一点都没关系。那之后你妈妈跟你说别的了吗？"

"没有。之后她哭了。"

"明白了。说说你以前的房子。不是你现在住的这个。另一个。你能和我说说吗？"

"一点点。但是几乎所有的画面都不见了，因为古奇，它几乎从不跟我说我以前的房子。"

"我明白。那你能描述一下你还记得的画面吗？你刚刚提到大海、一艘海盗船、城堡的高塔？"

"对！那里没有花园，这个我很确定，只有海滩。要是有人从我房间的窗户探出身，他就会掉进海里。从我房间里可以清楚地看到海盗船，它被撞成两半了。我还记得火箭。还有我不能离开房子太远，因为那座森林。"

"食人妖森林，是那个吗？"

"对。"

"你能给我描述一下吗？"

"能。这很容易，树很高，一直伸到天上。树林里不仅有食人妖，还有大猴子、蟒蛇、巨蜘蛛，我见过一次那些蜘蛛，所以我得待在我的房间里。"

"你还记得别的东西吗，马罗内？"

"不。"

"好吧。告诉我……马罗内。我还是会叫你马罗内，呃，在找回你以前的名字之前。告诉我……你的玩偶，它是什么动物？"

"嗯，是一只古奇。"

"好吧，好吧。一只古奇。我明白了。你说它真的会跟你说话，那不是仅仅发生在你头脑中的吗？我知道这是个秘密，但是你不想跟我说说，就一点点，它是怎么跟你说话的吗？"

马罗内突然屏住了呼吸。

"别说话，古奇。"他小声说。

马罗内听到楼梯上传来了脚步声。他总是密切注意着房子里的动静，尤其是待在自己房间里的时候，他躲在几乎一片漆黑的被子里，偷偷地听着古奇说话。

达妈妈上楼了。

"快，古奇，"马罗内悄声说，"你必须假装睡觉。"

他的玩偶及时地闭上了嘴，就在达妈妈进房间之前。马罗内赶紧抱住他的玩偶。古奇在装睡这件事上可在行了！

达妈妈说话总是有点拖着音，尤其是晚上，就好像她已经累得无法说完她的句子似的。

"一切都好吗，亲爱的？"

"是的。"

马罗内希望她离开，但一如每晚，达妈妈会坐在床边抚摸他的头发。今晚尤甚。她将双臂伸到他背后，把她的心脏压向自己的胸脯，和他抱着他的玩偶一样用力，马罗内这样想着，不同的是他被弄得有点不舒服。

"明天，我要去学校见你的老师，记得吗？"

马罗内没有回答。

"似乎是因为你讲的故事。我知道你喜欢故事，亲爱的，这对于像你这么大的小男孩来说很正常。你在头脑中创造出了那么多东西，我甚至觉得很自豪。但大人们呢，他们有时会很认真，他们觉得那些故事都是真的。所以你的老师想见我们，你明白吗？"

马罗内闭上了眼睛，故意地。过了很长时间，达妈妈才终于决定离开。

"你困了，亲爱的。睡吧。睡个好觉。"

她吻了他，关上灯，终于离开了房间。马罗内谨慎地等待着。他瞥了一眼宇航员闹钟。

短针指着 8，长针指着 9。

马罗内知道他只能等到短针指着 9 的时候叫醒他的玩偶，妈妈也是这么嘱咐他的。

他看了看贴在墙上的天体日历，就在宇航员闹钟的上方。上面画的星球在夜空中闪闪发亮。当房间里所有的东西都被关掉以后，一片黑暗中只能看到那些星球。今天是月之日。

马罗内已经等不及听古奇给他讲故事了，讲他的故事，关于海滩上的宝藏的故事。遗失的宝藏。

3

今天，在密密赞海滩。我把泳衣的上半身脱下来，只是为了马尔科，我男朋友。他觉得我的胸部很美。显而易见，旁边那个色坯有同感。

杀人欲望

我把遮阳伞尖插到他肚子上，正好插在肚脐眼的位置。

判决：28

无罪释放：3289

www.envie-de-tuer.com[①]

电话铃粗鲁地叫醒了玛丽安·奥格蕾丝警长。有一会儿，她盯着自己赤裸而冰冷的皮肤，如同被冻在了一只玻璃棺材里，然后她从浴缸里抬起胳膊伸向电话——一小时前她在浴缸里睡着了。麻木的手臂碰到了搁在洗衣筐上面的放玩具的小篮子，塑料船、机械海豚和其他荧光小鱼纷纷掉落在水面上。

"妈的！"

她连手都来不及擦就用湿手指抓起了电话。

未知号码。

"妈的！"警长又骂了一遍。

---

① 法语 envie de tuer 即杀人欲望。

她希望把她从浴缸里吵醒的是某个部下，吉贝，帕皮，或者随便哪个勒阿弗尔警察分局的值班警察。自从昨天有人在圣弗朗索瓦区的药房附近看到了提莫·索雷之后，她就一门心思地等待着。她安排了四个人在贸易码头和国王码头之间蹲点。他们追踪提莫·索雷快一年了，准确地说，是九个月零二十七天。追捕行动于 2015 年 1 月 6 日开始，那天多维尔①发生持枪抢劫，监控摄像头记录下了提莫·索雷的脸，随后他便骑着一辆芒奇 - 猛犸 2000②消失了，身上还嵌着一枚九毫米巴拉贝伦手枪子弹。根据专家的说法，那枚子弹应是卡在了他的肺部到肩膀之间的某个位置。玛丽安了解自己，她这一晚上是不可能睡觉了。她准备只是小睡一下，在浴缸里泡一泡，在长沙发上打个盹，再到床上躺一躺，随时准备半夜跳起来，飞快地穿上皮衣，留下一张乱糟糟的床铺、来不及关的灯，以及放在开着的电视前的特百惠保鲜盒里的食物和玻璃杯里的屈埃扎克矿泉水③，她大概只来得及给她的宠物猫魔怪抓一小撮猫粮。这只懒猫是一只叫作李·布朗的猫和某只不知名的野猫的串种。一只"李家猫"——她自创了一个品种名称！

"喂？"

她的食指滑过潮湿的屏幕，接着她用一块挂着的毛巾轻轻擦了擦苹果手机，希望这样做不会把这块破触摸屏弄坏。

"奥格蕾丝警长？我是瓦西尔·德拉戈曼。我们并不认识……我是小学心理医生，我给您打电话是因为我们的一位共同的朋友——安吉丽克·封丹，是她给了我您的电话号码。"

安吉……这都什么跟什么！玛丽安想。她要狠狠地教训一顿这个小婊子。④这个穿着欧巴德文胸、浪荡肤浅的长舌妇。

"这是一通专业咨询电话吗，德拉戈曼先生？我这个号码正在等一通很重要

---

① 位于法国西北部卡尔瓦多斯省，该省与勒阿弗尔所在的滨海塞纳省相邻。

② 一种德国产的摩托车。

③ 法国南部市镇屈埃扎克产的一种矿泉水。

④ 法语中词组"狠狠训斥某人"的字面意思是"提高某人的衣服吊带"，这里的吊带可以指女士内衣的吊带，因此与后一句话构成了幽默的文字游戏。

的电话，一分钟都耽搁不了。"

"我向您保证，不会很长。"

他的声音很温和，听上去像一名年轻的神父，一名催眠师，带着一种东方术士进行心灵感应时的腔调。一种对自己的花言巧语充满自信的骗子的声音，为了给这一切加点料而带上了一点点微妙的斯拉夫口音。

"您说。"玛丽安叹了口气。

"我的这通电话可能会让您觉得有点莫名其妙。我是小学心理医生，我的工作范围覆盖了勒阿弗尔港北部的整个区域。几星期以来，我一直负责治疗一个奇怪的孩子。"

"什么意思？"玛丽安空闲的手在水面和露出水面的两腿之间轻轻拍打。说到底，在泡澡的过程中被一个男人叫醒也不是一件让人讨厌的事。就算不是为了邀请她吃晚饭。

"他说他妈妈不是他妈妈。"

警长的手指不受控制地在潮湿的大腿上滑了一下。

"什么？"

"他说他妈妈不是他妈妈！还说他爸爸也不是他爸爸。"

"他几岁了，这孩子？"

"三岁半。"

玛丽安咬着嘴唇。

这可真是个尽职尽责的心理医生！安吉一定是二话不说纵身跃入他的儿童心理教育学的长篇大论中去了。

"他在自我表达的时候就像一个四岁半的孩子，"对方更详细地解释道，"他不算是天才，但是早熟。根据测试——"

"他父母确实是他父母吗？"玛丽安打断了他，"您向学校老师确认过了吗？不是领养、法院判决或儿童援助机构的安排之类的吗？"

"不是，这是毫无疑问的。孩子确实是他们的。他父母的说法是这孩子想象力过于丰富了。他的小学校长明天会和他们面谈。"

"所以，这不是解决了吗？"

话一出口，玛丽安就后悔用这种有些专断的语气回应心理医生温和的声音了。水面附近，一只铰接的玩具海豚的背鳍在她的两腿间激起了一阵瘙痒。她的小外甥格雷乔尔已经有六个月没在她这里住过了，到下个月他就十一岁了，不知道他还会不会某天再回他姨妈这里接受一堆比萨和碟片的填塞。她最好是把这些玩具、皮克斯的动画片还有摩比世界 ① 的玩具纸盒都扔进垃圾袋，毫不留恋，总好过让它们待在公寓里的每一个隐蔽角落里嘲笑她。

"不，"心理医生锲而不舍，"并没有解决。因为，虽然这看起来很奇怪，但我就是有种感觉，这个小孩说的是真相。"

看吧，一个心理医生，肯定会这样……小孩子总有他的道理！

"他妈妈怎么说？"警长问。

"她非常生气。"

"这话真让我吃惊！说说正经的吧，德拉戈曼先生。您希望我说什么？"

玛丽安用膝盖推开挑逗的海豚。这位陌生人的声音让她烦躁，尤其是他可能完全不知道她正全裸着同他说话，大腿暴露在空气中，双脚搭在浴缸边上。

心理医生沉默了好一会儿，足够警长更深地沉入她温暖潮湿的想入非非中。事实上，与男人共浴的想法在她的幻想中也不会超过这个了。或许太难为情了。在冰冷的浴缸内壁和某个健硕的露水情人的肌肉之间，她的身体恐怕无处安放。她真正的不可告人的幻想，是和小宝宝一起洗澡。花上几小时和一个同她一样胖乎乎的小孩子玩水，直到水渐渐变冷，周围漂着塑料玩具，互相洗头发、泼水，让所有儿科医生头疼。

"我希望听到什么？"瓦西尔·德拉戈曼终于回答，"我不知道。希望得到帮助？"

"您希望我展开调查，是吗？"

"不完全是。但至少您可以稍稍查一下。安吉跟我说这肯定在您的能力范围之内。确认那孩子说的事。我有数小时的谈话记录、笔记、孩子的画……"

缠人的海豚又来了。

---

① 德国儿童玩具品牌。

　　随着对话的进行，警长越来越觉得，不管怎么样，最简单的是见一见这个瓦西尔·德拉戈曼。再说这是安吉打发到她这儿来的……安吉知道她在找什么。不是男人！玛丽安不在乎男人。她现在三十九岁，还有至少二十年能和各种类型的男人睡上一觉。不，玛丽安已经在她和安吉的那些漫长的闺房夜话中将这个信息牢牢凿入了对方的头脑中：在接下来的几个月中，警长将出发狩猎独一无二的神秘动物———一位父亲。于是，既然她把这家伙给送来了，安吉很可能有什么深意。一名小学心理医生，简直是理想的父亲！一名应对小孩子的专家，在别的男人只知道读《对话体坛》或《侦探》时，他会背诵弗雷内 ①、皮亚杰 ② 和蒙台梭利 ③。她把多维尔的持枪抢劫犯和圣弗朗索瓦区的药房从脑海中赶走。如果有关于提莫·索雷的新消息，不管今晚还是明早，她一定会立刻收到通知。

　　"德拉戈曼先生，对于一个有危险的孩子，正常的程序应该是通知青少年司法保护处和儿童援助机构。但您向我描述的这个情况似乎有点……怎么说呢，不寻常。您是想向警方报告这个事情吗？这个小男孩受到了虐待吗？他的父母看起来很危险，还是说有什么理由让您觉得应该让小男孩和他的父母分开？"

　　"不。**按理**说，他们看起来是非常正常的家长。"

　　"好吧。这样的话情况就没那么紧急了，我们可以慢慢调查这件事。用不着因为一个想象力稍微有点丰富的孩子就把他的父母关起来……"

　　一阵战栗席卷了警长。浴缸里的凉水现在呈现出一种模糊的红色，那是被倒入水中的薰衣草、桉树、紫罗兰的混合沐浴香薰染成的。在残留的泡沫冰山之间，玛丽安的双乳自蜡笔画颜色的水面浮现，与漂浮在她肚子上方的黄色塑料小船相比显得十分巨大。世界末日的图景，玛丽安想。两座纯洁的岛屿被一艘在其荒蛮的海岸边倾倒洗涤剂的客轮所玷污。

　　心理医生将女警官从她的幻想中拉回来。

　　"很抱歉我要反对您的说法，警长，您别见怪，但是您错了！更何况我正是

---

① 塞勒斯坦·弗雷内，法国著名教育家，其倡导的教育法被称为弗雷内教育法。

② 让·皮亚杰，瑞士儿童心理学家，发生认识论创始人。

③ 玛利亚·蒙台梭利，意大利儿童教育家，蒙台梭利教育法创始人。

因为这个才一直缠着安古，终于能在今晚给您打电话。正相反，情况很紧急。对于这个孩子来说非常紧急。绝对的。甚至是无可挽回的。"

玛丽安提高了声音。

"无可挽回？该死，您刚刚还跟我说这孩子没有危险呢！"

"请您理解，警长。这孩子只有不到四岁。他今天记得的东西明天就会忘。或者后天，或者一两个月后。"

玛丽安站了起来。水位下降了整整二十厘米。

"您到底想说什么？"

"我想说这孩子抓着记忆的尾巴，支持我相信他妈妈不是他真正的妈妈。但几天后，或许几星期后，随着这孩子注定的成长，学习新事物，记住动物、花朵的名字、字母以及整个环绕着他的无穷世界，他原先的记忆也一定会被冲淡。而这个他今天还记得的另一个妈妈，这段他每次见我时都会跟我说的生活，对于他来说将成为从来不曾存在的东西！"

4

短针指着 9，长针指着 12

马罗内在寂静中听了许久，以确定达妈妈不会再上楼。

他小小的手指在毯子下摸索，它们感受着古奇心脏的跳动和温柔的抚摸，他有点热。当他被完全唤醒时，马罗内躲进毯子里，和他的玩偶在一起。他竖起耳朵。今天是月之日。今天是古奇和榛子的故事之日。他不记得这个故事已经听过多少回了。

月之日有很多，多到他不记得有多少了，多到他不记得以前的月之日了。

马罗内把耳朵贴在古奇身上，仿佛古奇是一个特别特别柔软的小枕头。

古奇刚刚满三岁，这在他的家族中已经算是年长的了，因为他的妈妈只有八岁，而他的爷爷有十五岁，已经很老了。

他们住在海滩上最大的树上，这棵树的树根外形就像一只巨蜘蛛。他们在第二层，左边第一根树枝，两边分别住着一只大部分时间都在外旅行的燕鸥和一只退休的跛脚老猫头鹰，他过去在一艘海盗船上工作。

妈妈说古奇很像他爷爷。他和他爷爷一样喜欢做梦。的确，爷爷花了很多时间做梦，但那是因为他失去了记忆。人们经常发现他睡在别的树枝上，白胡子被压得乱七八糟，或者将一枚灰色的卵石当成橡子埋起来。古奇呢，喜欢坐在大海前，想象自己登上一艘船，躲进底舱，偷吃装在袋子里的小麦或燕麦，直到发现一座新的岛屿。他留在岛上，建立一个新的家庭。他经常想着这些，忘掉了其余的一切。

然而，他有工作。其实，只有一种工作，永远不变，不过是很重要的工作：收集森林里的榛子并把它们埋在家附近的地方。因为他们全家能在此定居全是拜森林所赐。榛子、胡桃、橡子、松子，这些都是从秋天橘黄色的树叶上掉下来的宝物，必须在冬天来临之前珍藏起来，这样在一年中剩下的日子里才有的吃。妈妈没时间做这个，因为她要照顾他的弟弟缪罗和妹妹缪萨。

于是，古奇每天收集并埋下果实，然后看着大海做梦。每晚，在回到他们的大树的路上，他意识到自己已经忘记了埋下果实的地方。

在一颗大卵石底下？在一棵树的树根之间？在一枚贝壳旁边？

不可能记得住！

然而可怜的古奇从不敢告诉妈妈。

日复一日，天天如此，每过一天古奇便越发羞愧，也愈加不敢告诉妈妈，自己太不专心，无法胜任如此精密细致的工作。

某个早上，冬天来了。

古奇全家离开了他们的树枝，躲到蜘蛛树根那里去了。这是古奇的爷爷在很久以前挖好的一个干净的深穴，然而随着家族的壮大，他们已经没有地方在身边储存吃的东西了。

他们睡了六个月，但感觉一瞬就过去了。

当他们重新醒来，回到地面，他们还以为自己从错误的地方出来了。

在他们面前，他们的大树不见了！

燕鸥和猫头鹰也不见了。更糟的是，这里没有一棵榛树、一棵胡桃树、一棵橡树、一棵松树。连森林都没有了！

冬天里的一场风暴扫荡了一切。

妈妈不管在什么情况下都能把事情安排好。最重要的是吃，她用冷静的声音如是说，然后她让古奇把埋在沙子里的食物挖出来。

古奇开始哭泣。

海滩广阔无比。这无异于大海捞针，他们在找到榛子之前都会饿死……而且那些海边的树永远不会再结了，它们全都倒在沙子上，枝条折断，树根暴露在空气中。

妈妈没有责备古奇，她只是说："我们得离开了，孩子们。得找到另一个可以养活我们的地方。"她让古奇背着缪萨，她还很小，与此同时她背上了古奇的爷爷，似乎在他们冬眠的一瞬间他又老了两岁。

他们环游了世界。

他们穿过平原河川，翻山越岭，穿越沙漠。他们到处啃食充饥，地窖，谷仓，从未见过的奇怪树木的枝头，还有似乎延伸到大海底部的没有尽头的孔洞深处。他们被扫帚驱赶，吓得学校里的小孩子和教堂里的妇人哇哇乱叫，他们乘坐卡车和船只旅行，甚至有一次坐上了飞机。

然后有一天，几个月也可能是几年之后的一天，他们感到前所未有的饥饿，自从旅行开始就再没说过话的白胡子爷爷对他们说："是时候回家了。"

妈妈肯定觉得这话很蠢，但因为爷爷从来不说话，当他说话的时候就应该遵从。

他们回家了。他们很伤心，因为他们想起了倒在沙子上的森林里的树木，一片可供躲藏的叶子都没有的广阔海滩，以及空荡荡的贝壳和死掉的树枝。一座比他们曾穿越过的沙漠更可怕的沙漠！

一开始他们以为弄错了海滩。

只有爷爷露出了笑容。他一笑，胡子都跟着跳起舞来。于是，他让全家人坐在一小堆沙子上，他开始讲述："很久以前，当我还很小，像古奇这么大的时候，我的心思已经飘远，我梦想着环游世界。我们又穷又瘦小，海滩上几乎没有树，没有森林，我们几乎没有吃的，而且，我每次都会忘记埋藏稀有的榛子的地方。然后有一天，在一枚被遗忘的榛子那里，就一枚榛子，一棵大树破土而出，它的枝条上结出了上百枚榛子。然后，另一棵大树长出来了。接着又一棵。一片森林。那就是你们出生的森林……

"我们的家。

"但是，不经历风暴，不让一切重新开始，那就不是生活。"

于是他们在沙子上前行。

在荒凉的海滩上，在被古奇遗忘的埋下榛子、胡桃和橡子的地方，长出了大家从未在海边见过的最广大、最茂密、最浓绿的森林。古奇的妈妈紧紧地拥抱了他，缪罗和缪萨在树干之间跑来跑去，用他们小小的爪子鼓掌，早已回来的燕鸥和猫头鹰则平静地看着他们。

古奇的爷爷说他太累了，不久之后就要去睡觉了，睡一瞬，却是比冬天还要长的一瞬。不过在那之前，他还有最后一件事要跟古奇说。

他把古奇叫到一边，他们一直走到海水没过了爪子，浪花溅到了胡须上，然后他温和地说："你看，古奇，真正的宝藏不是我们毕生所寻，它们一直藏在我们周围。如果有一天我们把它们种下，每晚栽培浇水，甚至到最后忘记了原因，在某个美丽的早上，在我们已经失去希望的时候，它们便会开出花朵。"

马罗内轻轻地让古奇睡下了。明天得好好地把他的玩偶叫醒。达妈妈和迪爸会到学校见老师。他有点害怕他们会说什么。

他也该睡觉了，但他不怎么想睡。他知道噩梦还会回来。他已经能听到玻璃雨落下的声音，冰冷，耀眼，锋利。连闭上眼睛他都不愿意。

不是因为他害怕黑暗！

当马罗内闭上眼睛，在眼皮后面，在他的头脑中，他只能看见一种颜色，就好像有人用刷子一笔染过了一切。

一种颜色。

只有一种。

红色。

到处都是。

星期二

战争之日

5

瓦西尔·德拉戈曼把书包搁在膝盖上，老老实实地在大厅里等待着。行色匆匆的警察在他面前走过。如果不是因为警察身上的制服和心理学家身上的旧皮夹克，这场景可能会被当成一位前来看病的人在医院走廊里候诊，面前走过的是忙得不可开交的护士。

奥格蕾丝警长出现了。她的步子比其他人慢一些，走在走廊正中，这导致从她身边经过的一溜警察不得不贴着墙走。她叫住了一名迎面朝她走来的警察。

"帕皮①，你又给那个医生打电话了吗？"

皮埃里克·帕德鲁警员放慢了脚步。勒阿弗尔的所有警察都管他叫帕皮，不仅因为他是全警局年纪最大的人，再有几个月就退休了，更是因为五十出头的他已经有五个孙子孙女遍布法国各地了。他有着一颗光头，仔细修剪的灰白胡子，忠犬般的温和目光，以及强迫症般的慢跑者的精瘦体形，资历最深的特警说他还年轻，其他人则说他已经老了。

"他一上午都在看病，"警员回答，"一得空他就会联系我们。"

"他证实了吗？他昨天缝合的就是提莫·索雷？"

"对。百分之百确定。提莫·索雷在圣弗朗索瓦区的药房被发现后过了几分钟就找到了他。拉罗什尔教授是在港口给我们这位抢劫犯缝合伤口的，就在大阪码头，躲在一圈集装箱中间。"

"然后这位勇敢的医生顺便跑来警局报案？没有被这个职业秘密吓傻了，

---

① 帕皮（Papy）即法语口语中的"爷爷"。

那位……"

"没有，"帕德鲁微笑着保证，"你还什么都没看见呢。"

玛丽安·奥格蕾丝赶走脑海中受伤的抢劫犯的形象，转身面向瓦西尔。

"我们开始吧，德拉戈曼先生？我也是在两场咨询会议之间来和您见面的，而且还不能向您保证不会被紧急情况打断。"

心理学家的冷静与周围环境的忙乱形成了鲜明对照。他从容地坐下，没有蹭到皮衣，然后打开书包，取出一个本子，把孩子的画在面前摊开。与此相反，他那双浅棕色的眼睛——那颜色类似上过清漆的木头、烧过的陶土或者涂了蛋黄的甜酥式面包——仿佛激光光线般快速扫描了一遍文件。他的斯拉夫口音相比电话里更明显了一些。

"这些是马罗内的画。我还有一整本的笔记和评语。我刚开始把这些信息录入电脑，如果您需要的话，但——"

玛丽安·奥格蕾丝抬起手，示意瓦西尔稍等片刻，然后利用这个停顿观察对方。这个心理学家简直太有魅力了！也许比她要年轻一些。她喜欢那种腼腆、节制，但又能看出内心极富激情的男人。斯拉夫人的魅力，至少是她想象中的东方男人的魅力，那些在托尔斯泰的小说和契诃夫的戏剧中有着悲剧宿命的男人。

"不好意思，德拉戈曼先生，您可以从头开始吗？谁？哪里？"

"对，对，不好意思。这个孩子叫马罗内。马罗内·穆兰。他现在在上幼儿园小班，在玛涅格利兹。不知道您是否知道是哪里？……"

奥格蕾丝警长直接用眼神示意了一下对面墙上挂着的海湾地图，表示他可以继续。玛涅格利兹位于田野的正中央，距离勒阿弗尔十公里，是一座人口不足一千的小村庄。

"是学校的护士通知我的。她说那孩子说话前言不搭后语。我第一次见到他是三星期前。"

"那次，他告诉您他的父母不是自己的父母？"

"正是。他说他记得另一种生活，以前……"

"而他父母否认？"

"是的。（他看了一眼手表）另外，就在现在，他们应该正与玛涅格利兹的幼儿园园长见面。"

"没有您的陪同？"

"他们希望我不在场。"

"父母还是园长？"

"两边都不太……"

"您的说法惹他们烦了，是吗？"

心理学家露出一个沮丧的微笑，同时用恳求的眼神看着她，像一只在街上迷路的小狗在乞求得到一小块三明治。

"很难说他们做得不对，不是吗？"警长叹了口气，"坦白说，德拉戈曼先生，要不是安吉丽克让您来找我……"

对方眼里金色的光芒颤动了一下，他把孩子的画摆到警长面前。

"至少让我向您解释一下。这些画，我就说几句话。不会很长……"

玛丽安·奥格蕾丝犹豫了。这个心理学家真是可爱至极，他变着花样地自我辩护，含糊其词，小心试探，却没把事情都说出来。她得问问安吉这个小滑头到底从哪里捡到了这么个宝。

"好吧，德拉戈曼先生，您有十五分钟。"

就在这时，门开了。帕皮招呼没打一声就破坏了气氛。

"医生来电话了，现在！"

"见鬼！你把他转到我个人的电话线上！"

"我要做的不只这个，"帕德鲁警员补充道，"我要把他的脸以三米见方的大小投射到你的墙上。你要打交道的人是拉罗什尔教授，玛丽安，他是莫诺医院的一名权威医生。他的办公室安装了最新的视频会议设备。"

警长请瓦西尔·德拉戈曼离开办公室，稍等她几分钟。

"多维尔的抢劫案，1月的，您知道什么吗？"

心理学家摇了摇头，与其说恼火倒不如说愉快，他乖乖地退到走廊里等候。不一会儿，另一名警员推着一辆装备有一架摄像机和一支麦克风的小推车进来了。

"该给这破玩意儿清清灰了。"警员一边把摄像机对准空白的墙壁一边说。

他在小推车前半蹲了下来。他穿着一件白色的紧身 T 恤和一条修身的牛仔裤，三十来岁，面容俊美，肩膀宽阔结实，穿一双运动鞋，一身休闲打扮。

让 - 巴蒂斯特·勒什瓦里埃警员，已婚，有两子，忠诚的丈夫，满足的爸爸。

现实生活中完美男人的典范。

"赶紧的，吉贝！"

玛丽安例行公事般地抱怨道。她的视线短暂地滑过警员弯曲的后背，落到他腰部几厘米见方的裸露皮肤上。

CK 的平角内裤。线条优美的小屁股。

有主了。不能碰……

"大屏幕投影启动了。"吉贝说完以一种猫科动物般的轻巧起伏站起身。

帕德鲁和勒什瓦里埃两位警员各自在椅子上坐下。玛丽安站在办公桌后面。一秒钟后，吉贝按下遥控器，警局空白的墙壁变成了一种灰暗的高科技装潢。一切看上去都是四四方方的，从上过漆的木质办公桌到富有设计感的灰色皮椅，从进口木材的家具到墙上悬挂的等离子屏幕，再到巨大的玻璃窗，它将室内的一切笼罩在光线形成的天井之中。

一秒钟后外科医生出现了，手里端着一只玻璃杯，冰块在里面哗啦作响。他的白大褂松松垮垮地罩在里面穿着的西服套装上，看起来与他那食肉动物一般的笑容格外相称。

"奥格蕾丝警长？抱歉，我只有几秒钟时间。我得回到一个女人那里，她正躺在那儿不耐烦地等着我的器官呢！"

他停顿了两三秒，仿佛这个电视会议系统提前录入了笑声用于间隔他的每一次幽默发言。他投射到屏幕上的洁白无瑕的牙齿似乎在向他的牙医同事致敬。

"我要给她移植肝脏！所以长话短说。您想找我谈话？"

"您医治了提莫·索雷，在昨天？"

外科医生将玻璃杯移向嘴唇。褐色的东西。威士忌？红牛？办公室的一角，几支高尔夫球棒从雨果波士[①]的袋子里露出来。办公室里的每个细节都被映照到

[①] Hugo Boss，德国奢侈品牌。

大屏幕上，就好像是在看一部电影，里面的背景是花重金打造出来的错视效果。

"你是说那个抢劫犯，是吗？我已经全都告诉您的调查员了。您的逃犯昨天傍晚打电话给我。紧急情况。他让我在港口的亚洲码头见他。为了躲过那些冒失的目击者，我们在大阪码头见的面。他在一辆白色的丰田雅力士里等我。当然，我记住了车牌号。他的锁骨下血管和左肺上叶之间有一道险恶的伤口，是嵌在那里的一枚九毫米子弹造成的，几个月前用简单处理的方法取出，没有进一步治疗。显然，伤口最近又裂开了，据那家伙说，是因为摔了一跤。他备受折磨，我尽力了。"

警长很吃惊。

"您在那种条件下做了手术？在他的车里，在港口？"

"当然不是！我说我尽力了，意思是：我尽力帮你们了。"

"帮我们？"

吉贝似乎被外科医生的会客室迷住了。可以猜测这间工作室的窗户后面是一座泳池，或者也许可以从那里直接眺望大海。工作室位于圣阿德雷斯的高地上，勒阿弗尔一块异于周边的别致土地。外科医生感到恼火。

"对。帮助正义！向警方报告这个你们找了几个月的家伙，这是一名正直的市民最起码的义务。不是吗？"

"当然，教授！您还帮我们做了什么别的事吗？"

"我给他注射了双倍剂量的纳布啡，这是一种比吗啡强两倍的镇痛剂。能当场让他镇静下来，并且会持续缓解疼痛十几小时。然后我检查了他的伤口，稍做处理，重新缝合。外表看简直像高级裁缝的做工。"

又是一轮宣传外科医生兼牙医之伟大的广告。教授凑近视频会议装置的摄像头，好像准备低声透露一个秘密一样。

"实际上，警长，那里面被我搅了个乱七八糟。这儿捅一下，那儿戳一下。等药效过去，提莫·索雷将感受到难以忍受的疼痛。他除了再给我打电话之外别无选择……不过这一次，您将带着一票警察等着他。"

玛丽安在答话之前毫不掩饰地咽了口唾沫。

"的确，我们会等在那里。"

拉罗什尔饮尽了杯中液体。

"完美。我走了，我得回到躺着的美丽女孩身边，她信任我……如果一切顺利，几分钟后她也会重新找到自信。"

当最后的笑声消散在寂静中时，奢华的装潢倏然消失，如同从未出现过。三名警察对着空白的墙壁目瞪口呆。

"多么高尚的人。"帕德鲁轻声说。

"要是没有这样的市民出于公民义务的参与，治安武装力量能做什么？"吉贝补充。

"好吧，"玛丽安说，"我们还是要在提莫·索雷为了重新缝合伤口而再次出现的时候把他送进监狱的。"

警长转向吉贝。

"斯皮尔伯格 ①，你给我把东西收了。"

然后转向帕德鲁。

"你和豪斯医生 ② 保持联系，每分钟都要确认。"

最后，她拿过办公桌上的一张儿童绘画。画上是四条黑色的歪歪扭扭的垂直线条，第五条是一条蓝色的扭曲的对角线。

涂鸦之作。

"最后，"玛丽安接着说，"给我十五分钟时间听听心理学家解释一个三岁孩子的记忆使用说明。"

---

① Spielberg，应指美国导演斯皮尔伯格，此处是警长给负责放映设备的警员临时取的外号。

② Docteur House，美剧《豪斯医生》中脾气古怪、医术高明的男主角。

6

短针指着 12，长针指着 1

　　班里的同学四散跑开，留下马罗内孤零零一人。一半的孩子已经排成了两列，组成了一条喧哗的"毛毛虫"，他们要穿过操场后面一个小小的栅栏门去食堂。另一半孩子奔向他们的父母。主要是妈妈们。每个孩子都被牵着或抱着，要么跳起来搂住脖子，要么抱住大腿。

　　不包括马罗内。不是今天。

　　"你在那里等着，听话。不会很久。"

　　他的老师克劳蒂尔德对他露出了一个大大的笑容。

　　确实，马罗内没有等多久，达妈妈和迪爸在其他家长刚刚离去的时候来了。达妈妈极少迟到，但通常她都是一个人来接他去吃饭，从来没有迪爸跟着。

　　马罗内跑过去抓住达妈妈的手。他明白了，早上他还被提醒过，因为他讲的那些故事，他们要在今天中午放学后和老师谈话。走进空荡荡的教室让他感到很奇怪，这些玩具都是他的了。

　　"穆兰先生和穆兰夫人吗？请。请坐！"

　　克劳蒂尔德·布吕耶有点局促地示意了一下幼儿园小班的教室中仅有的椅子，三十厘米高。通常，家长会都在这里开，对于成年人来说没什么问题。

　　通常。

　　坐在小矮人的椅子上，身高一米八、体重一百一十公斤的迪米特里·穆兰就像是马戏团里屁股坐在凳子上的大象。他屈着腿，膝盖顶到了下巴。

克劳蒂尔德转身看着马罗内。

"你离开一下好吗，孩子？去操场上玩一会儿。我们要不了多久就好了。"

马罗内料到会这样。他离开了。他故意把古奇忘在原地，在放洋娃娃的角落里，蓝色的床旁边。没人注意到他的玩偶，而古奇过后会告诉他一切。他走出教室，渴望地看着滑梯和隧道，平时这些东西总是被大孩子占据，他从没玩过。他犹豫着要不要趁这个时候去玩一玩，跑一跑。

天空整个黑了下来，像是要下雨。

厕所离滑梯和隧道很远，太远了，几乎在操场的另一头。如果雨突然间下起来，他没法躲过雨滴，他跑不了那么快。

这时他听到迪爸的大叫，尽管教室的门是关着的。可怜的古奇。马罗内想。

迪爸发火的时候，他的玩偶总是会有点害怕。

迪米特里·穆兰在为玩具小汽车而铺设的地毯上舒展双腿。他很烦躁。不经意间，他的鞋跟踩碎了用透视效果印在地毯上的房子、花园和道路。

"布吕耶夫人，我直说了吧。我有其他事要做，没工夫一趟趟来幼儿园！我刚找到一份新工作。我不得不跟老板商量，下午1点再开始工作。我猜，您不在乎您的薪水，它每月都会下降，直到您退休，但我可不是。"

关于公务员的陈词滥调！克劳蒂尔德只能忍受。虽然她对此还是没有习惯，但是六年的工作经验，两年的校长经历，她早已感受到了这种偏见，这仿佛成了一种传统，就像每星期的休息日一样普遍。她选择幼儿园小班是因为她温柔且富有耐心。这种品质也被她用来安抚正在气头上的凶猛的爸爸们。

"这不是我们要讨论的主题，穆兰先生。"

"好吧，那就快点。瞧，我把东西都带来了。看看，这可比一大通空口无凭的说明要有用多了。"

他从身上斜挎的背包里掏出一摞硬皮文件夹。

"出生证明！盖着市政府和妇产医院公章的户口本。孩子从出生到现在的照片集。来，看看。这可能不是我们的孩子吗？"

他们旁边的阿曼达一直没出声。她的眼睛瞥向了摆放布娃娃的角落。马罗内把他的玩偶放在了那把高椅子上。古奇注视着他们，好像不准备漏掉这场谈话的一丁点细节。就像在监视他们，阿曼达甚至有了这样愚蠢的想法。

"穆兰先生，"老师开始了交涉，"我们从来没怀疑过马罗内是您的孩子这件事。只是——"

"别当我们是傻子！"迪米特里·穆兰打断了她的话，"我们很明白那个心理医生想暗示什么，那个罗马尼亚人，瓦西尔什么来着……还有您的意思，您在我们家孩子的作业本上写的话。"

温柔，耐心。克劳蒂尔德坚定战略不动摇。毕竟，穆兰的父亲不会比吉莲和诺亚更难哄，这两个是班上最让她头疼的孩子。

"穆兰先生，我写那些话，还有提出这次见面的请求，只是因为您儿子的一些表现以他的年龄来看可以说是令人吃惊的，特别是他向心理医生说的那些话。我只是希望和您见面的时候您能提供一些详情。"

"您说话跟个警察似的！"

克劳蒂尔德向前挪了几厘米，俯身蹲下，保持平衡，与迪米特里·穆兰的视线齐平。她已经习惯了一整天都保持八十厘米的高度。这头大象一米八的身高在幼儿园小班里没有任何优势。恰恰相反。

幼儿园园长逼视着穆兰。

"冷静，好吗？谁也没说警察的事。我们现在在一所幼儿园里。在我的幼儿园！所以我们会冷静地讨论关于您孩子的问题。"

迪米特里·穆兰似乎有一瞬间想从矮小的椅子上站起来，但他妻子一只手按在他的大腿上阻止了他。他盯着幼儿园老师看了好一会儿，神色挑衅。

"我很愿意……毕竟，您看起来是个好老师。但那个心理医生让我觉得不……（他故意停顿了一会儿）做家长的不能拒绝让自己的孩子继续看心理医生吗？"

克劳蒂尔德思考了相当长时间才回答。

"这很复杂，一切都取决于他为什么——"

"我才不管这些。"穆兰再次打断。

他似乎平静了下来。或许他觉得这个刚刚跟他对着干的小小的女人还挺可爱的。

"不管怎么样,"迪米特里·穆兰接着说,"我非常清楚这孩子是有点不对劲。他不怎么说话,要么就说一些过于复杂的词,他的脑袋里装着太多的人。如果让他跟别人说说对他有好处的话,那很好。我是说,跟一个成年人说说。但这个瓦西尔·德拉戈曼……您这儿没别人了吗? 别的更……"

"更什么?"

"您很清楚我要说什么。(他发出了笑声)更法国,我无权这么说,嗯?"

他弯下腰,推开小汽车,把相册放在脚边,盖住了一大片画在地毯上的城市。

"行了,我们也别白来一趟。看看这些。然后我们就走了。"

克劳蒂尔德赤裸裸地无视了那些资料。

"瓦西尔·德拉戈曼不受我的管辖。他直接对学区负责。今天,我是想找到一种和解的方式。我们讨论出来,然后我把我的结论告诉他。您应该同他再见一次,这很重要。尽快。"

迪米特里·穆兰似乎在考虑。他的妻子第一次开口。

"您的意思是学校的心理医生可以不通过我们直接报告有关部门?"

"对,"克劳蒂尔德回答,"如果对孩子的安全状况有怀疑,他可以首先通知儿童社会援助机构,该机构将采取社会援助措施……"

"首先!"迪米特里叫了起来,"那然后呢?"

克劳蒂尔德小心翼翼地移开一辆小消防车,穆兰沉重的鞋子险些将它踩碎。然后她用她那纤细的声音说:

"通知警察。"

"警察? 你在逗我吗? 为了一个四岁不到、三句话都说不利落的小孩?"

克劳蒂尔德挪了另一辆车。她重新占了上风。

"我没说我会这么做,"她带着安慰性的笑容解释道,"我看得出来马罗内是个可爱的、正常成长的小男孩,你们把他照顾得非常好。并且,我一点也不希望警察进行调查,询问我班上的孩子和他们的家长。(她仍旧蹲着,身体又前倾了一些,直视着对方的眼睛,这是她想让那些小不点的捣蛋王尊重自己时最爱用的姿势)在玛涅格利兹这样的小村庄,没人会对这种事情感兴趣,不是吗,穆兰先生? 所以,我们要淡定地讨论,您要试着告诉我,为什么马罗内这个小恶魔会说你们不是他的父母。"

迪米特里·穆兰刚要张嘴，但阿曼达没有给他时间。

"闭嘴，迪米特里，现在，"她说，语气近乎恳求，"闭嘴，让我说。"

外面，第一滴雨落在了铁质滑梯上，一直滑落到沙子里。

第二滴。第三滴。

一滴比一滴危险。

马罗内很幸运，一滴都没有落到他身上。

还没有。

他最后看了一眼教室的窗户。他们所有的画都贴在上面，还有手印，先把手浸在颜料桶里然后按在一张纸上。

他的那枚是鲜红色的。

在窗户后面，他们肯定在谈论他。也许还在说妈妈，不是达妈妈，是他以前的妈妈。也许也说了海盗、火箭和食人妖。那些成年人全都知道。他呢，多亏了古奇，他才想起来。

又一滴，滴在他的运动鞋上。

他幸免于难。马罗内开始奔跑。

距离厕所的门有二十多米。

打开门，把自己关在里面，就像妈妈曾经教过的那样。

7

今天我妹妹阿嘉特在我放学和妈妈下班回家之前把家里的糖全吃了。

杀人欲望

已经有一个死于氰化物了！

判决：253

无罪释放：27

www.envie-de-tuer.com

瓦西尔·德拉戈曼把画在玛丽安·奥格蕾丝警长面前铺开。他指着第一幅，一张几乎空白的纸上潦草地画了四道黑色的竖线和一道红色的之字形折线。

"仔细看看这些线条……"

玛丽安·奥格蕾丝用一只手遮住画。

"不，德拉戈曼先生！我们得从头开始。这孩子是谁？跟我简短地说说他的父母。"

瓦西尔像犯错后被抓住的小孩子似的咬住了嘴唇。

"父母？很正常。无聊。乏善可陈。母亲阿曼达·穆兰应该是三十岁出头，看起来却比实际年龄老了十岁。父亲年纪大一些，四十多岁。他们结婚好多年了。他们住在玛涅格利兹的一栋独立的房子里，那是一块分割出售的地皮，在村口的玛涅格利兹高地，准确地说，是莫里斯 - 拉维尔广场。玛涅格利兹只有这个，一个很小的市中心，以及周围巨大的分割出售的地皮。母亲在绿色生活超市做收银员。那是村子里的小型超市。父亲是电工，反正就是这一类的吧，我想他在努力找一个长期合同工作。他在村子里也挺有名的，因为他教小孩子踢足球。"

"您见过他们？"

"见了一次，一开始的时候。那时我的疑惑还没有这么多。"

瓦西尔看起来几乎是在请求原谅，好像怀疑一个普普通通的家庭让他有负罪感似的。玛丽安觉得这种像小男孩在扮演卑鄙的告密者时所表现出的局促不安令人难以置信的可爱。她暗自决定要把这事说给安吉听，今天晚上就说。那个小无赖是不是也被这个漂亮的小伙子一下子迷住了呢？不一定，这位讨喜的心理学家对于那个厚脸皮的家伙来说似乎太聪明了。安吉只喜欢坏男孩[①]！

帕德鲁此时从办公室的窗前走过，手里端着一杯咖啡。她用眼神询问他，他摇了摇头作为答复。拉罗什尔教授那边没有任何消息，所以提莫·索雷也没有消息……

"很好，德拉戈曼先生。回到小孩。解释一下这些画。"

"正如我在电话里向您说的，他说在现在的生活之前他还有过另一种生活，在玛涅格利兹独栋房子的婴儿房之前，在和他父母——阿曼达和迪米特里·穆兰生活之前。他和我说了很多过去生活的细节，而根据他的老师克劳蒂尔德·布吕耶的说法，马罗内·穆兰是个谨慎的孩子。"

"他为什么告诉你？"

"这是我的工作。"

反应很快，玛丽安想。瓦西尔善良礼貌，但他可不是没用的家伙！如果他才是谎话精呢？警长暗自思忖。如果他为了自吹自擂而编造了整个故事呢？乌特罗案[②]的某种倒置？

[①] 原文中此处"坏男孩"为英语 bad boys。

[②] 指发生在法国北部加来海峡省乌特罗市的多名未成年人性侵案，自 2001 年审理，至 2005 年结案，历时五年，引起了法国社会的广泛关注。该案由于司法体系存在缺陷、媒体过度施压、法官过于相信心理专家等原因，导致案件审理过程中多名成年人被错误定罪，经上诉后最终被无罪释放。

"仔细看这些画，"心理学家接着说，"这样更简单一些。在这张画上，据马罗内说，这四条竖线代表了他住的地方旁边的一座城堡。这些是城堡的四座塔。这个向上的之字形折线是火箭。他说记得见过火箭蹿上天空。好几次。"

玛丽安叹了口气。这根本站不住脚啊！她之所以肯听这小子在这儿说话，仅仅是为了消磨时间。她还在等那个外科医生的电话，然后就派出五辆警车到港口截住提莫·索雷。她瞥了一眼电脑屏幕，envie-de-tuer.com 的网址在屏幕下方闪烁。当然，她还是要跟安吉和解。

要是这个小坏蛋跟她开了个玩笑呢？要是这家伙，这个所谓的心理学家，只是她的一个哥们儿临时冒充的呢？

"您忘了海盗，"她心不在焉地说，"昨天您说有一艘海盗船。"

瓦西尔没有注意到她话里的讽刺意味。

"对！没错。（他抓过另一张画）这些蓝色的线条代表大海。马罗内说他能从房间里看到大海。这两个小黑点是一艘船。"

"一艘还是两艘海盗船？"

"只有一艘，但断成了两截。这也是他从房间里看到的。就是这种细节让人不得不在意。他讲述的一切都很符合逻辑，从一个场景到另一个，他从没有自相矛盾过。"

玛丽安的手指滑过蓝色的大海。

"食人妖森林呢？我记得这孩子的故事里还有食人妖。"

她在办公桌上方身体前倾，突出自己的胸部，这是她对付男人美丽且唯一的武器。不管是不是安吉的玩笑，是时候结束这场闹剧了。

"说实话，德拉戈曼先生，您想从我这儿得到什么？您希望我听到什么时候？您不会是要说，仅仅根据这些涂鸦和他的胡言乱语，您就相信这个小孩对您说了真话？"

瓦西尔·德拉戈曼的一双眼睛里闪过一丝慌乱，如同两件被打碎的锡耶纳①

---

① 意大利城市，历史悠久，以独特的中世纪城市景观闻名，其老城中心区被联合国教科文组织列为世界文化遗产。

陶器，令人无法抗拒。仿佛他有生以来第一次碰到了一个残酷、冰冷、务实的世界的墙壁。

"没错，警长，不管表面看起来如何，我相信他！在这个领域八年的学习和经验让我相信这孩子创造了一个内心世界，用属于他自己的象征符号，一个错综复杂的心理迷宫，在那里需要谨慎前行。然而，您说这是本能也好直觉也罢，我相信这孩子的大部分记忆是真实的。即便这并不符合我所知道的心理分析！是的，我确信他真的见过他画的这些东西。"

"在玛涅格利兹，他的独栋房子里？"

"恰恰不是。"

妈的！ 玛丽安想。她的手在办公桌下攥了起来。她觉得自己不小心进入了一个不可能的故事，而她唯一的动机不过是消磨一下到亚洲码头出警前的时光，因为比起咖啡机，她宁愿面对这双拥有香料蜜糖面包颜色的眼睛。

"您还有别的东西吗，德拉戈曼先生？某种，怎么说，更具体的东西？"

"是的。"

瓦西尔朝他那个明显是自己缝过的皮包俯下身，从中掏出一沓某家购物中心的照片。

"您认识吗？"

"我应该认识吗？法国有几千家一样的，不是吗？"

"这是蒙加雅的购物中心，是勒阿弗尔城市及郊区最大的购物中心。马罗内说，就是在这里的购物长廊里，她妈妈——真正的那个——把他交给了第二个妈妈，阿曼达·穆兰。我给他看了一些店铺招牌。马罗内认出了麦当劳、欧尚的标志，以及海盗岛餐厅的红绿鹦鹉标志。只有这家购物中心集合了这三个招牌。那孩子不可能是编的……"

警长花了点时间仔细观察着照片。

"这不能说明任何问题，"过了一会儿她得出了结论，"他记错了。或者他利用了一个熟悉的地方。他肯定从小就在这个购物天堂度过周末。北部港湾的人周末都去那里，不是吗？"

"他没有记错，警长！短时间内很难向您解释有条理的记忆和情节记忆之间的细微差别，但他没有记错，我向您保证！"

帅气、自信又固执，这个傻乎乎的心理学家。

玛丽安叹了口气。

"根据您的看法，更换妈妈这件事应该有多久了？"

"至少有几个月了。或许一年。这不是直接记忆，这是关于记忆的记忆，如果您愿意这么说的话。"

"抱歉，我不明白。"

"这是一段他每晚强迫自己回想的记忆，为的是在没有人跟他提起的时候不会忘记它。一段他像钉子一样敲入头颅的记忆。这枚钉子用来在他的脑袋里悬挂一块布，这样他就看不到藏在后面的东西。"

"藏在后面？"

"也就是他在蒙加雅更换妈妈之前的生活。他只能通过绘画的形式表达它。食人妖、海盗等。一种很难直接视觉再现的真实。"

"您是说，他藏起了一次心理创伤，是这样吗？过去的一次创伤。"

瓦西尔似乎一下子变得更自信了。他露出孩子般的笑容。

"对，在我看来显然是这样！我很愿意讨论其他事情，包括他的真假妈妈，还有阿曼达和迪米特里·穆兰的可靠性，但这一点对于我来说毫无疑问：这孩子经历了一次严重的创伤，并筑起了一道见鬼的墙壁将幻影封在了记忆的某处。"

心理学家意识到他重新抓住了警长的注意力。他继续说起来，同时注意控制自己话语中的信息量。

"只是……怎么向您说呢……这不是经典的创伤。比如，他似乎并不害怕他的新父母，也可以说他很喜欢他们。只是他认为这不是自己的父母。"

"恋童癖，来自熟人的暴力，不一定是他父亲或母亲，这种情况会引发这样的症状吗？"

"就我所知不会……我从没往这方面想过。"

玛丽安垂眼看了一下手表。

12：20。

几秒钟以前，猛烈的暴雨开始敲打警长办公室的窗户。在勒阿弗尔这很常见，也不会持续很久，勉强可以称得上是雨。而潮湿则徘徊不去，湿漉漉的灰色也就此停留，仿佛市中心的混凝土、港口的砾石和海滩上的卵石都被水彻底浸透。

在走廊一侧的窗户后面，警察们不断地来来去去，不慌不忙，这种肢体语言表明目前还没有发现提莫·索雷的任何……或者死亡的迹象——如果拉罗什尔行使正义的手术刀力道太大的话。

玛丽安决定继续谈话，这次不仅是因为心理学家美丽的眼睛，是因为他谈到的小孩子，马罗内·穆兰和其他零到四岁的孩子。她希望自己有朝一日能怀上这样的小不点。

"德拉戈曼先生，老实说，我真的很难跟上您说的话。您跟我说的这些听上去像是个蹩脚的玩笑，但是昨天，在电话的最后，您说情况紧急。正是这一点让我担心。您说如果我们不尽快行动，这孩子的记忆就会消失。请您解释一下。如果除了您之外没人相信这孩子，那么会发生什么？"

8

短针指着 12，长针指着 4

在白色的地砖和门之间有一道十厘米宽的缝隙，也许是为了更方便地从地上清洁。马罗内透过缝隙向外看。厕所前面开始有积水，形成一个小水洼，和滑梯脚下沙地上的水洼一样，只是小了一号。他只需要跳过去。这应该很简单，尽管他不会跳得很远或跑得很快，那些是大孩子们会做的事。

要是他的运动鞋被弄湿了，也不太要紧。水只要从天上落下来就不再危险，因为当它在地面上摔碎的时候它就死了。就像蜜蜂，一旦它们蜇过一次就会死掉，这是达妈妈告诉他的。她经常跟他说蜜蜂、蚊子、蚂蚁，还有其他类似的小虫子。

是的，他只要跳过水。

当一切结束的时候。

不是立刻。

马罗内继续听着雨滴落在厕所的房顶上的声音，他不知道这些是从树枝或房顶上滑落的已经死去的雨滴，还是那些当你来不及躲避时如千万条蛇将你噬咬、如千万支箭将你穿透的雨滴。

他蹲下，再次透过缝隙看出去。在院子的那一头，透过教室的窗户，在雨滴敲打的玻璃和贴在上面的手印后面，他猜测那是达妈妈的脸。

"我在这里不太舒服，女士。"

阿曼达·穆兰从离她最近的架子上取了几块橡皮泥捏成一个个小球。迪米特里·穆兰依旧别扭地坐在迷你椅子上，似乎对此时的对话失去了兴趣。

"您知道，"阿曼达接着说，"幼儿园一向不是我擅长应付的地方。但这里也是我的幼儿园。我进入这里是，大约三十年前，1987 年，当时的园长还是库奇里埃夫人。那时，外面和教室里还没有这么多玩具，甚至这里只有一个教室，里面的学生不到十五个。您看，我在这里本来可以挺自在的，然而并非如此，我强迫自己也没用，我想不起来什么美好的回忆。我跟您说这些是想向您解释，为什么主保瞻礼节①、学生家长选举、放学后售卖点心，所有这些我都没什么感觉。不是因为我不想参加或者我觉得这些不重要，只是……"

阿曼达犹豫着。她的手指将红色和白色两个小球揉在一起，做成了一个带有鲜红条纹的浅粉色圆球。克劳蒂尔德专注地看着她，没有插话。

"只是，我只能这么跟您说，从三岁开始，学校对于我来说就像苦役。请注意，我不会是唯一这么想的。嗯？差生可比天才多。在绿色生活，在收银台那儿，我和大家聊天，从六岁就开始了，大家都会这么跟您说。我并不是特别内向。但在这里，好像我又变回内向了。我告诉自己，有很多比我聪明的人，他们更擅长学习语言，探索知识，形成观点，对于他们来说，教室就是一种奖励。"

柔软的粉色小球从她的一只手转移到另一只手里。已经有人提醒过我了，克劳蒂尔德想。有些家长从进入校园里开始就会抱有不信任、敌视甚至攻击性的情绪。但这只是因为恐惧，追溯至童年时期的恐惧。

"和我说说马罗内吧，穆兰夫人。"

"我正要说呢，正要说呢。但我先跟您讲我的事，是因为这对于您的理解来说至关重要。所以我们在这里的原因是马罗内说我们不是他真正的父母，而且

---

① 荷兰、比利时、法国北部地区的乡村节日。

学校的心理医生把他的话当真了？但是，女士，我们怎么能把这种事当真呢？我们从马罗内生下来开始就和他住在一起。我们给您带来了所有照片，他第一次走路，他的生日，和邻居一起过节，放假，林间散步，海边玩耍，在购物中心闲逛。自他出生以来，我们和他分开时间最长的一次，是去年我们去勒芒①参加一场婚礼时把他托给我姐姐照顾了两天。他们可没趁机把他换掉，嗬，这一点我们还是确定的！"

克劳蒂尔德挤出一个微笑。迪米特里·穆兰用脚尖描摹着玩具地毯上蜿蜒的道路。

"总之，女士，"阿曼达·穆兰接着说，"问问那些我们认识的人，那些莫里斯-拉维尔广场的邻居，我的家人，迪米特里的家人，马罗内的奶妈，在艾兰德公园带着宝宝散步的妈妈们。这是我的孩子，我说！您知道得很清楚，我去年5月带着他来见您，给他注册。还有，市政府的人总是知道的！我们在他出生的时候就去登记了。所有文件都在那里。"

"当然，穆兰夫人，没人怀疑这一点。"

接下来是长达数秒的寂静，克劳蒂尔德和孩子们在一起的时候是绝不可能经历这么长的寂静的。阿曼达突然把粉色的橡皮泥在她的天鹅绒裙子上压扁。

"我们可以走了吧，嗯？"

迪米特里吓了一跳。他的脚踢到了一辆白色的小救护车。园长只来得及仓促做出一个惊讶的动作，阿曼达已经再度开口了。

"我们尽可能地照顾孩子，女士。在我怀孕的时候，我们在玛涅格利兹买了房子。这很疯狂，迪米特里可以跟您讲，我们没有财产，三十岁就背负了债务，尽管有免息借款也很艰难，但不管怎样，我们不用在蒙加雅的廉租房里抚养孩子。而且，我知道这里的幼儿园很好。至少我认为如此。"

迪米特里·穆兰向妻子投去了恼火的视线。但她似乎连看都没看。

"我们尽力了，女士。照着人们告诉我们的那样做了。给他一个可供他玩耍的花园，吃饭的时候让他必须吃蔬菜，不让他看太多电视，尽量多看书。我们尝

---

① 法国西部城市，卢瓦尔河大区萨尔特省的首府。

试，学习，为的是让他拥有我们不曾有过的机会。（她从口袋里掏出一块手帕）女士，要是您知道我有多关心这孩子该多好。我们尽力了，我向您发誓。"

克劳蒂尔德走上前，在距离阿曼达·穆兰几厘米处停下，就像她给孩子擦鼻涕或理头发的时候那样。

"没人怀疑这一点，穆兰夫人，"园长又说了一遍，"您尽力做到最好了。可为什么马罗内会说那些故事呢？"

"关于火箭、城堡、海盗的故事，一种他在和我们一起生活之前经历的人生吗？"

"对。"

"小孩子都爱讲故事，不是吗？"

"是……但很少有小孩子会说他们的父母不是自己的父母。"

阿曼达思考了好一会儿。迪米特里重新伸开腿。他似乎已经迫不及待地要离开了，大模大样地扣好了上衣扣子。阿曼达没注意到。

"这是因为我们对他不好，您是这么认为的吗？"

"不，"克劳蒂尔德赶紧回答，"不是这样的。"

"当我思考这件事的时候，我认为原因在此。因为马罗内比我们要强。我是说，要更聪明。他比同龄人超前，那个心理医生在第一次和我们见面时就这么说了，甚至正因如此我们才接受他看到了那些东西。马罗内的脑袋里装着好多东西，故事，冒险，属于他的世界，那是我们——我和迪米特里——所不能理解的。"

"您想说什么？"

"也许我们不是马罗内想的父母，这就是我想说的。他肯定更想要别的父母，更富有，更年轻，更有知识，能带他去坐飞机、滑雪、参观博物馆的父母。可能就是因为这样，他才自己创造了另外的父母……"

"穆兰夫人，一个孩子是不会这么想的。"

"我就是这么想的！我就是因此离开了我的父母。因为我想过和他们不一样的人生。不再是乡村、活计和老板。那时我是那样坚信着的。在您传唤我来之前，我甚至相信我成功了。"

"我没有'传唤'您，穆兰夫人。而且梦想另一种人生、另一种父母的是年轻人，而不是三岁孩子。"

"我不是跟您说了嘛，女士，马罗内比同龄人更超前！"

迪米特里·穆兰恰在此时站了起来。他那一米八的身躯伸展开来，侧影一下子碾压了教室、迷你桌椅、微型玩具，以及矮个子的幼儿园园长。

"我觉得这回你们又说回去了！我交班已经迟到了。而且我的孩子已经一个人在院子里见鬼地等了很久了。"

他的妻子别无选择地站了起来。迪米特里竟还花了些时间打量起老师来。在院子的另一头，马罗内从厕所里出来了。

雨停了。

"看看我的孩子，"穆兰先生说，"一切正常！请给那个心理医生带个话：如果他要找碴儿，我们两个人谈，在男人之间谈。我的孩子没挨打，没被性虐待，什么也没有。他很好，您明白了吗？他很好。至于其他的，我想怎么养他就怎么养！"

"我明白了。"

克劳蒂尔德·布吕耶给他们打开门，犹豫了一下，观察着马罗内走过来，然后开口。

"但请允许我提个建议，因为我看到最近这几个月马罗内有了些变化，请别见怪，穆兰先生，穆兰夫人，你们得给儿子多穿点。"

"因为天气要变冷了吗？"阿曼达担忧地问。

"因为你们的儿子感觉冷。经常这样。几乎每天。即使出太阳的日子也是。"

斯柯达晶锐在玛涅格利兹空荡荡的大街上飞驰。布拉曼泽路。迪爸的手指敲击着方向盘。在他身后的儿童椅上，马罗内紧紧地抱着古奇。

短针指着 1，长针指着 4。

他急切地想回家，回到他的房间，和他的玩偶一起躲到床上。因为它会告诉他在幼儿园里发生的一切……

9

"您想理解孩子的记忆是如何工作的，警长，是这样吗？"

玛丽安·奥格蕾丝点头表示肯定。瓦西尔·德拉戈曼深深地吸了口气，然后开始解释。

"好吧！这可能会花一些时间，尽管事实上这并不是特别复杂。首先，需要记住一个原则，只有一个原则，很简单。对于一个孩子来说，保存记忆的时间会随年龄的增长而延长。如果是一个三个月大的婴儿，他的记忆会保存大约一星期。一个游戏，一段音乐，一种味道……一个六个月大的婴儿能拥有一段记忆的时间是三个星期，十八个月大的孩子能保存记忆三个月，三十六个月大的孩子差不多六个月……"

玛丽安似乎并没有被说服。她不耐烦地挥了一下手。

"数学理论到此为止。但一个孩子的记忆应该取决于别的标准，不是吗？我想，一个婴儿对于他每天都看到的东西或人应该记得更牢。或者相反，对一个特殊事件，一件他经历的最让他喜欢或害怕的事记得更牢。"

"不，"心理学家冷静地解释道，"不是这样运作的。您刚才说的好像是我们在谈论成年人的记忆，一种有能力根据重要与否、是否有用或是真是假来进行选择的记忆。三岁以下的儿童的记忆是以另一种方式运作的。一切没有后续激活的记忆都会无可避免地逐渐消失。来，我举个例子。从出生到三岁，您让一个孩子每天都看同一部动画片。他一遍一遍地看，牢记于心，动画片里的人物成了他最好的朋友。然后，在接下来的一年里，您不再给他看了，十二个月内从不向他提起。到他四岁的那天，您重新拿出 DVD，再次给孩子放这部动画片。

他完全不记得！"

"真的？"

"真的！与动画片或故事同理，一个人们不再提起的亲戚，去世了的爷爷，不再出现在视线里的玩具，搬走了的小邻居也是这样。引起人们错觉的是，人们很少会在好几个月内都不提起一个重要的回忆。相反，如果我们问起的话，就会知道，小孩子的短时记忆非常出色，他知道早上他把橡胶奶嘴藏到了哪里，记得每星期都会去玩的公园里的秋千是什么颜色，记得面包房的那条街上栅栏后面的狗，尤其当这些行为在对话里被经常性地重复或提起的时候。"

"因为是父母构建了孩子的记忆？"

"没错，几乎百分之百。而且我们也是这样。这就是所谓的情节记忆，或者说自传性记忆。我们成年人的记忆几乎全部都是由间接记忆构成的——照片、叙述、电影。就和口头传播的原理一样，关于记忆的记忆的记忆。人们以为清晰地记得三十年前的假期，记得每一天、每一道风景、每种感情，但这些仅仅是图像，永远相同的图像，是我们根据非常个人化的标准选择和重构出来的图像，就像一架仅拍摄一个视角、一部分布景的相机。你第一次骑车摔倒、第一次接吻、中学会考出成绩当天喜悦的叫喊，都是一样的东西。你的大脑会根据它的主观性选择且只保留让它感兴趣的东西。如果你能回溯时间，重新播放精准记录过去的电影，你会发现真实事件和你的记忆有很大出入。那时的天气如何？你是先做的还是后做的？除了你还有谁在那儿？没有，一无所知，你记得的只有一些瞬间画面！"

玛丽安一直越过心理学家的肩膀注意着窗户后面来来往往的同事们。几个警察鱼贯经过，手里拿着高脚杯或三明治，不慌不忙。提莫·索雷一直没有联系拉罗什尔教授。

"我很想相信您，德拉戈曼先生，"玛丽安继续对话，"即使这让人震惊。但是回到孩子身上。从什么时候开始人们才能拥有保存一生的记忆呢？"

"这很难说，就是因为我刚才向您解释的那些缘由。一些人声称记得自己两三岁时的经历，但那些只是他们听来的或重构的记忆。收养儿童就是典型的例子，尤其是从国外收养来的孩子：他们如何区分自己真实的记忆、他人的讲述以及自己的想象呢？加拿大学者的研究表明，那些知道自己在更小的时候被收养的儿童从心底里认为他们记得收养前的生活，但不知道自己曾被收养的儿童则完全相反（心理学家瞥了一眼桌上的儿童画）。因此，总的来说，警长，要准确回答您的问题的话，我们大多数人都没有任何关于四到五岁前的生活的直接记忆。您和您的孩子在他们生命的前六十个月所做的事，带他们去动物园、去海边，给他们讲故事、庆祝生日或圣诞节，这些事您一辈子都会深情地记得，恍如昨日，然而对于他们来说，噗……一片虚无！"

玛丽安以一种古怪的眼神看着他，仿佛他刚才在宣扬一种邪教。

"虚无？那些事有益于他们的自我塑造，不是吗？儿科专家说四岁以前是关键……"

瓦西尔·德拉戈曼露出了一个大大的笑容。这正是他希望引领警长思考的问题。

"当然！头几年是关键，甚至出生前也很关键，如果参考精神家谱理论①和代际传递的往事阴影的话。价值、品位、性格……全都在我们来到世上的前几年就确定了。一切都被永久性地镌刻好了！然而正相反，若严格从对事实的直接记忆这一观点来看……完全没有！这就像悖论一样令人吃惊，不是吗？我们的人生由事件、由暴力的行为或爱情的印记所引领，对此我们没有任何证据。那是一只我们永远不会进入的黑匣子。"

玛丽安试图反驳。

"但是那些记忆还是会被储存在这只无法进入的黑匣子里吧？"

"是的……实际上这是一个相当简单的机制。在没有获得语言能力的时候，思想靠图像进行，记忆同理。从精神分析的角度来看，那些记忆只能被储存在无意识中，而不是在意识中，甚至不在前意识中。②"

---

① 由法国心理学家、心理治疗师 Anne Ancelin Schützenberger 于 20 世纪 70 年代提出。根据该理论，一个人的心理问题、疾病、无法解释的奇怪行为等可以通过其家族中先代直系亲属所经历的重大事件或创伤等解释，即后面提到的代际传递的往事阴影。该词由表示"心理""精神"等意的前缀加上"家谱"一词构成，目前似无确定译法。

② 根据精神分析理论，人的心理可分为三个部分：意识、前意识和无意识。意识指个人目前意识到的一切。前意识指虽非目前意识到的但可以通过回忆而变为意识内容的一切。无意识则指被压抑而不能通过回忆再召唤到意识中的一切。

警长睁大了眼睛，表示她听不懂了。心理学家耐心地向她倾身解释。

"换句话说，在一个看起来忘记一切的小孩子身上，总有一些痕迹残存！人们称之为感觉记忆，或者感觉运动性记忆。这种记忆表现为从感情、印象、感觉中扩散出来的记忆。最经典的例子是，一个在不到三个月大的时候进行过包皮切除术的孩子直到十岁都会留有对医院的强烈恐惧，害怕医院的颜色、气味、声音，而他甚至不知道自己曾踏足过那里。在我们心理学家的语言中，我们把这种无意识的创伤记忆叫作阴影。"

奥格蕾丝警长对这场对话越发感兴趣，不仅仅是因为这个心理学家一说起一个新理论，他那浅褐色的眼睛就亮了起来。她就像一个如饥似渴的学生一样享受，感觉自己正走向一片未知的大陆，一个住着土著居民的原始岛屿，零到四岁，命运由父母塑造，塑造一个毫无瑕疵的命运。这是所有妈妈的梦想！

"问个愚蠢的问题，德拉戈曼先生，"她说，"一名优秀的教育者会如何解决创伤的问题呢？帮助孩子忘记它，还是相反，讲出那些事情，谈论它们，让阴影不再停留在他脑袋里的某个角落？"

瓦西尔的回答毫不含糊。

"所有心理专家都会跟您说同样的话，警长：对创伤的否认是一种解决不了任何问题的保护方式！要想带着创伤生活，就必须要迎击它，讲述它，接受它。这就是鲍里斯·希瑞尼克著名的通俗化回弹理论①。"

警长乐此不疲地挑衅。

"这有点傻，不是吗？"

"为什么？"

赢了！瓦西尔专注地看着她。她扩大优势。

"呃……您看，我想起了那部电影，《美丽心灵的永恒阳光》……关于一个可以消除人的痛苦记忆的公司的故事。听起来很吸引人，不是吗？比起总是想着一个失去的爱人，倒不如直接把他从记忆中消除！"

---

① 鲍里斯·希瑞尼克，法国精神分析学家、精神病专家。"回弹"一词原为物理学用语，指物体的冲击韧性，心理学中用于表示一个经受过创伤的个体从创伤中恢复的能力。

"那是科幻故事，警长。"

这回，换成玛丽安牵着心理学家的鼻子走了。

"没错，对于成年人来说这是科幻故事。但根据您刚才告诉我的理论，在一个小孩子身上这是完全有可能的！对于一个记忆已经固定的成年人来说，道理我很明白。心理创伤不可能被压抑。除了像对待肿瘤那样把它摘除之外别无选择。但对于一个不到四岁的孩子来说就不一样了，不是吗？既然所有他有意识的记忆都会永远消失，我们可以打赌，最好的做法是什么都不说，让那些记忆消散，模糊，最后显得不真实……即使一个孩子隐约记得一次创伤，那也跟在书里或者电视上无意看到的暴力画面没有差别。类似禁闭理论，如果您愿意这么说的话，有点像填埋放射性废弃物。"

心理学家似乎觉得有趣。

"请继续。"

"瞧，想象有个一两岁的孩子经历了一场屠杀，就像那些来到法国的柬埔寨人或卢旺达人①，他们的家人都在他们眼前被杀了。怎样做才是最好的呢，德拉戈曼先生？从他们的头脑中擦除一切，让他们忘掉恐惧，像别的孩子一样快快乐乐、无忧无虑地成长，还是让他们带着这个负担度过一生？"

"坦率地讲，警长，严格从精神分析的角度来看，您的否定理论是异端邪说！孩子的感觉记忆会和大人想要塞进他头脑里的记忆发生冲突，而且您无法消除阴影……"

他停顿了一会儿。

"但是您的禁闭比喻很正确，警长……就像填埋放射性废弃物一样。可能在若干年之内能保持住，但随时都有可能爆炸！"

他向女警官投去了一个"你懂的"的眼神。

"实际上，并不存在一个绝对的规则。抑制一次严重的创伤可能会导致失忆，包括成年人在内。也有恢复记忆的情况，比如在童年时期遭到性侵的记忆被否定、掩埋，到成年时又浮现出来。那么如何分辨这份记忆的真假？无意识的阴影就在

---

① 应指 1975—1979 年发生在柬埔寨的红色高棉大屠杀和 1994 年的卢旺达种族大屠杀。

那儿，警长，它们伴随着我们，一辈子，就像那些看不见的忠诚的小天使。事实上，只有一种方法能让人学会与它们和谐共处。"

"是什么？"

"是爱，警长！小孩子最需要的是生理上和情感上的安全感，稳定，对保护他的成年人的信任。不管是否讲述出创伤，如果这个要素不存在就没有任何意义，那就是母爱、父爱或者任何一个与这孩子有关的大人的爱。他只需要这个！"

玛丽安放任自己沉溺在德拉戈曼的话语中。这家伙除了拥有东方口音以及浅色橡木颜色的、如同开学日的小学生课桌一样闪耀着光泽的眼睛，还拥有与生俱来的教学才能。他懂得节奏、省略和悬念的意义。如果所有心理学家都像他一样吸引人，那么大学里的心理学教室的长椅恐怕就要被学生们占领了。

她向面前的儿童画投去犹疑不定的目光。

"好吧，德拉戈曼先生。好吧！一位母亲的爱……但是回到马罗内·穆兰身上，我还有些东西没弄明白。您说在蒙加雅的购物中心调换妈妈的事发生在几个月前，快一年了。如果一个像他这么大的孩子这么容易忘事，马罗内又怎么会如此准确地记得这件事呢？更别说那些更早的记忆，假定的过去的生活，海盗船、火箭、食人妖……"

"因为有人向他提起那些记忆，每天，每晚，每星期，持续了数月。"

警长差点从椅子上摔下来。

"什么呀，是谁？谁跟他讲以前的生活？"

就在心理学家准备回答的时候，皮埃里克·帕德鲁警员走了进来。他冲玛丽安绽开一个大大的笑容，同时递给她一个灰蓝色的防弹背心，上面印有国家警察的标志。

"时间到了，我的长官！我们亲爱的医生刚刚打来了电话。提莫·索雷想要尽快见到他，他们将在不到一小时后在港口的秘密地点见面，在大阪码头，就在拉罗什尔医生昨天给他缝合的地方。"

奥格蕾丝警长噌地站了起来。

"派十个人，五辆车，决不能让他跑了！"

　　瓦西尔·德拉戈曼迷茫地看着警局上下的一片忙乱。玛丽安正准备关上门，他弱弱地举起一只手，她连看都没看。

　　"您不想听问题的答案吗？"

　　"哪个问题？"

　　"谁对马罗内·穆兰讲他以前的生活。"

　　"他告诉您了？"

　　"是的……"

　　玛丽安一边在门前跺脚一边用手刮擦着她的克维拉纤维 ① 背心。

　　"好吧，快说！"

　　"他的玩偶。"

　　"什么？"

　　"他的玩偶。马罗内管它叫古奇。他说是古奇每晚在他的床上向他讲述以前的生活。而且……我得说……"

　　这个心理学家眼里闪烁着星光，告诉你火星上有生命，说服你和他一起乘着一枚火箭飞向那里，繁衍生息。

　　"……我得说，警长，尽管这听起来很奇怪……但我觉得他说的是真的！"

---

① 美国杜邦公司于 1965 年推出的一种低密度高强度纤维，被用作防弹背心的材料。

10

帕德鲁警员藏身在犹如彩色钢铁砖块一般的集装箱高墙后面，仔细观察着码头另一边的白色丰田雅力士。那是唯一一辆停放在由弗朗索瓦一世船闸封起来的半岛上的车子。

所有退路都被截断。

西边是海。

南边的亚洲码头上，两辆雷诺梅甘娜护卫着帕德鲁。

北边的美洲码头，另外两辆看不见的警车隐藏在几架巨大的起重机后面静候待命，起重机的金属脖子悬在一辆委内瑞拉轮船上方。

东边，第五辆梅甘娜里坐着警长奥格蕾丝和下士警察加布拉尔，车子停在距离目标较近的位置上，就在雅力士所在的半岛上，一堆堆人工沙土堆的后面。这些沙土是从三角洲底部挖出来的，为的是让那些不断加高和加深的巨型装甲舰能够在混凝土码头停泊。

西西弗斯式的作业。刚挖走几立方米，一涨潮又被大海填回两倍的沙子。

帕德鲁警员有一段时间没来港口码头了，尤其是弗朗索瓦一世船闸和升降活动桥的对面一侧。在当时，人们都说这是世界上最大的船闸，直到比利时、荷兰和中国先后将其超越。

帕德鲁警员不禁回想起了四十年前，那时他骑着车跟在父亲后面，在其他码头工人卸下来的货箱之间穿梭。勒阿弗尔在经历了四十五年前摧毁了五分之四城市的轰炸之后几乎还在冒烟。

他不记得四十五年前的勒阿弗尔，有着花园住宅、船东、赌场和海滨浴场的勒阿弗尔，让老人们、他的父亲、母亲念之落泪的勒阿弗尔。那是咖啡码头和奥瑟阿内码头①还没有被改为电影院、音乐厅、FNAC、品琪或弗兰匙②的勒阿弗尔。现在的年轻人继续光顾码头，就像四十多年前的他，但如今他们来这里是为了打发时间，或者上班下班！

"哦，帕皮，听得到我说话吗？"

让－巴蒂斯特·勒什瓦里埃站在他的正对面，正北方向的美洲码头，他们中间隔着五百米宽的海洋和四千米长的堤坝。帕德鲁警员从怀想中回神，按下对讲机。

"是呀，我听得到。你也看到那辆白色的雅力士了吗？"

"银白色。我看得到它的全景，提莫·索雷就在里面。波戴恩告诉了我他的一些可爱的标志，他看起来不太好。我想他正在祈祷拉罗什尔别把他给忘了。"

帕德鲁警员看了看表，13：12。

"我说，他在干吗，那个猪头医生？"

"他说他快到了。他在找……你得相信他不会在他的导航上选择'工业区'……"

帕德鲁警员暂时切断了对讲机，重新把双筒望远镜举到眼前。提莫·索雷把脖子枕在了靠枕上。他短暂地合眼，但从不超过几秒。其他时间他密切注视着四周，保持戒备。他的双手一直紧握着方向盘，没有任何迹象表明抢劫犯带了武器。

因为他要保证自己能用最快的速度发动车子？

因为他很痛苦？

帕德鲁把对讲机举到耳边。

"玛丽安，我们怎么办？总不能一下午都等着那个医生。吉贝觉得不如冲过去……"

"你呢，你怎么想？"

"索雷那小子很难从我们手中逃脱。他停的码头只有一条往南的路，北面只

---

① 咖啡码头为勒阿弗尔一处集合了餐饮、旧货业、展览、舞会等功能的市民娱乐中心；奥瑟阿内码头为勒阿弗尔的一座多功能厅，是当地两家体育俱乐部的活动地点。

② FNAC，法国知名的文化产品和电器产品零售商，全称为"国家经理人采购联盟"；品琪（Pimkie），法国女装品牌；弗兰匙（Flunch），法国连锁餐厅。

有两座桥。我们应该能堵住所有去路。"

"是啊。但索雷停在那儿不会是偶然。他那里能 360 度地观察周围。我们一出动，在距他一公里的地方就会被他发现，而且我们完全不能确定他没带武器。你有医生的消息了吗？"

"吉贝说，他快到了。"

"那么按原计划行动。拉罗什尔会与他见面，让他服下硫喷妥钠。麻醉诱导会让他在五分钟内睡着。如果不行，拉罗什尔会让他躺下，给他乱开刀，我们趁这个时候接近。那医生开的是什么车？"

"一辆萨博 9-3。"

玛丽安吹了声口哨。

"那么不等他来就开始岂不浪费？他同意跑到这儿来让码头的沙砾弄脏他的轮子已经是奇迹了。"

帕德鲁重新抓住机会。

"这是荣誉问题，头儿。阶级团结！别忘了提莫·索雷口袋里揣着多维尔四个最大的珠宝店橱窗里的货。站在好医生拉罗什尔的角度想想，要是让那些乡巴佬占了便宜，大佬们去哪儿？"

奥格蕾丝警长中断了手下的激昂演说。

"好了，帕皮。我明白你的意思。我们再等十分钟，等我们的正义使者找着地儿，然后出击。"

码头似乎空无一人，就好像港口的轮船都被遗弃了，没有技术人员操纵的桥式起重机在惯性中自己吊起一排排集装箱。仿佛那些机械和机器人掌握了权力，成为这钢筋水泥的地狱仅剩的幸存者。卸下的集装箱堆在一起，也许永远这样堆下去，根据某种已随最后一个人类一同消失的、被遗忘的荒诞逻辑。

帕德鲁想，即便这些集装箱里价值连城，对他来说，在这些胡乱叠放的一堆堆巨大铁箱中存在一种秩序，一种不管是什么的理性安排，这实在超脱现实。而港务监督长办公室里的会计能够知道在这几千平方米的码头上存放了什么货物，这简直是不可能的。

帕德鲁警员不错眼珠地盯着白色雅力士的同时，想起了父亲的话。

一个正在运转的码头是无船停留的码头。

一艘不航行的船、一艘停泊在港口的船没有任何价值。大批码头工人在每艘新来的船靠岸时蜂拥而至，以最快的速度搬空货物，他的父亲也曾是其中一员。他的速度打破了团队搬运的纪录。

如今，帕德鲁正站在这个正在运转的空无一人的码头上。

"医生还在阿尔弗勒呢。"吉贝的声音从他手中刺啦刺啦地传出来，"他说他堵在路上了，要我说，他是从诊所坐马车过来的。他保证十分钟之内到。"

帕德鲁再次看表。离他和索雷约好的时间已经过了七分钟。

"我们怎么办，玛丽安？"

"按兵不动。盯好那辆雅力士，等待。"

等待。

一艘灰色的油船在港口缓缓航行。俄罗斯国旗。大约是运输天然气或者碳氢化合物的。照这个速度来看，再过几分钟它将会从美洲码头前驶过，从而妨碍吉贝对半岛的监视。

问题不大，码头另一头的帕德鲁这样想着，因为玛丽安和他的视野是完全不受阻挡的。从水泥堤坝倾泻而出的一注细流在一碧如洗的天空中留下一道明亮的痕迹，如同纸上未擦净的铅笔颜色。

"索雷动了！"

玛丽安在对讲机中大吼。帕德鲁将望远镜按在眼睛上，正看见提莫·索雷龇牙咧嘴地坐直身体，发动了车子。

雅力士冲向岸边，在一片烟尘中掉转车头，朝正北方向开去，几百米以外就是控制船闸入口的红色金属桥。

"朝你去了，吉贝！"这回大吼的是帕德鲁，"索雷放了个烟幕弹。他怕玛丽安，所以朝着你去。"

被安排堵住提莫·索雷南面去路的帕德鲁警员埋伏在装有碳氢化合物的油罐和通往三角洲的道路之间，此时只有围观追捕大戏的份子。尽管他与现场的直线距离只有五百米，但他和索雷的雅力士中间隔着两千米长的码头。

他看到玛丽安的梅甘娜从沙丘后面蹿出来，只比索雷慢了几秒。警笛鸣起。

受伤的抢劫犯毫无机会……

望远镜抬高了一点，仿佛猜到了雅力士的路线。

妈的！

帕德鲁警员咬住嘴唇忍住了另一句脏话。

索雷等待了一个好时机。

当雅力士开到弗朗索瓦一世船闸时，俄罗斯油船的船头几乎触到了升降活动桥的边缘。索雷的车在桥开始缓缓升起时依旧提了速。仅仅几厘米。

与警笛声相呼应的是船闸的警报声。船闸前的三盏红灯闪烁起来，在警灯蓝色的光晕中倾入鲜红，如同黑白电影突然被上了颜色。

雅力士驶上了红桥。在双筒望远镜的两个镜片中，它和巨大的装甲油船相比显得格外渺小，像一只擦过犀牛角的苍蝇。

"在它出去前把它截住！"帕德鲁无能为力地高喊。

"我什么也看不见。"吉贝在对讲机里回答，"我在这艘该死的俄国船旁边跟个盲人似的。要是索雷开过了船闸，我就能和他迎面碰上了。"

或者他刚好越过你，帕德鲁担心地看了一眼，计算着。

玛丽安的梅甘娜则快要到达红桥了。开车的是加布拉尔，一名结实、可靠、经验丰富的警察。

"加速，该死！"警长命令道，"要是索雷过得去，我们也得过去！"

玛丽安·奥格蕾丝解开了安全带，打开自己这一侧的车窗以获得最佳视野。

同时便于开枪，如果需要的话。

加布拉尔没有半句抱怨。

帕德鲁看到提莫·索雷最后冲刺了一下，如同冲上跳板，然后从升起的桥上飞跃到码头上，越过了一米的距离，或许不到一米，从他这么远很难估计。

他觉得雅力士好像弹了几下，同时拐向右边，险些翻车。在完成一个几乎不可能的掉头后，车子稳定了下来。

这个恶棍索雷肯定疼死了，帕德鲁咒骂着。被拉罗什尔医生亲切地施以乱刀，伤口还新鲜，这下冲击肯定让他五脏六腑都翻了个儿。

还没完。下一秒，白色雅力士再次飞驰在集装箱之间，驶入阿米拉尔－希路大道。

"正前方！"帕德鲁冲吉贝大叫，"他会出现在你的瞄准点上。"

升降桥继续上升，已经超过了一米。玛丽安的梅甘娜仍在加速。警报震耳欲聋，闪光晃得人什么也看不见。

"过不去！"

加布拉尔猛然踩下刹车。

警车的轮子在距离升起的桥头几米处停了下来。奥格蕾丝警长没来得及反驳，她的脸撞上了沾满潮湿沙子、未被清洁干净的挡风玻璃。

提莫·索雷的雅力士，以及随后而至的吉贝和宪兵副队长勒诺芒的两辆梅甘娜消失在了帕德鲁的视野中。对讲机里传出他颤抖的声音。

"见鬼，还好吗？"

"还好。"

回答的是加布拉尔。

"会好的。警长受了点伤，我想等她把鼻子擦干净之后就会狠狠地骂我一顿，但比起冲下船闸我更喜欢这个。"

升降桥缓缓回落。终于，港口活了起来。人们从集装箱后面跑出来，如同玩具汽车从它们的盒子中滑出来。吃惊的俄罗斯水手聚集到油船的栏杆旁。吉贝的声音把帕德鲁警员吓了一跳。

"帕皮？"

"在呢。"

"我们找到雅力士了。"

"真的？"

"空的，"吉贝补充道，"在第 16 港大道。我们封锁了这个区域。他走着，又有伤，不会走太远。"

"你这么说是没错。"帕德鲁用一种不太确信的口气说。

他熟悉那个地方。第十六港大道环绕着涅芝区，是一个拥有一千居民的奇怪的小村子，一半是工业郊区，另一半是敏感的城区，整个由码头的人控制。一片飞地。一群孤民。

提莫·索雷的这个见面地点不是随便选的，泊车地的选择更是经过了深思熟虑。他可能在涅芝区躲藏了好几个月，如果这里有他的同伙，找到他要花上几星期时间。

他很可能活不到那个时候了。

11

短针指着 1，长针指着 7

马罗内在客厅的地毯上玩着他蓝白相间的小火箭。古奇靠坐在椅子脚看着他。马罗内本想回到楼上房间，听他的玩偶向他讲述幼儿园的事，但他不能。

今天中午没有时间，达妈妈说。

只有时间热一下面，摆好餐具，迅速吃完饭，然后就该回学校了。

马罗内让小火箭起飞，寻找一个能让它降落的星球。扑通通星球似乎是个不错的目的地，那是一个梨子形的紫色柔软星球。他听到迪爸仍在厨房大声说话。他边喝咖啡边重复着同样的话。

园长和瓦西尔。瓦西尔和园长。

他很生气，虽然迪爸没有在吃饭时一直看着他，但马罗内很明白其中的原因。

因为他。

因为他跟瓦西尔讲的那些话。

他没当回事，迪爸可以吼他，或者不再理他。要是他愿意，还可以惩罚他。可他没当回事！他决不会跟他说什么，而要继续向瓦西尔讲故事。他跟妈妈保证过了。

达妈妈已经快速喝完了咖啡，洗了碗，在他额头上使劲亲了一下，打扫了一圈，又好好爱抚了他一番。现在，她正在整理之前拿到学校去的书包里的杂物——文件、笔记本、相册。她打开了楼梯下方的大橱柜，然后迪爸把她叫走了。他已经穿上了大衣，却找不到他的方巾。达妈妈总是说她有两个孩子要照顾！

她到楼上的卧室里找方巾，迪爸则坐在厨房的电视前等待，手里端着咖啡，一边喊着自己要迟到了。

马罗内让小火箭在扑通通星球上安稳着陆。他来到走廊里，向那个平时从不开放的、黑漆漆的大门走去。

他一直走进了橱柜里。唯一的光源来自外面，当他走进去的时候变得更暗了。他贴着边，紧靠架子上的相册。没必要打开它们，他已经看过了，达妈妈给他看过几次，但他认不出小时候的自己。多亏了古奇，他记得很多事情，却不记得自己。不记得自己的模样，不记得还是宝宝的他是什么样子。

马罗内看着楼梯下面堆放的其他纸箱和物品。他辨认出一幅很大的画，很奇怪，因为上面写着巨大的字母。马罗内还认不全字母表，但他会读自己的名字。

M.ALONE

在幼儿园，他得从一堆别的小孩的名牌中认出自己的那个，然后把它挂到墙上。

M.ALONE

他的名字被写在藏在楼梯下面的这幅画上，用大号字体写在白纸上，封在玻璃后面，但不是用毡笔写的。既不是用颜料，也不是用钢笔。

马罗内为了确认不得不贴得更近。

他爬上了几个纸箱，两手拿起画放到稍亮一些的地方，以便看得更清楚。

组成他名字的字母是用动物拼起来的！

极小的动物。

蚂蚁。

数十只蚂蚁被排列、粘贴，然后压在玻璃板下面。做这幅画的人一定花了很多心血。几乎没有一只蚂蚁突出轮廓。画面漂亮，且十分干净，尽管马罗内对于这些为组成他的名字而被活活杀死的小动物感到有点难过。至少只用已经死掉的蚂蚁做这幅画呢？

这会是谁做的？

不是迪爸，这是肯定的。他那么讨厌上色、剪纸、搭乐高积木，诸如此类的事。那就是达妈妈。为了给他一个惊喜?

奇怪的惊喜。他不太喜欢蚂蚁,尤其是死蚂蚁。他更喜欢用毡笔写出自己的名字,让颜料沾满手指,就像在幼儿园里那样。

大门关上了,迪爸甚至都没跟他们说再见。

"我们要出发了,亲爱的!"达妈妈在楼上的卧室里喊道,"去找找你的外套,好吗?"

马罗内连忙从楼梯下的橱柜里出来。出来之前他看到了另一样东西,另一些怪异的小动物,也是死掉的。

而且它们比蚂蚁要大。

12

　　丑陋的纱布贴在玛丽安·奥格蕾丝的两侧脸颊上，压住了她的鼻子。

　　像个拳击手似的，她想，或者一头从专业整形诊所里走出来的美洲狮！她难以承受十四双紧盯着她的眼睛投向她的目光，尤其是来自吉贝和加布拉尔的目光，原因不尽相同。然而任务报告是逃不过的。提莫·索雷的逃脱使她不得不在这个案子上投入最大量的人员，包括那些刚来不满一年的人，因此必要的工作是保证所有人对多维尔抢劫案的信息掌握程度一致。

　　她认命地走到房间中央。当她第一次在梅甘娜的后视镜中、在弗朗索瓦一世桥上看到淌血的鼻子的时候，她就该哭了。很奇怪，这是她想到的第一件事，甚至先于考虑提莫·索雷的逃跑：重新找到一张面孔需要花多少时间？一星期？一个月？几个月，若是她的鼻子折了的话？她的个人倒计时也会浪费掉很久，因为要带着这样的鼻子找到一个能和她生孩子的男人……

　　这都魔怔了，我说！

　　警长冷静下来，趁着警员们分发资料的工夫把U盘插进电脑。再说了，她的鼻子还没断呢！拉罗什尔还算靠谱，在码头检查了她的鼻子，而围观的码头工人和水手不干别的，只盯着她看，就像在看一个从集装箱里跑出来的偷渡者。

　　医生说，连缝都不用缝，就是有一大块血肿，过几天就会消失。拉罗什尔至少在这件事上还是有点用的！

　　就在索雷消失的三分钟后，医生把他的萨博9-3停在了船闸对面，刚刚包扎好的玛丽安冲他大发脾气，最后甚至威胁要就他妨碍执法展开调查，因为不管怎么说，这事有点过分了，不是吗，都是因为他的GPS没有导航到码头！

如果他是故意拖延呢？如果他有意放走提莫·索雷呢？

把她从人群里拉走、让她冷静下来的是帕德鲁，他没有把拉罗什尔放在心上。"冷静，玛丽安，"他轻声说，"那个医生给我们提供了准确的时间地点，提莫·索雷如约而至，我们只需要截住他。是我们把事情搞砸了！"

他是对的，拉罗什尔不需要为他们的无能背锅。再说，那医生一直笑嘻嘻的，被一大群警察围着转也没被吓到，反倒觉得有趣。

"好吧，帕皮，"玛丽安从牙缝里挤出这句话，"这事我们再议。"她的助手是对的，不管怎么样，对待那个医生要谨慎，他们可能还用得上他。索雷身上那个被翻开的凶险的伤口可以算得上是他的个人作品……

然而，回警局的路上玛丽安一直在反复想着同一件事。

今天，因为一个愚蠢的医生，我让一个罪犯逃了，我还被毁了容。

杀人欲望

我抓起别在腰间的手枪，然后我……

她想象不出一个滑稽或者惊人的后续，总之肯定比不上 envie-de-tuer.com 上的网友们，他们竞相想象最极端的方法来处死日常生活中那些讨厌鬼。这个白痴网站的规则很简单，介绍一个破坏你的生活、让你恨不得杀掉的人，然后描述一段虚拟的行动，尽可能让人狂喜、感动或悲痛，由网站的读者组成的陪审团来判断是否有效……vie-de-merde.com[1] 的 2.0 版……对于那些在生活中受挫、意志力薄弱的匿名网友，这两个网站都能让他们宣泄情绪，过过嘴瘾！而且，警长想，这个网站用某种方式改变了她的生活。

然而她还是把它从脑海中驱走，开始播放幻灯片。她如释重负地看到，刚才投在她脸上的目光都转向了多维尔的地图。之前玛丽安让卢卡斯·马怀特做了一个谷歌街道实景的 3D 动画。此人是个实习生，还没正式上班就已经在警局待腻

---

[1] vie de merde：他妈的生活。该网站的规则是，由网友发帖描述生活中遇到的糗事，其他网友可以点赞（"确实很糟"）或给差评（"你活该"）。

了。这个技术看起来很简单，只要下载好基础应用就可以了。自此，虚拟的街景复原便成为预审法官们的最爱，也算是紧跟科技潮流。

"2015年1月6日，星期二，"玛丽安开始陈述，"11：12。天气寒冷，风很大。多维尔的大街上几乎没有人。两辆摩托车停在了市中心的圆形广场处，就在欧热尼-科拉街和吕西安-巴里埃街交汇处的车站中心，紧邻赌场。与此同时，一对优雅的情侣相互挽着走过步行道。男人戴着一顶灰色苏格兰毡帽，女人用丝巾裹住了头发。透过这种城市中最常见的监控摄像头无法辨认出他们的脸。"

监控画面上，一蓝一红两道身影行走在多维尔名牌遍布的商业街上，他们的衣着和面目模糊不清，正是警长描述的两个人。

"两辆摩托停下时，这对情侣分开了。男人走进了爱马仕专卖店，女人则进入了LV店。接下来一切都发生得很快。两名摩托车驾驶员带着马弗里克88霰弹枪分别闯入欧热尼-科拉街两家主要的珠宝店——高宝丽和布洛，与此同时，戴苏格兰帽的男人掏出一把贝瑞塔92手枪指向爱马仕店里的两名售货员，LV店里的女人也做出了同样的举动。他们只用了两分钟就装满了四个袋子，一人一个。他们目标明确，只拿容易带的东西——手表、珠宝、丝巾、皮带、钱包、提包、眼镜……还有一些更稀有的收藏品，动作毫不拖泥带水。四人同时离开，来到欧热尼-科拉街上。两个摩托车骑手把他们的袋子交给了女人。此时警报响起。警局就在距离此地七百米的街尾。一名叼着烟的警察冲了出来，他应该看到了那两辆摩托。"

从街道全景地图上可以看到诺曼底地区的木筋墙房屋快速后退，就像肩膀上扛着的摄像机拍下的画面，最后画面停在了四个人出现的地方。

玛丽安继续陈述："我就不提媒体报道了，也不提这帮劫匪是胆量过人还是头脑发昏。我们只讨论事实。说实话，他们干得相当漂亮。两辆摩托车以极快的速度再度驶入欧热尼-科拉街，几乎要开到警局门口了，但在离警局二百五十米的莫尼广场那里拐了弯。目的很明确，就是要引开警方！在警方追他们的同时，另外两名同伙携带赃物逃离。他们的摩托车——两辆芒奇-猛犸2000——理论上足以把警车甩掉。"

"不是理论上。"会议室里的一名警察冷笑了一声。

"同意。"玛丽安承认，"这说明他们的计划非常完美。他们不是专业的，肯定花了大量时间准备，踩点，计算时间。只是这群劫匪运气不太好。"谷歌街道全景继续播放。屏幕上出现了一块空旷的竞赛场，周围是一圈豪华别墅。"有一队巡警刚好在案发时在城中巡逻。当时巡逻队走到了莫杰大道的赛马场，立马布置好拦截摩托车的行动。我想后面发生的事你们都知道了。"

屏幕上，排成一列的 3D 房屋消失了，取而代之的是距离极近的特写照片——人行道上的血迹，排水沟里的头盔。

"其中一名摩托车驾驶员先开了一枪，我们的人回击。另一名驾驶员——也没开枪的那个——被击中了。他的摩托车翻倒压在了他身上，头盔撞到了人行道上，面甲摔碎了。但是一些公共设施成了他的掩护，挡住了我们的人的部分子弹，包括一个路灯和一个垃圾桶。他的同伙躲在路边停放的汽车后面继续开枪，他则摘掉了头盔扔在一边。两架监控摄像头拍到了他的脸，一架位于赛马场前面，一架在花岸医院前。"

提莫·索雷模糊的面孔被投影到了墙上。他算得上是个帅小伙，柔和的目光却因带有一丝挑衅而颇显犀利。

"又一次交火。没出现新伤员。枪战总共才持续了十八秒。两辆摩托车掉头斜向驶入体育馆那条街，沿铁路行驶了一小会儿，然后拐入图克河沿岸道路，钻入小树林，看样子往主教桥方向去了。这种情况不可能追上他们。虽然设置了路障，但没有发现他们的踪迹。（警长稍稍停顿了一下，不易察觉地垂下了视线）再见到提莫·索雷就是今天下午了。"

玛丽安点了一下鼠标。多维尔市中心的街景再次随着一蓝一红两个人影移动起来。

"不过，他们的声东击西并没有完全起作用。这是劫匪们计划中的一粒沙子。戴着苏格兰帽的男人离开爱马仕店后，商店经理芙洛伦斯·拉加尔德不仅拉响了警报，还大胆地追到了欧热尼-科拉街的步行道上，同时拨通了电话。不到五秒钟后，她联系上了多维尔警察局的加罗瓦警员，并且冷静地告知对方，劫匪分成了两组，一组骑着摩托车逃走了，还有两个人徒步向另一个方向逃跑。这边也一样，一切发生得很快，总共不到两分钟。苏格兰帽男子带着手枪跑到了吕西安-

巴里埃街，不时回头查看，头巾女子则拖着四个口袋向海边跑去。他们的策略看起来很明了：女人负责把赃物运到安全地方，男人则在她后面打掩护，防止某个商店店员做出什么英雄主义行动。当他跑到会议大厦附近时，女人已经来到海洋街上的滨海散步道附近。她被赌场前的摄像头拍到了，时间是 11：17。一分钟后，同一个摄像头再次拍到她向反方向跑去，但是口袋都不见了！"

警长停顿了一小会儿，让大家好好领会赃物突然消失的这个细节有多么关键，然后才继续说。

"与此同时，掩护女人逃跑的苏格兰帽男子被两名警察堵在了吕西安 - 巴里埃街尽头的步行道上。交火的所有细节大家都知道了。女人大喊让男人和她会合。男人冲过去的时候，腿上中了第一枪，但他开枪回击，打伤了德拉特副队长。子弹正中髋骨。没有生命危险，但他后半辈子都得跛着了。他们跑到了海洋街，但遭到了从另一个方向赶来的两个巡逻队的火力夹击。男人和女人继续沿着大街逃窜，在车辆中间钻来钻去。我们的一名同事萨维那肩膀中了一枪，没有大碍。男女二人试图穿过街道，估计是想到街对面海边的庞贝浴池 ① 那里去。海边有一些游客在散步，主要是带着孙子、孙女的爷爷奶奶。警方不会冒任何风险。两名逃犯刚一暴露自己就被当街擒获。大家看屏幕。"

鼠标又一点，两张照片出现了。是一男一女两个人。

"西里尔和楼娜·吕克维奇。"玛丽安指出，"三角洲的邦尼和克莱德 ②。西里尔是本地人，有过很多前科。从十四岁开始，先是交通肇事和吸毒，然后他开始专门在奥芝地区的第二住宅 ③ 区实施入室抢劫。这些罪行让他在四年间服了三次刑，总计二十六个月。他很年轻的时候就在波提尼认识了他的妻子楼娜·阿达米雅克，波提尼是两人长大的村子，在卡昂以南二十多公里的地方。他们中学时期就一起贩毒，楼娜还帮他入室抢劫。通常由她踩点，因为没人会怀疑一个小女孩。"

---

① 沿多维尔滨海散步大道建立的集店铺、咖啡馆、酒吧、蒸汽浴室、泳池和数百个带浴池的小木屋于一体的建筑群，形成一道长廊。

② 邦尼和克莱德是大萧条时期出现在美国中南部的两名罪犯。

③ 第二住宅，即平时居住在城市中的人在郊外或度假地购买的专门用于度假的房子。

玛丽安把在街上逮捕的两名劫匪的面部放大。

"显然，他们是理想的客户，只不过这几年安分了不少。两人在 1997 年结婚。西里尔改行做了码头工人，一开始在勒阿弗尔工作，后来在全世界很多码头上都待过。妻子跟着他。2013 年年底，他回到勒阿弗尔码头。除了一些定期合同工，他没再找到其他工作。这可以成为他重操旧业的一个充分动机……"

警长让西里尔和楼娜·吕克维奇的照片在屏幕上多停留了几秒。两张微笑着的年轻面孔并排放在一起，看到的人甚至会以为这是在婚礼上或者结婚纪念日播放的幻灯片的开头。只差艾尔顿·约翰 ① 的小提琴曲或阿黛尔的原声音乐，就可以想象西里尔和楼娜从婴儿时期被父母抱在怀里，到躺在童车里，再到骑着自行车，扮成绝地武士或者莉亚公主 ②，穿着婚礼服走在米粒雨 ③ 中，最后脱下盛装，在多维尔的海滩上晒成古铜色。

玛丽安点了一下鼠标。

另一张照片。两具尸体面朝散步道躺在地上，四周聚集了一圈好事者。

"文件里有详细的解剖报告。这件事其实还有很多疑点，但最主要的是，从这个抢劫案出发，我们的调查集中在三个问题上。"

另一张幻灯片。

鼠标咔嗒一点。

字母闪烁着组成单词，进而组词成句。

不用说，这位年轻的实习生卢卡斯·马怀特软件用得很溜。就是不知道现场调查如何。

她很快就会知道了……

她清了清嗓子，大声念出了所有警察已经看到的问题。

赃物藏在哪儿？

----

① 英国著名流行音乐创作歌手。

② 二者都是电影《星球大战》中的角色。

③ 法国有向走出市政府或教堂的新人撒米粒的传统。因为大米象征着纯洁和多产，所以撒米意味着驱赶厄运和诞下子嗣。

"据多维尔商店店员估计，这批赃物价值大约两百万欧元，其中一百五十万为珠宝和手表，三十万为皮制品，还有与此几乎同等价值的名贵服饰、眼镜和香水。尽管这些诚实的店员已经诉诸保险公司赔偿，但抢劫造成的损失还是很大的，而且这些商品很容易流入国际市场。不过赃物的准确价值并不重要，我们需要关心的是，他们是如何让那四个袋子消失的。楼娜·吕克维奇把它们藏起来只花了不到一分钟时间，而且没有任何人看到，包括海滨浴场经营者、码头工人以及赌场的泊车服务员。我们派了十几名警察挨个搜查每栋房子，以及滨海酒店的每个房间。一无所获！没有任何蛛丝马迹！那么显然还剩一个可能，一个能藏下四个袋子的理想之所：滨海散步大道的小屋 ①。详情不用我说了吧，这些小屋已经构成了多维尔的传奇印象。四百个面向海滩的木屋，每一个都以一位好莱坞明星的名字命名，并属于一位来自巴黎的低调富豪。调查进行到现在这个阶段，我们别无选择，只能一间间打开，直到找到目标。（玛丽安抬头望天）多维尔的警察花了五个星期从头查到了尾……市政府的人把他们能打开的伞都打开了——更准确地说，是彩色遮阳伞 ②，并且要求每一个小得不能再小的、只用简单挂锁锁起来的木屋都要提交一份由法官签署的嘱托书。手续繁杂得可怕！（警长突然提高了声调）全是白费！彻头彻尾的白费工夫。在这些破屋子里，那批价值两百万的赃物连个影儿都没有！

她在屋子里踱了几步。在座的三十多名警察全神贯注地听讲，如同一群战战兢兢的学生面对一名过于严厉的老师。没人打开自己的平板或者手机。

"那么我们换个思路。还有一种方式可以思考消失的赃物：分析西里尔和楼娜·吕克维奇的奇怪态度。就算那两辆摩托成功引开了警察，他们又准备如何逃脱？在散步大道对面没有一个警察能拦住他们吗？戴着苏格兰帽和头巾就想躲过监控吗？多维尔可不是巴黎、安特卫普或者米兰！第一声警报一响，警方的路障就会堵住所有出城的通路，检查每一辆经过的车和每个人的身份。照常

---

① 多维尔的滨海散步道上有一排小屋，每个小屋都以一位参加过多维尔美国电影节的电影明星的名字命名。

② 多维尔的海滩上插着许多彩色遮阳伞，是多维尔有名的风景。

理来看，西里尔和楼娜应该在多维尔潜伏几天，等待风头过去，但我们没有找到有可能属于他们的任何落脚点、公寓或是预定的房间。总之，关于第一个问题，完全是个谜……"

咔嗒。

第二个问题。

字母们跳动了一会儿才乖乖排好。

提莫·索雷藏在哪儿？

警长无意识地用食指揉搓着鼻子上的绷带。

"从1月6日到现在唯一能确定的是，索雷受了伤。根据弹道专家的说法，他伤得相当严重。别忘了，在枪战过程中他还费力扶起了摩托车。抢劫案发生后，所有医院还有街角的诊所都处在我们的严密监控之下，这就不用说了。我们毫不怀疑，如果提莫·索雷没有被他的同伴丢下或者灭口，死在某个角落里，他一定会再次露面，就像一个固执的孩子因为疼痛而不得不吃药。我说的'我们'，是三角洲地区的所有警局，从卡昂到鲁昂！"

玛丽安露出了一个小小的微笑，这一笑牵动了她的鼻中隔。

"结果咱们局中了头彩！索雷躲在勒阿弗尔。不用说，经过今天下午的惨败，我们会成为整个区域同行们的笑柄。我们最好尽快抓住他，这个索雷……我需要十个人在涅芝区二十四小时不间断巡逻……"

警长舒了口气。

屏幕最下方显示：倒数第二张幻灯片。

结束得也不算太早。

玛丽安只讲了二十分钟就已经筋疲力尽。那些当老师的可是每天都要这样讲八小时呀……

第四名劫匪是谁？

她再次清了清嗓子。

"这一点我们无法确定，因为这名和提莫·索雷一起的摩托车驾驶员在交火的整个过程中一直戴着头盔。但我们很怀疑……"

最后一声咔嗒。

一张照片。照片上是一张四十来岁的男人棱角分明的脸。倒竖的浓眉和嘴唇上方没有刮干净的胡须组成了一个棕色的 X，中间被细长笔直的鼻子分隔开，又被一双浅绿色的眼睛照亮，那双眼几乎是半透明的，比起阿比西尼亚猫，更像是蛇类的眼睛。跃入眼帘的还有另外两个细节：左耳耳垂上一只引人注目的银耳环，以及脖子下方一个小小的骷髅头文身。

"阿列克西·泽尔达，"警长说，"西里尔、楼娜·吕克维奇和提莫·索雷儿时的朋友，这四个人都是在波提尼长大的。从幼儿园起他们就在同一个班，或者说几乎都在同一个班。但在这四个人中，泽尔达无疑是最危险的。虽然他只被判过很轻的刑，但他却是好几起杀人案的主要嫌疑人。2001 年，在拉菲特 - 贝纳德市的法国巴黎银行抢劫案中，他被怀疑向宪兵队开火。一名已婚的年轻警察和一位父亲遇害身亡，留下了两个寡妇和三个孤儿。两年后，埃鲁维尔市一家家乐福的货运车遭到袭击，同样怀疑是他干的。早上 5 点半，一名保安和一位家庭妇女头部中弹身亡。没有任何证据、痕迹或目击者，但是调查人员毫不怀疑就是泽尔达开的枪。他应该就是多维尔抢劫案的关键策划人，虽然我们还没有掌握指向他的任何证据。我们在暗中监视他。他经常在勒阿弗尔和巴黎之间来回跑。目前，我们无法指控他，除了盯紧他，让他不能有机会系着爱马仕丝巾、戴着百年灵手表、提着路易威登手提箱招摇过市……"

警长长叹一声，显然松了口气。她的鼻子很痒，但她忍住了揉搓绷带的冲动。

"行了，小子们！这是个三元一次方程。整个诺曼底的警察都指着我们至少解开第二个未知数。"

吉贝开始傻乎乎地鼓掌。其他人也加入进来，显得同样愚蠢。这可能是一种同情和尊重的表示、一种对于上司的支持，这位上司刚刚在码头经历了提莫·索雷抓捕行动的失败。玛丽安本应这么想。然而，恰恰相反，她觉得自己现在肯定是一副傻兮兮的样子，红着脸，还顶着个被拍扁的鼻子。最荒唐的是，此时此刻，比起逃跑的提臭·索雷，她更关心的却是一个三岁孩子画的画、一名令人着迷的心理医生对她说过的奇怪的话，尤其是……在这一天结束之前，卢卡斯·马怀特，那个她派到玛涅格利兹秘密侦查的实习生将会给她带来什么消息。

13

　　瓦西尔把摩托车停在玛涅格利兹市政厅的停车场上，这里离学校操场的栅栏最近。但他没有马上下车。他想等最后一个家长离开再进入学校的游乐场，敲响克劳蒂尔德所在教室的大门。

　　人行道尽头，一个穿着荧光黄背心的女人怀疑地看了他一眼，手里那根犹如巨大棒棒糖的红绿相间的棍子垂落了下去。然后她重新将注意力集中在学校的栅栏那边，警惕着可能出现的迟到的孩子，他们很可能会因为着急过马路而忽略了来往的车辆。

　　瓦西尔吓了一跳。

　　一个人影出现在他背后。

　　克劳蒂尔德。

　　她的脸上没有笑容。

　　校长认出了他的摩托车，很明显不打算让他继续接近她的地盘。她张开嘴，一脸坚决，但想说的话却卡在了嗓子眼儿：一位学生母亲从他们身后走过，步子很慢，因为两个孩子正拽着她的童车。趁着这个空当，小学心理医生摘下了头盔和手套，动作十分冷静。克劳蒂尔德等那位母亲走出十米远，这才开始发难。

　　"别浪费工夫了，瓦西尔！今天中午我见了穆兰夫妇。我没有任何怀疑。马罗内是他们的孩子。他们爱他，这是显而易见的。我认为这就可以解决问题了！"

　　瓦西尔把手套放进头盔里，他的动作很准确，甚至称得上细致。学校的栅栏后传来孩子们的叫喊声。尽管肢体语言毫无破绽，心理医生的声音却透露了他的担忧和愤怒。

"你这是要把我撇下不管了？你在怕什么，克劳蒂尔德？市政府的红牌？学生家长的施压？反对学校的势力联合？所有势单力薄的人都不敢惹像玛涅格利兹这样的小村子里的家庭，是不是？"

他瞥了一眼人行道上的荧光黄背心女人，她像雕塑一样站在原地，伸着胳膊，绿色的棒棒糖指着街道的那一边。他压低声音。

"该死的，克劳蒂尔德！你很清楚，这样撇清自己，推卸责任，最后干脆对最坏的事都视而不见……"

瓦西尔犹豫了一下，没有继续。两个大一点的CM班①学生透过栅栏看着他们。他认识其中一个叫马林的学生，他有诵读困难症。他绝望的父母只能让他尽可能待在学校里，因为他们实在不能每晚都花费大量时间陪他做作业。克劳蒂尔德转身背对他们。她怒不可遏。

"人们就是这样对发生在孩子们身上的可怕罪行视而不见，你想说的是这个吗，瓦西尔？孩子们遭受家庭暴力、乱伦侵犯，诸如此类？对此不看、不听、不说，这就是你指控我的罪行吗？"

"到别处玩去，孩子们。"瓦西尔说。

克劳蒂尔德没听见，或者说假装没听见。

"不用给我扣帽子，瓦西尔！别把什么都混为一谈。你一开始就跟我说，这孩子在他父母身边没有任何危险，没错吧？于是我尽我所能地处理了。但如果你现在立马跟我反悔，告诉我有那么一丝可能，马罗内遭到了虐待，那好，我信你，我不会冒一丁点危险，我立马跟你去警局做备案。可你说什么两重生活，什么食人妖和烟火，说实在的——"

瓦西尔做了个坚决的手势命令操场上的孩子们离开。这回，他们听话地嬉笑着跑到了廊檐下面。

"用不着去警察局，克劳蒂尔德。"

校长用手抱着脑袋。

"怎么回事？"

---

① CM：Cours moyen，法国小学制度中的一个阶段，相当于中国的小学四、五年级。

"应该说，用不着去了。"

"老天，你不会已经去了吧？"

克劳蒂尔德提高了声调。这回，交通协管女士听到了。她吓了一跳，冲着街道做了个短暂禁行的手势。这位校门口的工作人员是政府聘用的长期合同工，按合同每天早中晚上学放学时间工作四次，一次半小时，但她毫不介意义务延长工作时间，和村里最闲的妈妈们聊一聊。人脉可以救急，这是趋势。

瓦西尔伸出一只手搭在克劳蒂尔德的背上，推着她往市政厅的方向走了几步。

"放心，我只是私下找人帮忙。只是为了确认两三个疑点。这事不寻常，克劳蒂尔德。我没法走一般程序，塞给你一堆文件，然后把他送到某个心理医疗教育中心。这里有一些别的东西，我能感觉到……"

校长凶狠地瞪着他。

"要是让穆兰知道了，我立马杀了你。天哪，没经过校医和学区就直接通知警察……如果穆兰没有把你大卸八块，你就等着监察部门找你的麻烦吧！"

小学操场上的学生们都回教室上课了，16点半的车流高峰已经过去，宁静重新笼罩在玛涅格利兹的这座小小广场的上空。与他们隔着一段距离的交通协管女士不再满足于从尖叫声和引擎声之间收集只言片语，她现在可以清楚地听到他们说的每一个字。

克劳蒂尔德说得一字一顿，以至于交通协管女士靠读她的唇语也能知道她在说什么。

"不管怎么样，瓦西尔，你就等着倒霉吧。在此之前，不准你再接近马罗内·穆兰。"

"你在开玩笑？"

"没有。"

"你在害怕什么？"

"怕你搞出来的麻烦，包括你会给那孩子的生活带来的麻烦。"

瓦西尔抓住校长的肩膀。她瘦瘦小小的，手指、腿和脖子细得像她那副圆眼镜的金色框架。

"你没有任何权利阻止我见马罗内。在我的领域里，我是唯一的法官，是我来决定什么对孩子更好。穆兰夫妇在我第一次谈话前签署了同意书。如果你想禁止我踏进你的学校，你必须通知学区，并且解释原因。"

一位穿着灰西装、打着领带的年轻父亲领着一个八岁的小女孩走出学校，孩子连珠炮似的跟他讲述自己这一天的经历。她爸爸捂上了她的眼睛。交通协管女士站在街道中央让他通过，他女儿脚下丝毫不顿，嘴里依旧滔滔不绝。

"但也许，"瓦西尔继续道，"你应该不想让这件事从你的小学校传出去弄得尽人皆知吧？你不想让市政府对你不满意而给你减少 15% 文具预算，不想让学生家长拒绝在下一次的露天赈济游艺会①上看管投球游戏摊……"

"你是个浑蛋，瓦西尔。"

"我想保护那个孩子，如此而已。"

"我想保护他的家庭。当然包括他。"

瓦西尔向他的摩托车走过去，同时冲交通协管女士匆匆打了个招呼，对方有点窘迫地回了个礼。

"我星期四早上过来找马罗内谈话。之前跟你说好了。"

"要是他父母取消了呢？要是他们拒绝让你继续见马罗内了呢？"

"只要别跟他们说他们有这个权利。大家都这么干，克劳蒂尔德，你知道的，为了对付那些不承认他们的孩子有问题的家长。（他的声音里流露出一丝担忧）你……你跟他们说了他们可以终止整个过程？你建议他们终止了？"

克劳蒂尔德鄙视地看了他一眼。

"没有，瓦西尔。我什么都没跟他们说。但如果可能的话，听我一句劝：去见见他母亲！你不能垄断那孩子的秘密。去见见他妈妈，瓦西尔，这很重要。"

最后她笑了一下。

"还有一个建议：躲开他父亲。"

---

① 法国学校在学年末尾举办的学生集体活动，由教师和义务帮忙的家长组织。活动场地上会有提供游戏（如后文提到的投球游戏）、食物、饮料的摊位，摊位的收入用于补贴学校下一学年的活动支出。

14

今天，和我男朋友一起洗完澡之后，他跟我说我屁股很大。
杀人欲望
姐妹们，我有个新闻！把通着电的吹风机扔进浴缸里，真的管用！

判决：231
无罪释放：336

www.envie-de-tuer.com

玛丽安讨厌亚马孙健身房。全部。真的全部都讨厌。

地毯和墙壁炫目的色彩、汗味、男孩的类型、女孩的类型、紧身短裤和绑腿、健身的费用、前台小姐的笑容、衣帽间里尴尬的微笑，还有那些如同宗教裁判所博物馆里展示的刑具一样的器械。

对，太贴切了。一场酷刑。

玛丽安郁闷地在跑步机上跑步。也许原地骑单车更蠢一些。可笑程度和在地毯上原地划桨不相上下。

警长努力保持步速。荧光屏幕上显示：7.6 公里 / 小时。教练说过，不能低于七公里……

十八个月！她还要像这样继续十八个月，计算公里数，锻炼肌肉，收紧屁股上的皮肤，激活悬韧带以保持乳房的挺拔。来吧，加把劲，我的小肌肉，再坚持一阵，直到某个男人沦陷在我轻盈迷人的胸脯里，每晚用双手给你们按摩。

跑步机上还剩十分钟，玛丽安放弃了。随后，她还是奖励了自己一下。这是这片地狱里唯一的安慰：一口火焰下用于洗去罪孽的大锅！洗个气泡浴，然后蒸个桑拿。掏钱成为会员就为了这个水疗。一个月六十三欧元。这个钱够他们把按摩浴缸里的气泡弄成酩悦香槟味的了。

桑拿室里，玛丽安全身赤裸地趴在浴巾上，出的汗够好几升了。她喜欢这样，胜过喜欢气泡浴。特别是当她一个人独占桑拿室的时候，就像今天傍晚。

她用浴巾角擦了擦 iPhone 的屏幕，查看短信。

没有任何关于提莫·索雷的新消息。反正她也没指望。不会这么快。索雷销声匿迹了十个月，很可能整段时间一直待在涅芝区，而他们已经把这个区域翻了个底朝天。这个情况表明，索雷有同伙，可能还不止一个。

他回到了他的藏身之地，等到撑不住了才会现身。

不过玛丽安还是用手指滑开了潮湿的屏幕。她收到了另一封邮件，让她急不可耐地打开。

Lucas.marouette@yahoo.fr

一个戴着兜帽的微笑表情滑过，紧跟着另一个戴着军帽的同款笑脸。没有别的信息，连一句补充说明都没有。只有一个附件。

警长叹了口气，点开了来自见习警校学生的附件图标。她今天下午派他秘密走访玛涅格利兹村调查阿曼达和迪米特里·穆兰，调查过程不能声张。她想通过这种方式让这位电脑天才练练出现场，理论上讲，这个现场要比弗朗索瓦一世船闸的追逐战现场安全。

玛丽安被震住了。卢卡斯·马怀特给她写了部小说。看来这位年轻的实习生不仅长于处理图片和视频，舞文弄墨的功夫也同样了得。

胸脯上的汗珠滴落在手机屏幕上，她伸手抹了一下。她的思绪飘向了瓦西尔·德拉戈曼。独自一人置身于这间木质桑拿房中，她觉得自己有点像古代土耳其皇宫中的女奴，那些丰满诱人的女孩在宫殿里度过一生，被宫殿围在中央的是苏丹人最爱的贴满釉陶砖的土耳其浴室。女孩们披着希贾布，裸露着松弛的肚子和硕大的乳房随心所欲地漫步，大口享用土耳其软糖，像流水线生产一样生下王子，用以装点奥斯曼帝国军队的威严。

她用手慢慢抚过被蒸汽熏得柔软的皮肤，几乎要和身体的曲线达成和解，然后她点了一下触摸屏，用拇指和食指放大屏幕上的文字。

2015 年 11 月 3 日报告
（见习警校学生卢卡斯·马怀特）

关于阿曼达、迪米特里和马罗内·穆兰
邻里关系的调查
玛涅格利兹，莫里斯－拉维尔广场 5 号

头儿，我首先确定了一件事！马罗内·穆兰于 2012 年 4 月 29 日生于三角洲诊所。

3.450 千克。

您一定会为我自豪，我用我的三星手机拍了一张照片，上面有他的出生公告、一双小小的淡蓝色婴儿毛线鞋和系成心形的鞋带。这张照片是我在戴沃特·杜蒙德家拍的，她住在拉维尔广场 9 号，穆兰家正对面的小宅楼里。这看起来没什么，头儿，但我可是费了好大劲才挖到的！为了搞到这张照片，我不得不喝下戴沃特用一口锈迹斑斑的不锈钢平底锅加热，然后颤颤巍巍地倒进一只耐热玻璃杯里的咖啡，她笑得可骄傲了，就好像她很确信，她的平底锅正在变成铜锅，高脚杯正在变成水晶杯。我不得不在喝完咖啡后去了一趟厕所，我就不描述了！这时我发现，这个好心的小老太太把所有公告都贴在了厕所。马罗内的那张钉在墙上，和她的儿孙们的公告在一起。我估计他们不常来看她，要不然早就给她换一个新咖啡壶了，对吧？

我接着说，头儿！除了戴沃特·杜蒙德动人的回忆以外，我还向三角洲诊所确认了以下事实：马罗内·穆兰的出生信息千真万确，他父母的身份也确凿无疑。我还见到了这孩子两岁以前的负责医生——儿科医生皮罗－卡农，一个瘦得像颗四季豆的女孩，不过她的办公室墙上只有蔬菜、水果和植物的照片。据她说，穆兰一家是那种最最普通的家庭。母亲感情丰富，在她看来，她对儿子有点过于依恋，但也没有超过正常范围；父亲比较有距离感，脾气暴躁，但也会定期陪孩子来做体检，是那种比起给孩子读书架上的书，更愿意组装书柜的类型，你懂我的意思。这种人宁愿种植皮罗－卡农女士推荐的蔬菜，撒种、培育、浇水，也不愿花心思做汤、拿小勺给孩子喂饭、清洗沾满口水的围嘴。简而言之，这位儿科医生把一切都记录在了孩子的健康手册上，包括身高体重、疫苗接种情况。孩子两岁以后，由蒙提维耶的一位叫塞尔热·拉科内的医生接管。我给他打了个电话，没什么特别的，小马罗内因为一次感冒和一次胃肠疾病去过他的诊所四五次。据他说，那孩子挺健康的。

我接着说，头儿，您跟得上吗？我要说到邻居们啦！穆兰一家从三年前开始住在玛涅格利兹高地一块出售的地皮上。在阿曼达·穆兰得知自己怀孕整四个月后，他们买下了房子。以前他们住在考克利维尔区的一栋公寓里。下午我在玛涅格利兹的那块地皮上溜达了一小时。我向您保证，头儿，我连一只猫都没碰上。倒是看到了好多狗，多数是在两米高的侧柏树篱后面叫唤的德国牧羊犬。好吧，我夸张了一些，至少我遇到了戴沃特，她站在窗子后面。离开之前，我还碰到了一个刚值完班准备回家睡觉的家伙。这个小伙整晚都在费康工业区的一个仓库里把货物装上货盘，他很高兴能和什么人说说话。他们都知道穆兰一家，邻里之间会互相帮忙。比如，每年戴沃特去旺代看望儿女的时候，阿曼达·穆兰会帮她照顾她的鹦鹉，装货盘的小伙子会和迪米特里一起把木柴运回家。也就是这样，除此之外就是见面点头问好。他们时不时会看到他妈妈推着童车，孩子躺在里面。等他长大一些了，他们看到他在居民区里骑车，他妈妈在一边看着。

不好意思，头儿，我没有询问和穆兰一家走得很近的人，比如他们的朋友、亲戚、同事……您说不能声张，所以我只是在那里闲逛，若无其事地闲聊，没有特别追问。但我还是在村子里打听了一些事，无非是为了以后能把我得到的信息和警方能拿到的信息做比照。就是一种道德调查，我这么说不知道您能不能明白。阿曼达·穆兰在村子里相当有名，因为她小时候曾和父母一起住在这里。十几岁的时候她离开了，几年之后又回来了。爱出风头的女孩！

不过这个女孩不算什么神童①，我找到了一位还记得她的退休小学老师。据这位老师回忆，她是个好女孩，不太聪明，也不太机灵，但是比一般孩子都要意志坚强。她是个要强的孩子，不愿让别人超过自己。阿曼达·穆兰在小超市做收银员，在顾客中的口碑很好。守时、亲切，甚至健谈。最后一点对于回答我问题的顾客来说可以称得上是优点，但这种夸赞似乎与顾客的年龄有相当的关系。

我可以预见到，头儿，您最后肯定会觉得穆兰一家在玛涅格利兹就是一部《草原小屋》②，或者更进一步说，卡洛琳·安格尔斯本应该把哈莉艾特·奥尔森赶出杂货店。然而并不是，我就快说到了，迪米特里·穆兰的情况更有意思！穆兰爸爸有电工的职业技能证书，但好几年来一直在不停地换工作，而且两个工作之间总是隔着很长一段失业期。总之，生活艰辛……但是有一点，头儿，这是我特意留给您的惊喜：他在我们这儿有记录！准确地说，是在国家犯罪记录上。十一年前，他曾在巴黎地区做过非法汽车买卖。那时他还不认识阿曼达。他在布瓦达尔西的监狱里关了三个月。显然，这让他老实下来了，2003年以后就再没犯过事。您希望我顺着这条线深挖吗？

最后，我在调查的时候还搜索了您给我的关键词。

火箭、城堡、海盗船、森林、食人妖。

站稳了别摔着，头儿！自马罗内出生后，三角洲地区没有发射过一枚火箭！更糟糕的是，过去四年间，从来没有任何海盗船在勒阿弗尔港口靠岸。至于食人妖嘛，估计是大家都害怕吧，没人敢说见过。

---

① 法语中"爱出风头（prodigue）"和"神童（prodige）"这两个词的读音相近，卢卡斯在此玩了个文字游戏。

② 美国女作家劳拉·英格尔斯·怀尔德"小屋"丛书作品中的其中一部。该丛书描写了主人公一家在堪萨斯州大草原上的淳朴生活。同名电视剧深受广大观众喜爱。

呃，您别生气，头儿，可是这些关键词是啥？对新人的恶作剧？

最后，根据戴沃特·杜蒙德的说法，三年来，穆兰一家从未离开过现在住的地方超过一星期。最后一次是在马罗内两岁时去了一趟卡罗尔，就在格拉维尔边上。她的厕所里也有明信片，贴在公告旁边，应该能帮她记着这些事。戴沃特还记得他们去勒芒参加过一场婚礼，上个圣诞假期他们开车带着孩子去布列塔尼兜风。

好啦，头儿！我尽力了。我去搜集信息的时候都是很有技巧的，但我也不能保证一点没破绽……您知道，在这种小村子里，不需要监控就能认出打听消息的人。我等着您的新指示。继续调查新人恶作剧吗？我去搜一搜飞碟、火星人和妖精军队？

认真地说，我是继续深挖还是填上这个坑？

玛丽安忍不住笑了。看来这个小警察干得还不错。她快速编辑了一条短信：

继续深挖！

这时桑拿室的门打开了。两个纤细的金发女孩走进来，大大方方地解开裹在身上的粉色浴巾，一丝不苟地叠好。她们晒成棕色的皮肤上完全没有泳衣的印记，手指甲和脚指甲都涂了一层亮晶晶的指甲油，臀部小巧，胸脯平坦。不是她们那轻蔑的眼神打击到了玛丽安，那种好像看到一栋丑陋的房子破坏了周围景致一样的眼神，她早已习惯从女孩子们那里收到。打击她的是她们对话的开头。

唯一的主题：男人。

所有疯狂的、懒惰的和着迷的狗，都要用链子牢牢拴住。丈夫、情人、老板。同样的斗争。

玛丽安走出桑拿室，直接走到冷水喷头下面。出来以后，她做的第一件事就是冲过去检查手机。职业病。

依旧没有来自吉贝或帕德鲁的消息。提莫·索雷将会度过地狱般的一夜……

19：23。

距离去尤诺餐厅和安吉见面还有一小时。她可有一堆话要跟安吉说……还有几个问题要问她，关于一个有着锡耶纳陶瓷一样的眼睛的罗马尼亚心理学家。

15

短针指着 8，长针指着 7

马罗内的双眼慢慢合上了，尽管他努力想保持睁开。达妈妈哄着他。他很喜欢达妈妈的爱抚，喜欢她轻挠他的后背，喜欢她亲吻他的脖子，喜欢她的香水味道。

但他也希望她能离开。

只要她不走，他就没法听古奇说话。而今天是战争之日！马罗内试图在达妈妈来他房间之前和他的玩具说说话，让它告诉自己，克劳蒂尔德、达妈妈和迪爸在教室里说了什么。但他什么也没听懂。太复杂了，他们要么说得太大声，要么太小声，要么太久。

他更喜欢它讲的故事。

"现在该睡觉了，亲爱的。"

阿曼达帮马罗内掖紧被角，最后一次吻了他的额头，关掉顶灯，只留下一盏小夜灯，将星星和云朵映在四壁和天花板上。

"晚安，亲爱的。"

然后她又补了一句：

"你知道，你爸爸有时会大吼，那是因为他太爱你了。他希望你也爱他，像爱我一样爱他。"

马罗内没有回答。门轻轻关上了。

马罗内等了很长时间。现在他的眼睛睁得大大的，盯着宇航员闹钟绿色的指针。

为了不让自己睡着，他不时瞥一眼挂在衣柜旁边的日历。一星期里的每一天都由一个星球代表，当天的日子则用一个带磁力的小火箭吸在星球上来表示。今天，红蓝相间的飞行器落在了火星上。马罗内每天早上醒来都会让它起飞，再落到紧挨在一旁的星球上。今天早上，小火箭从月球飞到了红色星球上。

火星。

战争之日。

他将星球和日子记得烂熟于心。今天的和每一天的。

古奇的故事他也能倒背如流。每天一个故事。

万籁俱寂。

古奇的心脏重新开始跳动起来。在一片寂然无声的漆黑中，只有星星在墙壁上悄然滑动，马罗内钻到被子底下，听他的玩偶讲故事。

他应该每晚都听，然后祈祷食人妖不要来。他永远都不应该忘掉这些故事，他跟妈妈保证过，他以前的妈妈。

很久以前，有一座木头城堡，它是由环绕在周围的大森林里的树木建造而成的。

城堡有四个高高的塔楼，人们从老远就能看到。城堡里住着骑士。

那时，骑士的名字取自他们出生的日子，每个日子由一种品质命名，这种品质是每个人在这一天都应该拥有的品质。

你觉得这有点复杂？

是有点，那我给你举个例子吧。你看，在圣－正义日出生的城堡骑士就叫作正义，在圣－礼貌日出生的就叫作礼貌，还有人叫忠诚，或者亲切，或者坚韧、谦虚、宽厚、繁荣、谨慎……在亲切生日的那天，所有人都应该很亲切。你瞧，这其实很简单！

只是，在一年中，还有一些日子是对应缺点的，就是这样。在这一天，而且只在这一天，每个人都可以有这个缺点，而且只能是这个缺点。比如，有些骑士叫贪吃，或者好奇，或者叫不正经。

我们要讲的这位骑士叫作天真。这么跟你描述他吧，别的骑士都在腰间别一把剑，他却要别一支长笛。别的骑士都穿着一副铁做的盔甲，他的盔甲却是花瓣做的。这还没完，他的头盔是羽毛做的，唯一的盾牌是一本巨大的书，出门时一定要随身携带。大胆、骁勇、果敢这些最勇敢的骑士也不能嘲笑他，除非在那一天，就是名为嘲笑的骑士出生的那一天。

还有一件事，城堡中有几条必须遵守的规定，人们不知道由来，或者更可能的是，人们不敢说出由来，除非在骑士坦率生日的那天，但今天不是。两条简单而严格的规定：

不得远离城堡。

不得在夜晚离开城堡。

然而有一天，在骑士慷慨生日的那天，天真想找一样礼物送给其他骑士。天气很好，他想去采一束鲜花，一束最大最美的鲜花。

我知道你在想什么，你在想，接下来这位天真骑士恐怕会采一朵花，再采一朵，再采一朵，然后，哎呀，离城堡太远了，该遇到麻烦了。并非如此！我给你讲的是骑士天真的故事，而不是骑士轻率！

好吧，天真一边在森林里采花，一边注意着待在总能看到城堡塔楼的范围内。采花途中，他遇到了一只蝉，便为它吹奏了一会儿笛子。接着，他遇到了一只鸟儿，便从头盔上取下一根羽毛送给它筑巢。接着，他遇到了一只兔子，便为它讲述了自己那本巨大的书中的一个故事。接着，他遇到了一只蝴蝶，便送给它花瓣让它落脚。

他采了好大一束花，准备回城堡时，他看到了公主。她长得有点像白雪公主。事实上，我们甚至可以说她就是白雪公主！

她对天真微笑，冲他招招手，然后一边笑着一边走远。天真捧着花束跟上了她。

这回你能猜到故事的发展了。白雪消失在羊齿草后面，又重新出现在一块空地上。天真在树影中搜寻一道倩影，在鸟鸣中分辨一串笑声，用眼睛和耳朵追随着她。

经历了一番捉迷藏之后，天真来到了一片更大的空地上，空地中央有一间很大的茅屋，烟囱中飘出了袅袅炊烟。白雪站在门前等着他，距离这么近，她看起来更美了。她拉住他的手，对他说：

"来，进来！"

进去以后，他发现所有人都围坐在壁炉前的桌旁。

大家都转过头来。天真不敢相信他的眼睛！你能想象吗？围坐在桌边的是其他公主的翻版，有灰姑娘、欧若拉、贝儿、乐佩等，她们都穿着长裙，戴着宝石，一个比一个美丽。还有小伙子们，他们长得像匹诺曹、小拇指、韩赛尔①。还有格雷特和一个穿着红色斗篷的小女孩。

所有人都对他微笑。

"来，天真。过来和我们一起吃。"

白雪旁边有一个空位子。

天真坐下，将他的花束送给了邻座。她脸红了。相隔咫尺，她看起来更美了。天真从未感到如此舒适、幸福和餍足。

他没有意识到时间的流逝，也没有注意到夜晚的降临。当他听到第一声叫声时，他才意识到这一切。那叫声来自外面，但窗外已是漆黑一片，什么也看不见。

"那是什么？"天真忧心忡忡地问。

"没什么，"白雪回答，"什么也没有，天真。"

---

① 小拇指是法国童话《小拇指》中的主人公；韩赛尔和后文提到的格雷特是《格林童话》之《糖果屋》中的主人公兄妹。

有点害怕的白雪显得更美了。

马罗内从被子中探出脑袋。他竖起手指做了个"嘘"的动作，示意古奇别出声。

他也听到了什么声音！和骑士天真一样，他听到了一声叫喊。声音是从楼下传来的。也许是达妈妈和迪爸在吵架。他们几乎每晚都会吵。

又或许是他做梦了。

这段故事总是让他有点害怕。

马罗内在寂静中倾听了一会儿，没有人上楼、用指甲刮擦他的房门、潜入黑暗、走到他的床边。确认了这些之后，他再次钻进了被子里。

古奇在等着他。和其他的战争之日一样，他继续讲述骑士的故事，似乎丝毫不害怕那些怪物、凶残的野兽和黑暗。

酒宴还在继续。天真又听到了外面传来的叫声，还有呼噜呼噜的声音，以及奇怪的响动，好像有人用指甲在门上刮擦，又好像有人在敲打墙壁。

白雪一直在微笑。其他公主也是如此。

"时间不早了，天真，你该回去了。"

小骑士哆嗦了一下。

现在回去？这么晚？穿过森林？离城堡这么远？

"可我……"

突然，他想起了另一件事。你可能会觉得奇怪，可他之前的确没想到这个问题。

坏人在哪里？童话里的好人都坐在桌旁，那么坏人去哪儿了？狼、食人妖和巫婆去哪儿了？

白雪仿佛忽然明白了他的想法似的，向他靠过来。让他有点害怕的白雪显得更美了。

"为了一起生活，我们想了个法子。"

"法子？"天真不明所以地重复。

"没错。我们共享森林，但互不相犯。他们把白天留给我们，我们把夜晚留给他们。这样便一切相安无事。"

天真也觉得这样很好，但他想到一个问题：

"然后呢？狼吃什么？食人妖呢？怪物呢？"

白雪此时面红耳赤，她垂下眼睛，似乎在请求原谅，这样子的她显得无比美丽。长得像匹诺曹的男孩回答了他，这次他的鼻子没有变长。

"我们把小骑士天真从森林深处引到这里，然后把他送给他们做食物。这是唯一能够和平共处的方式。"

骑士天真终于明白了……他最后看了白雪一眼，倒在了苹果堆里。

当他醒来时，他已经来到了屋外，来到了漆黑的森林中。

小屋仍立在原地，大门紧闭，他能看到窗里的灯光，还有从屋顶的烟囱里冒出来的烟。他听到一声狼嗥，于是开始飞快地跑起来。他跑了很久，却一直在原地兜圈，找不到回城堡的路。

他觉得四周的黑影在扭曲，仿佛每条树枝后面都藏着巫婆卷曲的手指。他累得跑不动了，停了下来，怪物们都在此时围了上来。有狼、狐狸、乌鸦、蛇、巨蜘蛛，还有很多别的猛兽，他只能看到它们黄澄澄的眼睛或者獠牙。突然，圈子打开了一个缺口，怪物首领走了进来。

是森林里的大食人妖。

天真蜷缩得更紧了。森林里的大食人妖脖子上有一个骷髅头的文身，一只耳朵上戴了只银耳环，在黑暗中闪闪发亮。他大笑起来。

"今天是骑士慷慨的生日，"食人妖说着冲他倾过身来，"我看咱们的小屋朋友们都没忘。"

他掏出了他的大刀。刀刃在黑暗中闪着寒光，衬得他们头顶上的月亮就像一块奶酪，而这把巨大的武器能把它切成薄片。

故事讲到这里，你可能已经被吓坏了，希望我停一会儿，即使你已经听过，并且知道了结局。但你也怀疑，天真可能比你更害怕，特别是他要过好一会儿才能知道我现在要跟你讲的事。

就在怪物和猛兽舔着嘴唇靠近天真的时候，那只早上曾听过他的笛声的蝉醒了，它跳到城堡里发出了警告的叫声。曾得到过天真头盔上的羽毛的鸟儿飞到了塔楼最高的雉堞上，通知了睡倒在长枪上的守卫。曾听过天真的故事的兔子跳到了吊桥上，曾得到过天真的花瓣的蝴蝶落在了餐桌上的一大捆花束上，骑士们正围着桌子吃晚餐。

"天真有危险！"

于是，吊桥打开了，骑士们穿戴着真正的铠甲和头盔、佩带着真正的剑和盾牌，冲进了夜色中。

队伍中有大胆、骁勇、果敢，还有热情、健壮、老练，甚至还有胆怯、懦弱、孱弱。城堡里的所有骑士都出动了！

他们及时赶到了现场。虎豹豺狼甚至包括森林食人妖都逃跑了。

天真得救了。

他仍在发抖，年纪最大的骑士平静在他旁边的树桩上坐下了。

他告诉了天真两个重要的真相，你想知道吗？

第一，看起来善良的人不一定善良。

不过第二点更加重要，如果不是因为这一点，你帮助过的蝉、兔子和蝴蝶就不会来通知我们，我们也不会及时赶来救你了。

你瞧，即使人们不一定总像他们看起来的那么善良，当你不知如何是好时，你也一定要选择行善！这是最合理的赌注。我想你可能没有明白我说的每一个字。有些话很复杂，但如果你不断重复它们，总有一天你会牢记在心。

尽管有恶人，善良仍是最合理的赌注。因为最终赢得胜利的一定是善。

16

晚上只能吃这个？

杀人欲望

我在鹅膏菌 [1] 蛋卷和箭毒 [2] 芥末蛋黄酱之间犹豫。

判决：49

无罪释放：547

www.envie-de-tuer.com

安吉丽克喝多了。

桌上的里奥哈红酒 [3] 瓶已经空了四分之三，而玛丽安几乎没有动过。透过她们面前的餐厅玻璃窗，可以看到一辆电车径直驶过了空无一人的站台，消失在一栋栋大楼之间，向着圣弗朗索瓦教堂的水泥蜡烛那边去了。

"注意点，安吉。"玛丽安提醒道。

尤诺餐厅的服务员在她面前放下一盘土豆洋葱蛋饼。他皮肤黝黑，有加泰罗尼亚口音，端着塔帕斯 [4] 的手稳得像嵌在了上面一样。他的视线在安吉丽克身上

---

[1] 一种有毒的大型真菌。

[2] 一种从植物中提取的毒物，或指临床上使用的肌肉松弛剂。

[3] 西班牙北部地区里奥哈出产的红酒。

[4] 一种西班牙开胃小吃，即前面提到的土豆洋葱蛋饼。

停留的时间有点长，那里面透着一股希望对方回头注意自己的执着。她长长的黑发被两枚卡子草草别住，散落的发丝遮住了她椭圆形的脸。她把头发重新别到耳后，露出她的额头、眉毛、颧骨和杏仁形状的眼睛。此番几乎是无意间的举动在这位漂泊在荒凉的北方城市的加泰罗尼亚人眼中，恐怕带着致命的性感。所幸，精致的帘子很快落下。

　　一场无伤大雅的游戏。

　　安吉似乎还不能真正掌控好她对男人的诱惑力。她将斟满里奥哈红酒的杯子凑到唇边，冲警长笑着。

　　"瓦西尔·德拉戈曼？你真的迷上他了，玛丽安？我这辈子可只见过他两回！一次是在朋友家的晚会上，卡米耶和布鲁诺。每次我们都有十来个人。第二次是上星期六，他开始讲他那个奇怪的故事，一个小孩记忆里的生活，那是在他有现在的父母之前的生活。没提名字，你应该能猜到……他走到死胡同里了，很无助，这让他很苦恼。感觉他就一个人，一个人对抗所有人，家长、学校、政府。他没有足够的东西让别人相信他，或者向有关部门投诉。他想找人帮忙，这不是明摆着呢嘛。某个能够暗中调查的人……"

　　"然后你就把我的电话告诉他了？"

　　"对呀。我觉得这个关于小孩子的故事太**诡异**[1]了。"

　　"就因为这样？"

　　安吉丽克冲玛丽安眨了眨眼。

　　"还因为我觉得他很可爱。他手上、口袋里都没有戒指，我问过卡米耶了。解决小孩的问题对于他来说简直是屈才！我这么好的闺密，自然想到你啦！"

　　服务员过来把警长的塔帕斯换成了 arroz con costra[2]，玛丽安做了个鬼脸。她等着他走远。

　　"谢谢了，安吉！你对我这个老婆子太好了。"

　　"别废话。你保持得像个奥运冠军似的，你真的保养得太好了！"

---

① 原文此处为英文。

② 一种西班牙菜，由大米和面包皮烤制而成。

"是呀，保养……（她注视着佩雷区 ① 四四方方的建筑物的灰色线条）像一个老城区一样被保存 ②，很快就会被列为世界遗产了！"

她摸了摸鼻子和那块仍压在她鼻中隔上的纱布。

"不过要等到翻修工作结束……"

安吉丽克笑了。

"职业风险哪，姐！你抱怨说，你周围是一群被你拿棍赶着的大老爷们儿。要是你乐意，咱俩换换，你来我的理发店，成天给小姑娘们染金发，给有钱的黑妞染黑发。"

玛丽安大笑起来。

她明白安吉丽克在间接地跟进她的案子。警长总是很小心，以免说得太多泄露了工作机密，但有时也会隐晦地向这位侦探苗子透露一些手头案子的信息。安吉有时候直觉准得惊人。

尽管此时此刻，安吉丽克最主要的兴趣似乎在她的感情故事上。再说，要是有人听到了她们的对话，比如某个服务员，某个坐在邻座的家伙，或者任何要探听她的想法、阻碍她行动的间谍，都会把她当成一个饥不择食的捕猎者，一心只想着评估她遇到的男人的潜在魅力：助手、证人……

让玛丽安觉得越发奇怪的是，她在国家警察的队伍里一级一级地往上爬，遇到的基本上全是男人，却几乎没和任何一个人睡过。她的事业心大过她对男人的渴望，而且，在这个女孩极为稀有且必须握紧拳头、收紧皮带、姐妹同心的世界中，她对男女平等这个问题极其敏感。

另外，关于男女平等，玛丽安刚刚开始意识到这个可怕的生理不平等：男人无须遵循任何生理限制！没有任何倒计时！一个老男人甚至可以决定五十岁钓女人，六十岁当父亲。但一个老姑娘要是醒悟得太迟……别了，小耶稣，她的骨肉，她腹中的果实。

---

① 由法国建筑师奥古斯特·佩雷于 20 世纪中期设计重建的勒阿弗尔中心城区，2005 年被联合国教科书组织列入世界文化遗产。

② 法语中"保养"和"保存"是同一个词。

游戏结束！

就算魅力无穷的王子终于出现，并为他的迟来而道歉也无济于事。

游戏结束！

所以，高隆比娜别无选择，若她想得到她的普钦内拉，她就得找到对的皮埃罗。

是的，该死的不公平，玛丽安想。而且还是双重不公平！因为正是那些最自由、最挑剔、最不屑于向遇到的每个蠢货展示她们青春的女孩，到了年近四十的时候才不得不开始寻找另一半。这有点类似一个特别讨厌购物的女孩到典礼前一晚才发现自己没的穿，然后像个傻瓜一样在打折季的最后一天挤在她痛恨的人群里。

她和安吉丽克说了几千遍了。美人儿安吉热衷于逛街，喜欢人群、打折商品和任何一个靠近她的蠢男人。她还很年轻。

美人儿心照不宣地冲她眨了眨眼。

"在你的男人狩猎中又不是只有小瓦西尔，玛丽安。你和吉贝怎么样了？"

"吉贝？"

"对呀，你的手下大将。上次聚会我们都在讨论他！后来我想了想，判决如下，不接受上诉。他超帅！人特别好，所以有时不愿意讲实话。他骗了他妻子，或者说他想这么干。他也没办法！你应该给他点点火，试探一下。"

"你在开玩笑？"

安吉跟玛丽安碰了一下杯。

"完美的男人是不存在的，我的美人儿。出手吧！"

"老天，安吉，他已经结婚了！他是警局里唯一一个为了去学校接孩子可以丢开一份美差不做的人。而且他是我的助手……而且……"

"正因如此！你是他的上司，在对的时候，你可以成为他的倚靠，安慰他。真是的，玛丽安，你看，你的问题只是不知道选谁！你不是洗头妹，不是面包店店员，也不是家庭保姆，你是警长！你是所有男人的女神！"

"我曾经是……不过经过今天下午，女神崩塌了。我们找到了犯人。我有十个人和五辆车，结果让他跑了。众目睽睽下的无能表现哪！"

她又摸了摸自己疼痛的鼻子。安吉丽克上钩了：她成功转移了话题。

"靠……逃走的是你们找了十个月的人？你们是怎么发现他的？"

玛丽安犹豫了一下是否要说出医生的事，然后把过错怪在他的头上。毕竟，今天下午的惨败，拉罗什尔和她负有同样的责任。但是她不会再犯和这只猪头同样的错误了，她也不会泄露工作机密。

"我们运气好。码头上的一队巡逻警发现他在弗朗索瓦一世船闸那里等人。"

接下来的故事警长可以讲，反正几小时后这次逃跑事件就会登上《勒阿弗尔报》的头条了。

"不过好运到他从我们的手掌心溜走也就结束了。在涅芝区。"

安吉丽克两眼放光，能间接参与追捕让她兴奋不已。

"我在涅芝区认识好多人。我的一些客户住在那边，我可以去打听打听。"

这是事实。玛丽安很清楚，一名善于从有些八卦的客户那里赢得信任的理发师可能比混入当地的线人还要高效。她又摸了摸鼻子，安吉用专业的眼光打量起警长脸上的伤来。

"放轻松，别担心，明早一醒来，涂点粉底，什么也看不出来。"

"我们可以堵住他的，安吉！我已经就原则问题把加布拉尔骂了一遍，是他开的车，不过他踩下刹车可能救了我一命。我本来可能回不来了……虽然我当着同事的面没表现出什么，但往活动桥上冲的时候我确实怕我会死。"

安吉丽克的手微微发抖。当她把不听话的发绺别在耳后时，她的手抖得更厉害了。

"我明白……"

"你明白什么？"

"害怕。害怕出事故。撞击之前那个惊恐的时刻。"

玛丽安直视着好友的眼睛。安吉很少谈论自己。她们刚认识的时候，她不得已说了很多自己的事。她坦言了一切，她的憎恨，她的恐惧，她在"杀人欲望"上发的帖子，她的赎罪。从此，她们的友情变得愈加牢固。就像把某种毒药从一个瓶子倒入另一个瓶子一样，在那之后，安吉重新变成了一个空瓶子，一个漂亮的香水瓶，一面理发师的镜子，或者其他任何一种玻璃制品，时而透明，时而映照出你自己的倒影。

一个理想的闺密。

她们是互补的一对。玛丽安务实，精于算计和计划；安吉则浪漫、理想而天真，表情里透着一股无法言明的庸俗气息，一种男人们无法忽略的、无以名状的品位缺失。要是找个心理学家稍微治一治，这个缺点也许可以纠正。这可比安个新鼻子或者吸脂要容易。

"你出过事故？"

"嗯。很久以前。"

她在犹豫。服务员满脸带笑地端来一份泡芙，上面有淋着焦糖的咸黄油，旁边摆着微型阳伞和扇子造型的饼干。那人有些过分殷勤地向安吉倾过身，然而此举徒劳无功，因为这一次对方的脸隐在了千万根细细的青丝后面。

直到服务员转过身去，安吉才把头发撩开。

"我没跟任何人说过，玛丽安。"

"我不会逼你说的……"

安吉干掉了杯中的酒，一滴不剩，几滴深红色的酒液顺着她的下巴流了下来。

"我那时二十一岁。我和一个叫卢多维克的人在一起。他和我同岁，是个帅小伙。他的脸长得英俊极了，是我当时喜欢的类型。现在也很喜欢。我们在一起七个月后，我怀孕了。我告诉他的时候就猜到了他的反应，在这一点上我可不傻。他当然不想留下这个孩子，可怜的小子。长得帅的一遇到这种事就靠不住了。他把所有招儿都用了，对我百般柔情，用温和的眼神看着我，给我各种地址和支票，介绍医生叔叔给我，让他的父母给我付堕胎钱。我对着他的耳朵眼儿，小声跟他说：'我想留下孩子。'这是对那个可怜虫放电呢！我很坚持，并且提高了电量。'这是我的孩子。我想留下他。我什么也不要，你不用给我赡养费，也不用承认他。什么都不用。我自己照顾他。但我就是想留下他。'"

玛丽安握住了朋友的手。远处，一群人稀稀拉拉地走出了"火山"，四散在奥斯卡·尼迈耶①广场上。警长从未踏足过勒阿弗尔这座传奇的剧院。

---

① 奥斯卡·尼迈耶（Oscar Niemeyer），巴西著名建筑师，作品遍布全球。"火山"为其设计的勒阿弗尔文化中心名称，现已成为法国的国家剧院。

"你要相信,那时候我完全不懂男人,或者说不懂卢多。他像看疯子一样看着我,给自己倒了一杯威士忌,回来冷静地对我说,不能这样。他说就算他不认这孩子,他也会知道这孩子的存在。他又倒了一杯威士忌,接着说,他肯定每天都会想这件事,想一个长得像他的小孩生活在某个地方。又一杯威士忌。他说就算他忘了,他也有可能在某一天和一个少年迎面相遇,他从来没见过对方,但那人却和他像一个模子里刻出来的一样。他说不,留下一个年轻的自己在别处长大,他不想带着这种想法变老。"

玛丽安揉着安吉的手,没有打断她。香草球融化了,撑开了淋着焦糖的咸黄油外皮。

"卢多什么招儿都用了,教育了我一小时,喝空了一瓶威士忌。但他很清醒,他习惯了。我一一反驳他,把从亚当夏娃时代起最老套的陈词滥调都搬了出来。我说这是我的身体,我的肚子,除了我,没人有权决定在上面开刀。至于他,那是他的种,要是没有他的同意,别人也无权造一个他的克隆人。我没有妥协,我才不管呢,他爱说什么说什么,反正他跑不了。不管他是否和我一起抚养这个孩子,我都要把他生下来!我有属于我的权利,我知道。最后卢多也理解了。最终,他冷静了下来。我们甚至做爱了,然后接近午夜的时候他跟我说:'我送你回去?'我那时住在格拉维尔的一栋公寓里。"

一个属于悲伤小丑的微笑爬上了她那涂着厚厚一层唇彩的嘴唇。

"去格拉维尔的路上有十几道转弯。拐过第四道弯时,卢多的 205GTI 直直地冲出去了,他没有打方向盘也没踩刹车。车子直接撞到了对面的墙上。我们当时的时速应该有五十公里,最多六十公里。我们系了安全带。结果我们受了一些擦伤。"

玛丽安紧紧地攥着对方的手。安吉的声音几不可闻。

"孩子当场就死了。这是医生跟我说的。卢多维克的血液酒精含量为一点二克,他承认了错误,说他醉了,而且因为刚刚得知我怀孕了,所以心绪很乱。但正因为这样,法官先生,您会想,我是故意撞到墙上的,为了让安吉流产……"

香草球从外皮的裂缝里流了出来,化成了一摊米色的液体。阳伞脚下又咸又黏的土地发生了滑坡,把它冲倒了。一辆空无一人的电车没有靠站,径直开走了。

奥斯卡·尼迈耶广场上的"火山"熄灭了。夜幕降临。

"那件事以后我反复想了很多。我把自己放在卢多维克的立场上。其实他是对的。我不可能一个人生下这个孩子，不可能瞒着他，也不可能跟他对着干。我付出了代价。那个浑蛋太恶毒了。经过几次全面检查后，莫诺医院的医生告诉我，输卵管的损伤是不可逆的，我再也不可能有孩子了。卢多维克一直住在格拉维尔。我有时会在电车上碰到他。他有三个孩子，看起来被他照顾得不错。"

话语哽在玛丽安的喉咙口。

"这没什么，"安吉说，"这是我的生活。你什么也做不了……"

她喝空了杯子里的酒。

"还有比我更惨的。"

她站起来，穿上袖子被磨破的皮衣，在脖子上围上一条旧丝巾，盖住了她那花哨的珍珠项链。玛丽安坚持由她付账。安吉目光飘忽地看着对面时装商店被铁栅栏围起来的橱窗。她最后一次露出了笑容。

"如果我找到了提莫·索雷，你能从抢劫犯的赃物里分点东西给我吗？要是能穿上爱马仕的裙子、古驰的皮衣和迪奥的皮鞋，我一定会很美。"

"你是最美的，我的安吉。就算没有那些，你也是最美的。"

17

短针指着11，长针指着3

窗帘猎猎鼓动，如同暴风雨前盘旋飞舞的鸟儿。

然后窗户猛地被打开了。

玻璃碎了，就好像一只看不见的猛兽将其打破，闯进了屋里。玻璃碎片像雨点一样泼洒在床上。

马罗内只来得及用两只手护住脸，透过捂在眼睛上的食指和中指之间的缝隙，他刚好看到他的玩偶对他伸出了爪子，接着就被一股巨大的气流吹跑了。

他无法把手掌从脸上拿下来。他帮不了它。

古奇已经不见了。又有两只手向他伸过来，他无法抓住它们。那是妈妈的手。它们是红色的。

她也渐渐远离，旋转着，越来越快，被吸入了虚空中。

马罗内尖叫起来。

他也想被带走。和古奇还有妈妈一起归入黑暗，到风暴的那一边去。

一双手臂把他抱了起来。

"没事了，亲爱的。没事了。妈妈在这儿呢。"

马罗内已被冷汗浸透。他蹲在床上，达妈妈轻柔地摇晃着他，很久很久，直到他重新躺下。

"只是个噩梦而已，亲爱的。接着睡吧。那只是个噩梦。"

马罗内合上了沉重的眼皮。

星期三

旅行之日

18

短针指着 8，长针指着 4

迪爸的吼叫声惊醒了马罗内。他走出卧室三步，站在楼梯口，身上还穿着睡衣。

吼声从楼下的厨房传来。这回用不着把古奇留在某个角落里偷听他们的秘密，然后再转述给他了。迪爸声音很大，他听得清清楚楚。他甚至在喊。

"早上 7 点半！你明白吗？马克斯今天早上 7 点半给我发了条短信！"

洗碗槽的声音，水声，杯子碰撞声，冰箱门打开又关上。达妈妈应该在准备早餐，而迪爸在喝咖啡。

"你知道马克斯是谁吧？就是那个修理绿化带的家伙！他们家小子迪兰在童子队里当守门员。他和阿玛鲁什的妈妈聊天来着，就是那个校门口的协管员。她听到那个心理学家和老师说的话了……她很确定，那个罗马尼亚人要继续找我们的麻烦！"

马罗内走下了三级台阶。他只能看到厨房的顶橱，那是放刀具的地方。迪爸和达妈妈忙着说话，根本没注意到他已经醒了。他有了个主意。他又下了三级台阶，因为光着脚，所以没有发出声音。

迪爸的声音听起来更响了。

"阿玛鲁什的妈妈说，那个心理学家想明天早上再见见马罗内。他要到学校去。那个小个子老师人挺好的，但管不了那个好事的家伙。"

一阵沉默。他大概喝了一口咖啡。

"这很简单，阿曼达。明天不让马罗内去学校。"

报时钟响了一下。玻璃杯相撞，碗碟摞起。达妈妈应该在收拾洗碗池。

"这不是办法，迪米特里。后天或者下星期，孩子还得回去上学。"

马罗内站在门厅。他悄悄地把他的小木椅子挪过来放在门前。他通常在这把椅子上玩玩具、涂色或者放鞋子。

"那你说怎么办？转学？"

"我去见见德克歇拉。他怎么说也是个副校长。虽说他们家孩子这个赛季一个球也没进过，我还是让他踢中锋。他很高兴。我会请他跟市长谈谈。咱们要给他们施压！"

炉子打火的"嗒嗒嗒"声响了三次。刀叉被分类扔进了碗柜里，柜门"嘭"的一声关上了。

"这有什么用，迪米特里？市长又没法进学校。就跟警察进不了学校一样。一所学校就像一座教堂。那些老师想干啥就干啥！你听他们说一堆花言巧语，然后就完了。"

马罗内轻手轻脚地爬到了椅子上。他转动门把手把门打开，然后撤掉椅子，拉开背后的门，让照进来的光线刚好够他从楼梯下面看清东西。

"关于警察，或许你是对的，阿曼达。但是家长总有权利进入学校吧！那好，我自己去找他们，给他们施压。我还要去问问，就算我第一次签字同意了孩子和心理医生见面，没准儿还可以反悔呢！或者换一个人。"

迪爸开始咆哮起来。和他可怕的声音比起来，达妈妈的声音就像仙女的耳语：

"这样改变不了任何事，迪米特里。我去跟他谈谈。"

"跟谁？"

"跟马罗内。我去跟他说，他讲的那些故事给咱们带来了麻烦。他现在大了，会明白的。他……"

马罗内在楼梯底下向前凑过去，但因为门几乎是关着的，他几乎听不到达妈妈的声音。昨天他已经参观过大橱柜了，但他还是忍不住再次看向绘有他名字的画。

M.A.L.O.N.E

他忍不住再看一看那些拼贴成每一个字母的死去的蚂蚁。他觉得成千上万活着的蚂蚁正在他的背上爬。马罗内赶紧转过身。另外的一些纸箱引起了他的兴趣，它们被一个叠一个地摞在一起，里面装着透明的小盒子，很像那种装珠子、铅笔或者橡皮的盒子。

他跪在地上开始翻第一个箱子，那箱子几乎比他还要大。他听不到达妈妈在说什么了，但迪爸的声音依然回荡在阴暗的橱柜里，像一只回到洞穴的熊发出的声音。

"好吧，那咱们这样。先用你那个温和策略，跟孩子谈。要是行不通，再用我的温和策略，和那个心理医生面对面较量。"

他大笑起来。

"哐"的一声，有人用脚盖上了垃圾桶盖。达妈妈的声音又能听见了。也许她走到了离楼梯近的地方，也许她提高了嗓门。

"可他什么都有了。玩具、书，什么都有。还有我们。他还想要什么？"

马罗内从纸箱里翻出一个鞋盒大小的塑料盒子。大人的鞋盒那么大。它被皮筋捆着，透过透明的盒盖，他看到里面有一些小小的黑乎乎的东西。

糖果？甘草？还是小人儿？

盒子很轻，但皮筋捆得太紧，他没法把手伸到下面把皮筋退掉。

"他还想要什么？也许不是你的温和策略！其实你只要没收他的玩具就好了！那孩子和那个毛绒玩具待在一起的时间太久了。要是他唯一的朋友就是一只他从出生起就叼着玩的老鼠，你怎么指望他对别的东西感兴趣……"

"迪米特里，像他这么大的孩子都有一个……"

一阵响动盖住了她的后半句话。阿曼达从厨房里冲出来，慌张地看了一眼楼梯。

"马罗内？"

没有人。

楼梯橱柜的门虚掩着。

橱柜里传出了孩子的尖叫声。

"马罗内！"

门一下子开了，光线涌入橱柜。

马罗内跪在地上，古奇被放在他的脚边。一个特百惠的盒子掉在他旁边，盒盖开着。阿曼达观察着马罗内，但没过几秒，迪米特里硕大的身影就挡在了门厅的灯泡和橱柜门之间，黑暗再次笼罩了橱柜。

那是令人惊恐的几秒。

她的孩子把塑料盒里的东西全都翻倒在了自己身上。

他喘不上气，伸出一双哆哆嗦嗦的手，让达妈妈带他离开这里，离开这个洞穴，这个深不见底的井。

橱柜一黑，他叫得更加疯狂，声嘶力竭。

他浑身上下全是虫子。

死掉的。

有苍蝇、金龟子、瓢虫、臭虫、鼠妇、蜜蜂，它们沾在他的头发和睡衣上，落在他的脚上，掉进了他的玩偶的绒毛里。

19

今天，他说"我爱你，你知道的……但生个孩子，抚养他，我呢，你知道的……"
杀人欲望
我还是会把孩子生下来。瞒着他。我要给孩子取名为俄狄浦斯。

判决：323
无罪释放：95

www.envie-de-tuer.com

瓦西尔·德拉戈曼饶有兴致地透过观景窗观察着港口。从法兰西公寓的十三层俯瞰，岸边停泊的机动船、帆船、双体船就像停在某家大型特许经销商停车场上的同款汽车。几乎都是白色的小型船。没有豪华游艇打破船只的平静，没有老式帆船的高帆破坏桅杆队伍的低调。一个属于热爱大海的市民的码头，不卖弄炫耀，也不特立独行。

瓦西尔又往前走了几步，趴在窗子上，脚下的船坞距离他超过四十米。克莱芒索大道和港口两侧的堤坝上偶有行人经过，他们都不会看到他。

尽管他丝毫不觉得羞耻。

从凌乱的床上爬起来的时候，瓦西尔没有花时间穿衣服。他赤裸着臀部，微微侧身，将覆满深色毛发的胸口和无遮无拦的性器大方地展现给裹在被子里的美女。

她起身走向他，将一双乳房贴在他的背上，耻骨贴在他的臀部，胳膊环住他的腰身，手指玩弄起他下腹的毛发。

"我要走了。"

"今天是星期三，"女孩嗔怪道，"学校今天停课，不是吗？"

"我约了那个小警官。"

"你的警长姑娘？你的奥格蕾丝？我可要吃醋了……"

瓦西尔转身抱住他的情人，过了好一会儿，才在欲望没顶之时松开了她。她退到观景窗边，像个橡胶娃娃一样紧贴在玻璃上。

接下来的几分钟里，她半是气恼，半是好笑地看着瓦西尔坐在床上，笨拙又费劲地把裤子套在他勃起的性器上。

一条紧身牛仔裤，一件空身穿的灰色羊毛衫。头发蓬乱，像一只远海上的鸟儿。她觉得他很英俊。

"你们约在哪儿了，你和你的小警察？"

瓦西尔犹豫着如何回答。他在脖子上系了一条米色围巾，披上了一件亚麻外套，深灰的颜色和他的眼睛很相称。没来得及刮胡子，要不然就是为了显得可爱而故意没刮。

"在警局。她的部下可能会在，有大半个旅……"

"但愿如此！"

他把手放在公寓门上。他没有吻她，除了刚刚那次，站在港口上方，面朝大海。

"那些东西开始占据你的想法了，孩子和重现的幻影什么的。你不能因为这些东西而远离……"

她没有说完。她贴在窗户上的皮肤上起了一层鸡皮疙瘩。

"远离什么？"

此时，一道怯生生的阳光从两团望不到尽头的乌云之间射出来，在公寓里投下一束光芒，将贴在玻璃上的皮肤镀上了一层金色。她转过身，将乳头压在玻璃上，仿佛感到那层玻璃在灼灼发烫。

像是从秋天偷来的。

"远离我。"她低语。

他走了。

20

让 - 巴蒂斯特·勒什瓦里埃警员和皮埃里克·帕德鲁警员坐在一辆停在奥克药店对面的大众途安里，已经等了一小时了。早上 8 点他们就已经就位，玛丽安·奥格蕾丝千叮万嘱让他们一定要在店铺开门前就等在这里。

这是涅芝区唯一的一家药店。假设提莫·索雷有人帮助和保护，那么很容易想到，他的同伙会到最近的药房给他买止疼药。他们和拉罗什尔一起列出了可能用于缓解这位抢劫犯的伤口疼痛的药，不管哪个医疗咨询网站都会推荐这些药品。

碘化吡咯酮、抗生素、葡萄糖酸、洗必泰、利多卡因、破伤风类毒素、灭滴灵……

药店的女店员现在是他们的眼线。一旦有顾客来买这些药品中的任何一种，一等他走出药店门，她就会脱下白大褂挂在身后的衣帽架上。这是他们的暗号！接下来他们只要悄悄跟上他就好了。

前提是他会蠢到在涅芝区里找药……

吉贝和帕德鲁在蹲点的头一小时里原地安排好了一切细节。之后会有另外两个警察接替他们。奥克街依旧空荡荡的，只有零星顾客到药房买药，就好像整片区域的居民都商量好了在工作日一起睡个懒觉似的。

帕德鲁心里有自己的想法：根据附近的民警提供的数据，涅芝区的住户有 26% 为失业者。而在十八到二十五岁的居民中这个数字翻了个倍。那么这些找工作的孩子和成年人为了什么天杀的理由要比有工作的公务员起得还早呢？

吉贝按着收音机的按钮，直到收到一个电台。

他停在了 101.5。

"亲爱的 FM"电台。

帕德鲁好奇地看着他。

"认真的？"

丹尼尔·李维[①]大声唱着："明天，将会是我们……"

"我婚礼上放的歌，"勒什瓦里埃警员笑着说，"现在我每次听到还是会发抖。"

"你吓着我了，吉贝……"

他向外看了一眼。街上依旧没有动静，连垃圾车都没来。猫和海鸥似乎临时接管了街角的垃圾桶。

"为什么？"

"不为什么！说到底，其实是因为所有事。你长着一张爱情喜剧里男主角的脸，吉贝。一张小痞子的帅脸。你是个警察！结果你过着邮局职员的日子。"

丹尼尔·李维继续声嘶力竭地唱着《想要爱》，让音乐剧的整个合唱团都显得黯然失色。

"抱歉，帕皮，我不明白。"

"妈的，吉贝，你要我把局里的人在你背后嚼的舌根子都跟你学一遍吗？"

"别。不用了。"

艾尔顿·约翰接在后面唱起了《你的歌》。勒什瓦里埃警员这回调大了音量，同时眼睛仍没有离开药房的橱窗。橱窗里，一位母亲一手一个领着两个孩子耐心地在收银机前等待。

帕德鲁没打算征求同事的同意。

"就说你老婆，玛丽·乔。大家都很纳闷你干吗跟那样的女孩在一起。每次你晚上出勤她都会烦你，一天给你打十个电话，辛辛苦苦忙了好几个星期终于结了个案子，要庆祝的时候她却要求你午夜前必须回家。你包办了所有麻烦事，照顾孩子，星期六买东西，星期日修补家什，平时要参加家长会……可关键是你的玛丽·乔不是什么世界小姐，你得承认！"

---

① 法国作曲家、钢琴家。

吉贝没有生气。他只是有点惊讶地看着帕德鲁。

"你们真的在我背后说这些？"

"对呀。你是警队里最帅的，这是所有人在咖啡机前投票表决出来的。这片的所有女警察都把你当成梦中情人，"黄金单身汉"①，还是穿着制服戴着绶带的那种！你的玛丽·乔肯定是使了什么阴谋。即使警长也比她性感！"

这一回，勒什瓦里埃警员毫不掩饰地笑了出来。

"配上她裂成两半的鼻子尤其性感！你瞧，要是哪天玛丽·乔把我甩了，我肯定会找一个这样的女孩。"

"哪样的？有胆量的，是吗？"

"对，要是你这么说的话……"

"那你的玛丽·乔为什么会甩了你？"

"我不知道。因为我是警察。因为我的工作时间很混账，而我的薪水一文不值。"

帕德鲁眯起眼睛。一个戴着便帽、竖着领子的家伙刚刚走进了药店。他目不转睛地盯着那名顾客，一边回答吉贝。

"说真的，你太让我吃惊了！你只需要做第一个找到多维尔抢劫案赃物的人，要是可能的话，在情人节前三天找到，然后拣两三样小玩意儿装进你的口袋里。"

亲爱的 FM 电台中传出了一首滚石乐队的老歌。

《染上黑色》。

吉贝调小了音量，没有回答。帕德鲁接着说。

"还有更妙的！你把这些东西悄悄送给另一个女孩，一个更漂亮、更温柔、更有挑逗性的……"

吉贝依旧沉默，仿佛在犹豫什么，然后，他突兀地冲对方眨了下眼睛。

奇怪，帕德鲁想。

他没来得及细想他的同事这个眨眼的深意，因为药店橱窗里面的女店员脱掉了外套，与此同时，戴着便帽的男人提着一袋药品走出了药店。

---

① 指美剧《单身汉》（*The Bachelor*）中的男主角。

帕德鲁警员将挂在脖子上的照相机对准男人，调整好焦距，然后一下子放下了相机。

"我的天，是泽尔达！"

吉贝不易察觉地点了一下头：他也认出了多维尔案的第四名劫匪，至少在大家的猜测中是如此。他以同样克制的动作离开了被装成普通车辆的途安，每个行为都谨小慎微，尽量显得从容不迫。

男人平静地走在步行道上。走过二十米后，他拐进了街角的一家杂货店。勒什瓦里埃警员亦步亦趋地跟在他身后，而帕德鲁则穿过街道，向药店走去。

店里有十来个人徘徊在商品展示柜前，比街上和区办事处门口的人还多。阿列克西·泽尔达——如果真是他本人的话——停在了啤酒展示柜跟前。勒什瓦里埃凑过去，心不在焉地看着琳琅满目的朗姆酒牌子。

然后他愤怒地咬住了嘴唇。

上当了！

阿列克西·泽尔达将一小箱科罗娜啤酒举到他眼前。

两手都是空的……

哪里还有药品袋子的影子！

吉贝惊慌地环视四周。顾客来来往往。三个人在小收银台前排队。门口的步行道上，三个女孩正在水果箱那里挑水果。

勒什瓦里埃又朝泽尔达靠近了一些，以确认他的身形，看他是否在皮衣里藏了什么，但他其实已经明白了……

泽尔达已经把药袋子交给了一个在杂货店里等待的同伙！

某个他们还没来得及辨认出来的男人或女人。他们可能花上几小时或几天跟踪阿列克西·泽尔达，就像他们之前好几个月断断续续的跟踪一样，但他不会把他们引向索雷！

帕德鲁警员向药店店员确认了男人刚刚买的药品，包括无菌纱布、碘酒、微孔胶布。这些是用来对付开放性伤口的所有能找到的非处方药的最佳组合。与此同时，勒什瓦里埃走到了泽尔达身后。

他与对方背靠着背，鼻子凑在茴香酒柜台前，目光掠过利卡尔酒、51茴香酒和博杰酒，只在一瞬间回过头去。

身份确认了。

这个把科罗娜放在"亡命之徒"旁边的家伙不仅和多维尔案中不知名的摩托车车手极为相似，而且，他的便帽下露出了一只粗大的银质耳环，将他的左耳耳垂分成了两半。警员蹭了一下他，当对方的皮衣从肩膀上滑下几厘米时，他清楚地看到了那人脖子下方文了一个骷髅头。

21

玛丽安·奥格蕾丝一看到屏幕上助手的名字就激动地按下了 iPhone 上的绿色触摸键，但在回答之前她犹豫了一下。

"吉贝？有什么消息吗？"

在等待勒什瓦里埃警员回答的间隙，警长任由自己被美妙的肾上腺素飙升感淹没。

"我们差点……"

吉贝言简意赅地讲了他们在药店前的蹲守、阿列克西·泽尔达的出现以及一名可能存在但他们没能确认身份的同伙的介入。警长费了好大劲才没有提高声音把他们痛骂一顿，说她调动两名警员坐在伪装的普通车辆里不是为了这么轻易就被人耍得团团转。经历了昨天的惨败之后，保持队伍的团结十分重要。

在玛丽安正对面，三个橡胶做的半鸟半海豚的生物在起伏的波浪和冲浪风筝①的带动下，扮演着水生飞禽的角色。

"好吧，吉贝。你们盯紧泽尔达。勒阿弗尔有上百家药店，他不可能只是恰好来涅芝区的这家。这是自1月6日以来阿列克西·泽尔达和多维尔抢劫案发生的第一个联系，我们要对此抱有乐观的判断。"

这回吉贝回答得很快，他庆幸警长将这件事看得很开。

"我确定，玛丽安。这是个信号，这群狼已经走投无路，就要从森林里现身了！我会让波戴恩跟踪泽尔达。咱们在警局见？"

---

① 风筝冲浪运动所用的风筝。

"我会过去的，可能会稍晚一会儿。"

警长下意识地用手掌捂住了电话话筒，以防警员听到她头顶上方海鸥的叫声。她挂断电话，转身对瓦西尔绽开一个大大的笑容。

"抱歉。有急事……我现在由您支配，不过时间不会太长。"

在他们面前，勒阿弗尔广阔的海滩向他们敞开怀抱。排列成新月形的高级住宅被高大的水泥堤坝拦腰围住，盆栽的棕榈树、迎风飘荡的欧洲旗帜和新割过的草坪带将堤坝装点得赏心悦目。一望无际的鹅卵石海滩，还有远处来自拉芒什海峡彼岸的渡船……这样的美景不禁让人纳罕，为什么勒阿弗尔的"盎格鲁大街" ①称号会被尼斯抢走，连带着最美城市海滨的名声。

他们走在一条小巷里。几块木板铺在鹅卵石地面上，给人一种沿着它走就能走到海边的错觉，坡度微微向下倾斜，走在上面脚不会太累。玛丽安和瓦西尔并排走着。为了不踩到木板外面，他们的肩膀不时碰在一起。几百个白色的海滨小屋排成一排，在堤坝和空旷的沙滩之间形成了一道防线，像是为抵御海浪而临时在地面上建立的城堞。

待他们走过那些小屋，玛丽安使劲仰起头，对比自己高出二十厘米的心理学家说：

"我说到做到了，德拉戈曼先生，我暗中调查了穆兰一家。结论很明确。我很抱歉，但穆兰夫妇是清白的。马罗内确实是他们的孩子，从出生以来一直是，虽然这样说有些奇怪。这里没有任何疑点！"

不同于夏日里海滩上的热闹光景，小屋门窗紧闭，9 月的沿海餐厅空荡荡的，关的关，拆的拆。然而玛丽安却喜欢这样带着一丝忧郁的秋日景象。只缺一处有凉棚的露天咖啡座，可以一边喝咖啡一边欣赏远景里驶过的轮船，以及面前的瓦西尔那双如同可颂面包一样的金黄色的眼睛。

"普通家庭，"玛丽安接着说，"夫妻两人都没犯过什么事。迪米特里·穆兰

---

① 又名"英国人散步大道"，19 世纪时由英国人修建，如今为尼斯著名海滨散步大道。

在监狱里蹲过几个月，可那都是好多年前的事了。自那以后，他就是个无可指摘的丈夫，一个完美融入小镇生活的父亲。"

瓦西尔微微撇了撇嘴。

"如果这就是您对模范父亲的定义……"

玛丽安没有反驳。

"我们可以从各种角度考虑这个问题，德拉戈曼先生，但马罗内不可能不是他们的儿子……"

"我很明白您的意思，"心理学家说，"谢谢您曾经尝试过。"

一些小屋的墙上钉着巨大的黑白照片，横渡大西洋的游轮，甲板上盛装打扮的男女，有种"疯狂年月"①和泰坦尼克号的感觉。就在不到一百年前，勒阿弗尔还是一个浪漫至死的城市。

玛丽安一面打量着海报，一面分心想着愚蠢的问题。

瓦西尔还是单身吗？他是不是爱着另一个女孩？和一个女人一起在海边散步会不会让他困扰？

如果真是这样，那这个浑蛋真是一点也没表现出来！他似乎仍在思考他坚信不疑的那件事，不肯放弃，像个拒绝承认美人鱼或独角兽并不存在的孩子。他缓缓转向她。

"您最早的记忆是什么，警长？"

"什么？"

灿烂的笑容点亮了心理学家的面庞。

"这是一个我很喜欢的测试！再说，每个人都应该在生命中的某个时刻想一想这个问题。来吧，好好想一想，您最早的记忆是什么？不是别人告诉你的，嗯，是一段真实的记忆，您能记得清晰的画面的那种。"

"呃，好……"

玛丽安闭上眼睛，只听着浪涛声，几秒钟后她重新睁开眼。

---

① 指 1920—1929 年，在这一时期，法国的经济快速增长，同时艺术、娱乐事业飞速发展，直至被大萧条中断。

"您问得太突然了，我不太确定……不过我觉得是在我姨妈的农场里住的一段日子。我见过她给奶牛挤奶，我能记起自己搬了个小板凳想要模仿她的样子。我想我没有和任何人说过……"

"您那时多大？"

"我不太记得了……四岁？（她犹豫着）不，应该是五岁，甚至有可能接近六岁了，那是个春天。"

"那么在那之前，您生命的头五六年是个黑洞吗？您不得不相信他人，从他们口中得知您的过去，不是吗？那时的画面，您只能在相册里的老照片上看到。那时的情感，您只能从您母亲在某个星期日的饭后闲谈中得知。那时常去的地方，您只能听别人告诉您，您经常去哪里，某个幼儿园，某栋房子，您的房子，奶妈的房子，您第一次出去度假时住过的房子……"

他吸了一口气，像是要捕捉从远海吹来的风，然后继续大声说：

"马罗内·穆兰还不到四岁，警长！他所经历的一切，以及他在之后漫长的几个月内将要经历的一切，他都会忘记！他只会记得一些模糊的影子。我向您解释过了，一个不到 4 岁的孩子的记忆就是一块面团，成年人可以随心所欲地把它捏成任何形状。您刚才说马罗内确实是阿曼达和迪米特里的儿子，我很想相信，但在这种情况下，这个问题需要另做处理。那些回忆不是偶然进入马罗内的记忆中的！"

"您想说什么？"

"在三岁以前，儿童没有关于自我的自主意识。'我'是和被我的同行们称为'集体心理'的东西联系在一起的。他的妈妈、爸爸、奶妈在某种意义上是他自身的延伸……因此，当马罗内跟我们讲他以前的妈妈和他们在一起的生活时，有一件事我们可以确定：这些过去的画面是存在的！它们要存在，就需要有人埋入它们、维持它们。这个人属于他的集体心理，他用尽一切手段让马罗内记住那些画面，就好像他是最后的目击者，是某种秘密的守护者。那么由此推论……"

他停顿了一下。在他们前方，另一个小屋的墙上钉着一张黑漆漆的海报，一个戴着圆顶礼帽、蓄着小胡子的男人掀开了一顶女式小帽的面纱，准备亲吻一个像小男孩一样穿着短裤、理着短发的美丽少女。

"由此推论，"心理学家接着说，"如果有人费尽心思让马罗内记住这些，那么必然会有另一些人想让马罗内忘掉这些……"

"马罗内的父母？"

"这是一种可能。这看起来很蠢，但那孩子向我讲述的一切都让我觉得，那些迹象是有人故意塞到他脑子里的，就像路标，或者某种能够在恰当时机调动的标记！"

瓦西尔激动起来。他挥动着手臂，嘴唇微微颤抖。警长觉得他这副样子既可爱，又狡猾，几乎把她说服了。

只是这位心理学家的推理有个巨大的缺陷！

他的假设的前提是，有个幕后操纵者通过向马罗内一遍又一遍地讲述过去的一段不同的生活，将记忆嵌入了他的头脑中。

正是这一点有问题！

因为这个灌输记忆的家伙的确存在，小马罗内毫不含糊地指出了他。那家伙就是古奇，他的玩具！

滑稽透顶！

好一会儿，玛丽安由着海浪冲刷自己的思想，将它卷至云端，让它接受一部分超现实的幻想。她并不想嘲笑瓦西尔的偏执。在这超越时间的风景中，没有任何东西让她这么做。毫无逻辑地，她选择认真对待这位心理学家的担忧，至少假装如此。

"这就是你的解释？马罗内会有危险，而他的记忆能够保护他？"

"或许。不然如何解释他对下雨的恐惧？还有他无时无刻都摆脱不了的寒冷？但是除此之外，没有任何一点和一般的创伤记忆相似。那些画面都太精确了。"

一阵大风吹乱了玛丽安的头发。胖胖的脸，乱蓬蓬的头发活像死章鱼，大衣扣子一直系到下巴底下，这些细节再配上她那被砸扁的鼻子，实在性感。

"过来，"瓦西尔说，"来这儿躲一躲，我给你看一些东西。"

他指着几米外一间开着门且空无一人的海滨小屋，一名市政府的工人正在把它和其他十几间小屋重新粉刷成一个模样。

两米见方的小屋内，一股潮湿黏重的气味和惊人的高温形成了鲜明对比。不过显然，瓦西尔·德拉戈曼并不是要把警长带到某个私密的角落里温柔亲吻。

他跪在地上，从背包里掏出一张比例尺为 1：25000 的地图放在地上摊开。为了不踩到地图，玛丽安只好紧贴在木板墙上。有光纸上画满了彩色箭头、涂有阴影线的几何图形和不同颜色的圆圈。

"我试着看得更清楚些，"瓦西尔抬起眼睛解释道，"我试图将马罗内的叙述具象化。您看，我也没有那么异想天开。这是假设－演绎推理法。警察也用这种方法，不是吗？"

玛丽安更仔细地观察着地图，越发觉得有趣。确实，在局里，他们经常从多少还算可靠的目击证词出发，利用同样的方法组织三角洲内的调查活动。

"根据马罗内的说法，"瓦西尔继续道，"他以前的家位于海边。他能从卧室的窗户看到大海。所以我把所有有人居住的沿海地区打上了阴影。考虑到要排除掉悬崖、自然保护区、工业区，范围其实没有那么大。这些是我画的圈，我把所有能看到船只的地区都圈起来了，不管是渔船还是超大型邮轮，只要是船。所有能看到渔港、游人码头、商用码头的角度！我甚至还想到了红塘、圣弗朗索瓦和布列维尔的游乐场上的木头船。您看，警长，即便我们只看沿海地区和能看到船只的地区的交集，它所覆盖的区域也广阔得令人绝望。比如勒阿弗尔佩雷中心城区的一大部分都被包含在内——"

他指点着那些圆圈和线条，却被警长打断。

"那剩下的呢？森林呢？马罗内也说过他住在一座挤满了食人妖和怪物的森林边上，不是吗？"

心理学家胸有成竹地指着地图上的绿色平面。

"我们面临一个选择困境。热昂峰森林，毫无疑问，或者环绕圣阿德雷斯城防御工事的花园，热内隧道入口处的树林……但是没有交集，或者说全是交集。只要爬到勒阿弗尔稍高一些的地方，从很远的地方都能看到大海。"

"那火箭呢？"

瓦西尔越发投入起来。他似乎很欣赏玛丽安记住了所有细节。他的目光有如木炭，无声酝酿着一团火焰，让警长在心中乱了阵脚。

"关于火箭我毫无头绪！这里确实有勒阿弗尔－奥克特维尔机场，距离海边只有一公里，离蒙加雅的购物中心不远，但马罗内说得很明确，他和我说的是火箭，不是飞机！另外，警长，我也没有找到有四个圆形塔楼的城堡。最近的城堡有奥歇堡，一个塔楼；圣阿德雷斯的加戴勒堡，八个塔楼……我还标出了形似城堡主塔或庄园的建筑，包括水塔，就是地图上这些蓝色的小叉子。"

玛丽安垂下眼观察了一会儿重叠在一起的不同颜色。德拉戈曼能成为一个好警察，他的想象力比她那些目光狭隘的同事要丰富得多。瓦西尔冲她露出了歉疚的笑容。

"没有一个符合所有标准的理想地点！我感觉就好比要拼一张拼图，但有人把不同的拼图碎片装进了同一个盒子里，就像不同层面的记忆混淆在了一起。怎样才能知道哪些应该归在一起？哪些应该放在一边？哪些应该被拿掉？"

奥格蕾丝警长没有任何思路。一团蓝色的光晕短暂地照亮了幽暗的海滨小屋。她的手机收到一条短信。

你什么时候到？

吉贝

她向小屋门口迈了一步，不忘绕开瓦西尔的地图。这条来自部下的短信好像一下子将她从梦中拉了回来。

她在这儿折腾什么呢？趴在这儿研究一张由一个三岁孩子和一个脑子发热的心理学家想象出来的藏宝图！就在现在，两名劫匪还在逍遥法外，他们冷血到可以毫不犹豫地冲警察开枪，耍了他们十个月，把价值近两百万欧元的赃物藏在了三角洲的某个角落。

"我得走了，德拉戈曼先生。我们以后再谈。我派了一个人盯着这事。一个年轻人，挺有法子的，他会继续调查，以防万一……"

他们简短地握了握手，有点奇怪。玛丽安刚一走出小屋就迎来了冷风的抽打。她赶紧向停在"维氏炸薯条"前面的梅甘娜跑去，那是现在唯一还在营业的滨海商店。

瓦西尔·德拉戈曼一边将地图折好，一边看着警长走远。一群年轻人下了电车，穿着轮滑鞋朝轮滑场滑去。在他对面，一个女孩在木板道上慢跑，耳朵里塞着 MP3 的耳机，马尾辫在肩头来回甩动。

警长会支持他到什么时候呢？

在她像其他人一样对他嗤之以鼻之前，还剩多长时间？

就算她不会这样做，他又如何说服她走得更远，挖得更深、更快？否则，所有埋在马罗内头脑中的线索就会枯竭，就像腐烂的种子，永远无法结果。否则，他的人生，他真正的人生就会被永远剥夺……

马罗内信任他。在他的整个职业生涯中，他从来没有像现在这样，不得不面对如此重大的责任。

他仔细地将地图收进背包。他是那孩子最后的机会。他就像一块在海浪中颠簸的浮木，被快要溺死的孩子紧紧抓住。

这让他无比惶恐。

慢跑的姑娘很漂亮。从心理学家面前跑过的时候，她故意对牢他的视线，却没有放慢脚步，不用回头看她就能确定，深皮肤帅哥的视线一直追着她包裹在紧身裤下左右摆动、形状姣好的臀部，直追到海滩尽头。

日常的诱惑带来的小乐趣。

但她错了！

一秒钟后，瓦西尔便不再看她，陷入了他的思绪之中。头脑中突然乍现的事实让他呆立在原地。

他突然明白了马罗内与他的玩具交流的方式。

22

短针指着 10，长针指着 7

　　马罗内戴着红色和橙色相间的帽子、围巾和配套的手套，未经认真修剪的草叶搔着他的靴子，他看起来就像个花园里的小塑像①。

　　阿曼达从车库里推出带小轮子的自行车，放在栅栏正前方的石板路上。

　　"咱们去鸭子池塘。"

　　马罗内没有动，只有头摇了摇。他就像一个彩釉侏儒塑像，不过档次很高，脖子可以活动，身体里还装了晴雨表。马罗内一动不动地立在草坪上，害怕地看着阴沉沉的天空。

　　要下雨了。

　　阿曼达把他抱起来，放到自行车座上。

　　"快点，你这懒孩子，快骑！"

　　马罗内向前骑了一米，自行车车轮就被三块砟石卡住了。阿曼达叹了口气，推了他一把。

　　"走哇，宝贝！我很确定，基利安和罗拉已经不需要后面的小轮子了。"

　　她的话没起什么作用。她更使劲地在马罗内背上推了一下，使他往前冲了一段，并借此机会扶正了掉到眼睛上的帽子。

　　孩子的头发还是潮的。刚才，他在淋浴喷头下面一直尖叫。马罗内只肯在浴

---

① 一些欧洲人会在花园里放置侏儒形象的小塑像用来装饰。

缸里洗澡！每晚他都要在浴缸里泡很久。他讨厌别人往他身上喷水，这会使他陷入巨大的恐惧。但这次阿曼达别无选择。她拽着他，把他的衣服脱下，强行把他拖到浴室。马罗内的头发、脸、胳膊、手上全是死虫子。

死虫子，只是死虫子而已。并不脏。

当她在橱柜里找到马罗内的时候，她就是这样对孩子和丈夫解释的。她勉强地挤出微笑，就好像这只是个有趣的玩笑。她说这些沾在他皮肤和衣服上的虫子就和彩纸片、吹到脸上的面粉或者蒲公英的毛毛差不多。

迪米特里的回答震耳欲聋。

"你给孩子冲个澡，然后把这里打扫干净！"

阿曼达听从了。她蹲下，把马罗内揽入怀抱，然后用空闲的一只手把撒在他们周围的苍蝇、金龟子、蜜蜂尸体捡起来，一一装进塑料盒子里。

迪米特里站在楼梯橱柜的门前惊愕地看了她一会儿，然后爆发了。马罗内捂住了耳朵。

"给我把这些都扔到垃圾桶里！"

这次，只有这一次，阿曼达反抗了。

"不，迪米特里，不！求你，别让我这么做……"

她当时以为他会自己动手，夺走那个盒子，进行他人生中第一次扫除，摆脱这一切。然而没有，他只是再次大吼。

"你疯了。你和这孩子一样疯！"

然后他"嘭"的一声关上门，走了。

从他们住的地方到池塘之间是一条平缓的下坡路。马罗内几乎用不着蹬车就能前进。他把古奇放在了车把上挂着的车筐里，任自行车在光滑漆黑的沥青上滑行，就好像在 F1 赛道上滑行一样。

没有任何危险。除了莫里斯－拉维尔广场附近的居民会开车经过以外，这条街上没有别的车。规划玛涅格利兹高地的建筑师们是精通迷宫的专家。买这栋房子的时候，他们就向迪米特里和阿曼达解释过，他们买的这块地的管理方式被他们称作社群管理：所有出来进去的人都会被看到，居民互相照看对方的房子，每个人都能看到他房前的街道和他的停车位。这种方式的绝妙之处是，人们会有居家独处的感觉，可以随心所欲地在自家的小花园里种花、栽树或者开辟菜园。但同时，它也被其他小楼环绕着。一方面人们会感到自己远离人群、城市甚至整个村庄，另一方面，这里又被购物中心、娱乐区和立交桥所包围。

这些城市规划专家真是聪明！

在这个精心布局的设计方案中心，孩子们可以放心地玩耍，没有危险。

甚至在房子的正前方还有一个保护得很好的池塘，它再次证明了这些迷宫建筑师高瞻远瞩的天才：既能做到严格的整体设计，又能在细节上进行巧妙的发挥。

阿曼达揪着马罗内的领子，免得他滑得太快。他咯咯笑起来，这是今天他头一次笑。她喜欢这样的时刻，这时她总会想起赫诺①的歌词，她不断地循环播放他的歌，为的是把这些短暂的时刻烙印在头脑中。这就是那些歌的作用，她想，即使是最蠢的歌，也能记录下这些微不足道的情感。

听着你的笑声，像鸟儿的鸣啭一样高飞。

这句词，还有同一首歌中，在钢琴弹出最后几个音符之前，赫诺唱的那句词：

时间是杀手，带走了孩子们的笑声。

都是愚蠢至极的真相。

池塘附近没有鸭子，自从几个星期前，9月头几个寒冷的早晨出现的时候，它们就消失了。阿曼达知道，但她还是做出了一副失望的样子。马罗内似乎并不在乎，他抱着古奇钻进灯芯草丛里寻找巢穴和蛋。这个春天，当小雏鸭孵出来还没被居民区的猫吃掉的时候，他就这么做过。

阿曼达随他去玩，她的心软了下来。

这一隅离家五十米的乡野风光对于马罗内来说就是世界尽头，是无穷无尽的探索之地，是无边无际的广袤海洋。随着他的长大，这块地方在他的眼中会慢慢变小，这片居住区也会逐渐缩小。整个世界对于他来说，也终将变成一个萎缩的星球，三步就能绕一圈。

---

① 赫诺·塞尚（1952—   ），当代法国歌手、词曲作家。

一座监狱，就像米诺斯用来永远关住年轻的希腊人的监狱一样。一个由死路构成的绝妙陷阱，侧柏和女贞树筑成了高墙。事实上，这块地皮的设计师建成的不是迷宫，而是代达罗斯宫①！

真是聪明！

只有鸭子能逃离这里。

阿曼达十七岁时曾对自己发誓要离开这里，离开玛涅格利兹，再也不回来。即便是这样的她也还是回来了……像鸭子一样。因为就是如此，环游世界也好，到别处寻找阳光和爱情也罢，一切都是徒劳，能不能找到都不重要，鸭子合该出生于此。

然后被吃掉。

一滴雨穿透了池塘凝滞的水面。

马罗内没有注意到。阿曼达看到了。她明白他们该回去了，别等到暴雨倾盆、马罗内的尖叫把整个街区都吵醒才好。

"它们在哪儿，达妈妈？那些鸭子宝宝？"

鸭子合该出生于此。阿曼达在脑海中重复着这句话，没有回答马罗内。

然后被吃掉。

除非她阻止这一切。

番茄丁。牛肉饼。自制炸薯条。在她做饭时播放了一集《杰克与梦幻岛海盗》。吃饭时又播放了一集。

第三集，就看到第三集，马罗内如此坚持道，但阿曼达没有妥协。

"去午睡，小水手！"

---

① 代达罗斯为古希腊神话中的人物，他应克里特国王米诺斯的要求建造了一个迷宫，用于困住巨怪弥诺陶洛斯。

马罗内没有抗议。他已经能背下《杰克与梦幻岛海盗》的所有情节了，电视上总播，更重要的是，他喜欢待在自己的房间里。或许喜欢过头了，但阿曼达又怎能因此而责怪他呢？

马罗内躺在床上，只将脑袋和古奇的脑袋从被子里露出来。阿曼达坐在他旁边。

"你知道吗，亲爱的，有时候爸爸会大吼大叫。但他还是爱你的，非常爱！他吼得多大声，就有多爱你。他只是偶尔会生气。"

马罗内不敢回答。

"你觉得爸爸经常生气吗？"阿曼达追问道。

马罗内看了一眼钉在他床边的日历。火箭降落在水星上。

旅行之日。

比起午睡，马罗内更喜欢夜晚，当夜幕降临时，那些星球和星星就会真的发光。

"你看，亲爱的，比如你在学校讲故事，你说我不是你妈妈。对于我来说，这不是很严重，我知道这不是真的。可是爸爸呢，他会为此生很大的气。"

阿曼达温柔地轻抚儿子的头发。他现在正瞪着大眼睛看着她。阳光透过拉起来的橘色窗帘的缝隙照进室内，晕开一片黄铜色的光芒。马罗内磕磕绊绊地说：

"你不想让我再说了，是吗？"

"我不想让你再说，也不想让你再想。"

马罗内似乎陷入了沉思。

"但这不可能，因为你不是我妈妈。"

阿曼达的右手依旧抚摸着马罗内的头发，左手却攥成了拳，一把将被子上的胡迪、巴斯光年和红心碾了粉碎。

"谁告诉你的，亲爱的？是谁把这个念头塞进了你的脑袋里？"

"这是个秘密。我不想说。"

阿曼达俯下身，犹豫着要不要提高声音。最终，她决定把语气放得更柔和些。

"你肯定明白，那些秘密让妈妈很伤心。"

没等对方回答，她就抱住了他。无言的拥抱持续了很久，直到马罗内打断了它。

"我不想让你伤心，达妈妈。我……我爱你……我特别爱你！"

"那你就不要再说我不是你妈妈了。你保证？"

"我在脑袋里想想也不行吗？"

"在脑袋里想想也不行。别担心，亲爱的，这些念头会不见的，就像让你生病的细菌，就像你长水痘时的那些疹子，你记得吗？"

马罗内直起身子，扭动着从阿曼达的怀抱中挣脱出来。

"我不想让它们不见，达妈妈！我应该永远记住它们。永远。"

这一回，阿曼达终于抑制不住泪水。她用马罗内的长枕堵住眼泪，再次更加用力地将他揽进怀里，在他耳边轻声说：

"不要这么说，亲爱的。你不能这么说。他们会信以为真，他们会把我们分开，你明白吗？你不希望我们分开吧？"

"我要和你在一起，达妈妈！"

她把他紧紧地抱在心口，力气大得让他喘不过气。她太害怕了。

"我也是，"阿曼达啜泣着说，"我也是。"

接下来的三秒钟也许是她生命中最美好的时光，温暖的感觉，干涸的眼泪的味道，这间儿童房就像一只坚不可摧的茧，在人群之外，时间之外，让她觉得幸福永远都不会溜走，直到马罗内喘了口气，将他的话说完。

"我想和你在一起，直到妈妈回来找我。"

23

今天，银行里排在我前面的家伙把一张十二万七千欧元的支票存入了银行。
杀人欲望
我要去钓他的寡妇。

判决：98
无罪释放：459

www.envie-de-tuer.com

一段广播节目开场曲宣告了 17 点的到来，却没有引起什么人的注意。警局里总有人默默打开收音机，却没多少人听，除了每小时只有短短一分钟的新闻标题。

记者已经不再报道勒阿弗尔港口上对提莫·索雷失败的围捕以及他的逃脱。从早上开始，当地电台就打爆了警局的电话，希望能获得一条还未公布的信息。甚至有个记者在警局的台阶上赖了两小时。

没有任何新进展，玛丽安让人如此公式化地回答。这不是出于什么恶意，就算是面对那个赖着不走的记者她也没有恶意。后来她威胁要扎漏他的小摩托的车胎，那人才骑上车歪歪扭扭地沿着石砖路跑掉了。

没有任何新进展！这是事实。

勒什瓦里埃警员穿上了夹克衫。

"17点了。我回去了……"

玛丽安做出一副抱歉的表情。

"是呀。别耽搁了。要是堵车的话，你到家就赶不上《挑战冠军》的对战环节①了。"

"我得晚点到家，"吉贝恼火地从夹克口袋里掏出一张手写的清单（某个女性的字迹），"我要先去蒙加雅装满购物车……"

"有道理，"帕德鲁从他的电脑前抬起头来打趣道，"要是索雷再出现，我们可能得连着盯梢一星期。"

警长表示赞同：

"听着，帕皮，这是家庭中智慧的发声！如果不想让全家饿死，就去存粮吧。"

帕德鲁补充：

"还有，如果孩子他妈有空的话，抓紧时间……1995年抓哈尔德·凯卡尔②的时候，警察连续蹲了十一个晚上呢……"

吉贝根本懒得回答，他已经走到警局的走廊里了。

"未雨绸缪，"帕德鲁仍不放弃，"做好准备，吉贝，时刻做好准备。我前妻在的时候，我管这个叫发枪警告……"

这回，勒什瓦里埃警员潦草地笑了一下。

"要是有动静，你们知道我的电话。不过我觉得……"

他甚至没有费心把话说完，而事实上，玛丽安也没法责怪吉贝。整晚耗在警局里玩手指，一遍又一遍地阅读同样的调查报告，这些没有任何作用。她让人跟了阿列克西·泽尔达一整天，从他走出奥克街的杂货店一直到回到他在米什莱街的家，中间经过了福特特许经销店、阿米拉尔·尼尔森酒吧和"物理形态"健身房。

一无所获。

---

① 《挑战冠军》是法国电视台的一档智力竞赛节目，每期有四名选手参加，最后剩下两名选手争夺冠军，被称为"对战环节"。

② 阿尔及利亚裔伊斯兰主义恐怖分子，参与了1995年夏天对巴黎的恐怖袭击活动。

有好几次，负责跟踪嫌犯的波戴恩打电话给玛丽安询问指示，他已经厌倦了费尽力气躲躲藏藏：

"泽尔达根本不躲！他现在悠闲得像退休的德尼罗。要么这家伙清白得像雪，要么他就是看不起我们。"

清白得像雪，玛丽安默默地想。这句话放在语境中有了一层特殊的含义①，不过警长的判断依旧斩钉截铁。

"他看不起我们！"

她不相信巧合，不相信会有这样奇迹般的偶然让阿列克西·泽尔达在提莫·索雷逃脱的第二天跑到涅芝区的药店购买可以治疗开裂的伤口的必需药品；在他走出药店的几分钟后，他又神不知鬼不觉地将那些药品脱手。

他就是第四名劫匪。他在保护提莫·索雷。就差把他抓住了！

"盯紧他！"警长冲着电话咆哮，"他最终会把我们带向索雷。要不然他就不得不让索雷就地腐烂了。"

接着她放软了语气：

"不过要小心，波戴恩。别冒任何险。如果说提莫·索雷只是个控制不了事情发展的可怜小子，那么阿列克西·泽尔达就是个危险的疯子。一个警察杀手。他就是个杀手而已……"

收音机里的听众已经换了一批又一批，危机不断。太平洋 LOG，一家雇有一百五十七名员工的物流公司刚刚申报破产。根据已经巧妙安排好的流程，失业者有几十秒的时间用来大骂体制，然后发言权便交给了其他职工，他们烦透了要为别人埋单。人人都是革命家。

帕德鲁一只耳朵心不在焉地听着广播，同时把多维尔抢劫案的全部赃物摊开在办公桌上。他把每一样赃物都打印成彩色照片，然后仔细地剪下上面的物品。

---

① 涅芝（Neiges）区的名称即雪（neige）的复数形式。

伯爵的冠冕形发饰，Lucrin①的眼镜盒，还有几十件印在纸上的奢侈品……

这真是小公主的收藏夹呀！等这个案子结了，他要把这些全都寄给他的小孙女艾玛。现在，他玩心大发地把这些物品摆在桌子上，拼出一场由看不见的男男女女组成的前卫时装走秀。

"其实让我吃惊的是它的反面。"警员咕哝着说。

"什么的反面？"玛丽安问。

"在多维尔抢劫案之后，人们都很恐慌。大家惊讶，并且担忧，甚至变得精神不正常。可我呢，让我吃惊的却是，抢劫案竟然这么少。你瞧，那些路过的人中竟然没有更多的人想要直接拿走店里的东西。你不觉得奇怪吗，玛丽安，那些路过橱窗却不把它们打碎的人？他们只是透过橱窗看，就好像看着一个虚拟的屏幕，却不敢想，这些他们永远也买不起的东西，他们和其他人同样有权利拥有。他们甚至不会想，警察就是富人发明出来的玩意儿，那穷人为什么不以牙还牙，发明偷窃呢？"

警长在电脑前打了个哈欠。帕德鲁依旧不受丝毫影响地盯着屏幕。

"说真的，你不觉得那些把自己的购物车装满、乖乖交钱填满收银机的钱箱、贡献几十亿利润的人，比那些集体全速冲刺、以破墙之势挤爆法国所有大型超市的旋转门的人更恐怖吗？还有人能在街上开着保时捷却不被乱石砸死，还有人能带着劳力士却没被干掉，你不觉得这很荒唐吗？那些已经没什么可失去的人安然接受退出这样的游戏，甚至没有用他们仅剩的一点东西赌一把，就算是为了尊严，为了给女朋友一个惊喜，为了在他们的孩子面前保持一点体面……妈的，就算是打牌，如果不全押的话，你也不会失去所有筹码！"

警长趁着短暂的停顿插进一句评论。要是错过了，帕德鲁警员能独白好几小时。

"这是因为我们要做好自己的工作，帕皮！而且我们为此得到了工资。我们要威慑人们。我们是治安警察，要维护国内和公共治安，这是我们的官方称号，一百五十年来一直如此！即便在这一百五十年间，世界变成了地狱。"

①一个瑞士皮具品牌。

"我们是刻耳柏洛斯①而不是圣人彼得②，我懂你的意思了，玛丽安。"

帕德鲁警员用手背扫掉一只浪琴纸手表，然后接着说。

"阿列克西·泽尔达是个神经错乱的危险分子，我们应该把他关进监狱，我同意。可是从档案来看，提莫·索雷曾经是个正直的小伙。西里尔和楼娜·吕克维奇也一样。这些波提尼的孩子，这些弱势群体的小孩，他们在我看来要比那些控告他们的 LVMH③ 的董事长兼总经理更值得同情……"

"我不知道，帕皮。我不知道。我不确定我们是否应该思考这样的问题……对了，你还记不记得，一个月前咱们和海关一起截下了来自宿务的一个集装箱，里面是三吨假耐克？为什么要把全部家当都押在一个篮子里，嗯？因为菲律宾人比美国人更需要发展。说到底，贫穷的国家没有什么可失去的了。这个世界是个巨大的赌局吗？那么筹码就是那些小国！（她抬眼望天）这样行不通的，帕皮，你很清楚。需要规则，还有让规则得以执行的优秀的小兵。"

帕德鲁几不可见地摇了摇头，像一只麻木的斯芬克斯，手里蹂躏着一条棕色的纸带：一条爱马仕 - 巴黎的植绒腰带。

"你是对的，美人儿。来，咱们结束这个话题，你知道赫尔墨斯是谁吗？"

"不是一个希腊的神吗？"

"没错！万神庙中的明星之一，位列奥林匹斯山巅。他是商业之神……和盗窃之神！古希腊人已经明白了一切，不是吗？三千多年以后，中央银行才证实了德尔菲的神谕。"

警长爆发出一阵短促的大笑，然后推开椅子来到走廊上。警局里的人都陆续下班了。她给自己泡了杯咖啡，借着这个空当给安吉丽克发了个短信。

今晚去尤诺喝一杯，如何？

几分钟后她收到了回信。

---

① 古希腊神话中看守地狱之门的三个头的猎犬。

② 耶稣的重要门徒。在基督教传统中，彼得被描绘成拥有一金一银两把钥匙的人，可以打开和关上天堂之门。

③ 法国酩悦·轩尼诗 - 路易·威登集团，法国奢侈品企业集团，现已成为世界奢侈品工业中的龙头集团。

今晚不行。我要去见几个老朋友。我需要钱。

玛丽安笑着握紧了手里的杯子。她不想一个人回家，不想一个人在亚马孙健身房的跑步机上奔跑，不想一个人吃饭，一个人睡觉，一个人在第二天醒来。有那么一瞬间她又想起了瓦西尔·德拉戈曼。她有他的手机号码，但她并不想打电话邀请他吃晚饭。以什么借口呢？

"你要待到很晚吗？"她问帕德鲁。

"嗯。我凌晨3点前都不会走……"

"没人付你加班费，你知道。"

"我知道。我等美国到了20点，用局里的电话给我在克利夫兰的女儿打个电话。要是在家打，那得花掉我一半的薪水！"

玛丽安没有继续劝帕德鲁，也没再想他是否在开玩笑。她穿上大衣，下班了。

一个人。

24

短针指着 5，长针指着 11

马罗内睡了三小时。他下午睡得很多，比晚上更容易入睡。

在吃午后点心之前，阿曼达给他拿来了一件他没见过的新玩具。一架黄绿相间的飞机，带有螺旋桨和天蓝色的轮子，还有五个小人儿，每个小人儿的两条腿都是粘在一起的，戴着棕色的头盔和黑色的大眼镜。

阿曼达每星期三都会给他一个新玩具！她就像变魔术一样把它们变出来。每次马罗内都会特别开心，之后的几天可以说和新玩具寸步不离，其他人和玩具都不及这件重要，当然除了古奇。

这星期是"快乐天地"的飞机，上星期三是一辆消防车，前几星期还有恐龙、骑在马背上的牛仔和赛车。当一件新玩具取代上一件成为马罗内心中最爱的玩具时，他不会因此而忽略剩下每一样玩具的排序，每件物品、每个人物、每个小塑像在他的想象世界中都有自己的位置，就算被一起装进箱子底部，或者和十几个玩具一起摆在地毯上也不例外。这个顺序除了马罗内谁也不懂，就好像他是一位创世神，拥有无限的记忆，可以记住所有他曾经创造的造物。

"谢谢。"马罗内痴迷地看着飞机。

他没有说"谢谢，达妈妈"，也没有说"谢谢，妈妈"，虽然她应该很想让他这么说，而他也知道这一点。

他也很想这么说，管她叫妈妈。

每次她送他礼物，拥抱他，或者对他说"我爱你"的时候，他都想叫她妈妈。

事实上，他常常想这样叫。

但他不能。

等达妈妈转身去准备点心的时候，他赶忙跑到餐厅，把古奇放在地上，把飞机滑到桌子下面，藏在椅子之间，从口袋里掏出一张纸。

这张纸被折得很小，为的是能在不被别人发现的情况下塞在任何地方。每次他想叫妈妈而不是达妈妈，而且还不能和古奇说——因为别人会听见——的时候，为了不干蠢事，他便会打开他的秘密。

或者更确切地说，是他和妈妈一起画的画。秘密图画，他没给任何人看过，连瓦西尔也没有。

他用小小的手指展开画纸，同时注意着厨房敞开的门。他飞快地看了一眼画，星星、绿树、花环、蜡烛、礼物、三个人影。他在自己的和妈妈的身影上停留了一会儿。那是她自己画的。他觉得她的长发太美了。他呢，那时还太小，他认不出画上的自己。

他的心一如既往跳得厉害，但他还是花时间仔细看了画面上方和下方的字母，那些他已烂熟于心的字母，有大写的也有小写的。

画面上方有十个字母，就在树顶的星星上面。

Noël Joyeux（快乐圣诞）

下方有十三个字母，在礼物旁边。

N'oublie Jamais（永不忘记）

他的视线由上至下扫过，然后他迅速折起了画纸。达妈妈已经端着一盘点心回来了。她甚至还在他的草莓汁里插了一根吸管。

短针指着 6，长针指着 3

迪米特里回来的时候，马罗内还在餐厅的地毯上玩。

他没有理他，连声招呼也没打，径直走到厨房的冰箱前开了一瓶啤酒。

阿曼达漠然地洗着菜。

迪米特里一口气灌下了半瓶啤酒，这才开口说了第一句话。

"我们得谈谈。"

阿曼达关上了厨房门。没有立马关上。马罗内在这个空当从地上爬了起来，冲迪爸笑笑，用放在桌上的抹布擦了擦下巴上的点心渣和红色的果汁。

"我们要说会儿话，亲爱的。拿着你的飞机去客厅玩吧。"

马罗内开心地在瓷砖地上跳了起来，跑走了。他是最聪明的。他把古奇留在了厨房的电视旁边，靠在塑料盒子上。

迪米特里原地转着圈，他手里的莱福啤酒几乎已经空了。

"我想了，想了一整天。可以说我的心思就没怎么放在工作上。我们没的选了。给他打电话。"

阿曼达从刚才开始一直没看他，专注地给胡萝卜削皮，这时突然愤怒地抬起眼。

"不行！我们已经说好了，不是吗？不能再和他扯上关系。你听到了吗？"

迪米特里粗暴地踩了一下垃圾桶的脚踏板。玻璃瓶磕到了桶底，他冲阿曼达大声嚷嚷，说她老是在垃圾桶只有一半满的时候就倒掉。他打开冰箱门，又开了一瓶啤酒，舔掉了冒出瓶口的泡沫。

"该死的，阿曼达，你不明白这是唯一的解决方法吗？"

阿曼达的回答很冷静，和着她削胡萝卜皮的节奏，一字一顿吐字清晰。

"那孩子不会再讲他的故事了。我跟他说了。他保证了。"

"太晚了！村里的人都在说。好像连警察都跑来打听，问人家问题。"

阿曼达站起来，掀开垃圾桶盖，萝卜皮雨无声地落下。

"所以呢？"

"所以？他们会来找我麻烦。他们会重新翻出我的档案，找到我被关进去的那几个月的记录。他们不会放过我的。"

"然后呢？他们会做什么？他们会因为小孩子讲的食人妖、火箭和海盗的故事就把我们抓走？让他们折腾去吧，他们最后会厌倦的。"

"那个心理学家可不会！他无法忍受像马罗内这样的孩子由我们这样的人抚养。是他通知的警察。我要打电话。必须有个了结。必须让他把我们从这摊烂事里弄出去……"

空掉的莱福酒瓶无声地落在萝卜皮组成的垫子上。阿曼达继续机械地削着别的蔬菜，但在内心深处，一股巨大的惶恐攫住了她。

了结？给他打电话？让他把我们从这摊烂事里弄出去……

迪米特里当真如此天真吗？

在她徒劳地思考如何处理时，她注意到丈夫从口袋里掏电话的手在颤抖。

他在犹豫！

阿曼达迅速揪住了这个突破口。

"你自己解决不了这件事吗？是不是？咱们俩解决不了，不能让那个罗马尼亚人放过我们是吗？"

她起身站在他面前。

"我认识你的时候，你不需要帮助。"

下意识地，她拿起丢在电视旁边的玩具放在了马罗内的椅子上。迪米特里已经把手机重新塞回了口袋，几乎是松了一口气，仿佛他在内心深处等待着妻子做出这样的反应。

"按你说的。那么我以我的方式解决这件事？"

他盯着粘在电视上的塑料盒子，阿曼达把马罗内打翻的虫子都装到了那里面。然后他补充道：

"要是你更希望这样的话……可我觉得你也不知道该怎么办。"

阿曼达的视线也停驻在那些昆虫上，然后又转向坐着的玩具，接着又回到塑料盒子上。最终，她向迪米特里走过去。刮皮刀被她紧紧攥在手中，刀尖指着迪米特里，看上去就像演戏用的可笑的小刀，刀刃本应该收在刀柄中。

"或许我应该有那么一些发疯的理由，不是吗？"

25

警长的脚步声远去了，警局陷入了彻底的寂静中。皮埃里克·帕德鲁警员已关掉了收音机。帕德鲁享受这样安静的时光，他可以全神贯注地埋首于某个案件的物证中，像拼拼图一样将它们摊开，花上无尽的时间排列组合、寻找联系，就像一名工匠成百上千次地加工一件家具，一个零件接着一个零件，每个步骤都使用最合适的工具。

他喜欢放任自己的思绪游荡一阵，再重新长久地投入案情分析的关节中，然后再次神游天外。

每一次他都会想到孩子们。

塞德里克出生的时候他才二十岁。两年后，德尔菲妮出生了。这两个最大的孩子现在已经三十多岁了，住在南法，已经当了爹妈。塞德里克有两个孩子，德尔菲妮有三个，他总共有五个孙子孙女，但他几乎见不着他们。最大的弗罗里安已经上中学了。再过几年，他也会离开自己的父母，到更远的地方去生活。每个人都如此！

桌上放着两张尸体的照片——西里尔和楼娜·吕克维奇。2015年1月6日，被击毙于多维尔市海洋街。

帕德鲁在塞德里克五岁时离婚了。他花了好几个月才争取到了儿子和德尔菲妮的共同监护权，为此他甚至提出要换工作。那个混账法官根本什么都懒得了解！这些年来，他每隔一个周末能见一次他的孩子。

粗略地计算一下，由于星期六有课，一年下来只有不到三十六天，十天一次！真是悲惨。

当他遇到第二任妻子时，他二十六岁，那时他已经知道，他们不会一直在一起。而她不知道，她很爱他。斯蒂芬妮太年轻、太漂亮、太热爱生活了。她比他小七岁，在他之前没遇到过任何男人。时间久了，她必定会背叛他。他们匆匆忙忙生了两个孩子，夏洛特和瓦伦汀。

四年后，斯蒂芬妮终于找了个情人。当他们离婚的时候，帕德鲁已经把所有的牌都握在了自己手中。责任显然在斯蒂芬妮身上！连她自己也相信是她的错，这回轮到帕德鲁同意对方可以定期看望孩子。这是为了孩子好。这副牌打得漂亮。

那是他人生中最美好的时光。

帕德鲁警员的手指抚过一张剪下来的照片，那上面的王冠头饰价值一万五千欧元。说到底，没什么人对诺曼底的邦尼和克莱德感兴趣。调查集中在两名在逃犯身上，即提莫·索雷和他的疑似同伙阿列克西·泽尔达。同时他们也关注赃物。记者们和地方报纸读者都围绕它展开了疯狂的想象。可西里尔和楼娜·吕克维奇呢，等到他们的尸体被装进塑料的尸体袋从多维尔的海边抬走之后，可以说就没有再引起什么话题了。只有几名卡昂的警察例行公事地去了几趟波提尼，这个或许能将一切联系在一起的村庄。

帕德鲁在几年后遇到了埃里克·珊德拉，她三十岁，像疼爱自己的孩子一样抚养夏洛特和瓦伦汀，从不曾要求过什么，将一切权利都留给了他！一位完美的漂亮妈妈，却在三十三岁时对他妥了协。又一个孩子！埃里克·珊德拉的第一个孩子——虽然她并不怎么想要，帕德鲁的第五个孩子。

阿娜依生于 1996 年。她是个小公主，所有人都喜欢她。他的公主！他的小心肝，他每天早上起床的唯一理由。一场清醒的梦，直到她成年。去年 6 月，她以优异的成绩通过了高中毕业会考。她想去克利夫兰念一所每年要花费一万美元的商学院。这十八年来，他活着就是为了给她最美好的生活，她那样恳求他们，他又怎么能拒绝？即使这对于他来说，意味着十八年的幸福被一下子打得粉碎，丢到空中，随风而散。

帕德鲁在高中会考成绩出来的第二天离开了埃里克·珊德拉。

她五十一岁了，他仍然觉得她性感、优雅、自由，甚至洒脱，她彻底摆脱了为人母的束缚。总之，她成了一位全职妻子。

他们组成了一个美妙无比的家庭。

然后帕德鲁突然觉得，自己老得可怕。

帕德鲁警员勉勉强强地抵抗着倦意，看着文件的眼睛一会儿睁开，一会儿又合上。他还需要再坚持一会儿，再过一刻钟，他就能和阿娜依通话了，那足够让他清醒过来。

他重新振作，集中精神思考调查中的每个细节。

提莫·索雷、阿列克西·泽尔达、西里尔和楼娜·吕克维奇四人都出生于波提尼，下诺曼底的一个小村庄，因在二十四年间挖出了法国西部最大的铁矿而闻名。这是一个位于诺曼底田野中央的矿工村。

波提尼的矿井在 1989 年就被彻底关闭了，留下了两代人、二十个民族的失业者，虽然人数最多的波兰人后来又在卡昂平原上建立了一个小华沙。

四名劫匪。四个来自波提尼的孩子。三个男孩和一个女孩。都是失业者和失业者的孩子。有个问题一直折磨着帕德鲁警员：这四个孩子都在村里位于格瑞佐恩街的工人居住区生活到了成年，他们是如何，又是为什么会在几年之后变成了一个有组织的犯罪团体的呢？

卡昂的警察向村民打听了一些情况，他们在波提尼的街道上转悠了好几小时，询问了一些老人，询问的结果都被记录在报告中了。

那些词语在帕德鲁警员带着黑眼圈的眼前舞蹈。

卡昂的同行们是不是错过了关键信息？

他能否感觉到他们没有意识到的东西，理解他们没能理解的东西？

帕德鲁坚信，问题的关键在这个致命的转变上。四个好友决定手握武器，袭击商店，遵循的是一套几乎可谓自杀式的犯罪计划。他感兴趣的是这个过程，事实上比对那批全民皆知的赃物或证明阿列克西·泽尔达参与了犯罪的兴趣更甚。

警员在四名劫匪的照片上停了一会儿。他把两具尸体的照片凑近，直到他们并排躺在一起。他的确信更加清晰了，虽然奇怪的是，直到现在，似乎没有一名警察有这个疑问。西里尔和楼娜·吕克维奇是四人中仅有的两个罪行确凿的人，被击毙时手里拿着贝瑞塔，毫无疑问他们参与了犯罪，尽管他们已没有机会在法官面前辩解，或者委托律师。然而，这个版本的事实让帕德鲁不安。

为什么这对夫妇同意加入这个敢死队？西里尔在码头上工作了好几年。当然了，他过去这十个月一直在做定期合同工，但他以前的小偷小摸已经过去很久了。他结了婚，有爱情，有家庭。三角洲的邦尼和克莱德之谜，记者们肯定喜欢这个！但他和所有警察都知道，这对夫妇过着中规中矩的日子。泽尔达是如何说服他参与这场计划好的屠杀游戏中的呢？说服他们两人和提莫·索雷？

利用他们在诺曼底矿工区的昔日友谊？

利用一项秘密协定？

债务？契约？威胁？

帕德鲁的直觉告诉他，关键就在这里。在波提尼，深藏着他们的过去。反正，坐火车去那个村子只要不到两小时。最简单的方法应该是到当地直接确认那些被潦草地记录在案的信息，将西里尔和楼娜·吕克维奇在多维尔的散步道上永远失去的东西筛查一遍：他们的童年、少年、朋友、家人……

特别是，帕德鲁警员觉得他至少应该确认一个细节，卡昂的警察们在他之前迷失在了波提尼的矿区里，他们只花了不到三十分钟便下了结论。但这个细节在他看来改变了一切。

26

"你就不能快点接电话？我让电话响了至少三分钟了……我碰到了警察，他们……"

"我要死了，阿列。"

短暂的沉默。

"别说傻话。那些药没起作用吗？"

一阵浑浊的咳嗽声，算是某种形式的回答了。阿列克西·泽尔达想象着提莫咳出的脓血大概喷到了他的手机屏幕上。他把手机紧贴在耳旁。虽然沃邦码头空无一人，但这附近肯定有一两个不怕冻死的警察藏在某辆车后面，然而太远了，那么远肯定听不到他在说什么。原本就有撞击安提耶港水泥堤坝的海浪声，不到十米开外，提莫的声音几乎被悉数淹没……

或者该说，是他的呻吟。波浪更容易卷走死亡的味道，而非声音。

"我这样撑不了太久，阿列。"

再撑一下，兄弟。再撑几小时，一两天……

"你会挺过来的，提莫！待在暖和的地方。警察找不到你。而我正相反，他们从早到晚地黏着我。我没法行动。所以咱们速战速决。你别做傻事，嗯？要是你把鼻子伸出去，要是你尝试找医生，不管哪个，或者接近医院，他们就会抓住你！"

"你有什么打算？"

就好像提莫在苹果商店下载了一款"我要死了"应用软件，泽尔达想。什么都有了。粗粝的音色中夹杂着的贯穿始终的嘶嘶声，缓慢的呼吸，颤抖的话语，或许他的整个身体也在一起颤抖。他感到提莫每一丝每一毫的生命都在溜走。

海浪拍击着堤岸，溅湿了他的裤子下摆。他向后退了半米。不能再退了，警察可能带了小型望远镜，或者能读懂唇语的人。

在勒阿弗尔，他们不大可能有那种玩意儿……

"我们伺机而动，提莫。警察因为那家该死的药店盯上我了。我是为了你才去的，我没法做更多了。我们得谨慎。我们不能失去一切，不是现在……"

泽尔达一边说一边寻找着借口挂掉电话。提莫不会去自首，他放心了。至少现在不会，这给他留出了一些时间。在堤坝尽头，马赛港口后面，一艘黑漆漆的游艇驶入了港口，就好像它完全是靠着灯塔的亮光辨认方向的。

"把电话给我！"

是一个女人的声音，有点远。泽尔达惊讶地愣住了。

"我说，把电话给我！"

这一回，那声音直接刺入了泽尔达的耳朵里。

"阿列克西，是我。你知道提莫快死了吗？你至少明白这是什么意思吧？"

"你想让我怎么办？让我叫辆救护车？让我搞定那个领导调查的女警察？"

"为什么不呢？我让你选一个……不管做什么，分散警方的注意，让我们出海。"

"给我一个晚上。就今晚。要是我们慌了，我们就死定了……"

"那要是提莫醒不过来了呢？"

阿列克西·泽尔达的注意力被游艇的蓝色灯光所吸引。至少有四十五英尺长。钢制船体，木质甲板。一笔小财富，要几百万。有那么几分之一秒的瞬间，他在想，坐在散发着荧光的舷窗后面的人是谁。哪个百万富翁能有兴趣将他的船停靠在勒阿弗尔，把他那些穿金戴银的婊子运到这个洞里？

反正不是他。

他费力地将思绪拉回到濒死的提莫身上。还有为他伤心哭泣的寡妇……

"我爱你，宝贝。你是个好女孩，他配不上你！"

待电话一挂断，提莫就瘫倒在了枕头上，后背靠着墙。这是最不难受的姿势。从前一夜开始，他已经维持这个半坐半躺的姿势好几小时了，像个收容所里久卧在床的病人，人生的全部希望就是一张医院的病床所能带来的安慰。

"混账！"女孩大骂道。

提莫费力地笑了一下。他的伤口已经有好几小时没疼过了。如果他不动，它甚至都不会让他觉得痛了。

"他没必要去的，为了那些药。"

她从床头柜上的杂物小山上取下一块米色的海绵布，在水里浸湿，然后走过去躺在他身边。她把潮湿的织物覆盖在他伤口上方猩红的纱布上。

提莫在发抖。他的皮肤看上去更苍白了，仿佛他天生的褐色皮肤被床单的颜色，被他大口吞下的胶囊，被垃圾桶里越积越多的敷料弄得褪了色。关在这暗无天日的公寓里，过不了几天，他就会彻底失去继承自祖上五代加利西亚农民的黝黑肤色。

她那么喜欢的黝黑肤色。

她把手伸进他的头发里。

"泽尔达怕你出去被警察抓到，他怕你把他供出去。那浑蛋更愿意看着你死在角落里。"

"有你照顾，我不会死。"

他的手抚摸着她的颈背。潮湿的，带着高烧的热度。

"当然。当然，提莫，你不会死。"

她靠在他的肩头，眼泪止不住地落下来。它们落在他身上，一直流进了湿毛巾里。她真希望自己会魔法，只要一滴眼泪就能愈合他的伤口，就像童话里那样。然而下一秒，她就像个孩子一样，为自己的愚蠢念头而自责。

她必须坚持下去。

她一动不动地待了很长时间。提莫睡着了。至少，他现在时而处于半清醒状态，时而陷入断断续续的睡眠。最终，她小心翼翼地从他身上爬起来，避免碰到他的皮肤，或者晃动床垫。

一只脚踩在了地上。一步。

黑暗中，提莫的眼睛睁开了。

"你需要睡觉。"她轻声说。

伤口不再流血。碘酒和无菌纱布放在床头，旁边还有一瓶水。

她一只手搭在他的肩头，在他的嘴唇上留下一个长久的吻。他皮肤上黏糊糊的汗水和他干硬的嘴唇形成了鲜明的对比。

"我们会没事的，提莫。我们会没事的。"

他垂下眼睛，然后再次牢牢地看着她。

"咱们两个，你真的相信吗？"

"咱们三个。"她纠正道。

一阵痉挛般的疼痛袭来，他的表情难以掩饰地扭曲了一下，然后他说：

"什么也救不了那个浑蛋阿列。"

她没有回答。她应该闭上嘴，然后等待，等待提莫入睡。然而有那么一瞬间，她很失望，她的未婚夫什么也没有懂。

27

短针指着8，长针指着9

在被子底下，古奇把一切都告诉了他——所有迪爸对达妈妈说的话。但马罗内一句也没听懂。而且和昨天一样，他不想听。他太想听故事了。

水星的故事。

这可能是他最喜欢的故事了。

他几乎只想听这一个故事，但这是不可能的。古奇每晚都给他讲一个不同的故事。古奇总是遵从妈妈的嘱咐。他也一样。

在他的岛上，所有人都叫他"海盗宝宝"。他不太喜欢这个名字，特别是他早就不是小宝宝了。但由于他是最后一个出生的，在他长大的同时他的伙伴们也在长大，所以他永远是最小的。

海盗宝宝住在一个小岛上，这个岛非常小，小到当他走出他们的小屋，沿着海边绕着小岛散步时，要不了几分钟，他就不再是越走越远，而是逐渐向家的方向走去了。

然而，海盗宝宝并不觉得厌倦。他和伙伴们一起爬到椰子树上摘椰子，只是海盗宝宝不能爬到最高的树枝上去。

"等你长大了就可以了。"妈妈这样说。

他和伙伴们一起玩捉迷藏，虽然在这么袖珍的岛上要找到一个新的躲藏地十分不易。于是，他们便把自己埋在沙坑里，躲在兔子洞或者海边的洞穴里，只是海盗宝宝不能把自己整个藏到洞里。

"等你长大了就可以了。"妈妈这样说。

于是海盗宝宝便常常同唯一一个与他同岁的孩子玩。她叫莉莉。和他一样，她住在一个小屋里，小屋建在海面上方的柱子上。两人的小屋紧挨在一起，因此，从他们出生以来，两人的床之间便只隔着一面用于隔开两个小屋的竹墙。莉莉漂亮极了，海盗宝宝只有一个愿望：娶她为妻。

"等你长大了就可以了。"妈妈这样说。

每年一次的圣诞节，每年只有这么一次，海盗宝宝的小个子能够派上用场。

那一天，他爬到爸爸的肩膀上（他是岛上唯一一个还能被爸爸扛在肩上的海盗），他的任务是把大星星挂在装饰着彩球和花环的树顶。

"等你长大了就不能做这个了。"妈妈这样告诉他。

一天，海盗宝宝受够了等待长大，受够了在他的小岛上转圈。他坐上一艘停在岸边的大船离开了。独自一人。

他刚刚离开还不到十秒钟便有了一个惊人的发现。

他的圆形小岛不是岛，而是一个星球！

他的海盗船不是一艘船，而是一枚火箭！

包围着小岛的不是大海，而是天空！

太棒了，海盗宝宝自言自语道。火箭比帆船前进的速度快多了。火箭跑得像光一样快。于是，他旅行了许多个光年。

在火箭上装着一个小小的导航仪，那里面输入了所有星球的方向，就连最远的星系里面最小的星球都有。海盗宝宝只需跟着导航的指示即可。

"经过第三颗卫星后，右转，驶向银河方向。沿左侧行驶三光年。"

"在黑洞前迅速掉头。"

"您的路线将经过流星雨。您是否希望继续？是 / 否。"

导航还会指出每个星系的恒星，只要从其中一颗恒星旁边飞过，只需几光秒，火箭就能蓄满太阳能。导航甚至还自带限速系统，不过这很蠢，因为没有人能够超过光速。

海盗宝宝旅行了二十光年。足够了，他对自己说，他不再是宝宝了。然后他回到了自己的星球。

当他踏上地面时，他的伙伴、妈妈、爸爸和莉莉都跑过来拥抱了他。

他的伙伴们都长成了高大的、蓄着络腮胡的成年人，他的爸爸妈妈几乎快变成了老爷爷和老奶奶，而莉莉则变成了最美丽的公主。他们都比他离开的时候老了二十岁。他想起了很久以前妈妈说过的话："等你长大了。"

就是现在！

至少海盗宝宝是这么想的……

因为他没有意识到，他忘记了一个事实，一个再简单不过却能改变一切的事实：当一个人以光速旅行时，他就会和时间移动得一样快，那么他就不会变老！

海盗宝宝在他的火箭里过了二十年，但只长大了一天。

所有人都长大了，除了他！

这比以前更加糟糕，因为他的伙伴们都不愿意再陪他爬椰子树了，他们变得严肃而强壮，只消晃动树干就能让椰子掉下来；他成了唯一一个还能钻进兔子洞和海边洞穴的人，但已经没有人愿意和他玩捉迷藏了；到了圣诞节，他的爸爸告诉他，他太老了，也太累了，不能再把他举到肩膀上，让他把大星星挂在树顶了；至于莉莉，从来没有一位如此美丽的公主会嫁给一个比她小二十岁的海盗宝宝！

海盗宝宝成了整个星系里最伤心的海盗。他把这个问题颠来倒去思考了很多遍，却一点办法也没有。没有任何解决办法！他觉得孤独，他是整个星系里最孤独的海盗。然而，虽然这听起来难以置信，但他不久之后将会变得更加孤独。

一天早上，他一觉醒来，发现所有人都走了！伙伴、父母、莉莉，所有人都坐上火箭飞走了。

没有他。他们把他丢下了！

于是海盗宝宝哭了。他不明白。他就这样在一个洞穴里哭了三天三夜，然后爬上了岛上最高的椰子树，因为没有人再禁止他这样做了。

从高高的树顶上，他看到了沙滩上有人给他留的话，他甚至认出了妈妈的字迹。她写道："等着我们。"

于是，海盗宝宝等待着。他很勇敢，很耐心，很听话，他独自在远离父母、朋友和未婚妻的岛上度过了数千个日夜。

最终，他明白了。

一天早上，正好是整二十年后，火箭回来了，并降落了下来。

莉莉最先走了出来。她一天也没有变老，而在这段岁月里，独自一人生活在小岛上的海盗宝宝已经长成了一名又高大又强壮的海盗，就像从火箭里走出来的伙伴们一样。

莉莉和他的年龄完全相同，他们在第二天结婚了。

"现在你长大了。"妈妈说。

到了圣诞节，海盗宝宝——现在已经没有人这样叫他了——弯下腰，抱起他年迈的爸爸放在肩头，让爸爸把大星星挂在饰有花环的树顶。

这时，爸爸凑到他的耳边，小声对他说："当我们很小的时候，即使不懂，也要认真听。当我们爱一个人，很爱很爱的时候，有时要勇敢地放他到很远的地方去。或者学会长久地等待。这是真正的爱的证明，或许也是唯一的。"

故事结束了。马罗内让投射在房间四壁上的星星安抚自己入睡。就像每晚一样，一等古奇沉默下来并睡去之后，那个标志就会重现。一开始只是一个模糊的影子，就像当他把手放在一束光线前就会得到的影子一样。只是现在，他的两只手都好好地藏在被子底下。

那不是他的手。

慢慢地，待他的眼睛适应了黑暗，那形状便越发清晰起来，每根手指都显现了出来，和克劳蒂尔德带着他们画的画一模一样，他们把两只手浸在颜料盘里，然后印在纸上，那些画被贴在了学校的窗户上。

等到每根手指都有了形状，那手便有了颜色。只有一种颜色——红色。房间里的每一面墙壁都是这个颜色。

马罗内闭上了眼睛，为了不去看那颜色，为了让它消失，就像墙上的星星，就像在他头顶上发光的星球和火箭，就像他的房间，一切都会消失。

一切都消失在了黑暗中，连古奇也一样。

除了那只红色的手。

然后其他的一切也变成了红色。

28

今天，洛朗告诉我，他不再喜欢我了。

杀人欲望

让地球毁灭，只剩我和他。

判决：15

无罪释放：953

www.envie-de-tuer.com

瓦西尔·德拉戈曼让滚烫的热水流过他裸露的皮肤。这已经成了一个习惯，一种必要，几乎成了强迫症。

在做爱之后冲一个澡。

只有极少数的几次，他在野外做了，也就是两句话或者上个厕所的工夫。那种场合下没法洗澡，他便觉得那些手指、嘴唇和性器在他身体上留下的痕迹仿佛印在了上面一样，永远也消除不了。好像如果他不马上擦除，它们就一定会穿透他的皮肉，融入他的身体，而他会因此丢失他的一部分身份，一部分内在。

过了一会儿，他开始咒骂自己。心理学家。荒谬。复杂。甚至不诉诸理论就不能好好享受和一个漂亮姑娘的肌肤相亲。

她大大方方地打开了淋浴间的玻璃门。

她刚刚套上了一条阿拉伯式宽松长裤，橘色的底子上装饰着非洲图样。上半

身赤裸，胸部袒露，头发束起。看上去像叽哩咕的故事 ① 里的村妇。只不过是欧
洲版的，皮肤像牛奶一样白。这种对儿时最初幻想的隐约记忆越来越让他混乱了。

"我想这是找你的。"

她把他的手机递给他。他关上水。

一条短信！

他用拇指抹掉屏幕上的雾气。

可能有点蠢，但我想相信你。

我知道事情紧急，我会尽力。

随时联系我。

玛丽安

"还是你的警长？"

瓦西尔只是摆出一副抱歉的面孔，像个做错事被抓包却拒绝承认自己有责任
的小男孩。

太犯规了！

但这不能成为放弃追究那个警察的短信的理由。

"半夜发短信？她在勾引你！"

她知道，自己这副娇嗔情人的样子表演得并不及瓦西尔那天真又单纯的微笑。

"我需要她。我在赌。"

"为了你那个孩子，那个对着他的玩偶讲话的小男孩？"

"对。"

他把手机放到洗手台上，退回喷头底下。水流重新喷洒出来。她跟着他走到
滚烫的水流中，连裤子也没脱。只消几分钟，这层棉织物就会形成第二层皮肤，将
颜色染在她的臀部和大腿上，将大象、长颈鹿和斑马印在她莹白的皮肤上。

---

①《叽哩咕与女巫》为 1998 年上映的动画电影，由法国、比利时、卢森堡合作制作。

她把湿漉漉的嘴唇贴在他的脖子上，玩弄着他深色的毛发。

"你明天早上去学校见他？"

"对。如果他们让我见的话。"

"他们能阻止你？"

"是呀，当然……所有人。他的家长、学校、警察……"

"他需要你。这几星期你只跟我说这个。说他只对你一个人吐露秘密；说你得怀十二分的小心前进；说要是他再次像一只牡蛎一样把自己封闭起来，那就完蛋了。"

她挤了一点浴液在自己手心里，两手揉了揉，然后搭在他的肩膀上，顺着他的身体滑下来。

他后退。他的手伸到了长裤里面，停在两层皮肤之间。他的大腿碰到了淋浴的水温调节把手，慢慢地，在香草椰子味道的爱抚下，把手被压着向左旋转了几厘米。

水温从滚烫变得温和。

"除非那不是最好的办法，瓦西尔。让那孩子忘掉他的创伤。"

瓦西尔有一副好学的身体，它应该选择学习STAPS[①] 而不是心理学。橄榄球方向。处于半激活状态的细长肌肉。女人的手指沿着他上半身的曲线，向着腹部游走。

她继续耳语。

"要是他的头脑中睡着一个幽灵，难道不应该让它永远关在它的囚牢中吗？"

瓦西尔在他的呼吸加速之前，叹息般地吐出了回答。

"你忘了一个步骤。"

水温从温和降至冰凉。他们没有动。

"什么步骤？"

---

① 即关于身体活动和体育运动的科学和技术。——原注（译注：法国大学里的一门专业，培养从事与体育运动相关工作的人才）

"在判决这个幽灵终身监禁、让它在马罗内头脑里的其中一间囚室里度过余生之前，我的工作是要找到它，直视它的眼睛，驯服它。让它直面需要……"

她用一只脚灵活地关掉冰凉的水流，然后踮起脚尖，在他的耳旁低语。

"危险吗？"

浴室里，想起了三声电子音。

"又是你的小警察？"

瓦西尔已经提前挂上了充满诱惑力的微笑，同时伸手在洗手台上摸索他的手机。

他的表情突然变了。

"出问题了？"

他把手机拿到与两人视线齐平的高度。

未知号码

一张照片和一条信息。

先是一张照片。

他们从狭小的屏幕上辨认出了一座大理石坟墓，十字架被红色天空映衬得异常醒目。坟墓处于画面的近景，但由于角度问题，看不清刻在墓碑上的词语和数字。

一片不知名的墓地？某个孩子的坟墓？一个家族的墓穴？

他们打开后面的信息。

你或者那个孩子。你还可以选择。

她咬着嘴唇。突然之间，冰凉的水滴战胜了浴火蔓延的肌肤。

"你打算怎么办？"

"我不知道。打电话报警。"

"给你的警察？"

他光着屁股坐在了洗手台上。

"我不知道。该死，这都什么乱七八糟的？"

她站在他的面前，很美，长发淅淅沥沥地将水珠滴落到赤裸的胸脯上，滴落到覆盖着热带草原的双腿上。和他在布鲁诺家遇到她的那天一样漂亮。她轻轻拉了一下长裤的松紧带。然而那动作不带任何色情的意味，更像是一种原始的仪式，一种咒语。

她把裤子向下拉了几厘米，将将露出了她的耻骨。害羞，却不带挑逗，就像医生让你拉低内裤，用手指按压你的两侧腹股沟时那样。

她的食指绕过肚脐，滑向她光滑的小腹。

"看着我，瓦西尔。看着我，听我说。看到这个肚子了吗？它永远也不会再怀小孩了。看着这个子宫，它再也孕育不出任何生命。你可能会觉得现在说这个不是时候，这不是对的话题，你放心，我不会跟你讲任何恶心的细节，你今晚受够了，我看得出来，但我说这个是为了告诉你，和那个发短信的浑蛋所说的恰恰相反，你没有选择。"

瓦西尔难以置信地看着她，失去了思考的能力。十年的心理医生经验，以及之前十年的理论学习都没能帮他理解这接二连三发生的事情。

"保护那个孩子，瓦西尔！保护他，只有你能救他。你明白吗？"

不，他不明白。他什么都不明白了。但至少在一件事情上她是对的：他没有选择。

他把她揽在怀里，撒了谎。

"我明白，安吉。我明白。"

星期四

勇气之日

29

短针指着 11，长针指着 6

"马罗内，好好听我说，这很重要。如果你想让我相信你，你就必须把你的秘密告诉我。你得跟我解释，古奇是怎么给你讲那些故事的。"

马罗内没有回答。他的眼睛一直盯着他和心理学家之间的课桌上某个看不见的点，好像那里写了答案，然后又被擦掉了似的。被他夹在两个膝盖之间的古奇不再说话，尽管它粉红色的笑脸和笑眯眯的眼睛似乎并没有被小学心理医生的问题影响到。

"我需要知道，马罗内。"

瓦西尔很犹豫。他和这孩子之间的信任联系细得像一根尼龙绳。如果断了，这孩子的记忆就会像断了线的珠子一样散落。然而他必须要拉紧它，怀着万分的小心。

"如果你想找回妈妈，我是说，你以前的妈妈，那么你就得帮我，马罗内。"

孩子没有抬头。他固守着沉默，只是用两腿把他的玩偶夹得更紧，仿佛它是唯一能帮他的人，只要它开一下口，向这个心理医生证明，他的想象世界有多狭小。

可是灰色的玩偶依旧很安静。

瓦西尔把绳子拉得更紧了。

"古奇必须得和另外一个人说话才行，马罗内，你明白吗？他得和一个大人说话。"

　　马罗内把头转向他的玩偶。瓦西尔觉得他是在征求它的意见。也许他们用心电感应交流？也许所有的小孩都会和他们的玩具这样交流，长大后则失去了这样的魔力。

　　他们这样面对面地坐在克劳蒂尔德的办公室里已经有将近一小时了。

　　"慢慢来，马罗内。慢慢来。"

　　谈话告一段落，他打量起校长办公室来。这里堆满了作业本、大幅的彩纸，还有收在纸箱里、为露天赈济游艺会准备的装满毡笔和彩券的罐子。

　　克劳蒂尔德目不斜视地从他身后的走廊里经过。四十五分钟前，她连问都没问他，只给自己倒了杯咖啡。等待着咖啡过滤的时候她背对着他，仿佛是一种蔑视。

　　瓦西尔抬头看了一眼挂钟。再过十五分钟，妈妈们就要来了，到那时就太迟了。他还能再有机会询问马罗内吗？

　　孩子似乎一直在寻求他的玩偶的帮助。真糟糕。他只好牺牲职业道德，加快速度了。

　　"马罗内，听我说。一个玩偶，一个娃娃，它们是不会说话的！你很清楚。"

　　孩子咬着嘴唇，在椅子上扭动着。瓦西尔至少跨过了一个阶段，他刚刚对马罗内的大脑造成了一次冲击，由此引发的连锁反应会让这孩子最终做出回应。他只需要等待。一会儿就好。

　　小学心理医生也低下头盯着桌子。三张纸摊在他的面前。是他早上打印出来的，每张纸上有两栏。

　　左边是问题、照片和符号。

　　右边是他这几星期以来得出的答案。

　　左边一栏里有一艘海盗船，来自一本阿斯泰利克斯[①]漫画。

　　右边一栏里记录着马罗内的反应。

_____

①《阿斯泰利克斯历险记》为法国家喻户晓的系列漫画，讲述了主人公阿斯泰利克斯和他的朋友的冒险故事。

不，我的海盗船不是这样的。它更黑，而且没有中间的东西。

桅杆？没有桅杆，对吗？是什么样的黑色？

瓦西尔试探了很长时间，终于得到了准确的回答。

黑色，通体漆黑，像一艘战船。

左边一栏里有一座城堡，那是位于皮埃尔丰的一座城堡，有护城河、吊桥，以及起伏的城堞、塔楼和主塔。

不，塔楼应该更粗、更矮。没有那些东西。

没有什么，马罗内？没有尖顶？没有雕塑？没有石头上的洞？

瓦西尔画了七幅草图，每幅都被马罗内摇头否定。直到最后，心理学家把所有可能的建筑形式都去掉，只留下了四个单线画成的圆圈。

○○○○

马罗内的眼睛亮了起来。

对，就是这样！

瓦西尔重新抬起头。

雨滴敲打在办公室的窗户上。透过玻璃窗，他可以看到学校栅栏外聚集起来的雨伞。走廊里传来了孩子们骚动的声音，最小的孩子踮起脚尖，取走大衣和围巾。再过几分钟，马罗内就会从他的指缝中溜走了。

可他就快要成功了。

马罗内快要妥协了，他能感觉到。他决定再次用力拉紧那根看不见的绳子。

"古奇在你的头脑中和你说话，对吗，马罗内？它并没有真的对你说话！古奇是一个玩具，它没有生命，无法每晚给你讲故事。它不能——"

"它能！"

马罗内不再说话了。他交叉着胳膊，嘴巴紧闭。

尽管他非常想向这个坐在自己面前的大人证明，他是错的。

再有几分钟，瓦西尔只需要再等几分钟。他再次将注意力从孩子转移到他的笔记上。

左边一栏里有一枚火箭。那是瓦西尔下载的一张阿丽亚娜 5 号运载火箭的照片。

就是这个！

你确定？你看到过这枚火箭？你看到过它飞上天空？

对。对对对。我确定。我记得。就是它！

小学心理医生起身关掉了咖啡机，停掉了缓慢的滴滤过程，那嘀嗒嘀嗒的声音就像一台走秒响亮的老旧钟表。

"你妈妈就快来了，马罗内，那个被你叫作达妈妈的人。你就要回家了。如果你不赶快告诉我古奇是如何对你说话的……"

奇怪的是，在短暂的一瞬间，一座阴森可怖的坟墓从瓦西尔的眼前闪过，那是昨晚一个陌生人发到他的手机上的。他拿不准是该把它丢进垃圾桶，还是转发给奥格蕾丝警长。

没想好。一会儿再说。

"你渴了吗，马罗内？"

他倒了一杯水，放在孩子面前。

差五分钟 12 点。

他别无选择，没有时间了，绳子断了就断了吧。心理学家搬来一把椅子，坐在了孩子旁边，弯下腰与对方的视线齐平。

"他们会阻止我见你，马罗内。如果你现在不告诉我你的秘密，古奇的秘密，那么你永远也无法再见到你妈妈了。"

马罗内与他对视。

这一回，他下定了决心。虽然男孩一句话也没说，但瓦西尔明白，他赢了。

马罗内慢慢地把古奇抱在怀里。他的手在它的绒毛里翻找着，像是在抚摸它一样，就在它圆鼓鼓的灰色肚皮和其他地方的白色皮毛交界的地方。

他缓缓拉动。

瓦西尔不敢相信他的眼睛。

古奇的肚子打开了。

一枚被隐藏起来的尼龙搭扣。缝纫十分完美，看不出来，就算把古奇拿在手里也不会猜到。再说，没有任何成年人会碰这个玩偶。

马罗内小小的手指在玩偶的腹腔里翻动。它们首先拉出了一副耳机。两只小小的儿童耳机听筒和两根缠绕在一起的耳机线，黑色的，他仔细地把它们解开。接着他又解开了另一根线，也是黑色的细线，可能是电源线。再次摸索一番后，他从古奇的肚子里掏出一个小型 MP3 播放器。

它有几毫米厚，三厘米长，带有一个几乎和机身一般长的小背光屏幕。

马罗内骄傲地把音乐播放器举到瓦西尔面前。

下意识地，小学心理医生把椅子向办公室门倾斜过去，并用脚堵住了门。

"很简单，"马罗内解释道，"只要记住颜色。颜色和图案。"

他以一种惊人的灵巧按着机器上的五个按钮玩了起来。

绿三角可以让古奇说话。

红圆圈可以让古奇闭上嘴。

两条线可以让古奇听着，之后再把听到的告诉他。

还有两个箭头，方向相反，分别印在两个按钮上。它们可以让他在古奇的记忆之中漫步。

"可以让你每晚选择对的故事，是不是，马罗内？"

"是。"

瓦西尔的手微微颤抖。答案如此明显。简单到……孩子气。

七个文件。每晚一个。七个故事，永远按顺序听。就算是个三岁孩子也不可能会弄错。

"是你妈妈教给你这么做的？你以前的妈妈，是她制造了古奇的心脏，然后把它藏起来了吗？是她让你每晚听古奇讲一个故事？你听到的是你妈妈的声音，是吗？"

每个问题马罗内都点了一下头。他好像在两分钟里长大了两岁。瓦西尔来不及分析他刚刚得知的令人震惊的答案。

为什么强迫一个三岁孩子遵循这样的仪式？

马罗内是如何向阿曼达·穆兰隐瞒他的秘密的？

这些故事的内容是什么？里面隐藏的意义是什么？它们对这孩子正在构建的大脑产生了怎样的影响？

尤其是……

瓦西尔伸出一只手揉了揉马罗内的头发，这也是为了平息他手部的颤抖。

是什么样的疯狂酝酿出了这样的计策？

当他们听到脚步声的时候已经晚了。门开了。马罗内最先反应过来。那是他的习惯，他的本能。他对克劳蒂尔德露出了令人放心的笑容，同时把耳机和MP3藏在了膝盖之间，并且放倒了古奇，让它的肚子贴在了桌子上。

"你还好吗，马罗内？"

一句"是的"，腼腆又自然。

人是天生会撒谎的动物。

校长阴沉地看了一眼被关掉的咖啡机，却没有发表任何评论。她转身看着孩子。

"你妈妈来了。你要去走廊里穿上你的外套吗？"

"他就过去，"瓦西尔和气气地说，"我们就快聊完了。"

他故意整理起了桌上的笔记，克劳蒂尔德耸了耸肩，出去了。屋外的雨越下越大。此时，马罗内再也掩饰不了他的恐惧。

瓦西尔走过来轻声说：

"你得把古奇的心给我，马罗内。我也需要听听它对你讲的话。"

马罗内很害怕。怕雨。怕瓦西尔让他做的事。

"我知道，你答应了你妈妈。但我不会告诉任何人……"

孩子的膝盖慢慢张开了。一只小手把MP3和两根缠在手指上的耳机线递给他，像甘草绳。

心理学家的手握住了男孩的手。有好一阵，两只手就这样无言地握在一起，慢慢立下了一份秘密契约，从今以后，他们将被这份契约联系在一起。

瓦西尔突然感到肩上多了一份巨大的责任，仿佛这个孩子把他自己的心托付给了他，温热的，跳动的。

铃声响了。

这似乎将马罗内从恐惧中解救了出来。他神经质地抓起古奇，紧紧贴在心口。

"我会把它的话语还给它，"瓦西尔轻声说，"我会把它还给你，作为交换，我会把我的话给你。我……"

他觉得他说的话已经没什么意义了。他握紧了 MP3 播放器。

"古奇只是会睡一阵子，休息一下。别担心，明天我就还给你，在学校门口。我保证。我会在那儿，把它的心还给你。"

马罗内去穿大衣了。瓦西尔看着他消失在走廊尽头，经过每一扇被大雨敲打的塑料天窗时他都会吓得跳起来。在所有曾在这孩子头脑深处的谜题中，其中一个便是这种对下雨的极度恐慌，就像无时无刻不包裹着他的寒冷，让他出门的时候一定要比别的孩子裹得更严实。

所有的答案都能从马罗内听的故事中找到吗？瓦西尔有一种预感，与此相反，这些录音将会使谜题更加扑朔迷离。

一名幼儿园辅导员走出游戏室，打开了学校的栅栏门。心理学家从口袋里掏出手机，然后把黑色的耳机和播放器放了进去。瓦西尔的手指滑过触摸屏，浏览起昨晚收到的短信。

安吉 9：18
一个拿着红色心形气球的微笑表情。
我爱你。照顾好自己。

未知号码 0：51
红色天空下的一座坟墓。

你或者那个孩子。你还可以选择。

他哆嗦了一下。焦躁的手指点开了上一条短信。

未知号码 23：57
可能有点蠢，但我想相信你。
我知道事情紧急，我会尽力。
随时联系我。
玛丽安

不再犹豫，他点开了"回复"的图标。

阿曼达·穆兰站在学校的栅栏门前，撑着一把黑伞，周围是一群忙于相互攀谈的妈妈们。比起听孩子讲述一天的经历，她们更加热衷于此。

就在要踏进院子的时候，马罗内僵住了，一步也不敢走下教室的台阶。

在他面前横亘着一道峡谷，峡谷对面是狂怒的激流。

他觉得自己在原地站了好久好久，用眼神向栅栏后面和其他妈妈们站在一起的达妈妈求助。

一只手放在了他的后背上。

是瓦西尔。他刚才一直默默跟在他的身后。纤细的雨丝落进了教室前面的排水沟里，心理学家看着它吞下这场大雨最后的雨水，轻轻地推了他一下。

"走吧，孩子。"

马罗内没有动。他看着灰蒙蒙的天空，呆若木鸡。

这时，阿曼达有反应了！她跨过阻挡家长进入学校院子的线，一直走到了教室前。她没有理会瓦西尔·德拉戈曼，把伞撑在了儿子头顶。

"来，亲爱的，我们回家。"

她能感觉到背后隐隐约约的抗议，来自那些遵守规矩的妈妈。

不能到学校的院子里接孩子！她的孩子完全可以冒着雨走三十米⋯⋯

她才懒得理她们！

那个心理学家的样子也让她心烦，像个柱子一样戳在马罗内身后，眼神让人捉摸不透，双手插在牛仔裤兜里，好像刚从面包店偷了一颗糖似的。阿曼达最终抬眼看着他。

"别管我的孩子，先生。我可以一个人保护好他，没有问题！"

瓦西尔的手在裤兜里攥紧了。

"我只是想帮助马罗——"

"别管他，"她重复道，声音提高了，"我求您。"

敞开的栅栏门的另一端，交谈声终止了。

她小声说出了后半句。

"别管他，德拉戈曼先生。否则您将会引发一场不幸。"

30

　　玛丽安·奥格蕾丝等待着，紧张不已。她的眼睛一会儿盯着对面的电车站台，一会儿又看向乔治五世大道上川流的车辆，甚至连贸易码头附近的 OP 帆船和 420 帆船 ① 都不放过。

　　他会从哪边过来？

　　什么时候！

　　她痛恨这样等待，这让她感觉自己无能为力，只能依靠他人，而通常，她的日常工作是疾风骤雨般地下达一连串命令，并且自己决定自己的每一分钟都要做什么。尤其是她现在站在这里，就在警局前面。

　　两名警察——杜阿梅尔和贡斯坦提尼——从台阶上一路小跑下来，竟然都没有看她一眼。她不知道他们要去哪儿。这种对手下人的行动失去控制的感觉让她更加火大，更糟的是，她把所有人都派到了前线，人手严重不足。

　　今晚，她不得不放弃让一名警察整晚守在阿列克西·泽尔达家门前。上一个人在快到 23 点的时候撤了，另一个人从 6 点开始接了班。他们没法派一个警察二十四小时地跟着他，连续跟好几个星期，因为他们没有任何确凿的证据指向他。更别说帕德鲁从早上开始一直在烦她，和……

　　一辆古兹加利福尼亚 ② 一个急刹停在了警局门前。警长等到瓦西尔·德拉戈

―――――――――――――

① OP 帆船（Optimist）为最小的帆船，适合青少年操作。420 帆船为一种专业的帆船比赛船型，
　　需两人配合驾驶。

② 一款意大利产摩托车。

曼摘下头盔才认出了他。一头被头盔压乱的棕发让他看起来如同一只被风暴吹乱了羽毛的乌鸦。

"您迟到了，德拉戈曼先生。"

瓦西尔甚至没有费心回答。他直接跨下摩托车，走到警长面前，冲她伸出一只手臂，直到她看清他手里拿着的东西。

一个 MP3 播放器。

"那孩子没有胡说。"瓦西尔轻声说。

他简短地解释了马罗内对他的坦白，玩偶里的播放器，孩子每晚插着耳机、躲在床上循环播放的故事。他已经向男孩保证过，明天会在学校门口把播放器还给他。

奥格蕾丝警长一只手撑在身旁一辆汽车的引擎盖上。

"我的天！这真是超现实。"

"还好，其实。"

警长攥紧了拳头。

"我知道你来干吗，你要再跟我讲一遍那些幻影，跟我讲一个孩子的大脑就像个黏土球一样可以任人搓圆捏扁。但我要跟你说的是另一件事，关于这个 MP3 和玩偶。那孩子真的相信他的玩具能跟他说话？"

"我认为是的。不过，事实上要更加复杂一些。这涉及一些更具争议的儿童发展心理学理论。"

"是不是我太蠢，理解不了那些理论？"

瓦西尔惊讶地皱起眉头。

"不，为什么这么说？"

"那就是我太理性？太警察？不够母亲？不够女人？"

心理学家看着玛丽安，不知如何作答。显然，他更擅长对付孩子的神经症，而非年轻女人的。

"我不知道，警长。"

一阵沉默。

"好，那就来吧！解释给我听！"

瓦西尔深深地吸了一口气，开始讲解。

"好吧，要想理解马罗内和他的玩偶之间的关系，就需要提出这个问题：从什么时候开始，儿童会假装做一件事，或者更确切地说，意识到自己在假装？"

真是个好开头，玛丽安皱着眉想，她没敢让心理学家再说一遍。

瓦西尔理解地看了她一眼，然后重新组织了一下语言。

"举个具体的例子吧。大约从五岁开始，一个玩洋娃娃的女孩便知道自己在玩娃娃，知道她抱着的是一个玩具，尽管她会摇晃它，抚摸它，就像对待一个真正的婴儿。她意识到了真实和对这种真实的认知之间的基本区别，而且她能够根据社会规范，利用这种区别进行游戏。到这里，您都能明白吗，警长？"

玛丽安表示明白，心理学家继续。

"我假装把奶瓶递给我的娃娃，但我知道它不会真的喝奶，如果我不喂它，它也不会死。我知道它只是一个玩具，尽管这世界上再也没有比这个娃娃更重要的了，尽管我的父母进入了我的游戏，并且像谈论一个真实的人物一样谈论这个娃娃。游戏的作用是：模仿、习得规则、违反规则……相反，比如，在三岁前，儿童意识不到真实和他们对真实的认知这二者之间的区别。例如，生和死对于他们来说不是真实存在的，一只玩具熊和在动物园里看到的熊都是活生生的。同理，真和假也不是他们能够分辨的概念，事物要么存在要么不存在，这就是全部，比如他们不可能有一个真妈妈和一个假妈妈。一个不到三岁的孩子会有一个妈妈，可能还会有其他照顾他的女性角色，奶妈、婶婶、堂姐……"

心理学家再次停下来吸了口气，玛丽安趁此机会扮演了一番认真听讲的学生。

"所以，如果我的理解是对的，对于小马罗内来说，他的玩具的确会和他说话，尽管按下按钮的是他。"

瓦西尔摇了摇头，他似乎在努力权衡作答的每一个字，以免惹恼对方。

"不是这么简单，警长。正如我跟您说过的，孩子的这种对他们自己的认知的意识，学术上称为认知间离，通常发生在两到五岁的阶段。但是在哪一时刻发生了这种根本性的动摇呢？在孩子两到五岁之间，我们给他们同样的玩具，用来激发他们的想象力、动手能力和认知力。最常见的是模仿类的玩具，如小汽车、房子和各种人物——医生、消防员、公主、海盗。一大群营销人员和教育专家在这上面大做文章，于是每个圣诞节后，孩子们便被所谓的益智玩具压垮。孩子们从来没有像现在这样被激发，然而，面对这些为他们而发明的花花绿绿的小玩意儿，他们身上的黑匣子里发生了什么，大多数时候我们都一无所知。孩子会玩吗？他知道他在玩吗？他玩是因为我们进入了他的游戏吗？还是因为他想进入我们的游戏？（心理学家停了一会儿，仿佛他面前的警长是个学生，正跟着他充满激情的讲解做着笔记）因此，回到马罗内，答案对于我来说似乎很明朗。在他看来，古奇既不是一件无生命的物品，也不是一个有生命、有感情的存在，这些词对他来说没有真正的意义，他还不能进行这样的区分。很显然，马罗内完全没有意识到，他对古奇的依恋仅仅是他自己的情感在这个玩偶身上的投射。但一个三岁的孩子可以意识到什么是被禁止的，什么不是。古奇和一个普通的玩偶之间的重大区别不是它会说话、倾听和讲故事，马罗内眼中的任何东西都可以这样做，比如电视、收音机、电话；关键的区别是，马罗内的妈妈禁止他说出他的玩偶的秘密，禁止他说他的玩偶会说话、倾听和讲故事。而一个孩子，不管多小，都擅长做这件事：听话。他完全不懂得分辨好坏，这种意识要再晚一些才会有，不过还是要尽早向他们解释。但他知道他可以做什么，不可以做什么，就像我们养的各种动物都会做的那样。之后，要把好和坏与允许和禁止吻合起来，这才是复杂的地方。不过，马罗内很幸运，他还没到这个阶段。"

　　一个满意的微笑和一双批判的眼睛终结了这场报告。在整个讲解的过程中，警长几乎忘记了警局前来来往往的同事们。这个男孩让她着迷，除非这种热情仅仅来自这场关于儿童的演讲。也许一个秃顶且斜视的老心理学家发表一番同样的理论后，也可以征服她。

　　"好吧，"玛丽安强迫自己回到更实际的问题上来，"我理解你关于古奇的说法了，我收回'超现实'这个词。你觉得，这有多长时间了，这种，呃，和马罗内之间的秘密关系？"

　　"可能有十来个月了，这意味着马罗内把每个故事听了三十遍以上，它们已经变成了他的现实，事实上，那是他唯一知道的现实。"

"他还知道他的日常生活,"玛丽安缓和了对方的说法,"他的学校,他的家人。(她观察着手心里的 MP3 播放器)您听过了吗?"

"嗯。不是很长。有七个故事,每个故事几分钟。"

"然后呢?"

两名警察回到了警局,往前台那里去了。他们向警长行了个礼,同时带着一丝惊讶瞥了一眼停在步行道上的古兹,以及正和警长聊得热火朝天的家伙。

"我还是不能确定。线索,只是有一些线索。总有同样的东西重复出现,森林,大海,船,城堡的四个塔楼。像密码一样,但又更精确。关于那些可能的地点,我有了进一步的想法。只要花上几小时,我就可以把有可能是马罗内以前的住处的几个地方都去一遍。"

他低头靠向摩托车后备厢。警长猜他准备在警局前打开他那张满是标记的地图了。

"除非,"她有些生硬地接话,"他的记忆是整个瞎编出来的。除非马罗内从没在海边或者森林边上生活过……"

"不!这里面是有意义、有一致性的。我有这种直觉。我的工作就是找出它。相反,您的工作,是……"

他没有说完,用一把小钥匙打开了后备厢。

"我有另一件礼物要送给你,警长。"

他拿出一个餐巾纸包,打开,露出一只小小的儿童玻璃杯,上面印着奇妙仙子①和她的朋友们。

"今天早上,马罗内用这个杯子喝了水。"

"所以呢?"

"这是能够确定穆兰夫妇是否是他的父母的唯一办法,不是吗? DNA 鉴定。对于您来说,这应该很简单吧?"

警长叹了口气,转身望向贸易码头。一群穿着橙色救生衣、看上去都差不多的孩子正等待着登上他们的 OP 帆船。他们的叫嚷声与海鸥的叫声汇在了一起。

---

① 迪士尼动画《奇妙仙子》中的人物。

瓦西尔等待着，玛丽安没有回应，这让他失望。矛盾的是，他的失望却是因为他此时清楚地意识到，玛丽安似乎对他拿手的魅力攻势毫无感觉。

"不，这不简单，德拉戈曼先生。要做这种分析，需要提交一份正式的起诉和一个法官的委托调查书。"

小学心理医生提高了声调。既然魅力不起作用了……

"所以您准备退缩了，因为这违反了法国完美警察行为规范法典第三十六条？您不明白吗？您是怎么想的？我给您看了这些证据，就已经违背了最基本的职业保密原则。我冒着风险，警长！该死的风险……"

坟墓的画面在他眼前挥之不去。而警长却无动于衷。

"那就别再冒险了，德拉戈曼先生！因为，仔细想想，您唯一的论据刚刚被推翻了。（她看着手心里的 MP3 播放器）这件事不再紧急了！我们知道，小马罗内·穆兰以后不会忘掉他的记忆了。它们储存在他的硬盘里，不管那是不是他的记忆。"

此时，瓦西尔也看向了码头上的孩子们。他们有的在笑，有的在哭。一些孩子远远地站着，不肯登上他们的小帆船。

"警长，那孩子每晚都会做噩梦。他不肯闭眼，因为比起他眼皮后面的一片血红，他更愿意看着黑漆漆的夜色。他觉得雨滴是锋利的玻璃，被它们碰到就会被割伤。而您却告诉我这件事不再紧急？"

他再次提高了声音，与此同时，本哈密、波戴恩和勒泰利埃跑了进来，他们按着腰间的武器，一步四级地跨上台阶。

玛丽安的脑袋里天人交战。她觉得她不能让事情陷入麻烦的境地。不能这样。尤其是不能在这里，在警局前。和这家伙。她一个人。手里连一根可以作为借口的烟都没有。

女警官把手伸到心理学家胸前，摊开。

"把杯子给我。我还要分析一下这个 MP3。如果需要，我们会向共和国检察官提出要求，展开预备性调查。"

她沉默了一会儿。

"我们会快速而高效，请不要担心。"

　　瓦西尔·德拉戈曼露出了一个胜利的微笑，没再说什么。当他再次戴上头盔时，玛丽安克制不住地打量起他的紧身牛仔裤、棕色皮衣，以及头盔里露出的那双眼睛，直到它们消失在面罩后面。

　　固执，狡猾，鲁莽，自信，且能言善辩。

　　完全是她喜欢的男人类型。

　　她握紧手中的 MP3，她强迫自己调动起自早上开始分散在头脑各处的思维。虽然她承诺了小学心理医生，但她也不能忘了哪件事更优先。

　　抓住提莫·索雷。

　　以及回复帕德鲁。帕德鲁警员执意要对西里尔和楼娜·吕克维奇展开复核调查。用他谜一样的说法来说，那是阴影区域。他想重新翻开多维尔和卡昂的警察在几星期前已经犁开的沟渠。帕德鲁也是那样的男人，固执，狡猾，鲁莽，自信，且能言善辩。

　　只不过这一位，她此时此刻正需要。

　　"警长。"

　　玛丽安抬起眼皮。

　　是德拉戈曼。他还没走。他重新掀起了面罩，只露出了两只眼睛，像两道激光光线。

　　"我还想问您最后一个问题。您或许可以帮我。"

　　"什么？"

　　"您可能会觉得奇怪。这个问题折磨了我好几个星期，我一直没有找到满意的答案。但我觉得它很关键。也许可以算是解开一切的钥匙……"

　　"说重点。"女警官恼火地说。

　　他从口袋里掏出一张照片。

　　"这是古奇，马罗内·穆兰的那个传说中的玩偶。您觉得，这个玩偶是哪种小动物？"

　　他看着原地发愣的警长。

　　过了一会儿，他启动了古兹加利福尼亚，再次驶入了乔治五世大道。道路很通畅，很快便看不见他了。不过他还是注意到了，就在他离开之后几秒钟，一辆福特翼虎也离开了街边的停车位，驶入了街道。

31

格拉谢特·马雷夏尔永远也整理不完她的硬币。

每天早上，她到绿色生活超市买面包和一块点心，从来不重样，然后这位九十多岁的老人用两只手哆哆嗦嗦地把每一分硬币装进她的钱包里。今天早上花的时间比以前更长，坐在收银台后面的阿曼达这样想着。或者这只是她的错觉。

这一星期里玛涅格利兹没有任何变化，况且，这个村子从来都是一成不变。超市里同样的顾客，同样的问候，同样的买来的报纸，同样的占便宜伎俩，同样的咒骂，同样的惯例，同样的无聊。然而，今天早上，一切仿佛都变了。

或者这只是她的错觉。

她觉得那些顾客过来只是为了监视她，人们购买当地的报纸只是为了获得有关她的确凿信息，和她聊天的人只是为了套她的话。

仅仅是她的感觉吗？

奥斯卡·米诺歇在格拉谢特后面耐心地等了十分钟。他是圣-茹安-布吕纳瓦尔市的一名工人。当阿曼达把一根长棍面包递给他的时候，另一位顾客走进了超市，走向了报纸架。他穿着水手蓝的羽绒服，领子高高竖起，直抵着耳朵。她以前从没见过他。

阿曼达怀疑一切。

在这个人口不到一千的小村子里，一切都发生得很快。房子、花园、他们的篱笆、他们的生活，一切都是麦秸、干草和枯枝。只要一个火星，一根火柴，这一切便都会被点燃。一名市政府的职员在学校门口偶然听到一段对话，一位小学老师说话时声音稍大了一点，一个邻居为一个好打听的陌生人打开了门，然后火就烧了起来，再也停不下来。

一团内心的、看不见的火。流言。

刚才，她去接马罗内的时候，其他的妈妈们都冲她微笑。和平日里一样。好像什么都没发生过一样。但她是不会上当的。

阿曼达从儿时起便跑遍了玛涅格利兹的每一个角落，她在市政广场公共汽车候车亭的长椅上度过的时间比在学校的椅子上还要长。她了解在这些村子里盘踞的厌烦感，它在你年少的时候抓住你，然后再也不放过你。她了解这日复一日的重复，像梦想的坏疽。她了解这些无关紧要的琐事，因为常规只要遭到一丝丝破坏，就会变成非凡。其中最好的情况，是结婚、继承遗产和旅行。最坏的，是丧夫、遭遇背叛和遭逢变故。

一个孩子说，他的母亲，对，他妈妈，您知道她，她在绿色生活做收银员，呃对，她的孩子，三岁多，他跟所有人说，他妈妈不是他妈妈。

一块坏疽。

意外的好运。

32

由于插着耳机，玛丽安没听到帕德鲁进来的声音。

古奇刚刚找回了他的应许之地。被遗忘在沙子底下的榛子、橡栗和松果长出了最美丽而茂盛的森林。

"玛丽安？玛丽安？"

警员又来磨人了。既然勒阿弗尔这边没有任何动静，他便坚持要获得外出批准。警长摘下耳机挂在脖子上。

"你去波提尼找什么？"

"那里是西里尔和楼娜·吕克维奇被埋葬的地方。"

"所以呢？"

"那里也是他们出生的地方。提莫·索雷和阿列克西·泽尔达也一样，他们都在那里长大，西里尔·吕克维奇的父母现在还住在那里。"

"你这样很招人烦，帕皮！要是多维尔或者卡昂的同事知道你在他们之后过去搜查……"

帕德鲁是个惹人烦的家伙，不过也是个优秀的调查员。不是有条不紊，而是天马行空的那种。他用眼睛恳求她，眼神里透着一个快要退休的警察想要在离开之前创造属于自己的辉煌时刻的希求，如同一名坐在板凳上的老足球运动员希望在伤停补时回到球场，射入决定性的一球。

警长丢给他一张照片。帕德鲁警员惊讶地看着照片上的玩偶：某种灰色和褐色相间的老鼠，尖尖的红鼻子，黑色的眼睛，皮毛旧旧的。

"好了，现在你有事做了！找出这是哪种动物。要是你找到了，我就给你开去波提尼的批条。"

他还没来得及询问、商量或者抗议，吉贝就嘭地推开了门。他拉长着脸，胳膊上仿佛坠了一筐霉运——一个估计得有一吨重。

"我们跟丢了泽尔达！是波戴恩打电话报告的。他跟着他走到科蒂广场前面。泽尔达在那儿逛店铺。看起来那里有很多人。他抽完了一根烟，却没看见他出来。"

"猪头！"警长大骂一声，扯下了脖子上的耳机。

吉贝试图平息上司的怒火。

"波戴恩说，看不出来泽尔达是不是有意甩掉他的。"

"那就看吧！他是不是觉得泽尔达没有发现黏在他屁股后头的警察？这是多久之前的事？"

"可能有一小时了……"

"那他现在才打电话？"

"他觉得他能重新找到他，然后……"

警长抱住脑袋。

"他这事干得真是超常发挥呀！他觉得泽尔达是提前离开跑到'幸运商店'给他预定了个露天座位吗？该死的，我们得把涅芝区的巡逻队人数增加到三倍。不管怎么说，波戴恩可能还是有点用的。泽尔达冒这么大的险，肯定是要和索雷取得联系。如果对方病得太重的话，他可能没别的选择了。你们给我盯住全城的医生和药店。"

吉贝很快走了。帕德鲁犹豫了一会儿，看着手里奇怪的照片，上面那只灰色玩偶目光柔和，像是被一个发疯的警察抓住的无辜者。然后他便追上了同事的脚步。

● 图 ✦✦✦✦ ✦

绿色生活超市里，穿着水手蓝羽绒服的男人专心致志地看着杂志。

《玩酷——给 4-7 岁热爱探索大自然的孩子们》。

这并不能解释他被一个少年吓到的样子，那个少年正在看成人杂志里的裸体女孩。阿曼达几乎要被他逗笑了。

一个警察！她的好闺蜜们曾经忍俊不禁地向她描述过他。他的一侧染了一缕金发，有着长颈鹿一样的长脖子和属于钢琴家的修长手指，也可能是属于绞杀犯的。

多半是个实习警察！看起来刚刚走出校门。他在玛涅格利兹到处打听，低调得像个贩卖卷闸门赚取佣金的销售员。

阿曼达恶狠狠地瞪了他一眼。最不济，他会以为这眼神来自一位尽职的超市员工。读了就要花钱买！更有可能的是，这会让他害怕，打消他继续深入、接近他们的念头。

接近她，接近迪米特里，尤其是，接近马罗内。

很明显，这个毛头小子的工作做得不错。该死的做得不错……邻居太太和朋友们都毫不拘谨地同这个卷闸门销售员说话，让他进家门。他什么也不卖，只是听着。

一个女人在阿曼达面前放下一张她要取的包裹的收据。这家杂货店还充当了所有邮购商品的包裹寄存处。阿曼达知道，这种乡下的店铺若想生存下去，就不得不开展网上业务，并且终将被它吞并。

她把包裹从收银机上方递过去，让女人签字。反正她不在乎这些，等到村里最后一家商店关闭的时候，她早就不在这儿了。她抬起头，再次冲年轻的警察丢了一记眼刀，那人已经换了一本杂志看，带着他那副假装出来的凶恶神态。

这回是 *Toboggan*①。

"给你成长的愿望。"

15：53

卡罗尔最好别在店里换班的时候迟到！尤其是今天。阿曼达一定要在别人到之前，准时站在学校的栅栏门前。为的是对抗那些人！她们可以说，可以想，可

---

① 一本面向五到七岁儿童的杂志。

以随心所欲地散播谣言。

　　但是没有人能碰马罗内。

　　没有人能夺走她的儿子。

●⊚⊙⊙►

　　"警长，是卢卡斯⋯⋯"

　　玛丽安·奥格蕾丝的梅甘娜停在奥克的药店门口。

　　"很急？"

　　"呃，我现在在玛涅格利兹呢。在公交候车亭。是您让我每天汇报两次的。"

　　警长扫视了一圈奥克街人烟稀少的步行道。纯属条件反射。她已经派了警员潜伏在另外两辆车里监视药店周围，还有五辆车分别监视涅芝区不同区域的街道。

　　一旦泽尔达出现⋯⋯

　　"说吧。直接说重点。有什么新进展？"

　　"算是吧。您让我查穆兰夫妇真是太对了，警长。在表面的涂层背后，我找到了一些意想不到的痕迹。"

　　"我说了，说重点！"

　　"好吧，可以说，穆兰一家给我们看到的样子和稍微深入挖掘之后我们发现的事实之间有一些轻微的出入。比如阿曼达·穆兰，她确实在村里的杂货店工作了六年。但是她为了带孩子而离职了三年，直到去年6月才恢复了工作。"

　　玛丽安咬着嘴唇。她急切地在上衣的一堆大口袋里翻找日程本和钢笔。

　　"也就是说，在这段时间里，她一直把孩子关在家里？"

　　她在驾驶座上扭着身子，日程本被卡在了口袋的内衬里。每星期三小时的健身，到头来她竟然不能把压在上衣衣摆上的屁股抬起来！

　　"并非如此，警长。我这儿有一票目击者，他们从马罗内出生时就见过他。从他还是婴儿的时候，到他长大一些。有他的主治医生、朋友、村里的居民。相反，这孩子没有保姆，也没去过托儿所。况且这穷乡僻壤也没有托儿所。"

"马罗内在上学前从没和其他孩子接触过，是这个意思吗？"

"没错，警长。"

"别说半句话就加上个'警长'，节约时间！你说阿曼达·穆兰为了带孩子暂时离职的时候用了'比如'，你还有其他新发现？"

"是的，一些可以说很奇怪的细节。您记得吧，最开始，我跟您说邻居们有时能看见马罗内戴着他的安全帽在居民区骑车。在拉维尔广场尽头有个池塘，每年春天会有鸭子到那里筑巢。那儿还挺漂亮的，呃，玛丽安，是个适合建立家庭的地方。离勒阿弗尔不太远，也不算贵，而且……"

警长的手指终于够到了口袋底部的钢笔。要是这个实习生就在她面前，她一定会很乐意把钢笔戳到他的手上。

"快说！"

"好吧，玛丽安，不好意思。简而言之，穆兰一家这几个月来就像切断了桥梁一样。应该说，是从这个冬天开始的。他们不再和亲戚一起吃饭，或者去看望他们，这个可以理解，因为他们家所有关系比较近的亲戚都住在离诺曼底好几百公里远的地方，除了阿曼达的父母，他们住在玛涅格利兹的公墓里。（警长叹了口气）穆兰夫妇不再邀请朋友到家里做客，只有极少数的几次，他们去了哥们儿家，但每次都不带孩子！他们也不再去他的主治医生塞尔热·拉科内那里了。还有一件事，邻居们仔细一琢磨都觉得奇怪。今年冬天，他们有时会看到马罗内在外面玩，有时在花园里，有时骑着自行车，有时在池塘前。他戴着帽子盖着耳朵，围着围巾裹着鼻子。可是等天气逐渐变好，白天慢慢变长以后，那孩子倒变得很少出门了。好吧，这种住宅区，只要有太阳，这有点像切尔诺贝利，所有人都会跑到海滩上去。但不管怎么说……"

屁股已经扭到极限的警长放弃了掏日程本的行为。她的拇指和食指夹住了另一样卡在口袋里的东西。

"我总结一下，卢卡斯，穆兰夫妇，尤其是母亲，保护他们的孩子长到三岁，尽可能减少社交活动，然后从三岁开始，彻底没了！"

"除了从9月开始上学，玛丽安……"

她现在宁愿他叫自己警长。

"除了上学，"玛丽安重复道，"除了上幼儿园，因为每个孩子都必须在四岁上幼儿园。不给孩子在村里的学校注册应该是吸引别人注意自己的最佳方式了……"

她的拇指和食指小心地从口袋里拎出那样东西。

"呃，如果不是这样的话，玛丽安，我得跟您说一件很重要的事。"

"拜托，卢卡斯，别叫我玛丽安。就算是干了三十年的老警察也不这么叫我。"

"好的。呃，夫……我觉得她看出我了……"

"谁？阿曼达·穆兰？"

"是的。"

"所以呢？我们是警察，不是特工！"

"您相信吗，呃，奥格蕾丝夫人？"

她再次叹了口气，把那件东西放在面前。

"阿曼达·穆兰会恨你，这是肯定的。她会因为你调查了她的私生活而恨死你！但是因为这种事就杀了你……"

没等对方回答她便挂断了电话，然后不耐烦地低下头，仔细看着飞翔在奥克街上空的奇妙仙子和她的伙伴们。

有好一会儿，她出神地盯着放在仪表盘上的玻璃杯，那是马罗内今天早上用过的杯子。

如果瓦西尔·德拉戈曼是对的呢？

如果最简单的方法就是展开正式调查、进行最普通的 DNA 鉴定呢？

33

短针指着 8，长针指着 10

马罗内哭了。达妈妈坐在床上，他的身边，但他没法告诉她，他为什么这么伤心。

他不能告诉她，古奇睡了，而且可能永远都不会醒来。

他不能告诉她，它的心脏不再跳动，它的嘴巴不再说话，它现在和其他玩具没有区别了。

但是他必须停止哭泣。他必须停止吸鼻子，拿起手帕，擦干眼泪和所有鼻涕。他必须这么做，否则达妈妈就不会离开。她会留下来安抚他，告诉他她爱他，他是她的甜心、她的宝贝、她的大男孩。她会一直留在这儿，直到他平静下来。

他不想要这样。

他想和古奇单独待在一起。

今晚，既然他的玩偶不能再说话了，那么轮到他讲故事了。他的故事。透过湿漉漉的眼睛，他看到小火箭落到了焦糖色的星球上。那是所有星球中最大的一颗。

今天是木星日。力量之日。勇气之日。

达妈妈没有说话。她坐在那儿，温暖的身体贴着他。他能感觉到她的呼吸，几乎像是睡着了一样。但她没有，她的手不时地抚摸着他，不动嘴唇地说着"嘘"。有时她也会亲亲他的脖子，告诉他，很晚了，是时候飞往梦的国度了。

马罗内懂了。今晚，达妈妈会一直待在他的房间里，直到他睡下。

　　于是，这次换成他开始不动嘴唇地说话，在脑袋里说话。也许当他在脑袋里说话的时候，古奇会听到。

　　他能够背下木星的故事。

　　这是最重要的故事，妈妈对他说了一遍又一遍。等到对的时候到来，他应该记起的正是这个故事。

　　等到起飞的时刻到来。不是达妈妈希望的那样，飞往梦乡。

　　而是飞往食人妖森林的时刻。

　　那时，马罗内将拿出他的一生中最大的勇气。只有一种方法可以躲开怪物，不被他们抓走。如果错过了，一切就太迟了，不可能从飞机上跳下来。要想躲开他们，只有一种方法，妈妈说，只有一个地方，他们永远也不会找到你。

　　然后妈妈让他保证，每晚都要在脑子里想一遍。要重复那些词，要背给古奇听，但决不要告诉别人。

每晚

　　都要再想一遍这个躲藏地。

　　这是最大的秘密，也是世界上最简单的秘密。

34

今天，在加油站，我烦躁地跟家里人说我甚至连加满油箱的钱都没了。去度假的第一天，真让人受不了。

杀人欲望

用我手里的 20 欧，我可以要 11.78 升油……泼在地上，然后我点燃香烟。

判决：176

无罪释放：324

www.envie-de-tuer.com

拉艾夫海角上的灯塔射出的光束不知疲倦地旋转着，刚好每十二秒便会照亮一次悬崖的陡坡。

瓦西尔默默地数着每一秒。他带了一个功能强大的手电筒，足以支持他大步穿过观景平台，冒险走到突出到半空中、覆盖着钙土植物的断崖边，但仍不足以照亮下面的滩涂和墨黑色的大海。

十二秒。

瓦西尔将手电对准停在两把白色长椅之间的古兹，那里离空荡荡的停车场有一段距离。一阵刺骨的寒风让他屏住了呼吸。虽不至于吹翻支着脚撑的摩托车，但还是妨碍他最后查看一遍地图。他只好在头脑中虚拟出那些彩色的圆圈、线条和箭头，缓慢而耐心地核对那些标记。

下午的早些时候，他买了一张新地图，重新把他之前假设的结果标在地图上，然后花了很长时间戴着耳机，拿着记号笔，一遍又一遍地听着古奇的故事，不时停下来，往前倒一点，找出不同点和确凿无疑的地方，以此找到一个能在最大程度上与马罗内的记忆吻合的地点。也就是最小厘米母，瓦西尔一边走在黑黢黢的刺柏林里一边分析着。

这里。

在这片钩住他的皮衣袖子的荆棘丛里。一块几乎全新的白令表。完蛋了，如果在这里的话……

他在这儿干什么？

一瞬间，他的眼前再度闪过威胁短信的画面，它像灯塔耀眼的光束一样频繁而规律地出现在他的头脑中。

他谨慎地向前走了一步。他的手电只能照亮三米以内的范围。草地很滑。他可不想在摸索前进的时候再次被布满松针的树枝钩住。

他尝试着赶走理智的魔鬼，它们低声劝他掉头回去，跨上摩托，开足马力，回到灯火通明的城市中。想想马罗内，他便好些了。

在教室的台阶上不知所措的马罗内，害怕，颤抖，无力穿过细细的雨丝、踏入将息的大雨中。

他暗自保证，就看一眼，确认一下。如果他的直觉得到了证实，所有要素都在这里找到了，他就不会回来了，白天也不会。他只要给玛丽安·奥格蕾丝打电话。在这么多巧合面前，她不得不来，不得不介入。

手电筒的光在灌木丛里搜索。纠缠的树枝让他看不清哪里是路的尽头，哪里是悬崖的起始。有一瞬间他在想，如果自己傻乎乎地从这里跌落下去，摔到这片人迹罕至的滩涂上，大概很多天都不会被人发现。非要等到他的尸体被海流卷到三角洲，冲到某片海滩或者港口的某个码头上，身上缠满塑料袋，散发着咸咸的汽油味。

这一次，是安吉的样子帮他赶走了这幅全新的死亡景象。好想给她发短信。为了安慰自己，也为了让她放心。等他回去，她就会在法兰西公寓里迎接他。不会很久的，他向她保证过。距离勒阿弗尔只有五公里，骑摩托车就可以来回。

"叮"的一声打破了寂静，他写给情人的短信发送成功了。瓦西尔顺便看了一眼时间。

22：20

海鸥已经入睡。大海仿佛在呢喃。

十二秒。

灯塔的光束扫过矮树林，晃得瓦西尔什么也看不见，然后继续向正北方向移动，就在它扫过的一瞬间短暂地照亮了退潮的海滩。

四座塔楼。排成一列。

马罗内的城堡！

瓦西尔的心脏剧烈地跳动着。他看得清清楚楚。

灯光继续移动，再次回到了这里。心理学家眯起眼睛，全神贯注地看着海面，它像重复地迎接落日一样，间歇地闪动着粼粼金光。

海盗船。

黑色。

断成两截。

瓦西尔努力克制住自己的兴奋。

再次扫来的灯光照亮了一座座诡异的房子，以及房子后面赤裸的峭壁。

阴影呢？食人妖呢？

那种地方可以住人吗？

马罗内过去能住在那里吗？

难道他不是利用一个孩子的大脑解读他画在画里的蛛丝马迹，就像利用一块尚且柔软的罗塞达石碑① 一样吗？

他在原地待了很久，尝试着测量出准确的距离，计算出到机场、蒙加雅和玛

① 造于公元前196年，刻有古埃及国王托勒密五世登基诏书的石碑。诏书由当时埃及使用的三种文字刻成，考古学家由此解读出了古埃及象形文字。

涅格利兹的公里数。他意识到，确定这个地点的位置并不是什么重大进展。除非能借助警方的力量，拿到调查许可，一间一间地搜查那些如同建在死后世界里的小屋。也许马罗内妈妈的鬼魂还在那里，带着他出生的秘密。

他待了足足一刻钟，这才回到了摩托车那里。这回他总算找到了一条比较开阔的路，可以让他避开那些荆棘。他的手电筒照到了一圈灰烬，附近丢了三个啤酒易拉罐和十几个烟头。另一种生活的痕迹，隐秘而短暂。

透过林子尽头的几株侧柏，隐约可见近在咫尺的停车场。他的短信提示音就在这时响起。

安吉。

七个字。错误百出。

流神。我登你。吻你。

瓦西尔感到内心涌起的一股暖流包裹了他的全身，像一股柔和的能量带动了一台无声的引擎，奇迹般地催动了他的心跳、他的步伐，让他恨不能立马回到克莱芒索大道，躲进安吉的怀抱。

他爱上了一个美发师……

他的目光在手机屏幕上的安吉的照片上停留了一会儿。

然而这是正在他身上发生的事情。

他笑了一下，继续向前走。海马齿和海甘蓝在他的靴子下吱嘎作响。

笑容凝固了。

他的拇指用力按了一下手机，安吉的面孔消失在了黑暗中。

古兹倒在了地上！

一只被扔在柏油地面上的死去的动物——这是第一时间跃入瓦西尔头脑中的画面。他赶忙跑过去。一阵一阵的狂风吹在他的背上，鼓动着他的夹克衫，但完全不至于吹倒一辆三百公斤的摩托车。

几百米外的一盏路灯投下了昏黄的灯光，依稀照亮了停车场。瓦西尔俯身查看车子的损伤。他的脑袋里冒出了一大堆可能性，他都来不及一一筛选。

　　是意外？还是威胁？有人故意开车撞倒了他的摩托车？不，那样的话他应该能听到，而且那样会有撞击的痕迹。所以是人推的？一个人，而且没发出声音？目的是什么？

　　瓦西尔继续检查镀铬的车身。没有汽油味。没有凹坑。摩托车似乎只是磕到了地上，损坏程度和他身上被荆棘划破的夹克差不多。

　　他长长地出了一口气，平复着自己的心跳。也许是他没有支好脚撑，没注意到停车场的地面坡度。害怕，慌乱，愚蠢！他实在不擅长这种冒险……还是尽快把这孩子塞给警察吧，他想，然后去找安吉。

　　爱她。

　　和她生个孩子。

　　这是他想到的最后一个画面，没有谁的面孔。

　　然后一切陷入了黑暗。

　　气味。疼痛。

　　瓦西尔无法判断自己究竟晕了多久。

　　几分钟？一小时？

　　脖子后面传来了尖锐的疼痛，像一股电流一样从颈椎一路蹿到腰椎，然而比起压在他两条腿上的重量，这已经不算什么了。三百公斤。他的膝盖和胫骨仿佛被一把镀铬的钢钳死死地夹住，碾得粉碎。瓦西尔徒劳地尝试了一番。他根本挪不动古兹！

　　被困住了。他的头盔滚到了几米之外的停车场里。

　　瓦西尔双手摊平，一只手扶住车把，另一只手扶住挡风罩，然后用力推。再用力。只要把摩托车抬起几厘米，他就可以把腿抽出来，或者至少在等待别人救他的时候能够减轻一些痛苦。

　　他深吸一口气。

　　汽油的气味被他一下子吸入肺里，像一团看不见的酸雾一路灼烧到底。喉咙。气管。胸腔。

　　他咳了起来。这也是他必须离开这里的原因。他现在正躺在一摊汽油上。他油箱里的三十升油肯定没剩多少了。来之前，他在蒙加雅的二十四小时加油站加满了油。

他闭上眼，慢慢地数到二十，让自己的肱二头肌、肱三头肌和三角肌放松下来，然后睁开眼，铆足剩余的全部力气，再次推动古兹。

他要反复尝试，直到用尽最后一丝力气。直到天亮。

他不打算坐以待毙，像一只被钉死的蝴蝶。

不顾汽油味，不顾一切地深吸一口气，然后屏住呼吸。

睁开眼。

推……

一开始瓦西尔以为是一颗星星，或者是夜空中一架飞机上的红色标志灯，或者是一只他不认识的会发光的昆虫。

他花了一些时间理解，因为除了这团在他眼睛上方一米处的亮光，他什么也看不见。

他的鼻孔最先开始颤抖。因为烟。或许也因为，它们立刻察觉到了危险的味道。

不是星星，不是发光的昆虫，也不是飞机或者火箭上的灯光。

只是一支快要抽完的香烟末端的暗淡的红光。叼在一个几乎难以辨别的人影的嘴里。那人就站在离他几米以外的地方。

35

今天，我三十九岁了，没有孩子。

自杀欲望

咬一个毒苹果，躺进一口玻璃棺材里，等待。

判决：7

无罪释放：539

www.envie-de-tuer.com

流神。我登你。吻你。

安吉重新读了一遍放在膝头的手机里的短信，然后把手机夹在了大腿之间。玻璃屏幕滑动着抵在了裙子底下紧裹住双腿的尼龙长筒袜上，让她轻微地打了个战。

在她对面，玛丽安正说个不停。

没怎么动过的卡尔佐内比萨看上去如同一座几千年前已经熄灭并逐渐冷却的火山。尤诺餐厅的服务员不时从旁经过，那样子就好像要在她们旁边坐下，嘴对嘴地给警长喂食一样。

夜色已深。快到午夜了。

安吉想走了，她想回去，回到她的男人的怀抱。

但她不可能告诉玛丽安这些……

她不可能在今晚跟玛丽安谈论男人。尤其是她的男人。

这几乎和谈论她自己一样冒险。她今晚什么也没喝，昨天她说得太多了。从这顿饭的一开始到现在，玛丽安几乎一个人喝光了一整瓶里奥哈红酒。

安吉已然开启了自动驾驶模式，她听着一串串词语，却不知道它们什么意思。好像玛丽安在说某种外语，她只能从中抓住一些词语，就像抓住水中的浮漂。

瓦西尔。

这个词她听懂了。安吉立马专心起来。

"你肯定会觉得我是个傻瓜，美人儿，我又去见瓦西尔·德拉戈曼了。你可别吓着，我们就在警局门口聊了一阵，周围来来去去都是我的人，他骑在摩托车上，顶着他那张天使一样的脸，滔滔不绝地给我上了一课，就和读了多尔多①的丹尼斯·霍珀那种感觉差不多吧。"

安吉别无选择，只得给自己倒了杯酒。就一杯。她翻了翻眼睛，做出半惊讶半愤慨的样子。她惯于此道，即使她的客人爆出的料再无聊，她也可以假装出吃惊的样子。理发师是世界上最优秀的喜剧演员。

曾经的面对镜子的生活……

"你的心理学家？回到现实吧，姐！你跟我说过，他比你小十岁。再说，一个心理学家和一个女警察在调查同一件案子的过程中坠入爱河，这有点像法国电视台放的连续剧呀，不是吗？"

玛丽安冲她吐了吐舌头，然后目光在一名尤诺服务员的屁股上流连了一会儿，那人正在旁边的一张餐桌那里码放椅子。安吉也回敬了一个鬼脸，只是她的舌头吐得太长了一些。

她心里想着，要是她告诉玛丽安，她最好的朋友是她迷恋的男人的情人，她会作何反应……是大笑之后决定公平竞争？是干杯祝年轻漂亮的情人们身体健

---

① 弗朗索瓦兹·多尔多（Françoise Dolto），法国著名儿科医生、儿童教育家、儿童心理分析师。

康？或者，她会觉得又——次在心理上挨了一记大耳光，而她应该会默默忍受，因为她不会反手扇到自己脸上。

建议瓦西尔给警长打电话的时候，安吉一个人难受得要命……赶紧换个话题！

"和我说说你的同事吧……"

"吉贝？你想知道什么？"

"全部！"

她微微抬起头，勉强地笑了一声。服务员转过身，视线划过安吉的颈子，停留在她喉咙处闪闪发亮的挂坠上，免得不得已落到她那敞开的衬衫领口里的一片阴影中。

玛丽安望着星星。

"好吧，我的美人儿，这位可爱的勒什瓦里埃警员始终已婚，始终是个傻乎乎的爸爸……而且穿着他的小紧身裤的时候始终很性感。"

"这挺好哇。你只要等待你的时机到来！爱情只是耐心的问题，姐，你要在对的时候出现，就这样。（她抿了一口红酒，接着说）我爸爸总是这么跟我说。他十七岁谢顶，身高一米六，浑身都是毛，不得不穿着特别正经的衬衫，扣子一直扣到脖子。可是他却中了头彩，得到了班上最漂亮的女孩，一个迷倒了整所学校的安达卢西亚姑娘！他总是跟我说，他只是待在那儿，忠诚、执着、殷勤，就像一个特别想抢到偶像音乐会第一排位置的家伙能在开场前两天直接睡在音乐会门口。三个学期里，女孩的追求者络绎不绝，我爸爸坚定地做着电灯泡，也帮她撑伞，帮她拿纸巾之类的。但是他一直在那里。一年的苦撑，换来下半生的幸福……拿文凭也是一个道理，爸爸也会这样给我打气。"

"那位安达卢西亚姑娘是你妈妈？"

"嗯……"

"哇哦，所以你是爱情的结晶！"

安吉用双手捧起杯子，又喝了一口酒，希望以此掩饰眼角的抑制不住的泪水。

通常，面对理发店的镜子时，她能控制得更好。

他的后半生很幸福，她在心里重复着。是的，她的父亲算是幸福的。他在诺曼底的冶金公司上班，在蒙德维尔。她妈妈也很幸福。在家里，她根据诺曼底冶金公司的生产线来安排情人的来访。晚上一个，白天一个，星期日一个。每个人都对小安吉丽克彬彬有礼，那时的她是个沉默的小天使，在妈妈和那些先生待在房间里工作的时候，她就在自己的房间里玩耍。

"爱情的结晶，"安吉喃喃自语，"这个词用得真好，姐。"

停在市政厅站的电车再次启动，它让她想起了从卡昂去巴黎的火车。她在满十六岁的那个早晨踏上了那辆火车。在自己的床上度过的前一晚成了她在位于哥白尼巷的家中度过的最后一晚。走之前她最后一次吻了父亲的额头，六个月后，他因石棉癌而去世。

爱情的结晶……

一个几乎是可笑的说法。

安吉又想起了她十几岁的时候。那是黑暗的时代，直到她遇到了命里的那个他。她是爱情的结晶，却曾经想要杀光地球上所有的人。

"所以，简而言之，你建议我等待？"

玛丽安的杯子悬在半空中，她用眼神询问着对方。安吉清了清嗓子。

"耐心和执着，姐。这是你唯一的机会！"

"得了吧！"警长反驳，"我跟你说了一百遍了，我的倒计时只剩十八个月了，最多二十四个月，在这段时间内，得有个男人把他的种埋在我肚子里，并且愿意和我一起等待他长大……"

她们同时大笑起来。这回安吉几乎是发自内心地笑了。这个喜欢发号施令的警察姐姐让她怜爱。玛丽安和她一样，是只被拴在木桩上的山羊。她周围是一群猎犬，她只能依靠角和蹄子生存下来。一个披着女巫外皮的公主。证据是，今晚警长几乎没怎么讲她的案子。喝开胃酒的时候，她闭口不提案子的事，直到服务员上来了基尔酒和柚子汁，她开始说起了仍没有找到的提莫·索雷、逃走的阿列克西·泽尔达，还有马罗内·穆兰的胡言乱语，之后才将话题转向了她亲爱的心理学家……此时，同一个服务员正在擦掉双面黑板上的当日菜单，然后把它收到餐厅里面。玛丽安似乎接收到了这个信息，不再说话，开始切她面前已经冷掉的比萨。

她的电话刚好在这个时候响了。

"玛丽安，是吉贝！"

奥格蕾丝警长像个兴奋的中学生似的反应迅速地按下了扬声器的按钮，同时冲安吉招了招手。她用食指点开了照片。

是一张吉贝的特写。他戴着领带，别着警衔，警帽的帽檐压在眉毛上方，自豪地站在共和国警察第十三次代表大会的讲台上。在《军官与绅士》里的理查·基尔之后，这一型的男人里再没有比他更性感的了。

"说曹操曹操到，"安吉小声说，同时冲玛丽安竖起了大拇指，"看你的了，姐！"

"玛丽安，你在吗？"吉贝问。

两个女孩无声地碰了一下杯。

"玛丽安？"

"在呢，吉贝。你从老婆床上摔下来了？"

"没有，我被绑在床上呢。拉艾夫海角起火了。"

奥格蕾丝警长重新找回了一丝严肃。

"一帮年轻人干的蠢事？"

"不是。更有可能是一起交通事故。有个人出车祸了。"

"靠。你还知道什么细节吗？"

"不多。我们接到通知的时候已经晚了。最近的住户离观景平台有两公里远。等我们到现场的时候，毫不夸张地说，只剩一堆灰烬了……"

"所以只有一名死者，你确定？"

"是的。不过确定身份可要花一番功夫了。我们掌握的唯一线索就是那人的摩托车型号，一辆古兹加利福尼亚。"

玛丽安脚下的地面轰然塌陷，与此同时，仿佛被同一场地震所撼动，警长手中的里奥哈红酒杯翻倒了，而安吉的杯子直接碎在了她的手里。

在无限漫长的几秒钟里，深红色的污渍在白色的棉质桌布上扩散，那是从玛丽安的杯子里洒出来的酒，还有从安吉的拇指和食指中串串滴落的，镶嵌着十几枚细碎钻石的血珠。

　　直到它们汇聚在一起，形成了一幅单色的罗夏墨迹图①。那是心理学家们用来赋予潜意识幽灵以躯壳的图案。

---

① 瑞士心理学家罗夏（Hermann Rorschach）发明的一种人格测试方法中所用到的墨迹图。该测试被称为罗夏测试或墨迹测试。

星期五

爱情之日

36

短针指着 8，长针指着 6

学校的栅栏门打开了。和平日里一样，克劳蒂尔德会在一旁站上几分钟，叫出每个孩子的名字，和他们打招呼，并给家长一个微笑。

用一副欢迎的姿态博得家庭的支持。

祖孙三代！如果克劳蒂尔德在玛涅格利兹工作几十年，她估计要照看如今这群孩子未来的孩子了。

然而今天早上，克劳蒂尔德站在了距离校门口几米远的地方，靠近中班的小菜园。她正和一个男人交谈。此人不是某个孩子的父亲，也不是临时替补，看着更不像学区派来的调查员。

也许是她的男朋友……克劳蒂尔德还算可爱，而那个男人虽然比她老，但他那仿佛因夜不归宿而未刮干净的胡子、经典款式的皮衣以及合身的牛仔裤却让他散发出一种该死的魅力。

说真的，那些悄悄地把头转向陌生人的妈妈应该会想，这人看起来像……像个警察！至少是那种人们想象中的警察，也就是某个不太有名但却脸熟的电视演员的形象，有着宽大的下巴和厚实的胸肌。

于是，妈妈们观望了一会儿。

除了阿曼达·穆兰，她还没有进入校门。当别的孩子松开父母的手，奔向各自的教室大门的时候，马罗内一动不动地站在原地。他穿着一件带风帽的深蓝色粗呢大衣，戴着连指手套和一顶配套的羊毛软帽，古奇被他紧紧地抱在怀里。他的目光——停留在院子里、教室的窗户上、已经离开的妈妈们身上，以及停在校门口的车子上。没有摩托车。

"我要见瓦西尔！"

阿曼达拉着马罗内的手，小声说：

"你昨天见过他了，亲爱的。他今天去了别的学校。"

"我要见瓦西尔！"

马罗内这次说得更大声了。他感到自己的心脏在手掌下跳动，而那双手正把古奇紧紧地压在胸口。破碎的。扁平的。空洞的。

瓦西尔答应他了。瓦西尔说了，他会在这里，会把古奇的心脏还给他。

他就快来了，他就快听到他的摩托车的声音了。他应该待在这里，等着他。

"过来，马罗内！"

达妈妈把他的胳膊拽得很疼。有一次，他拉扯一只玩偶的胳膊，不是古奇，是一只老熊，然后它的胳膊就留在了他的手里，只剩下几根线头挂在上面。

"我要见瓦西尔。他答应我了。"

马罗内大声尖叫，惹得学校院子里的克劳蒂尔德回头查看。和她交谈的男人也回过头来。阿曼达本能地后退，把马罗内挡在张贴着一星期菜单的公告板后面。几个最后离开的家长从他们面前经过时并没有显得特别惊讶，他们对哭闹着拒绝上学的孩子见怪不怪。

任何一位母亲此时都会提高声音，阿曼达也不例外。

"别的孩子都已经去上课了，马罗内！所以拜托你，快一点。"

几位母亲停留在原地，总是那几个人，瓦列里·库尔图瓦兹还有娜塔莉·德尔普朗克，她们冲她严肃地点头，对她强硬的态度表示支持。仿佛受到了鼓励一般，阿曼达坚定地攥着马罗内的蓝色手套，更加用力地拉扯。

必要的话，拖也要把他拖进去。

马罗内知道如何应付。和古奇的方法一样。就像被人偷走了心脏，不再动弹。做一个软绵绵的玩偶。

男孩好像一下子站不住似的，瘫倒在地上。阿曼达的手里就像抓了一个松垮的橡胶人。

"马罗内，站起来！"

罗拉的妈妈热拉尔蒂·瓦莱特加入了她的两个好友。她们甚至不再假装聊天，或者观察菜园旁边疑似警察的男人。她们沉默地看着。

不然她们还能做什么？

假装漠不关心地走开是一种公然无视母亲之间团结的行为，而插手只会让可怜的阿曼达更加恼火。不管怎样，每个成为妈妈的女人都知道，迟早有一天，自己也会经历当众出丑的时刻！无礼的言语，尿湿的裤子，歇斯底里的爆发……

阿曼达喊出了每个妈妈都会喊的话。

"马罗内，站起来，你在给妈妈丢脸！"

她怕弄伤儿子，没敢拽他。他像散架了一样躺在院子里的沥青地面上。这会儿已经有差不多十位母亲同情地站在栅栏门前。

"马罗内，最后一遍，否则妈妈……"

男孩突然把手抽了出来。阿曼达的手里只剩一只蓝色的手套，而马罗内则站了起来，飞快地跑到了车子之间，用希望全村人都能听见的嗓门大声喊道：

"你不是我妈妈！"

37

玛丽安·奥格蕾丝浑身发抖。

她已经在拉艾夫海角的观景平台上来回走了两小时。

在她面前，席卷过五千公里平坦洋面的海风呼啸着涌入塞纳河三角洲。

在她的双脚前，是一团灰烬，已经凉了。没被烧掉的东西，警长在头脑中一一清算。

一辆古兹加利福尼亚，没了轮胎、车把上的橡胶和坐垫，只剩下一副扭曲的钢铁骨架，唯一还能辨认出来的只有车标上那只展翅的银鹰了。

一个头盔，黑乎乎的，椭圆形，大约是被大火的热量烤变了形，看起来就像一块空洞的头盖骨，并且属于一只大脑不成比例的外星怪兽。

一具尸体，已然烧焦，只留下一些物品残骸，包括一副望远镜、一串钥匙、一只手电筒，以及一部被烧化了的手机、一块手表和一个皮带扣。就好像升天堂和坐飞机一样，在上天之前，必须经过一道安检门，并把一切金属类的物品都留下。

关于尸体的身份，玛丽安·奥格蕾丝已经没有任何疑问了。

瓦西尔·德拉戈曼。

十几名警察在忙着分拣、整理、归类。DNA的初步鉴定结果将在几小时后出来，成为确凿的证据，彻底终结一切幻想。

在等待的过程中，为了排除掉那些将她淹没的情绪，警长将注意力集中在工作上，提出冰冷的假设，思考客观的问题。

为什么要杀掉一名小学心理医生？

因为从现场来看，这绝不是一场意外。警方没有找到任何撞击或者刹车的痕迹。另外，一位名叫贡斯坦提尼的警察有一辆雅马哈VMAX，那是一款和古兹有点相似的摩托车，他立刻指出，这辆摩托油箱里的燃料并不足以引起这么大的火，至少在没有爆炸的情况下是不可能的。应该有人额外浇了汽油，而且做得很有技巧。

还剩下自杀式袭击的假设……几分钟前玛丽安和杜马法官通电话的时候，对方立刻提出了这个可能性。她哽咽着回答，她不信，没做任何解释，更没有告诉对方她眼前闪过的一连串画面：瓦西尔叛逆的眼神，海滨小屋里，他跪在他的藏宝图上时露出的孩子气的兴奋，他以魅力无穷的演说家的素养精心算计好的迟疑，他安定的决心，他腼腆的自信……

警长向平台的栏杆走去，从这里可以看到熄灭的灯塔和一望无际的大海。没有别的了，因为有树木阻挡，看不到悬崖脚下的海滩。要想看到，大约要穿过刺柏丛，走到空地上去。

"警长，电话。"

波戴恩站在他的长官后面十米处。陷入沉思的长官似乎没有听到他的话。

瓦西尔·德拉戈曼跑到拉艾夫海角来做什么？大半夜？带着一只手电？这场致命的远足与马罗内·穆兰的坦白有什么关系吗？

玛丽安握紧了口袋里的MP3播放器，那是前一晚小学心理医生交给她的。他应该今天一大早来找她，把它还给那孩子的。他答应过他。

他是因为这个被杀了吗？因为一星期七天、每晚一个的故事？

当然，她也花时间听了那些故事。她只听到了七个有教益的、有点好笑又有点吓人的故事，和全世界几百万的孩子们每晚听到的故事没什么不同。

它们能隐藏什么秘密呢？什么样的秘密如此可怕，竟要藏在一只玩偶的绒毛下面？竟要强迫一个孩子将它们牢记于心，像神父要求信徒那样？为了保护它，竟不惜杀人？

"警长，电话。"波戴恩又唤了一声。

38

短针指着 8，长针指着 8

玛涅格利兹的学校与位于玛涅格利兹高地中心的莫里斯－拉维尔广场之间相距八百五十米。

她要一只手夹着马罗内走完这八百五十米。

一开始的两百米他一动不动，然后他开始挣扎，用脚踢阿曼达的胸口，用拳头砸她的后背，直到她停下，把他放下来，冲他大吼，很大声，然后他号啕大哭；接着她又把他扛在肩头，冷静，却不住颤抖。

这八百五十米就像环法自行车赛途经这个村子一样。

阿曼达觉得好像所有居民都决定在同一天的同一时间走到街上：在"黑桃方块"酒吧喝酒的人跑到店外吸烟；"健康生活"的顾客、奶妈、家庭主妇、失业者和正在休 RTT① 假的人不约而同地选择今天早上出来购物；环卫工人从一大早就一直在艾普维尔路的圆形广场上给矮牵牛花换盆；卡勒威尔路的长椅上坐着的老太太们仿佛从昨晚起就被冻在了椅子上。

阿曼达不在乎。她鄙视他们，她鄙视所有人，她鄙视这个村庄里行尸走肉一样的村民，鄙视这个露天开放的收容所，她从十六岁起就开始鄙视这一切。正如她鄙视那些在学校门口围住她的妈妈，看到做得不如她们的妈妈，她们便无比满

---

① RTT 意为"缩短工作时间"（Réduction de Temps de Travail）。法国的法定工作时间为一星期三十五小时，若实际工作时间超出三十五小时，则按年内超出部分累计的时间补偿以相同时间的假期，即为 RTT 假期。

足，并且幸灾乐祸，马罗内的歇斯底里让她们安了心。

您看到他是怎么说的了吗？

"你不是我妈妈。"

我呀，要是我们家孩子这么跟我说……

阿曼达瞧不起这群长舌的喜鹊，她们就像市政厅的秃鹫，或者大街上的鹦鹉。她把马罗内夹在胳膊底下，转身离开，因为她明白了那个正在和校长讲话的男人是个警察，而且不是随便哪个警察……

在马罗内爆发之前，谣言已经在校门口蔓延了。和晚上 8 点的新闻一样，谣言至少能起到这样的作用，那就是，当新的灾难即将降临在你身上的时候，你能和其他人同时知道这个消息。

警察出现在这里是因为在拉艾夫海角发现了一具尸体，而且一切迹象均表明，这具尸体属于那位每星期四来玛涅格利兹见几个孩子的小学心理医生。

阿曼达拐进了德彪西大街。

这片区域的死胡同形成了一座步行道迷宫，没什么人，这让她觉得安心。所有人都早出晚归，努力干活，周末出门放松。住在这里的人不是真正的居民，说到底，他们只是一家旅馆永久的客人，一家他们只用来睡觉的旅馆，一家他们本已买下，并为此负债三十年的旅馆，一家需要他们自己做家务、打理花园、做早餐、换床单和通马桶的旅馆。

马罗内平静了下来，搂着她的脖子轻轻啜泣。这样一来，他就显得没那么重了。冰凉的眼泪落在她的后颈上，玩偶的绒毛轻轻地蹭在她的脖子上，马罗内的心脏贴着她的胸口一下一下地跳动，这些甚至让阿曼达觉得舒服。

还有不到五分钟，她就到家了。

安全了。

至少表面上如此。在她的头脑中，各种想法疯狂地涌上来。

接下来怎么办？

一个人待在家里，就像什么都没发生一样？

迪米特里会在中午回来，一如往常。

和他说吗？两个人一起拿主意。拿个好主意。如果有的话……

侧柏的迷宫后面着不见的狗在吠叫。可能是和人型犬一起玩的小狗。好像每个代达罗斯宫的居民都买了私人弥诺陶洛斯一样，每个人都在自己家，筑起层层壁垒，却都接通着"村庄电台"——玛涅格利兹人之间的口耳相传。某个邮递员或者面包师在村里兜一圈的工夫，瓦西尔·德拉戈曼死亡的消息就应该已经传开了。一名记者已经在大阿弗尔新闻网上发表了一篇报道，并配了一张照片，上面是拉艾夫海角上被圈起来的灰烬。文章里，三句话中出现了十几个问号。我们知道是谁，也知道在哪儿。剩下要调查的是为什么和谁做的。

马罗内趴在她的胸口，呼吸轻缓，像他的玩偶一样柔软。也许是睡着了。阿曼达拐到肖邦大街上。他们的房子坐落在七十米开外的死胡同尽头。她从空荡荡的停车场直接抄了近道过去，没有绕路，没有放慢步子，也没有扭头张望对面戴沃特·杜蒙德家的窗户。在她身后，另一只狗狂吠了起来，那叫声在她的头脑中回荡，就像令人失去反应能力、任其鸣叫的警报声。

瓦西尔·德拉戈曼，被活活烧死了。这是个好消息，当然。

活着的时候，他代表了危险……

如今他已经死了，威胁没有变得更严重吗？

39

波戴恩像一棵海岸松一样站着，身体弯曲的样子像是为了抵御海风而以这个姿势僵持了一个世纪。尽管情况紧急，他却不敢提高声音。

"警长，电话！"

玛丽安·奥格蕾丝仍然背对着他，只有脖子缓缓转动。面对着拉艾夫海角，警长就像站在一座灯塔的 360 度旋转瞭望台上一样，全景视野中的每一个细节都能够清晰地观察到。

瓦西尔·德拉戈曼来这里绝非偶然。

她准备让技术人员对这里展开地毯式搜索。他们会抗议，可她才不管，心理学家肯定在这附近找过什么东西。

她试图回忆、展开瓦西尔的地图，然而她想不起来那些他提到的地点，他描画的线条、圆圈和颜色。可她却清晰地记得他说的最后一句话的每一个字。

"关于那些可能的地点，我有了进一步的想法。只要花上几小时，我就可以把有可能是马罗内以前的住处的几个地方都去一遍。"

他们得从零开始重新调查！从瓦西尔的笔记、马罗内的叙述和古奇的故事出发。玛丽安已经在今天早上派吉贝去玛涅格利兹的学校和校长沟通这件事了。他有点不爽，因为他已经在观景平台上站了一整晚，快冻僵了，但警长没给他其他选择。十公里的弯路。

"警长？"

玛丽安终于转过身。波戴恩结结巴巴地说：

"找您的电……电话。很急。"

是帕德鲁。他在电话里大吼。

"玛丽安？该死，你在干吗？拉罗什尔打电话了！"

"拉罗什尔？那个外科医生？"

"对！提莫·索雷刚刚联系了拉罗什尔。他说他的意识越来越模糊，他的伤口又裂开了，他动不了了。他约了拉罗什尔。"

"在哪儿？"

"你别激动。在他家。就是他藏身的地方。贝雷托尔街，涅芝区的正中心。"

玛丽安短暂地闭上眼睛，一动不动地面对着辽阔的大海，想象着水雾凝结在她的皮肤上，形成无数咸咸的水珠。什么也没有。只有干燥凛冽的风卷走尸体上的灰烬，那具尸体属于一个她原本可以爱上的男人。

"出击，帕皮。我们再来一次。集结五辆车和十个人。"

40

短针指着 11，长针指着 10

在马罗内的床上，大家都死了。十几只蚂蚁，一只带红点的黑色金龟子，三只瓢虫，还有另一只昆虫，比瓢虫大，但他叫不出名字。在达妈妈给他挂大衣的时候，他在走廊的鞋柜底下捡到了它们，藏在了自己的口袋里。达妈妈昨天没有打扫干净。现在，这些小虫子整齐地排列在他的巴斯光年被子上，如同飘浮在群星之间的外星生物。

死了。

就像古奇。

他的玩偶躺在枕头上，睁着眼睛，看起来就像在休息。

他再也不会说话了。瓦西尔骗了他。达妈妈骗了他。所有人都骗了他。大人是不可信的，除了妈妈。

他的目光转向日历，数着星球。

一、二、三、四、五……

月亮、火星、水星、木星、金星……

今天。

爱情之日。

今晚还是一样，既然古奇不能说话，那就由他来讲故事，藏在被子里小声讲。每个人都会轮到，因为他很熟悉这个故事，他熟悉所有的故事。

马罗内发现，自己不知不觉停止了哭泣。不管怎么说，大人不在一旁看着你的时候，也就没必要哭了。

达妈妈在楼下的厨房里。房间里只有他一个人。他看着古奇，想到了一个主意：不管怎么样，今天，他可以讲他想讲的故事了！由他来选择。而且他也不用等到晚上了。

他的目光停留在日历上。火箭降落在绿色的星球上，但这不是他最喜欢的故事。在他最喜欢的那个故事里，冲突更加剧烈，他必须勇敢起来，与食人妖和怪物战斗，保护妈妈……

他的眼睛飞快地落到床上，一一掠过微小的蚂蚁、像硬糖一样的瓢虫，还有缺了两条腿的金龟子。

应该被丢进垃圾桶的星际军队！

他凑近古奇，趴在它的粉红色的小耳朵旁边，开始对它耳语。他想给它讲自己最喜欢的故事，也是最让他害怕的故事。那是关于食人妖首领的故事，他戴着一个闪闪发亮的耳环，脖子上还有一个骷髅头文身。食人妖首领很好认，但是从他手上逃脱要难得多。

"听着，古奇。在森林里，有个食人妖，他……"

他停了下来。他的嘴巴很想继续，但这回是他的鼻子不想。他被一种气味分了心，他不再想故事、食人妖和妈妈。

气味来自厨房，它取代了他头脑中的一切。他现在脑袋里只有它。好香，他好饿。他想下楼跟达妈妈撒撒娇，然后偷偷拿一块。

他看着古奇，像是在道歉。玩偶依旧没有回答。它这个样子常常让人有点生气，尤其是现在，它没了心，死了，更加让人恼火。

什么都不说是什么意思？

意思是他可以下楼和达妈妈一起吃一块蛋糕吗？还是他应该待在这里继续给它讲妈妈的故事？

41

钻到车底下修车的工人向我保证，我的 Twingo 今晚就能修好。然而并没有……他脸上带着诚恳的歉意，这个猪头。

杀人欲望

我撤掉了千斤顶。

判决：1263

无罪释放：329

www.envie-de-tuer.com

加布拉尔开着车，像个疯子。这回玛丽安系上了安全带。加布拉尔一开始没有启动的意思，只是一言不发地看着她仍旧有点歪的鼻子，粉底也没能遮住上面的血痂。

"好啦，我系上。你快点！"

车流铺展在他们面前宽阔的弗什大道上。这也是玛丽安喜欢勒阿弗尔的地方，她喜欢中心城区美式的网格道路，喜欢相互垂直的宽阔街道，尽管她只有难得地在勒阿弗尔市区追车、在拉辛大街和黎塞留大街上演《警界双雄》的时候才会看到它的好。

警笛响起。

导航的声音开到最大。

她不得不把手机贴到耳边，才能在一片嘈杂中捕捉到几个词语。她甚至曾犹豫是否要接电话。

安吉。

"玛丽安？我无意间看到了大阿弗尔新闻网，有个标题很惊悚：《摩托车驾驶员在拉艾夫海角惨遭杀害》。"

她停顿了一会儿，呼吸急促。

"报道里说，是一名小学心理医生。老天，是你的心理学家吗，玛丽安？是那孩子的……"

梅甘娜丝毫不减速地直接穿过了铺着草皮的电车轨道。几个正在等车的中学生诧异地望着车子，动作最快的已经掏出手机准备拍照。

安吉在担心她！现在不是姐妹谈心的时候，但玛丽安明白好友的担心：警长花了大半个晚上向她夸耀这个男孩的魅力……而在不到五公里的地方，他正在死去。

这太可怕了！然而肾上腺素暂时麻痹了她矛盾的情绪……

争分夺秒，是为了保持心理平衡。

专注在任务上。

抓住提莫·索雷。

"你有消息吗？"面对警长的沉默，安吉忧心忡忡地问，"确定……是他？"

"还没有。谢谢你的担心，安吉，但是我现在没法跟你说。"

加布拉尔一个急刹车停在了布兰多大街上。一辆从蒙加雅驶来的 A 线电车正与一辆从海边回来的 B 线电车交错驶过，此时横穿电车轨道是不可能的。他们的对面是低洼的巴黎大街，从那个方向可以看到一艘五层楼高的灰色集装箱船经过，那情景给人一种错觉，好像这片区域里若干水泥大楼中的其中一栋已决心离开这座城市。

安吉还在说着什么。

玛丽安捂住右耳，想要听清电话里好友的声音。

"一旦你有了消息，可以给我打电话吗？"

她的声音在颤抖。有一瞬间，玛丽安产生了一种奇怪的念头，好像和那位罗马尼亚心理学家坠入爱河的不是她，而是安吉。

或者和他的鬼魂坠入爱河。

加布拉尔冲进谢格弗里德大街，向港口区驶去。

"五百米后，"导航的女性系统音响起，如同一位福音音乐女歌手一样中气十足，"上五号桥，左转，到达目的地。"

玛丽安必须挂电话了。一旦接近涅芝区，她就得亲自指挥加布拉尔，总不能大张旗鼓地通知提莫·索雷。

过了桥，他们就到了。

她得忘掉安吉，忘掉心理学家，全神贯注地实施这次高风险的抓捕行动。

"我今晚打给你，我的美人儿。我得挂了。"

42

短针指着 12，长针指着 2

阿曼达刚把最后一盘菜端上桌，就听到了开门声。

时间刚好。

桌子摆好了。电视打开了。福热尔红酒摆在了桌上。她只要再打开烤箱门，让焦糖棒蛋糕的香气覆盖平底锅里煎牛排的味道。马罗内喜欢他最爱的蛋糕经过漫长烤制后的味道。

马罗内敏感，柔软，聪明，敏锐。阿曼达早就意识到，嗅觉是判断一个男孩是否敏感的标志。虽然最重要的感官是触觉，但大部分男人只关心视觉和味觉。

她的小马罗内还不能完整地咀嚼一根焦糖棒，但他喜欢它的味道，喜欢吮吸它，直到粘得满手都是，喜欢嘎吱嘎吱地咬它，更喜欢把一整包倒在锅里，加入黄油和白糖溶化。在他不发脾气的时候，就像今天……

在迪米特里进厨房之前，阿曼达想起来要翻动牛排，但已经有点晚了，煎得有点老。迪米特里的烹饪建议将充斥整顿午饭，间或煞有见地地评论一番在自家电视上看到的国际新闻。

丈夫的笑脸让她吃了一惊。他不至于吻她，但还是搂住了她系着围裙的腰。

"你听说了吗？村里的人现在都在说这件事。那个可恶的心理学家化成一股烟了！"

阿曼达挣脱出来，示意他小声说话。

　　他给自己倒了杯酒，同时看了一眼平底锅，就好像从那里冒出了焦糖棒的气味。旁边文火炖着的是一锅蔬菜什锦。他没做任何评论。人会对好东西产生习惯，某天晚上他无意间这样说道。在那之前，他在晚饭时就一盘烤坏的蛋奶酥大发了一通牢骚。

　　这是他表扬她的方式……

　　迪米特里拉开一把椅子，压低声音说：

　　"我们踏实了。他不会再找我们的麻烦了……"

　　阿曼达耸了耸肩，关掉了平底锅的火。

　　"警察会调查的。他和马罗内在一起的时间很长。"

　　"每星期一个半天。他在这边至少还跟了二十个孩子。个个不太正常……"

　　她没有反驳，套上一只隔热手套后端出了烤箱里的蛋糕。她想象着看不见的四溢香气爬上楼梯，顺着门缝钻入马罗内的房间，如同一个只有他才懂的巧妙邀请。其他一切都不重要了。

　　他永远不会忘记这个气味……

　　他永远不会忘记美好事物的味道。只有母亲能教会她们的小男孩这件事：敏感。如果他们跟随父亲的脚步，将他们理想化，踢球、玩小汽车、学打钻，那他们就完蛋了，他们会变得像他们的父亲一样蠢。一代一代地蠢下去！只有母亲能够尝试终止这种笨拙。

　　"你说得对，"阿曼达退了一步，"无论怎样，我们都没什么可自责的……"

　　一阵沉默。阿曼达在蛋糕上撒了一层彩色巧克力屑。一个没什么用但又不可或缺的细节。正是它区别了那些未来的豪华酒店保安和住在里面的精致男人。

　　"知道是怎么回事吗？"她问，"听说是发生在拉艾夫海角的一场意外。他骑摩托出了车祸，是这样吗？"

　　迪米特里喝干了杯子里的酒，又一次笑了。

　　"对。我正要说呢。他在一块薄冰上滑倒了，很不幸，他的油箱是满的，而他被压在了车子底下。更倒霉的是，着火了。这个罗马尼亚白痴可能想在等人救他的时候抽根烟。"

　　他哈哈大笑起来。

阿曼达回想着。昨天，迪米特里整个晚上都和她在一起，尽管他很晚才回卧室。过了23点，她听到《坦诚相告》结束了之后，他关掉了电视。她的丈夫怎么可能在同一时间出现在拉艾夫海角呢？

她在头脑中计算了一下他们的住宅区到海滨的距离。观景平台离他们只有十来公里远，来回路程不超过半小时，而迪米特里在楼下独自待了一个多小时，就坐在长沙发上，开着电视。

在阿曼达的头脑中，一名家庭律师在不停地为她的丈夫辩护。他不可能出门，否则她应该能听到家门口汽车启动的声音，以及他后来回家时的声音……除非他特别小心地不发出声音，调高了电视音量，把车子停在了稍远一些的地方……辩护律师在缺乏论据的情况下，死死抓住了一个绝对确定的事实。

迪米特里不是一个杀人的人。

"你到底想说什么？"阿曼达用不太放心的语气问，"你想说这不是一场意……"

有人敲门。

警察来得这么快？

或者又是学校的人？

迪米特里起身去开门，看起来对此并不担心。阿曼达看着他消失在厨房门口，接着从一阵轻微的凉风判断，前门打开了。

迪米特里似乎并不惊奇。

"啊，是你？来得正好。进来吧！"

她的丈夫爆发出了一阵大笑。在他们刚结婚的时候，这样的笑声虽没有吸引她，却让她放心。迪米特里没什么幽默感，于是他便到处发现幽默，在所有人身上，在一切场合中。他欣赏幽默的方式有点用力过猛，他也欣赏他的朋友们，就像生活从未让他失望过一样。

阿曼达来到走廊里迎接两个男人。她立刻注意到，二楼马罗内的房门半开着。

焦糖棒的作用。

阿曼达喜欢这一刻的一切。这个香气，她做的饭菜，她的小宝贝在发了一通脾气后正要过来跑到她的裙子底下与她和好。一位朋友意外到来，要和她的男人谈事情，于是她留下他们自便，自己又添了一道菜，然后斟上开胃酒。

那是她想象中的幸福时刻，仿佛一切都会停留在这一刻。

马罗内站在二楼。

他很饿。他应该会更喜欢先吃甜点。他听到了门口有人说话。他很喜欢迪米特里邀请别人到家里来，他们会在客厅待很久，而他可以先偷吃几小块碗里的美味蛋糕，然后独自一人在厨房里一边吃饭，一边看电视上播放的动画片。别的晚上，在迪米特里和他们一起吃饭的时候，他非要让达妈妈看新闻，而马罗内一点都看不懂。

他又往前走了几步，一直走到了楼梯扶手处。

他把古奇搂在怀里。他甚至不需要对它说"嘘"了。

站在门口的达妈妈看到了他，并对他微笑。

突然，马罗内咬住了嘴唇。迪米特里接过了进来的男人的大衣和围巾。

正是在这时，马罗内认出了他。

不是他，不是他的脸。是别的东西。

闪闪发亮的耳环。脖子上的骷髅头。

毫无疑问。

是食人妖。森林里的食人妖。

43

他打了十小时的呼噜。

杀人欲望

他不再打呼了。他侧躺着。他的脚有点凉。枕头上只有一些唾液的痕迹和血迹。

判决：336

无罪释放：341

www.envie-de-tuer.com

一池鲜血。

这不是某种表达方式，而是玛丽安·奥格蕾丝警长在这间浴室中的亲眼所见。浴室四壁的墙皮已经鼓起了许多水泡，一个 20 世纪 60 年代常见的木鞋形小浴缸严丝合缝地嵌在墙壁间，浴缸的水龙头表面锈迹斑斑，结合处长满了霉斑。浴缸底部积了一潭将近两厘米深的血液，由于排水口被毛发堵住而无法排出。

警长的判断不难形成：一个受伤的人曾经被拖进来，架到浴缸里，冲洗，擦干。在这个过程中，这个高度将近一米的陶瓷古董一定会造成很多不便。

提莫·索雷，毫无疑问。

现在他们几乎可以断定，有人帮了他。帮他洗澡、穿衣。

帮他在他们赶到之前逃走。

玛丽安很快就可以确定她的猜测，十几个人正在贝雷托尔街六层 F2 室里忙碌。索雷和他的同伙走得很匆忙。公寓保持着原样，好像他们只是出去买东西，不久就会回来，胳膊底下夹着长棍面包和报纸。衣服皱巴巴地丢在床脚，洗碗池里堆着盘子，桌上摆着饭碗，收音机的音量调得很小，鞋子散落在走廊里。

好像他们还会回来似的。

可不是嘛！警长在心里咒骂。索雷又一次从他们张开的网的网眼中溜走了，他们的行动再次以全面失败告终，尽管这一次，她看不出自己有什么可以自责的地方。

她的人在接近索雷的公寓时非常小心。从区域，到街区，到公寓楼，再到楼梯间，逐步封锁。然而，受伤的劫匪却在第一辆警车进入涅芝区之前已经逃走了。

究竟是什么该死的原因？提莫·索雷在不到一小时前给拉罗什尔打了电话。根据医生的说法，疼痛已经让索雷难以忍受，但他拒绝去医院，甚至连出门都不愿意。钉在床上！拉罗什尔骄傲地如此形容，好像他亲自动了锤子一样。索雷把地址给了医生，让他到自己的住处进行一台秘密的手术，为此，他已经准备好付出代价，巨大的代价。那么为何又在十五分钟后、没有任何警察赶到这里的时候逃跑？

戴着手套的工作人员将衣服平摊在床上，一片猩红。没有一条裤子、内衣或者衬衫不是血迹斑斑。

难道是医生在电话里的演技不够好吗？提莫·索雷在挂掉电话之后起了疑心？

奇怪……

玛丽安·奥格蕾丝更加仔细地观察起这间公寓。她的视线漫无目的地落在挂钩上的毛巾上，落在晾衣架上的袜子上，落在客厅的桌子下面整理好的报纸上……这幅场景中的某些东西让她感到别扭，有什么东西不协调，有一些细节虽然微不足道，但是集合起来却让她觉得，他们可以换一种角度思考索雷的逃跑、他生活的方式、他在受伤躲藏的这几个月中找到的活下去的办法。

答案就在这儿，就在她眼前，警长对此十分确定，只是她还无法抓住那个能让一切明朗起来的关键点。

她又咒骂了一句，催促贡斯坦提尼加快速度，后者正慢吞吞地用多重波长灯^①检查沙发底下。十几个人忙着把公寓翻得底朝天，只有她注意到了这种不协调感吗？

这也很奇怪……

尤其是，她很确定答案就在这里，明明白白，触手可及，就像一个到了嘴边却想不起来的熟悉的词语……她又看了厨房，机械地打开冰箱和橱柜，然后她的电话就响了。

勒什瓦里埃警员。

她没等对方说话，先开了口。

"回来，吉贝，这里需要你。"

"帕皮不在？"

"没有，这头倔驴一小时前出发去了波提尼，那是吕克维奇夫妇和他们儿时的小团体的地盘，包括阿列克西、提莫还有其他人。他认为赃物被藏在了那里，而我呢，我像个傻瓜一样签了他的外出批条。杜马法官肯定会骂我，尽管我不可能预测到今天早上的忙乱。现在已经来不及把帕皮叫回来了……总之，现在一切就交给技术人员了。要是索雷用他的血表演一出《小拇指》，那么他们就只需要检查勒阿弗尔的街道了。"

"在海鸥清理掉那些痕迹之前。你知道，它们经常吃那些漂在港口的偷渡者的尸体，都变得嗜血了。"

玛丽安·奥格蕾丝没理他。

"你在哪儿呢？"

"克莱芒索大道，法兰西公寓，我们到德拉戈曼家了。他曾经住在五层。"

他曾经住在……

这句话里的过去时态在她头颅里的某处引爆了一颗炸弹。一阵短暂而强烈的疼痛。也许又一道大脑沟回被移平了，玛丽安越来越难以在头脑中将一切清晰划分，同时专注于两个案子：瓦西尔的谋杀和提莫·索雷的逃跑。可她却必须不停地在两个调查之间来回切换频道。一个人真能这样完成调查吗？

---

① 一种可以检验指纹、血痕等痕迹的工具。

当然不能，但这不重要。她不会委托给别人查的！

"学校那边呢，吉贝？"

"早上去的玛涅格利兹的学校？怎么说呢，我有一种奇怪的感觉。"

玛丽安提高了声音。

"什么意思？"

"呃，就是一种不自在。你瞧，我在上学时间站在一所学校里，8点半左右，站在游戏场上，被一群小宝贝盯着瞧，好像我是什么邪恶的不速之客一样，然后因为这份讨厌的差事，我甚至都不能送我自己的孩子去上学。"

警长叹了口气。

"模范爸爸的部分适可而止，吉贝！你在玛涅格利兹查到什么没有？"

"没什么具体的。瓦西尔·德拉戈曼是勒阿弗尔北区唯一的一位小学心理医生。他负责三个选区，五十八个市镇，二十七所学校，他给一千多个孩子做过心理测试，查出三十个左右有问题，他定期找这些孩子谈话……"

玛丽安不禁想到了韦伯事件。这位心理学家在2009年的一天早上，在翁弗勒尔的自家诊所前被杀害。他当时正在治疗的病人超过五十位，若要算上近四五年内的则有几百人，既有精神分裂的青少年，也有患有谵妄的老酒鬼。他们都有可能发狂杀人，或是因为忘了吃药，或是因为信任落空，又或者是因为预约遭到了拒绝。这五十个名字被写在韦伯记事本上的病人，他们每个人都有杀死心理医生的确切动机。

瓦西尔的情况是否也一样？会不会他和其他孩子深入交谈后，得知了他们的父母酗酒、打人或者猥亵儿童？他是否知道了如此不堪的家庭秘密，以致每个被揭穿的家长都希望他死？

三十多个孩子，警长在头脑中重复着。然而瓦西尔只为了其中一个孩子来找过她。

她继续追问。

"我没和你说别的学校，我和你说的是玛涅格利兹。说具体点……"

"校长人挺好的。她昨天和德拉戈曼吵了一架，但她似乎对他的离去真的很伤心。是她给了我他的地址。看起来他把所有文件都放在了家里，他有一个旧笔记本电脑，但他把一切资料都打印了出来，包括谈话内容、总结报告、给医生的处方，更别说还有小孩子的涂鸦和伴随着整个疗程、写得密密麻麻的本子。我到楼下了。这回有的干了，要整理这堆东西。"

"这是命令，吉贝。你先集中整理马罗内·穆兰的资料。"

就在警长透过厨房脏兮兮的玻璃窗看着窗外时，瓦西尔·德拉戈曼浅褐色的双眼忽然出现在了勒阿弗尔灰色的天空之上，她来不及闭上眼睛或者偏过头去。那双眼闪烁着狡黠的光芒，属于一个仍未失掉童真的自由的灵魂。一个微弱的声音不停地对玛丽安说，他正是因此而丢了性命，因为一张藏宝图，上面记录了一个孩子的胡言乱语……

警长盯着缓慢舒卷的纤细云丝看了好一阵子，直到关于瓦西尔的记忆慢慢消散，这才重新检查起厨房的碗柜。十几个备用碗，几包面条，储存在玻璃广口瓶中颜色各异的酱料。

纠缠着她的感觉一直存在，她确定这个环境、这些物品的背后有一个显而易见的事实，而她却说不出究竟是什么。

她不够专心！

她怪自己没有从秘密地图、海盗和幻影的故事中抽离出来。她很早就学会了忘记这些，忘记过去的故事和传奇。在警察等级系统中一步步向上爬的过程中，她学会了与它们告别，告别孩童时期那个调查小队里古灵精怪的小女孩，也告别那些启发了她的人生志向的偶像，五人小组里面的大姐头克劳德，《史酷比》①里最聪明的维拉，还有萨布丽娜，一个最没有女人味的怪阿姨。不过还是很漂亮，比她漂亮多了。

"玛丽安？"吉贝有些担心。

警长的目光一直迷失在厨房里，此时突然停在了一块挂起来的抹布上。

相反，她的心脏却在疯狂地跳动。一瞬间，一切都变得清晰起来。她终于明

———————————

① 美国卡通系列剧。故事围绕一只名叫史酷比的狗和他的四个人类朋友调查的一系列神秘事件展开。

白，提莫·索雷的公寓里，是什么从一开始便困扰着她。

为了调整呼吸，她一个接一个地观察起每一位忙着检查这间公寓每一平方厘米的警察。

十个男人，没有女人。

怪不得……

"玛丽安？"

警长强迫自己冷静地整理好头脑中的线索。毫无疑问，一切线索都汇集在了一起：在表面混乱又破旧的公寓、腐烂的气味背后，是井然有序，有条不紊，布置得当，甚至掺入了个人喜好。一个挣扎在生死一线的人绝不会有这样的需求。一个逃亡的同伙也不会。阿列克西·泽尔达尤其不会。

这么明显，他们怎么没有早点想到呢？

她又看着晾衣架上的袜子。

这间公寓里住着一对男女！

有个女人和提莫·索雷一起住在这里。是他的女朋友、情人还是妻子，这不重要，但正是因为她，他才能活下来。正是因为她，他们才能成功逃脱。

逃到某个地方一起殉情吗？

也不管手里的电话，她几乎是用吼的命令道：

"搜查一切：给我找到能证明一个女孩曾经住在这里的确凿证据。"

十五分钟过去了。玛丽安终于命令吉贝上楼进入瓦西尔·德拉戈曼家，开始整理他的档案，并和她保持联系。在这段时间里，她在 iPad 上监控着涅芝区里巡逻队的位置。GéoPol 软件此时很像一款电子游戏，类似一种复杂的吃豆子游戏，游戏中的警车需要管控尽可能大的街道范围，并且不和其他警车相遇。

提莫·索雷会躲在哪条街呢？他会不会躺在一辆车的底部，盖着毯子，让他的女伴开车呢？这个女孩的存在已经不再是一个单纯的假设了，调查人员很容易地在公寓里找出了一名女性存在过的物质痕迹：在淋浴间里找到的栗色的长发；一只漱口杯上浅浅的口红印迹；掉到浴室的杂物柜后面的一条蕾丝三角内裤，36码，非常性感。

警长阴沉的视线将众人关于这位神秘女子下流的暗指都堵了回去，他们猜测她很瘦，也许年轻，漂亮，会化妆……

贡斯坦提尼用多重波长灯照了半天，终于在楼梯平台和最上面的三级台阶上发现了血迹，但下面的台阶上就没有了。玛丽安让三个人每人拿着一只黑光灯，到公寓楼前、停车场里、街道上，寻找可能存在的其他痕迹。其实只是给自己一个出发点，一个关于犯人逃跑方向的最初的线索……

然而警长自己都不太相信！

这对鸳鸯奇迹般地飞走了。在玛丽安的头脑中，两个事件交替着占据她的思维。在机械地发出两个命令的间隙，她的思绪不停地回到马罗内·穆兰和瓦西尔·德拉戈曼身上。每当她望着公寓的窗户时，小学心理医生年轻的面孔便会模模糊糊地出现在天空中，云朵把他的胡子、睫毛和头发衬得有些发白，像是用某个软件加了老年滤镜。脑海中挥之不去的形象与地平线重叠，让玛丽安动容。她想，这就是瓦西尔的魅力不会被时间侵蚀的证据。

若此时只有她一个人，她可能会大哭一场。不，这样一张脸不能没有经过岁月耐心的雕琢便消失。不，这样一双盛着繁星的眼不能在一夜之间便熄灭。

她突然又想起了几分钟前，安吉在电话里问的奇怪问题。

确定……是他？

不管怎样，还有一线希望，没有任何确凿的证据表明，在他的摩托车下发现的炭化尸体就是瓦西尔·德拉戈曼。也许他不是唯一一个骑古兹加利福尼亚的勒阿弗尔人。

"电话，警长。"

波戴恩一动不动地站在客厅角落里，犹如一株真假难辨的橡皮树盆景。玛丽安背对着他，望着远处港口的起重机庞大的骨架。

她伸手接过电话，条件反射般地应道：

"警长奥格蕾丝。"

"我是奥尔第加，我在停尸房。比预计的快了一些，玛丽安。"

"比什么快了？"

"我们很走运。我们立刻找到了他的病历。他在凯亨·索亚朗那里看过病，他是塞里街的一名牙医。我们很熟，以前一起读的医学院。他用邮件把他的牙片发给我了。就花了不到五分钟。把它们对比得更……"

"把它们和什么对比？"

"和摩托车底下找到的家伙的下颌骨对比！不然你以为是什么，玛丽安？你很清楚他的牙齿还没来得及烧化！"

玛丽安·奥格蕾丝咽了口唾沫。

"然后呢？直接说结果，该死！"

"毫无疑问，同样的下颌骨，同样的牙齿，三十二颗一颗不差。你都用不着等 DNA 鉴定了。拉艾夫海角死在摩托车底下的家伙，美人儿，就是你的小学心理医生，瓦西尔·德拉戈曼。"

44

短针指着 12，长针指着 6

我在诗里寻找
如何说爱你
找到的词太难太长
三岁的我无法理解

马罗内蜷缩在厕所的墙壁和马桶之间，很挤。

他不在乎。他好好地记住了星期五的故事，关于绿色星球，关于金星，关于爱情的故事。在那个故事的最后，他和妈妈一起飞走了。

但在成功之前，他得逃离食人妖，那个有耳环和骷髅头的食人妖。幸运的是，马罗内知道一个坏人进不去的神奇地方，古奇对他讲了这个秘密，无数次。每个绿色星球的日子。

他要把自己锁在厕所里！

每次他去尿尿的时候，他就想着这件事。他太矮了够不着门闩，但是只要爬到垃圾桶上，踮起脚尖，这件事就容易了。爬上垃圾桶这个主意不在古奇的故事里，是他自己想到的。

把自己锁在厕所里。

等着妈妈来找他。

和她永远地离开这里。

为了获得勇气，小小的手指再次展开了口袋里的圣诞图画。马罗内的食指滑过每一个细节，星星，没有涂好颜色的带刺的圣诞树，用毡笔画的礼物，他想，一会儿千万不能忘记把它藏好，藏在他的相册里，不让任何人找到，包括达妈妈和迪爸……尤其是食人妖！

他仍旧花了些时间看了看手拉手站在花环下的三个人。

他。爸爸。

他的手指停留在第三个人上，指尖轻轻滑过妈妈的长发，然后仔仔细细地看了写在画纸上方和下方的每一个字母。

Noël Joyeux（快乐圣诞）

N'oublie Jamais（永不忘记）

这是他仅认得的四个词，再加上他的名字。当然，还有"妈妈"这个词。

> 于是，我在别处寻找
> 我在我的心里找到
> 你在我很小的时候
> 教会我的那些词
> 妈妈，我爱你，这么大
> 我张开手臂对你这么说

"马罗内，出来。"

阿曼达用尽可能温和的声音说。

"马罗内，求你。"

焦糖棒燃烧的气味紧贴在墙壁上、地板上、台阶上。挥之不去，几乎令人恶心。阿曼达有一瞬间希望这气味足以说服马罗内从厕所里出来，但她很快便明白了，他不会掉进如此拙劣的陷阱。

马罗内认出了阿列克西！他一定是遭受了某种精神上的震荡，相互矛盾的信息一定在他的头脑中冲突碰撞；甚至有可能，见到阿列克西·泽尔达的脸触动了他另外的记忆，就像一只卡住的手表掉在地上后重新开始走动。

又或许，她只是想多了，这个吸血鬼模样的浑蛋只是吓着了她的孩子。

阿曼达坐在二楼的厕所门前磨损的地毯上。她颤抖着，用指甲划着门板，就像一只想要进门的小猫。她轻柔地说话，一刻也不停，如同一位守在生病的孩子身边的母亲，温柔、坚强、寸步不离。

只是他们中间隔着一道门。

她听着孩子颤抖的呼吸声，想象着他压抑的啜泣。

她愤怒。

几千颗星星在天上

几千朵花儿在花园里

几千只蜜蜂在花朵上

几枚个贝壳在海滩上

可只有，只有一个妈妈

"别管他了！"迪米特里在客厅喊道，"他肯定会出来的。"

她的丈夫就是个白痴。她听到了他的威士忌里冰块碰撞的声音。阿列克西什么也没喝，连一杯啤酒都没有。他的说话声里带一点哨音。刚开始听起来甚至像唱歌一样，几乎是悦耳的，但过一会儿，他的口齿不清和过于尖厉的音调就会变得令人难以忍受。第一次见到他的时候，阿曼达甚至有了这样的想法：如果蛇会说话，大概就是阿列克西的声音。不是哈利·波特故事里的蛇佬腔，而是一条在沙漠里独自爬行了太久而陷入疯狂的响尾蛇会发明出来的语言。

"别管了，阿曼达。"

阿列克西·泽尔达的命令不容任何争论。

阿曼达慢吞吞地走下楼梯，坐在她的丈夫和阿列克西之间的仿皮沙发上。迪米特里两手捧着盛有纯麦芽威士忌的杯子，好像要用这种方式加速冰块的融化似的。

"你们把事情搞砸了。"泽尔达说。

他看着迪米特里，但阿曼达知道，这话是冲着她来的。阿列克西太精明，不可能没有意识到迪米特里早已跟不上事情进展了。

"警察会过来。"泽尔达接着说。

迪米特里看起来要说什么，但泽尔达一个手势就让他安静下来。

"不管怎样，警察本来会来你们家。如果那个心理学家还活着，他们会带着他一起过来，那样的话，你们和我一样清楚后果。除掉那个心理学家，我们就赢得了一些时间。不是很多。"

阿曼达向前倾了倾身子。她每动一下，就能感觉到沙发的弹簧硌着她的肉。

"你杀了他？"

泽尔达甚至不屑回答这个问题，他转过头看着挂在墙上的画框。在一个个毡笔画出的心形中，有人用花体字写了许多小诗，那是孩子们都会背的母亲节儿歌，周围装饰着干花和蝴蝶标本。

"把那个也给我扔了，在警察来之前。"

这次他直接转向阿曼达，绿色的眼睛紧盯着她。他的声音又提高了八度。

"那孩子早就应该忘记一切了。一个像他这么大的孩子几个月就会忘掉他的记忆。这是那些专家说的！我们已打听得够多了。他怎么可能还记得……"

"记得你？"

阿曼达笑了一下。

"记得一切，阿曼达，"泽尔达继续道，"一切。警察上门的时候，这小子最好别说话。他的那些故事和传奇会害死我们！"

"别这么说他。"阿曼达提高声音反驳道。

阿列克西站了起来，走过去更近距离地观察蝴蝶标本和干花，然后听了听楼上的厕所门是否有动静。

没有。马罗内依旧待在他的笼子里没有动。泽尔达终于回答：

"你太把事情放在心上了，阿曼达。如果那孩子闭紧嘴巴，警察就不会查到任何不利于我们的东西，就不会把事情联系起来。没有具体的东西，你懂的，没有证据，只有一个小男孩模糊的记忆，这些记忆早就应该被擦除了。这是你的工作，阿曼达。用海绵把他的所有过往都擦掉。"

在他们交谈的时候，迪米特里又给自己倒了一杯威士忌。他们已经不再注意他了。

"如果他们把他从我们身边带走了呢？"阿曼达质问道，"如果他们没有联想到其他的事，但还是把他带走了呢？"

"他们不会带走你的儿子，阿曼达。他很聪明，很健康。他爱你。为什么他们要让你们分开呢？"

他轻蔑地看了一眼迪米特里，对方又给自己倒了杯格兰莫雷，似乎为了挽救自己的形象，只倒了一点点。阿曼达很早以前就明白，迪米特里对于阿列克西来说只不过是一盘棋中一枚用来牺牲的棋子。

他儿时的好兄弟……

迪米特里只是运气不好，他在布瓦达尔西和阿列克西被关在了同一间牢房里。她的丈夫那时想找一个强大的人，崇拜他，也保护他，在他的影子里稍稍发一点光。他本可以遇上一头熊、一条鲨鱼、一匹狼……不幸的是，他遇上了一条蛇！这条蛇一旦发现对方会给自己带来危险，便会将他清除，就像他清除瓦西尔·德拉戈曼那样，就像他清除他们所有人那样。她。马罗内。

"去给我把那孩子找来，"阿列克西轻声说，"如果他不打开那扇该死的厕所门，我就自己把它撞开。"

在阿曼达走上楼梯的时候，泽尔达解释道：

"我不能待太久。警察随时都会来，最好别让他们碰见我。他们今天早上在玛涅格利兹的学校。一旦他们确认了拉艾夫海角的尸体身份，他们就会走访那个多管闲事的心理学家负责的每一个家庭，而你们会被第一个列在名单上。"

她又迈了两级台阶。

"只要让那孩子稍微配合一下。他如果想的话可以继续那些关于海盗和火箭的胡言乱语，无所谓，警察会因此而困惑一阵子。但重要的是，他参与游戏。最低限度的，你明白吗，阿曼达？他不能装聋作哑，像个吓坏了的牡蛎一样把自己关起来。不能让警察一门心思地想要撬开他的壳。"

又上了三级台阶。

"如果你想把他留在身边的话。"

阿曼达没有回答。只能听到她的裙子擦过楼梯扶手的沙沙声，以及拖鞋踩在楼梯地毯上的沉闷的脚步声。

　　妈妈，妈妈，我的妈妈
　　妈妈，妈妈，把我抱在怀里
　　妈妈，妈妈，一个小小的吻
　　（轻吻）
　　妈妈，妈妈，一个小秘密
　　（耳语）
　　我爱你

　　五分钟后她下楼了。

　　迪米特里依旧坐着，他的杯子已经空了，但他没有再倒一杯威士忌。阿列克西站在画框前，仔细看着里面的蝴蝶标本，同时一直警惕着朝向停车场的那扇窗户。

　　阿曼达紧紧抓着木质的楼梯扶手。

　　"他想和他妈妈说话。"

　　"你说什么？"泽尔达惊讶地问。

　　"马罗内说他想和他妈妈说话。"

　　"不可能。"

　　"他说，只有和他妈妈说了话，他才会出来。"阿曼达继续道，"他说如果她不想过来，他可以给她打电话。不过我同意你的意见，阿列克西，没有比接受这个要求更蠢的事了。"

　　他们沉默着，谁也没有注意到迪米特里站了起来，轻轻地拿起了无绳电话的听筒。他向前走了几步，也看了一眼窗外空荡荡的停车场，这才开口。

"我现在和这孩子也一起生活一段时间了，很难明白他脑袋里藏着什么，他倔得像头驴。（他故意停顿了一会儿）但是，他虽然迟钝，有一个方法却一定能让他听话。"

阿列克西愣了一下，突然来了兴趣。

"他的妈妈……"

阿曼达狠狠地瞪着她的丈夫。泽尔达的视线暂时离开了窗户。

"继续，迪米特里。"

"让那孩子给她打电话。就一两分钟，不会再多了。那孩子不会弄错的，他会知道那是她。然后，一等他挂电话，我们就能让他听我们的话了。大人哄小孩的谎话可有的是。你明白我的意思，阿列克西，跟他说'你必须乖乖的，孩子，这样你才能再次跟妈妈说话'之类的，就和说'这样圣诞老人才会给你带礼物'或者'这样小老鼠才会从你的枕头下面钻过去'没什么两样……"

阿曼达离开楼梯口，走到迪米特里跟前。他比她高出了四十厘米，泪水涌出了她的眼眶。

"我的上帝呀，迪米特里。做这种事难道不需要付出代价吗？你不能……"

阿列克西把手放在了她的肩膀上，他的手很热。

热且有力。

"其实迪米特里的建议并不蠢。不管怎么说，你的孩子认定了你不是他的妈妈。打个电话就能给我们争取时间，很多时间。这正是我们需要的。"

"然后呢？"

没等泽尔达回答，迪米特里就把电话交给了他的好友，他的嘴角露出一丝笑意，好像在告诉阿曼达，她出局了，男人掌控了局面。

可怜的疯子。

"你们答应过我。"她语无伦次地说。

脚下的地面坍塌了。她的手、她的指尖开始颤抖，一阵长久的寒战让她脖颈发凉。她猜到了接下来会发生什么。一旦阿列克西找到了他正在寻找的东西，他就会把他们一个一个地除掉。

　　泽尔达抬头看着二楼。

　　"迪米特里，去给我叫那孩子。告诉他我们同意了，我们会给他妈妈打电话，他可以和她通一分钟话。"

45

玛丽安·奥格蕾丝打开客厅的双扇门，来到阳台。从这里可以看到水泥筑的码头、深灰色的货轮和空旷的天空。将永远空旷下去的天空。

纱帘飘动，公寓里的一扇门关上了，她不想理会。就像她不想理会杜马法官的评论，电话那头的他对于提莫·索雷的第二次逃跑非常惊讶。

她能怎么样？她的人在医生打来电话过后的十五分钟内便封锁了涅芝区。如果索雷怀疑了医生，或者因为随便什么其他理由而逃跑，这不是她的错。

"大点声，帕皮。我只能听清一半。"

她为了听得更清楚而走到了阳台上，但显然信号不好的是帕德鲁警员那边。她屁股靠在铁栏杆上，一只手将电话贴在耳边，另一只手则在 iPad 上逐条浏览信息。

同时处理两件事使得她无法放慢节奏，感情用事，或者执着于一件事上不放。这有点像读一本侦探小说，书中有两个平行故事相互穿插，而且随着章节的递进，穿插的速度越来越快，迫使你的思维在二者之间来回跳动，同时又不能混淆，而你甚至没有思考的时间。这可能也有些类似一个同时拥有一个丈夫和一个情人的女人，心里想着一个，嘴上却和另一个说话，不露马脚。

玛丽安既没有丈夫，也没有情人。

最后一个曾对她笑的男孩已化成了拉艾夫海角之上的一团灰烬。只过了一天，那笑容便仅余一副下颌骨，被奥尔第加医生好心地给她发了过来。她看着经过神奇的 3D 建模软件处理过的、悬浮在平板电脑屏幕上的模型。这个可怕的证据表明，瓦西尔·德拉戈曼的嘴永远不会再吻任何女孩。

"玛丽安，我刚过卡昂。我在莱兹山谷。你想让我回去吗？"

玛丽安在 iPad 上打开了另一个窗口。从 GéoPol 上可以看到，红点所代表的警方的巡逻队正在搜寻提莫·索雷。

"算了，帕皮。反正我们这里也是僵局。你先找个信号好的地方吧。"

"好。等我出了山谷再打给你。"

玛丽安用右手食指点开了另一个窗口。吉贝发来的信息被压在了一大堆附件下面，每封邮件里有十几个附件。全是孩子的画，来自在瓦西尔·德拉戈曼家找到的马罗内·穆兰的文件。

玛丽安在触摸屏上轻轻点击，将图片一一打开、放大。

奇异的线条，鲜艳的色彩，复杂的形状。

每幅画上都有瓦西尔手写的批注，字迹圆润认真，像出自小学老师之手。

海盗船，2015 年 9 月 17 日

飞过食人妖森林的火箭，2015 年 9 月 24 日

城堡的四座塔楼，2015 年 10 月 8 日

一只食人妖，2015 年 10 月 15 日

玛丽安凝视着由不规则几何图形所代表的食人妖的脸，上面的几条线如果不是刀疤的话，应该是它的眼睛、鼻子和嘴巴；旁边的黑点看起来像一颗痣，一只没画好的眼睛，或者一只耳环。

这东西能拿来做什么？那几十张涂鸦又能做什么？

在第一条消息中，吉贝坦言，这些画让他想起了他五岁的儿子雷欧的画。接着他趁机问她，能否在下午学校放学的时间给他放个小假，好让他给妻子和孩子们一个惊喜。

玛丽安拒绝！今天有太多工作，不能冒这个险。吉贝用一条恶意满满的短信明明白白地表达了他的不满：一个竖起中指的表情（平常他最多用吐舌头的表情），并追加了几个字。

等你有了孩子，你就会明白了……

截到痛处。正中靶心。浑蛋！

她没有孩子，可能正因如此她才能得到警局的指挥权。如今，她可能愿意用世界上所有的升职机会换一个孩子，他会在她蹲守了一夜之后的第二天早上叫醒她，会扑到她的怀里，让她在跨入幼儿园大门的那一刻便立马忘记她正在调查的所有愚蠢的案子。不过目前，吉贝和其他听令于她的男人一样，是不是模范爸爸一点也不重要，在明天之前都要听候差遣！

帕德鲁的圆脑袋出现在了她的手机屏幕上。

"好了，我爬到了布雷特维尔的教堂钟楼上，我有信号了。"

"先别插话！在你观光旅游的这段时间，我们手上多了一具尸体，一个把血放干了的逃犯，一个今天早上人间蒸发的阿列克西·泽尔达，还有提莫的一名神秘伴侣，关于她我们只找到了一条蕾丝内裤……"

"就这样？听着，你会高兴的，我这里有现存问题的答案。"

玛丽安皱着眉头命令两个正在客厅挪动五斗橱的警察安静一些。

"哪个问题？"

"关键问题。能打开所有大门的钥匙。"

"靠，快说。"

"你不记得了吗？昨天，在你办公室，那个玩偶的照片，'古奇'。你问我这个玩偶是什么动物。"

警长叹了口气，她本能地向前走了几步，拉上了客厅的窗户。

"然后呢？你找到了？"

帕德鲁快活的声音与公寓中凝重的忙碌景象形成了鲜明的对比。

"我费了好大劲，在网上查了大半宿。其实，这东西再明显不过了。你那个玩偶是一只刺豚鼠。"

"一只什么？"

"一只刺豚鼠！你只要知道有这么一种动物存在。这是豚鼠的一种，不过它原产于亚马孙。你瞧，一只啮齿动物，比老鼠大了一点。要说的话像只兔子，只不过没有兔子的尾巴和耳朵。"

玛丽安打开了另一张画。

瓦西尔批注的是：古奇。

马罗内的画只能被看作观念的集合。两个圆圈可能代表了它的身体，圆圈下面是一片红黄相间的圆点。许多蓝色的线条延伸向画纸的上方。

"于是又多了一个死胡同！马罗内·穆兰对他的豚鼠说话。太棒了！知道了这个又怎么样呢？"

"挂电话之前，如果你有时间的话，我还可以补充一个有关豚鼠的惊人细节……"

"你说吧，帕皮，我今天除了学习动物学课程之外没别的事可做。"

"豚鼠有失忆症！"

"什么？"

"它们一辈子都在忙着把种子和果子藏起来，在埋起来之前，它们通常会把这些东西的皮去掉。它们用这种方式储存粮食，度过食物短缺的季节，或者为冬眠醒来后做准备。只是当它们醒来后，它们通常会忘记自己把宝藏藏在了哪里。"

一名警察用多重波长灯扫过客厅里被移开的家具的后面。是杜阿梅尔。

超现实。

玛丽安咳嗽了起来。海风钻进了她的大衣和领口，直吹得她胸口冰凉。

"天才，帕皮。刺豚鼠是天底下最蠢的啮齿动物！"

"也是最有用的，"帕德鲁警员回答，"它们会在无意间播撒和种下种子，年复一年，使得森林得以自我更新。刺豚鼠是赤道地区的森林园丁。如果要我总结它们的命运的话，那就是：它们拥有宝藏，藏起它，然后忘记它。可是在它们饥肠辘辘的时候，森林获得新生，变得更加美丽！"

"去你的吧……"

警长茫然地看着 iPad 里的儿童涂鸦上那一团彩色圆点。是种子？水果？还是金币？

她试图回忆古奇的故事中的一些片段，那些故事她曾经用 MP3 播放器听了很多遍。它们需要倒带、分解、破译。为什么不在这些故事和瓦西尔·德拉戈曼的死亡之间找到一个联系呢？

她把手掌贴在冰冷的玻璃上，推开了阳台的落地窗。

在那之前，她得先抓住提莫·索雷和他的女伴。

几秒钟后，她的电话铃声大作。一封邮件。仍是工作邮件，来自地区犯罪档案侦缉处。邮件内容是标准的安全化信息，标有一个对她来说毫无意义的文件号码。她机械地点开了附件。

她的手突然抓住了栏杆，仿佛一瞬间头晕目眩。她看着 DNA 鉴定结果上面的三行字，呆若木鸡。

46

短针指着 12，长针指着 8

马罗内坐在长沙发上，挨着古奇。

为了不让他更加害怕，阿列克西·泽尔达退后了几步，站在门口附近。迪米特里给他举着电话，第三遍向他解释，他可以和妈妈说话，但是只能说一小会儿，几句话。他只能说"你好""你过得怎么样""我很好"，因为他们会很快挂掉电话。然后他要很乖，非常乖，和现在照顾他的另一个妈妈待在一起——达妈妈。因为如果不这样做，他就永远不能再和以前的妈妈通话了。

阿曼达背对着他们，一言不发。鼻子贴在窗玻璃上。视野里只有一个圆形停车场。小区里薄雾弥漫，仿佛一切只是一块拙劣的布景下的一场噩梦。她甚至没有力气想象另一个场景。她的世界局限在这片圆形的沥青地面上。从玻璃的反射中，她看到了阿列克西·泽尔达的影子。

在迪米特里带着马罗内下楼前，他若无其事地解开夹克衫掏手帕，让她看到了别在腰间的手枪。

迪米特里什么都没看见，这个疯子。

他们头上的陷阱就要再次合拢。他们和魔鬼勾结，让它走进了他们的房子，他们的生活。她其实有那么一点希望看到一辆警车从雾中现身。

她用额头紧紧地抵着玻璃，直至压平了皱纹。

只是那样的话，警察就会把马罗内从她身边带走。

迪米特里按下了电话号码。

　　阿曼达的目光扬起，落在了吧台上方的画框上，落在了桃心、小诗和蝴蝶标本上。迪米特里应该对发生在他们身上的一切负责。他们的不幸接踵而至，每次他都试图挽救不可挽回之事，结果只会让下一次的不幸来得变本加厉。

　　如果他们两个都得死的话，她唯一的愿望就是泽尔达在杀她之前先杀了她的丈夫，只为了一份愉悦，那就是看到他趴在冰冷的瓷砖地上的样子，以及几秒钟后，最后一次看到他那双愚蠢而空洞的眼睛，它们从此将永远空洞下去。就像每一次，它们都无法理解发生在他们身上的事情那样。

　　就像他并没有做错什么一样。

　　电话已经响了三声。它放在门口的柜子上，旁边是衣帽架和一幅画着埃特雷塔① 的悬崖的风景画。一部座机。没有一个警察敢接听。

　　每个人都等着上司的命令。她站在阳台上，专注地看着手机屏幕。

　　她突然快步回到了房间里，稳稳地拿起了电话听筒，连手套都没有戴。

　　她只是听着。

　　"喂？喂，妈妈？"

　　一个孩子的声音，很小。

　　一阵沉默。也许一秒？无限漫长。

　　玛丽安拿不准是否要回答，她怕对方挂断电话。

　　"喂，妈妈？你听到了吗？我是马罗内！"

　　玛丽安僵立在原地，如遭电击。站在离她两米远处的波戴恩不假思索地喊道："有问题吗，警长？"

　　接着，他突然意识到自己干了蠢事，连忙捂住了嘴。

　　对方已经挂断了。

---

① 诺曼底的一个市镇。

玛丽安只来得及听到一声钝响，也许是爆炸的声音。

有什么东西倒了？一具尸体？

来不及仔细推敲或是重听一遍录音，玛丽安大吼一声，以至于在五层楼下的停车场里来回查看的人都能听到。

"提莫·索雷的伴侣有个孩子！我知道那孩子是谁！"

第二部

阿曼达

只需很短的时间，一个不到三岁的孩子就能忘记过去，变成一个在他的余生里保持缄默的目击者。只需要几星期他就会忘记一张脸，要不了一年，几个月，他就会忘记过去经历的一切。

47

勒阿弗尔 - 奥克特维尔机场，
2015 年 11 月 6 日，星期五，16：25

马罗内走在小小的机场长长的走廊里。他小跑着，因为他要走三步才能赶上妈妈的一步。

1 号登机口

2 号登机口

3 号登机口

他拉着妈妈的手，尝试着在脑袋里数清玻璃窗后面的飞机数量。一群穿得像要去打仗一样的人迎面向他们走来。都是男人，头发几乎剃光，其中一个人戴着一只耳环，另一个人双臂和脖子上有刺青。妈妈低着头和他们擦肩而过，好像她也很害怕，害怕被人认出来。

等他们走远了，妈妈总会弯下腰，用极轻的声音对他说：

"快点，快点，快点……"

可是刚刚明明是他在等着妈妈。当时她摘掉手表、腰带和眼镜，然后通过一扇门，门响了，妈妈不得不回去摘掉项链，再过一遍。

4 号登机口

5 号登机口

他也曾经尝试着逃跑，就在通过了那扇门之后没多久。没多远，只跑到了走廊尽头。可就在妈妈叫他的时候，他看到了那幅巨大的照片时，他明白了，逃跑是愚蠢的。

他应该待在妈妈身边，听话、成熟、勇敢。

他应该乖乖地做好一切。

6 号登机口

7 号登机口

即便他在为古奇难过。他想念他的玩偶。没有古奇，想要勇敢起来就变得更难。妈妈的手一直紧紧地攥着他的手指。

"快点，快点，快点……"

他掰着另一只手的拇指、食指和中指。玻璃那头有三架飞机，一架白色和蓝色的，一架白色和橙色的，还有一架纯白色的。马罗内不知道哪一架要飞往食人妖森林。

8 号登机口

是白色和橙色的那架，妈妈用手给他指了。人们在他们前面排成了一队。

妈妈一直没有放开他的手，但现在不是为了让他快点走，而是让他站在队伍里不要动。

于是马罗内不动。他只是默默积蓄着勇气。他要将别人告诉他的全部付诸行动，有古奇教给他的，还有以前的妈妈让他做的。

以前的妈妈，不是拉着他的手的这个。

人们开始登机。就是现在！

马罗内在头脑中重复着他不太明白的那些词。他已经将它们念过几百遍，睡觉前躺在床上偷偷地念，为的是让自己每天早上醒来后还记得它们。

这是一种祷告，你的祷告。你绝不能忘记它。

这很简单，你可以做到。

在登机之前，你应该说一句话，这句话你已经说了一千遍，但是你应该在那一刻把它说出来。

即便它不是真的，也必须让别人相信你。

他扯了扯妈妈的袖子。

即便它不是真的，也必须让别人相信你。

"怎么了，亲爱的？"

四小时前

48

短针指着 12，长针指着 10

马罗内坐在汽车后座上。这儿没有达妈妈车上的那种儿童椅，所以他看不到外面的东西，除了一截生满青苔的房顶和灰色的碟形天线，它看起来像一只因为飞得太低而撞上了烟囱的飞碟。安全带压在他的脸上，从左眼到下巴右侧，像海盗的蒙眼布条，只是太大了。

他把古奇紧紧抱在怀里。偶尔，在达妈妈的车里，他会给古奇也系上安全带，中间的那根，尽管这样会因为浪费时间而惹恼达妈妈。但是今天，他抱着古奇，他们俩共用一条安全带。因为他有点害怕。

达妈妈看上去也很害怕。她坐在前面，常常回过头来冲他眨眼睛，对他说："一会儿你要勇敢起来，我的小海盗。你要非常勇敢。"

泽尔达没有提高声音。他把他们都安顿在停在楼前停车场上的福特翼虎里，就像任何一个赶着回去工作的爸爸会做的那样。

他的夹克衫纽扣一直系到了领口。他弯下腰对阿曼达说：

"看好孩子，别让他被别人注意到。我就来……"

然后他直起腰，匆匆迈出一步，又一次冲福特翼虎俯下身。

"在车里等着我！别耍花招儿，要是你在乎孩子的话。"

这一回，他三步跨过砾石小径，朝房子走过去，没有再回头看黑色的 SUV。

一等到楼门在他身后关上，阿曼达就扑到了驾驶座上。要不是她死死咬住嘴唇直到咬出了血，她一定会忍不住叫出声来。她闭紧嘴巴，生怕再吓到马罗内。

点火开关上没有钥匙！

有一瞬间，她犹豫着要不要解开马罗内的安全带，拉着他的手带着他逃跑，在侧柏的迷宫里穿行，打开碰到的第一个栅栏，把狗放出来；或者直接躲到对面的戴沃特家，就在那儿，然后把自己关在里面。

有一瞬间……

她的目光与马罗内的目光相遇。

她的命不算什么，只有她儿子的命才是最重要的。

迪米特里抬起眼睛，同时擦了一下嘴角。他的右手僵住了，威士忌酒杯悬在桌子与他的嘴巴之间的半空中。杯子被装满了四分之三，大大超过了迪米特里之前给自己倒的量，此时正危险地晃动着。这可笑的态度像个孩子，原本只拿一颗糖，然而一等到父母转过身，便偷偷抓了一大把。

阿列克西·泽尔达没有说话，似乎在迟疑着。

迪米特里结结巴巴地说：

"警察在提莫那儿做什么？该死，你觉得他们逮着他了吗？还是他们找到了他的尸体？"

泽尔达一下子扯掉了夹克衫上的三颗扣子。

"看你出的馊主意，迪米特里，这通电话。又一次……"

迪米特里冷笑了一声，挑衅性地喝了一大口格兰莫雷。

"你同意了，不是吗？也许你比我在儿童心理学上懂得更多？那个罗马尼亚人在化成烟之前是不是给你上了一课？"

在泽尔达解开夹克衫剩下的纽扣的工夫里，他喝光了杯子里的酒。

"你有麻烦了，阿列。不是我。我和提莫·索雷没有半点关系，和你的事情也没有关系。我只是给你帮忙，没别的……"

泽尔达走到客厅唯一的窗户前站定，从那里可以看到小区。阿曼达和马罗内一直在福特里等着。停车场和周围的花园里都看不到其他人。现在他应该速战速决。

"你是个傻瓜，迪米特里。在布瓦达尔西的时候，你就是整个监狱里最傻的，简直傻得让人同情。也许就是因为这一点你才能讨到一个女人，一个孩子。"

他把手放在窗户上。

"你不配拥有他们，迪米特里……"

泽尔达猛地拉上了窗帘，房间里顿时暗了下来，好像太阳跌了一跤似的。

迪米特里把威士忌酒杯放在了客厅的桌上。

"你干吗？"

"你知道你导致了一个孩子的死亡吗？"

"那孩子没死……"

"对于阿曼达来说，死了……"

迪米特里舔了舔沾了威士忌的手指，然后睁大眼睛想要看清泽尔达缓慢的动作。他一手插在口袋里，另一只手伸向了腰间。

他用食指摸了摸门牙，冷笑起来。40度的酒麻痹了他大叫的念头。阿列克西说得没错，他是个傻瓜。即使是现在，当泽尔达马上就要用枪指着他的时候，他也全然不知所措。他完全不明白阿列克西想说什么，想找什么，恐惧让他再次发出了刺耳的笑声。

"一个孩子丢了，然后呢，我又给她找了一个！甚至比第一个更好。你看到阿曼达了，你没法否认，她更喜欢这一个。"

阿列克西·泽尔达漫不经心地掏出了手枪，那副神态和在口袋里翻找一块手帕没什么两样。在晦暗的光线中，迪米特里只能辨认出一只手臂，末端连着一个狭长的形状。他觉得那是一把扎斯塔瓦手枪，这件塞尔维亚生产的武器是大约十五年前，阿列克西从一个从科索沃回来的疯疯癫癫的军人手里买来的。

泽尔达向前走了一步，轻声说：

"你看，迪米特里，除掉阿曼达会让我觉得遗憾，非常遗憾。可是除掉你，丝毫没有……"

笑声停了。嘲笑死亡并不是逃脱它的办法。拒绝正视它也同样无效。

迪米特里摇摇晃晃地站了起来。

"别开玩笑了，阿列。打死我对你有什么好处？我对赃物、对孩子都一无所知，我什么也不知道。"

"警察会来这里，一两分钟后。你可以让他们耽搁一阵，就像那个心理学家。我就像小拇指，我在身后播撒尸体。硕大的尸体挡在路上，警察要花时间把他们移走，这给我留出了消失的时间。"

迪米特里紧紧盯着扎斯塔瓦的枪口。他现在可以清晰地看到它了，从窗帘缝隙透进来的唯一一束光照亮了它，犹如戏剧舞台上的追光。据那个卖掉它的疯癫军人说，这把手枪干掉了几十个波斯尼亚人，男人，女人，孩子……

他继续慌里慌张地说：

"我活着更能拖住他们，阿列。你和那孩子走，我来迷惑他们。需要的话我可以争取好几小时。我知道怎么做。你可以有时间去任何你想去的地方……"

"我知道。而且，你是对的。你知道如何花言巧语。可以说，我很喜欢。"

砰。

十毫米的子弹嵌进了迪米特里的两眼之间。他倒在了地毯上，撞翻了桌子、酒杯和格兰莫雷的酒瓶。

阿列克西花了不到两秒的时间观察他，像是为了确认他不会再爬起来，然后他再次走向窗口。

拉开窗帘。

他打了个寒战。

阿曼达站在他的对面。

泽尔达的第一反应是移开视线，看向一旁，她身后三十米处。他舒了口气，那孩子还系着安全带坐在车里！他的眼睛像被磁铁吸引一样，又回到了阿曼达身上。

两人站在原地，互相对视，中间只隔着一块脏兮兮的玻璃。阿列克西在阿曼达的脸上看到了恐惧，没有任何对于地毯上那具躺在酒精里的尸体的痛苦、伤心或者同情。

　　只有恐惧。

　　更加奇怪的是，他从阿曼达的嘴唇上隐约看出了一丝笑意，像是如释重负，或许是某种吸引力。冒出这个念头的时候，泽尔达正一边驾驶着福特翼虎，一边回想当时的情景。这个小小的、坚强的女人如果花心思打扮一番，仍旧是漂亮的，只要花点时间观察她的眼睛深处，只要让她化上妆，穿上女孩子的衣服。总之，这个被她面前拿着枪的家伙吓破了胆的女人让他情不自禁地赞叹。

　　那时，站在窗户后面的阿曼达几不可见地动了动嘴唇，只留下了一小团雾气，他相信，他读出了一个词，唯一一个。

　　谢谢。

49

梅甘娜蹿上了布瓦奥科街。

"玛涅格利兹，十七公里，十八分钟"，安装在后视镜下面的导航发出了指令。加布拉尔真想把这段时间劈成两半。他继续加速，从左边超过了一辆电车，一路上警笛呼啸。远处的村庄显现在铝灰色的天空下，形如波纹板。

玛丽安对着手机大吼：

"别花时间整理资料了，吉贝！你找个整理箱、纸箱、垃圾袋，随便什么东西，然后把瓦西尔·德拉戈曼的资料通通装进去。我要知道他关于马罗内·穆兰理解了什么，写了什么，猜测了什么。孩子画的画，心理学家的笔记，都给我拿来！动作够快的话，你可以在十五分钟内赶到玛涅格利兹，和我们会合。我们直接在现场做陈述！"

勒什瓦里埃警员结结巴巴地说：

"你不想……"

"我们一开始就被牵着鼻子走了，吉贝！就在小马罗内把电话打到提莫·索雷的公寓里找妈妈之前，我收到了地区犯罪档案侦缉处发来的 DNA 鉴定结果，那是我让他们根据那孩子用过的一只杯子做的鉴定。SRIJ[①] 的人对比了孩子的唾液和迪米特里·穆兰的基因档案，他在 FNAEG[②] 有存档：他们很确定，迪米特里·穆兰不可能是马罗内的生父！我再跟你说一遍，吉贝，我们被人耍了。我们被迫打了场乒乓球，但其实只有一个案子，同一个。所以赶快……"

---

① 地区犯罪档案侦缉处的简称。

② 国家基因档案库。——原注

加布拉尔几乎没有减速便冲上了环岛。现在路上的车多了起来。车辆之间保持了距离，而梅甘娜则在两列由轿车、公交车和卡车组成的队伍之间穿梭，像个没礼貌的孩子在一条长长的队伍中间钻来钻去。

玛丽安已经切换了通话对象。现在她正在给警局打电话，值班的是实习生卢卡斯·马怀特。关于这场闹剧，他会有不一样的视角。他会知道到哪里找线索，这一点他已经向她证明过了。

"卢卡斯？你给我把多维尔抢劫案的所有资料重新找来，集中精力看提莫·索雷的部分。把他的所有生平资料都翻出来，从他的儿童时期开始……帕皮在波提尼，那是索雷长大的村子。他可能会在当地找到其他信息，不过在等他的时间里，你把现有的关于他的私生活的信息都给我过一遍，找到能让人联想到他有一个孩子的蛛丝马迹，这个孩子是他和他女朋友一起养的，而且最好能确定孩子的身份。"

加布拉尔一个急刹停在了一辆标致 207 前，女司机似乎被警笛吓到了，一个 A 贴在后窗上。玛丽安一只手紧紧地抓着车门把手，手机没掉，一瞬间她想到了自己刚刚结痂的鼻子。

"我要那个女孩的名字！"她对马怀特喊道，没给他留下时间回答"好的，头儿"，或者稍稍吐槽一下这个任务：继玛涅格利兹假扮狗仔之后，他又要扮演《靠近》[1] 杂志的记者了。

标致 207 停在原地，堵住了他们面前进入购物中心的唯一入口，梅甘娜绕过了它。他们沿着一家停车场的边缘行驶，一眼望去似乎看不到尽头，像一片沥青田地，大概有一位疯狂的农民在上面播撒了汽车的种子。五颜六色的车子整齐地排列在笔直的犁沟上，等待收割。从生产到消费，无须过渡。

玛丽安注视着悬挂在欧尚超市高大外墙上的标志：一只红绿相间的鸟儿。虽然只是星期五中午，蒙加雅购物中心已经迎来了打折周末的人流。

加布拉尔又绕过了一个环岛，其他车辆都让到一边，给他们留出了通道。他转过头对警长说：

---

[1] *Closer*，法国著名八卦杂志。

"有了警灯和警笛，到这儿购物还挺方便的……"

玛丽安没听他说话。她挂了电话，眼睛紧盯着一个接一个闪过的店铺标志。瓦西尔说过，马罗内所说的最后一次看见妈妈的地方就是这个蒙加雅购物中心。那是他真正的妈妈，在阿曼达·穆兰之前的那个妈妈。

一个和提莫·索雷一起躲在涅芝区的一间公寓里的妈妈？一个十个月前把她的孩子托付给一个陌生女人的妈妈？

为什么？

为什么要把她的孩子托付给她，同时为了让孩子记得她而想出了一个荒唐至极的计策，把 MP3 播放器缝在一只玩偶的肚子里？而且这孩子，马罗内，他生在穆兰家，长在穆兰家，一直到三岁，这一切又是如何可能的？

他可能拥有两个家庭吗？有两个妈妈一起轮流照顾他？每一个妈妈都想消除掉另一个妈妈的记忆，最终让这孩子只属于自己？

他们已经出了购物中心了。几分钟后，他们就会到达城镇的边界。

"玛涅格利兹，十二公里，九分钟"，发狂的导航修正道。

这个固执的女声刚刚提示的路程时间被加布拉尔节省出了七分钟，好像他把这件事当成了两人之间的私人恩怨似的。

"加速，加布拉尔。"玛丽安仍旧催促道。

女人之间的团结。

在他们前面，一座通体装饰着海滨风景的水塔矗立在田野中央，犹如一座灯塔。是为了给迷失在乡间的拖拉机指明方向吗？

只有一个案子，玛丽安再一次想。提莫·索雷，阿列克西·泽尔达，瓦西尔·德拉戈曼，马罗内·穆兰。从一开始，其就是同一个案子。

两个家庭。

一个孩子。

这说不通……

50

短针指着 1，长针指着 2

福特翼虎慢吞吞地挪动着。狭窄的道路两侧是绿化路堤，SUV 在千金榆和栗树的枝条之间几乎没有腾挪的空间。泽尔达冷静地开着车，毫不在意擦过车身和车窗的树叶。翼虎巨大的轮子平稳地碾过路上的坑洼和钻出柏油路面的植株。

泽尔达转向马罗内。

"睁开眼睛，孩子。我的车子呢，是一台时光机，就像《回到未来》里的那样。你准备好开始这段了不起的旅行了吗？"

孩子茫然地看着他。眼前，在两棵枝条几乎纠缠在一起的栗树之间，地平线似乎在扩大。

阿曼达坐在副驾驶座上，绞着双手。

一台时光机。

她有点想让泽尔达闭嘴，但是说到底，这又能改变什么呢？

阿列克西丝毫不懂如何与一个不到四岁的孩子展开交流。她懂，但是除了祈祷马罗内已经忘记了一切，并且这条坐在方向盘后面的毒蛇相信这一点之外，她又能做什么呢？她只能祈祷他足够确信马罗内对于他来说不再是个危险。

她将孩子的大脑视作一台电脑。即使把一些东西扔进了垃圾桶，即使相信已经删掉了那些邮件、文档、照片，它们仍在那里，隐藏在某处。只要找一个精通电脑的人，便可以在几个月、几年之后重新找回它们……唯一有效的办法就是把电脑从十六楼的窗口扔出去，开车轧过去，或者扔进烟囱里。

　　她只希望泽尔达不要像她这么想。他现在沉默地开着车，戴着墨镜，尽管阳光微弱，而且被树木遮去了大半。

　　阿曼达转身看着马罗内。他安分地趴在车窗上，好像习惯于无声的长途旅行。腼腆的阳光躲在植物和稀少的房屋后面，和他浅色的头发玩着捉迷藏。在他身旁的后座上，阿曼达把一个小袋子扔在了上面，里面装着所有有用的文件：户口本、护照、病历。泽尔达让她把一切都带上，不要挑拣，却没有透露一丝一毫关于他们的目的地的信息。

　　因为扭着身子，阿曼达向他靠近了一些，她的小腿移到了距离对方的大腿三十厘米左右的地方。阿列克西的手在她的左膝摸了一下，然后将车速换到了二挡。

　　阿曼达重新靠在了副驾驶座上。

　　这甚至不是一个调情的动作，她想。她已经不再性感，对异性的吸引力、诱惑力之类的，她早已不再相信。

　　取悦别人对于阿曼达来说，仅限于对绿色生活的顾客们微笑，以及干净、精神的仪表，甚至连妆容和优雅都不用考虑。至于剩下的，她已经放弃了甜言蜜语的游戏……这里面有太多的欺骗。她认为爱情是骗局，只有傻瓜才会上当，就和她卖给客人的法国彩票公司发售的彩票一模一样。你从来没有中过奖，或者中了一小笔钱，刚好足够刺激你继续玩，继续相信，但是你的奖金永远不会保证你在进入坟墓前能够一直高枕无忧。

　　她或许不够机灵，但她至少明白这一点。幻灭！迪米特里曾经是这方面的杰出专家。阿列克西放在她膝盖上的手只是一种男性支配的条件反射。

　　泽尔达摆弄着车载收音机。他转动手指，调高了车子后方音响的音量，同时调低了前面的。

　　RTL2[①] 台。

[①] RTL（Radio Télé-Luxembourg）为法国的一家私人电台，RTL2 为该电台下的音乐频道。

　　弗雷迪·莫库里弹出了《波希米亚狂想曲》①开头的和弦。

　　钢琴和着人声。

　　妈妈……

　　阿曼达此时才明白，阿列克西是想和她说话，并且不让马罗内听到。而她不得不竖起耳朵，从他的嘶嘶声中分辨出每一个词。她绝不要再靠近他一厘米。

　　"别担心，阿曼达，我知道你在想什么，但我不会伤害他的。要是我把错怪在他头上，我早就下手了，这样一切就简单多了。我是个危险分子、垃圾、浑蛋，随便你怎么想，但我不会对孩子下手。"

　　他摘掉墨镜看着她，那双蛇类的眼睛要从眼眶里跳出来了。

　　怎么可能相信他！

　　他的手离开了变速杆，再次摸到了阿曼达的大腿上。

　　轻轻抚摸她的牛仔裤，破烂的、花十欧在市场上买的牛仔裤。

　　只是一种男性支配的条件反射，阿曼达在头脑中重复道。一种习惯。几乎可以算是一种礼貌。

　　她轻轻地推开了那只手，没有说话。

　　他的眼睛仍看着路，嘴上却浮起了浅浅的笑容。

　　"我和迪米特里不一样，"他接着说，"我不伤害孩子。"

　　他用右手在杂物盒里翻找了一阵，然后丢给阿曼达一张夹在公路交通图里面的照片。

　　"这是我在出发前拍的，是迪米特里给我带来的，看得出是谁吗？"

　　马罗内。

　　"你得告诉那孩子，阿曼达。最好是由你解释给他听，而不是警察。而我，早就远走高飞了。"

　　一栋四周围着矮篱的崭新小楼闪过，阿曼达盯着楼后露出的风景看了几秒钟，他们便再次拐入了两边有绿化路堤的道路。

―――――――――――――

① 弗雷迪·莫库里为英国著名乐队皇后乐队的主唱，《波希米亚狂想曲》为该乐队的代表作。

"想想吧，阿曼达。要让他明白发生了什么。我不相信发生了这一切之后，他们还会让马罗内留在你身边。"

他用食指指尖调高了车载收音机的音量，弗雷迪的钢琴声淡出，布赖恩·梅的吉他声渐强。

阿曼达的大脑也是一台电脑。它经受住了十米高空坠落、三吨半重量的碾轧和地狱的烈火。

她的记忆一直完好无损。仅仅一张掉落在她指间的照片便足以唤醒过往的画面，它们好好地储存在她的头脑中，如同储存在一张收在抽屉里的 DVD 光碟中。

马罗内。

那是十个月前。准确地说，是 12 月 23 日。

一幕幕场景联翩而至。马罗内的出生。马罗内在二楼房间前面的地毯上爬。马罗内站在公园里。他迈出的第一步。他说的第一句话。他长出的第一颗牙。马罗内的哭。马罗内的笑。他母亲的汗水和没完没了的警告。马罗内，一个如此大胆的男孩，总是爬上爬下，到处探险，摇摇晃晃地保持平衡。他母亲的谨小慎微，儿童床上安装的栏杆，婴儿椅上固定的带子，楼梯顶端和底端加装的栏杆，每次经过后都不忘重新关上。

马罗内。

她的双手神经质地抓着泽尔达给她的照片，把孩子的脸捏得变了形。

她又想起了发现摔倒在楼梯下的马罗内时她的尖叫，以及从她手中滑落的洗衣篮。迪米特里一手拿着酒杯，站在原地一动不动。他离马罗内只有十米远，本来应该看着他，却什么也没看见，什么也没说，什么也没做。

抢救。希望。等待。

诊断。

将近几小时的昏迷。一处脑部创伤。马罗内能活下去。

或许。

剩下的一切都不能保证，只有等待。

十一天后，马罗内离开了约里奥－居里私人诊所，避开了邻居和亲朋好友的视线，避开了怀疑和羞耻。对于这些人来说，他们去了诺曼底度假，看了圣米歇尔山和圣马洛的城墙，参观了水族馆。最好过一段时间再解释。

和马罗内一起回到玛涅格利兹。

后遗症……

勇敢无畏的马罗内再也无法离开他的椅子，擅长平衡的马罗内无法自己穿衣、吃饭、上厕所，喜爱探险的马罗内从此以后只有眼睛可以动，并且似乎只能看见微小的事物，至少要比他小，比如苍蝇、蚂蚁、蝴蝶，那些在他被安置的地方附近移动的东西。

其他更大的东西，真正颤动着的生命，不论是花朵、树木还是汽车，他通通看不到。

包括他的母亲。

阿曼达用手指抚过照片上男孩悲伤的脸。那时马罗内刚理完发，整齐的刘海遮住了他的前额，身上的杜帕雷梅格子衬衫有些紧。很奇怪，她不再认为他很漂亮了。他的眼睛呆滞，而且靠得太近，鼻子太宽，像迪米特里。她用左手挡住照片，身体微微转向泽尔达，以防透过车窗看风景的马罗内看到照片。

弗雷迪还在唱。他的歌无休无止。这是皇后乐队最长的一首歌。

妈妈噢噢噢……

阿曼达没有和任何人提过这场意外，除了拉克洛瓦教授，他是在约里奥－居里诊所对马罗内进行跟踪治疗的小组负责人。他决定等到马罗内好一点了再找她谈话。如同一个天大的玩笑一样，他告诉了她一个可怕的事实，一个他们做的该死的检查。根据拉克洛瓦教授的说法，马罗内完全康复的概率是15%。如果生命的天平倒向了另一边，那么有33%的可能性是一切将会迅速恶化，那么她就会关上家里的百叶窗，躲在家里，不再和任何人说话。

这关乎爱，拉克洛瓦教授笃定地告诉她。爱和钱，阿曼达立马明白了。她在网上找到了一家美国的实验室，他们可以手术治疗脑部病变，根据她的理解，他们会刺激新的轴突，从而取代受损的神经元。这是世界上唯一一个实施这种神经外科手术的团队，一次手术要花费数十万美元。然而当阿曼达将打印出来的英文资料递给拉克洛瓦教授的时候，他看起来十分怀疑。

这关乎爱，阿曼达女士，而不是钱。

用不着和她细细描述。幻灭，她很熟悉。

日子一天天过去，马罗内的情况稳定了下来。表面上如此。

只是其他同龄的孩子都在成长，他们说话、数数、画画。而他没有。

或者说他只在和苍蝇、蝴蝶和蚂蚁玩耍的方面有所进步。她尽其所能地帮他，投入兴趣和创意，和这些丑陋的昆虫玩耍，就像别的妈妈收集珠子和弹球那样。

检查持续进行，每三天一次。他们说，这是为了建立一个纵向的诊断。

阿曼达翻过了照片，上面写着：

马罗内，2014 年 9 月 29 日

照片是在埃特雷塔的山顶拍摄的，那是出事前的三个月。那天，马罗内整个下午都在堤坝上奔跑追逐海鸥。

约里奥 - 居里诊所的最后一封信于 2015 年 1 月 17 日到达，它夹在了两张收据之间。阿曼达已经学会了阅读医疗报告。只要她愿意，她其实没那么蠢。医院的来信落在她手上，那么轻。

马罗内被判了死刑。他只剩几个星期的生命了。他们在他的大脑内侧发现了一道裂痕，一道非常小的裂痕，但是它会慢慢变大，而且发展得越来越快，直到接近维持生命所必需的功能区。那个位置在脑干和脊髓之间，刚好位于一个叫作脑桥的地方，那是控制运动机能和感官的部位。

那座桥裂了。

结局无可避免。

马罗内活着的希望变得和一只蜻蜓、一只蝴蝶、一只蚂蚁一样。

和一只蜉蝣一样。

好像他一直知道自己命不久矣。

　　阿曼达打开车窗，慢慢地将照片撕成条，再撕成碎屑，然后撒入了风中。阿列克西·泽尔达握着方向盘，脸上始终带着凝固的笑容，几乎和抽搐差不多。或者说，这是他想要表现得令人安心的方式。

　　阿曼达关上了车窗。

　　弗雷迪结束了演唱，声音很低，和他习惯的所有抒情唱段都很不一样。

　　钢琴伴奏与人声相和，完成了首尾呼应。

无论风如何吹……

　　那天早上，迪米特里什么也没说。他只是读了诊所的来信，然后把酒杯放在桌上，穿上了大衣。

　　她仍旧听到了大门关上、车子启动的声音。

　　几天前他便暗暗有了想法，他没敢和她谈。

　　也许他想求得原谅。好像阿曼达有一天会换一种眼光看他，而不是现在的这种轻蔑和彻底的厌恶。

　　他一言不发地出门了。

　　去寻找第二个孩子。

　　就像人们用另一条狗取代一条快要死去的狗。

51

今天，我们在 12 月 24 日醒来，那个愚蠢的大胡子出现的时候没有带着 iPhone6，没有 iPad，没有任天堂 3DS，却带来了法兰克福的短期语言课程和"家庭学院"的报名。

杀人欲望

我妹妹甚至没有时间相信圣诞老人。他和他的礼物袋子都在烟囱里烧焦了。

判决：853

无罪释放：18

www.envie-de-tuer.com

"也许他不想尝试他的焦糖棒蛋糕……"

玛丽安·奥格蕾丝给了波戴恩一个痛心的眼神。她站在门口，后背贴着樱桃木衣帽架，逐一观察着每一个房间，厨房和客厅。其实，只看表面现象的话，波戴恩不合时宜的讽刺并不蠢。

厨房里，好像阿曼达一定会在下一秒出现，一手拿着抹布，另一只手拿着海绵，愉快地对家里人喊："开饭了！"

铺好的桌布。冰箱里的马苏里拉番茄沙拉。新鲜的面包。烤箱里的蛋糕。唯一的不和谐音符是：蛋糕烤煳了。

客厅里，一切都失去了控制。迪米特里·穆兰倒在竹制地毯上，毯子上的日式花纹让人模模糊糊地联想到睡莲。这些花朵此时漂浮在一片血泊之中，一半鲜血已被编织起来的竹片吸干。

一枚子弹嵌在双眼之间。

现场没有凶器。

没有目击者，阿曼达和马罗内·穆兰消失了。

穆兰家的车还在车库里，他们已经确认过了。一切迹象都让人相信，阿曼达·穆兰杀了她的丈夫，然后带着她的儿子逃跑了。至少是假定的儿子。徒步逃跑……

玛丽安·奥格蕾丝向前走了一步，来到位于楼梯下面的小橱柜门前。她总觉得两间屋子中的家务场景和犯罪场景之间的对比很不真实，好像二者之间有一道无法跨越的界线，分隔开了两个无法连通的宇宙。不是这样的。不会这样突兀。

还有别的东西。

玛丽安努力不把自己困在暂时无法通向任何答案的假设中。不管怎么说，现在只要把一切交给技术人员，他们很快就可以确定是否有另一个人曾出现在房间里，尽管客厅桌上只有一只威士忌酒杯，而且根据他的老板的说法，迪米特里·穆兰在 11 点半左右下班回家吃午饭，因此他回家之后不到三十分钟便遭到了杀害。

贡斯坦提尼和杜阿梅尔分头在小区里寻找目击者。另外两辆警车在玛涅格利兹市内及其周边的省道上搜索……如果阿曼达·穆兰真的一个人惊慌失措地带着孩子跑路，那么她应该跑不了多远。

只是玛丽安一点也不相信这个版本。

她走到窗前，看到勒什瓦里埃警员的车风一样地停在了楼前。吉贝探身从后备厢里搬出了一个巨大的塑料箱子，捡起了掉落在后备厢里的几张纸。她等待着。那肯定是在瓦西尔·德拉戈曼家找到的全部资料。

吉贝动作很快。吉贝一向高效。虽然他对于从昨天起就没有见到老婆孩子这件事非常愤怒，尤其对他的警长很愤怒，但吉贝会对她很有帮助，比任何人都管用：他会帮她筛查一个三岁孩子短暂人生中的每一个月。

警长回过头看着客厅里迪米特里·穆兰的尸体，不过是为了想想别的，比如因为他的死而失去父亲的孩子之类的。

一枚子弹嵌在双眼之间。

这一枪干脆而精准。很专业的一枪，不会属于一个第一次拿枪的女人，一个和丈夫发生争执之后，为了自卫，为了讨还公道而瞄准对方的女人，一个惊慌失措，濒临崩溃，扣下扳机的女人。她也不相信这是早有预谋的行为。无论多么尽责和顺从的母亲都不会在她计划一回家就立马杀掉的男人的椅子前摆上杯盘刀叉。

警长的手机振动了一下。一条简短的信息。

安吉。

这个女孩一直很在意在拉艾夫海角找到的尸体……然而玛丽安没有时间给她回电话，向她证实，没错，被杀害的就是瓦西尔·德拉戈曼。过几天，她们两个可以找个晚上怀念他，一醉方休。但是现在，她的美女理发师无法告诉她任何藏在心理学家头脑中的秘密。没什么急事，过一阵子她会打过来的……

玛丽安·奥格蕾丝踏上了楼梯的第一级台阶，然后转身对本哈密说：

"告诉吉贝到孩子的房间找我。要是箱子太重，你就帮他搬上来。你们摆弄你们的棉签和试管的时候，我们就在上面。"

吉贝把大约十五张 A4 纸在床上摊开，这些都是马罗内的画，被瓦西尔·德拉戈曼整理到了档案中。

这个房间应该不超过十五平方米，而且面向楼梯的那面墙有轻微的坡度。玛丽安不得不弯下腰才能打开放在书架上的小小的 CD 播放器，然后把 MP3 接在播放器上。

录音打破了儿童房中的寂静。那是一个温和而平静的声音，几乎很难分辨男女。如果不仔细听，它甚至会被当作一个小孩子的声音，又有些类似动画片里的人物的声音，如果一只玩偶能说话的话，它或许也可以契合玩偶的声音。至少在马罗内的头脑中。

在仔细听过之后，几乎可以确定，这是一个女性的声音，音调高的部分有时显得特别突出，某些地方的音色则带有过多的金属质感。玛丽安确定这个声音经过了修改，一定有人用电脑上某种基本的声音处理软件处理过。这个也很容易检验。

古奇刚刚满三岁，这在他的家族中已经算是年长的了，因为他的妈妈只有八岁，而他的爷爷有十五岁，已经很老了。

修改古奇的声音有什么好处？

他们住在海滩上最大的树上，这棵树的树根外形就像一只巨蜘蛛。他们在第二层，左边第一根树枝，两边分别住着一只大部分时间都在外旅行的燕鸥和一只退休的跛脚老猫头鹰，他过去在一艘海盗船上工作。

答案似乎显而易见。改变声音是为了不让人认出来！万一古奇和它的心脏落入一个陌生人手中，万一马罗内说漏了嘴，或者躲在被子底下听故事的时候不够谨慎，别人也无法顺藤摸瓜，找到讲故事的人。

这个人是他真正的妈妈吗？是提莫·索雷的伴侣吗？

这个回答并不能令人完全满意。如何仅仅通过声音这条线索就确定一个人的身份呢？因为警察认识这个人？这是最合理的解释了，尽管它似乎也不能完全令人信服。如果这个女孩有犯罪记录，并且和索雷属于同一个犯罪小团体，那么无论她的声音是否经过了伪装，确认她的身份都不会有多难。

玛丽安没怎么听故事，她在前一天晚上已经反复听过了。而吉贝则相反，他看起来正在专注地听着这个如同从漫画里走出来的机器人的声音所讲的故事。因为床上没有地方，他便把1∶25000比例尺的地图铺在了桌上。他知道规则，玛丽安已经告诉过他这个游戏的本质了：一场寻宝！他们要重新拾起瓦西尔·德拉戈曼没有做完的工作。同一张地图，同样的线索，而且他们比小学心理医生前进了一大截：他们应该优先考虑拉艾夫海角附近的区域，因为那里是德拉戈曼被谋杀的地方。因为他触及了目标？

　　警长花了几秒钟观察马罗内的房间。玩具堆积如山，对于穆兰家这样并不富裕的家庭来说，数量有点太大了，但玛丽安知道，如果将其视为异常的迹象，未免有些愚蠢。马罗内是个独子，这个房间所透露出的一切不过是父母对孩子的爱，至少是妈妈的爱。

　　警长更加仔细地观察着挂在床头柜上方的荧光日历和上面的七个星球，一枚火箭被放在了其中一个代表星期五的星球上，也就是今天。也就是说，在有些同龄孩子尚且连早晚都分不清的时候，小马罗内便是通过这种方式记住日子，准确无误地认清一星期里的七天。

　　一切都被计算好了！精心计划。马罗内被操控了将近一年，或者是被他的养父母迪米特里和阿曼达操控，或者正相反，被这个女人在穆兰夫妇不知情的情况下操控，其目的是，不管收养他的家庭付出了怎样的努力，他都要保留一丝关于过去的生活的印记。

　　警长最后坐在了小床上，拿开了那些画，然后靠在了巴斯光年的枕头上，一旁还有一个同款的胡迪头像枕头。她能听到楼下的技术人员沉重的脚步声，但她一点也不想下楼。玛丽安觉得很舒服、很平静，这个颜色柔和的房间犹如一个牢不可破的庇护所。吉贝轻轻擦过她，拿过一些彩色的大磁铁，将另外几幅画吸在了浅黄色的暖气片上。

　　在她和她的助手共享这间舒适惬意的房间的几分钟里，她注意到了对方看起来有多么从容自在。在这个陌生的环境中，他拥有近乎本能的方向感。不难想象，他会动作自然地掀起床上的被单，找到藏在下面、把床铺弄得凹凸不平的玩具；他会像别的男人从自家车子的地毯上捡起一张纸片一样，摆好一只玩偶；他会从一个放有上百本书的书架上，仅凭书脊便找到一本故事书；当他走在地毯上的时候，他会避开所有散落在上面的摩比世界玩具或小汽车，姿态笃定而令人安心。优雅。

一名出现在"玩具反斗城"商店的脱衣舞男。

彻彻底底的诱惑力，极品中的极品，她的健身俱乐部里的型男们可能辛苦锻炼一辈子也无法望其项背。

她想象着当他亲吻他的小女儿时，身后的床头灯为他投射出的高大身影。当父母们把小老鼠的礼物藏在孩子的枕头底下时①，当他们切换着两种声音讲故事时，当他们挨个抚摸三个孩子——算上各种玩偶是十个——的时候，他们的感受，她在幻想中感同身受。正是这种无须多言的生活点滴让即使相互厌恶的夫妻仍然继续生活在一起，让其中一方在对另一方只剩下鄙夷的时候仍然忍受对方。这些永恒的时刻是夫妻之间的任何一次欢爱都无法取代的。

有那么一刻，玛丽安想到了自己的公寓，想到了她的卧室隔壁的房间，无人居住，混乱不堪，堆满了从未拆开的纸箱，落满灰尘的吉他，她收集的褪了色的秘鲁娃娃，还有一个晾衣架，上面挂着任何人看了都不会兴奋的内衣。有那么一刻，她想象着那个房间被别的东西填满，比如彩虹色的悬垂装饰，画着粉色猫咪的墙纸，印着长颈鹿的窗帘，还有小丑图案的地毯……

该死，集中精力。

在她对面的墙壁上，有一块四方形的区域被漆成了深灰色，可以在上面画画，还可以擦掉重画。粉笔盒就放在一旁，

为了不去想饥肠辘辘的肚子，玛丽安拿起了一支白粉笔。

然后写道：

提莫·索雷的伴侣是谁？

她是马罗内的妈妈吗？

她为何隐藏自己的声音？

她为何把她的孩子交给阿曼达和迪米特里·穆兰？

她为何把她的儿子将会失去的记忆放在一只玩偶身上？

---

① 在法国，父母会哄骗乳牙脱落的小孩子，称他们的牙齿在夜里被小老鼠拿走了，作为交换，小老鼠会在枕头下放一件礼物。

　　他应该记得什么？他身上的这些安排是为了某个特定的目标吗？还是为了某个特定的时刻？

　　答案是否隐藏在古奇的故事中？

　　白粉笔在画完第九个问号后断掉了。她又拿了一支。

　　古奇是谁？为何马罗内的玩偶是一只刺豚鼠，一只健忘的啮齿动物？

　　她换了一支粉色的粉笔，交替使用连笔字和一笔一画的字体。

　　谁杀了瓦西尔·德拉戈曼？

　　谁杀了迪米特里·穆兰？

　　谁将是下一个受害者？

　　凶手是哪个人？哪些人？

　　阿曼达·穆兰在哪儿？

　　马罗内·穆兰在哪儿？

　　提莫·索雷在哪儿？

　　阿列克西·泽尔达在哪儿？

　　多维尔抢劫案的赃物在哪儿？

　　她烦躁地用剩下的粉笔头把所有字都圈起来，然后写下一行倾斜的文字：

　　这些问题之间有什么联系？

　　吉贝看着她。

　　"没了？就这二十个问题？"

　　玛丽安冷静地收起粉笔，看了一眼手表。

　　"还有最后一个小问题。为什么帕皮不联系我？"

52

费德里克·索雷 1948—2009

波提尼公墓里的死人都不算很老。帕德鲁警员好歹生出了这样的感想。他一边缓缓地穿行在坟墓之间，一边默算着关于死亡的数字。

六十一岁。五十八岁。六十三岁。

七十七岁，几乎是最高纪录了。

1989 年，法国西部最大的铁矿的关闭几乎没有对失业矿工的期望寿命造成什么影响。对于他们来说，已经太晚了，或者太早。能走的人都走了，剩下的人便困居于此。帕德鲁能看到墓地后面的琴斯托霍瓦圣母院的钟楼，那是波兰人的教堂，然而墓碑上的国旗和墓志铭的语言告诉他，还有二十多个其他民族的人曾在这里停留，最终在此长眠。

意大利人，俄罗斯人，比利时人，西班牙人，中国人。

几分钟后，警员停在了另一座坟墓前，因为是合葬墓，所以更大一些。

托马兹和卡罗丽娜·阿达米雅克，楼娜·阿达米雅克的父母。嫁给西里尔后，楼娜改姓吕克维奇。两位老人一同于 2007 年去世，丈夫五十八岁，妻子六十二岁。帕德鲁的脑袋里此时装着资料里的所有信息，包括被他称为格瑞佐恩帮的那几个人详细的生平信息。四个出生在这里的孩子，彼此之间只隔着几间房。一直住在村子里的只有西里尔·吕克维奇的父母，他们一直住在格瑞佐恩街 9 号。阿列克西·泽尔达的父母十年前搬到了南部朗格多克海岸的格吕伊桑。

帕德鲁继续在荒凉的小墓园里待了一会儿。在进来之前，他曾在村里快速地转了一圈。在村子中心，一切都被重建一新，过去的痕迹只有过来人才能看得出来。在城市的每个入口处充当过河的渡船的铁质翻斗车，一条被称为"矿场街"的街道，一个名为"红脸"① 的体育馆和馆外名为"矿工滚球场"的操场，一座外形为钻塔样式的水塔。

仿佛时间消失了。

仿佛在这里长大的孩子消失了。

不再有铁矿，不再有父母，不再有工作。

这不是借口。这只是解释。

这里，在波提尼，只有苦难。那边，正北方向五十公里外的多维尔，是大海。两个同样大小的村庄，处在同一个角落，然而它们就好像属于两个世界。

这不是借口，只是一种诱惑。

帕德鲁向墓园的铁门走去，门外停着他的车。是的，不难理解格瑞佐恩帮为什么想要去多维尔购物，不是带着支票和银行卡，而是拿着一把贝瑞塔92和两把马弗里克88。这甚至不是生存需要的问题，更多的是身份认同的问题。

生在诺曼底的一个矿工村？开什么玩笑！成长在奥芝地区② 中心的一个矿工居住区，没有奶牛也没有苹果树，谁会相信？甚至都没有一个本土的皮埃尔·巴什莱③ 能够给自己一种表面上的自豪感。几十年里，只有臭烘烘的钻井经验，而这种工作早就没人做了。这是被牺牲的一代人，他们从世界各地来到这里，最终在这里被人遗忘，在这个巴掌大的墓地里，也许只有波兰人除外。

总之，和他的人生完全相反，帕德鲁想着，推开了铁门。他的家庭，孩子，孙子，还有前妻，他们分散在法国的各个地方，远至美国。有几秒钟他想到了他的小女儿阿娜依，现在应该是克利夫兰的早上七点，她应该还在睡觉。

他刚走上步行道，手机就开始振动。玛丽安！她在一刻钟前发了条短信。帕

---

① "红脸"指挖铁矿的矿工。

② 诺曼底地区的一个传统上的自然区域，包含卡尔瓦多斯省、奥恩省和厄尔省的部分地区，波提尼位于卡尔瓦多斯省。

③ 皮埃尔·巴什莱（1944—2005），法国原创音乐人。

德鲁在墓地里的时候关掉了手机，不是怕打扰到别人，当时墓地里只有他一个人。他这样做更多的是出于尊重，出于信仰而非迷信。如果说我们还没能证明智能手机的辐射对活人有害的话，那么也许它会打扰到彼岸的灵魂之间的交流。

"帕皮？你到波提尼了？"

警长兴奋的声音回荡在他耳边。

"是呀……"

"太棒了！毕竟这是个好主意，跑到那边去。你给我收集一切有关提莫·索雷的信息。你懂的，我们在找一个女孩。他和这个女孩很可能有一个孩子，我们也在找。提莫·索雷在村子里应该还有亲戚、朋友、邻居……"

帕德鲁警员先后回想了费德里克·索雷的坟墓和他儿子的资料。提莫是被他父亲一手带大的，直到 2009 年，六十一岁的父亲去世。肺癌。他的母亲欧菲莉亚在提莫只有六岁的时候便离开了他们，回到了加利西亚。

"提莫·索雷在八年前离开了波提尼……从那之后，硅肺病应该带走了所有认识少年提莫的一代人，比霍乱的传播还要不留活口。"

玛丽安的回答很响亮。

"你自己想办法，帕皮。是你要跑到波提尼观光的。那么现在，你就要接受任务。你给我找到一个年老的小学老师也好，他在足球俱乐部的哥们儿也好，一个认识这个小孩的神父、面包师，不论是谁。"

不论是谁……

波提尼的街道空无一人。店铺很新。这个村子似乎很早以前便已驱走了铁矿的幽灵。

"我无法预料，玛丽安。"

"预料什么？"

"从今天早上开始的新突破。已经有十个月没有任何关于多维尔抢劫案的新情报了。"

玛丽安叹了口气。帕德鲁来到了长长的商业街上，它笔直地穿过了整个村庄。

"所以你预料到了什么？你这次朝圣的目的是什么？"

"一个直觉。现在跟你说还太早。一个能把所有资料碎片都排列好的模具之类的东西，一个也许能解释一切的工具。格瑞佐恩街，他们在这里度过的青春，他们简历上的空白格子和他们犯罪记录上被填满的格子，还有从今天早上开始讨论的马罗内·穆兰吐露的秘密，关于火箭的故事，这孩子带着的刺豚鼠……"

"够了，帕皮！你知道我们在这边像群疯子一样自娱自乐吗？我们一遍一遍地听一只玩偶讲故事，然后试图在一张藏宝图上画出童话……这么跟你说吧，你在这边会对我更加有用，你比我手底下的所有人都更熟悉这片地方。因为你，吉贝得被困在一间儿童房里，郁闷地对着几十张儿童涂鸦，甚至不能去学校接自己的孩子，给妻子一个吻。"

帕德鲁警员正好在街道尽头看到了学校。正前方，一个漂亮的女孩从一家理发店里走了出来。她衣服很短，鞋跟很高，一头金发，说不定十五分钟前还不是。

听到警长最后那句话，帕德鲁忍不住笑出了声。

"我错过什么了吗，帕皮？"

"不好意思，玛丽安。只是有个画面恰好与你刚刚跟我说的话撞在了一起。吉贝是模范爸爸，这一点我可以向你证实。但有一点我要说的是，当他 16 点离开警局的时候，他是去教室约会。"

"什么？"

玛丽安噌地站了起来，差点撞到了倾斜的墙壁。

"他不是去见孩子们，"帕德鲁解释道，"他其实是去和妈妈们约会，如果你明白我的意思的话。他提的不是书包，而是手提包。"

"啊？"

"如果你让我说得再明白一点的话，从下午 5 点到晚上 7 点，吉贝很喜欢待在自习室里，学习一些特殊的课程，和漂亮并且同一条件的女老师 [①] 一起，但不是给孩子们上课的老师。我也是，玛丽安，我昨天听说这件事的时候惊讶极了。吉贝冲我使了个眼色，让我有点好奇，但是显然，整个警局都知道这件事！"

玛丽安颓然地靠在了马罗内房间的墙壁上，是那面涂成了黑板的墙。她甚至没注意到，她刚刚用粉笔写上去的字被她的上衣蹭掉了，只剩下几个悬在半空的

———————

① 法语中，"女老师"和"情人"是同一个词。

问号和一些勉强能分辨出来的单词。

妈妈，孩子，记忆，凶手……

警长看着勒什瓦里埃警员，他正半躺在铺满小孩子涂鸦的床上，专心致志地研究案子。

多么专业。

只是他没有在研究瓦西尔·德拉戈曼的笔记或者马罗内的画……吉贝投入了另一份资料的研究中，关于多维尔抢劫案、枪战、散步道前的海洋街的资料。

比起小孩子的涂鸦，他对犯罪团伙更有兴趣！玛丽安想。骗子……还是个浑蛋。

吉贝现在背对着她，她肆无忌惮地看着他，也看着这个儿童房里的每一个细节。

极品中的极品？终极幻想？

不管怎样，吉贝的不忠没有动摇她对家庭的任何看法。甚至加强了它。是的，对于一对夫妻来说，和孩子一起度过的奇妙时光是默契的时刻，和性高潮一样直达内心。或者更准确地说，这些时刻会逐渐占据夫妻性高潮的位置。取而代之。

然后放心的妈妈们会去别的男人那里寻找它。

然后完美的爸爸们会欺骗妈妈。

至少吉贝是这样。

但是当他们窥破了对方的奸情，他们还是会要求轮流抚养孩子。

玛丽安在电话里叹了口气，用平静的声音说：

"好吧，帕皮，一有什么新发现你就给我打电话……"

她挂掉电话，冲着吉贝厉声说：

"合上你的资料。我们已经检查了一千遍了。你懂孩子的画、幼儿园心理学和小孩子的学习能力，你有孩子，不是吗？那么赶紧工作！瓦西尔·德拉戈曼能找到，我们总不会比他蠢！"

面对上司突如其来的攻击性，吉贝一脸震惊，像个被母亲没来由的怒火惊吓到的孩子。他刚要回嘴，楼下突然传来了一声大喊。

"奥格蕾丝警长，是我，波戴恩。我们找到了一个目击者。戴沃特·杜蒙德，她住在穆兰家对面。"

玛丽安走到了楼梯平台上。波戴恩刚从停车场跑过来，还在喘着粗气。他挥动着一张纸，犹如一棵12月的树被最后一片叶子压弯了枝条。

"我给她看了照片，警长。她很确定。她看到阿曼达和马罗内·穆兰上了车，一辆黑色的SUV，她以前从来没见过。她没认出牌子，但我们会找到的。他在几分钟后也上了车。戴沃特说，妈妈和孩子看起来都很害怕。她还提议让我喝杯咖啡，但我……"

"该死，谁？谁和他们在一起？"

波戴恩晃动着纸片，是一张照片，就好像他的上司能从三米高的地方认出那上面的人似的。

"泽尔达，"他最后喊道，"阿列克西·泽尔达！"

奥格蕾丝紧贴在楼梯扶手上。

她眼前又浮现出迪米特里·穆兰两眼之间的弹孔。他的尸体应该已经被装在塑料袋子里，运往停尸房了。接着，她的眼前展开了一张无穷长的单子，上面全是阿列克西·泽尔达策划过的犯罪行动，那些他被怀疑为凶手的谋杀案：拉菲特-贝纳德市的法国巴黎银行抢劫案中的两起谋杀，埃鲁维尔市家乐福货运车袭击案中的另外两起。

从昨天到现在，他的榜单上又多了两条人命。

瓦西尔·德拉戈曼。迪米特里·穆兰。

泽尔达没有任何理由在这样一条康庄大道上停下来。

波戴恩习惯性地牢牢立在原地，等候新的命令。玛丽安忽略掉了他。她应该理清形势，像一台电脑在回车键敲下的几秒钟内便一下子给出一个正确答案那样迅速。关于泽尔达逃跑的方向，他们没有任何线索，但如果他带上了马罗内和他妈妈，那么这件事一定和那孩子的记忆有关系。一个疯狂的念头在她的头脑中闪过：唯一知道他们的目的地的人是古奇，那只应该被马罗内带上了SUV后座的玩偶。

他们唯一的眼线……

接着，一个似乎比上一个更加疯狂的想法出现了：他们可以和它交流！

玛丽安转向吉贝，他仍坐在床上，埋头研究抢劫案的照片。

在马罗内的图画之上，他散乱地放了多维尔海滨浴池前的两具尸体的照片，还有被子弹打破的橱窗、海洋街、布满弹孔的汽车的照片。显然，这位虚伪的爸爸更喜欢警匪游戏，而不是手工活动。

玛丽安很恼火，她明明一分钟前才给他布置了明确的任务。然而，她刚想开口，将一个无力的警察的恼恨和一个天真的女孩的失望一股脑地发泄出来，对方便抬起一只手，然后充满自信地说：

"我在资料里发现了一件事，玛丽安。那就是抢劫案和那孩子之间的联系！这解释了他的创伤，他对下雨的害怕，他的双重身份和剩下的一切。"

53

短针指着 1，长针指着 5

这不是雨，达妈妈这样说。

雨是从天上落到地上的，正因如此它才会伤人，因为它从高处落下来，非常高，从我们头顶的云彩上落下来。我们以为那些云很小，但事实上，它们比我们知道的所有东西都要大。最小的云也比整片大地要大。雨滴穿过宇宙，穿过星星，然后砸在我们身上。

但打湿你的脸的不是那种雨，达妈妈向他保证，尽管马罗内并不相信。这些雨滴呢，达妈妈继续解释道，它们是被风吹来的。它们不会砸下来，它们会飞。它们也来自云，不过是那种由海浪造出来的小小的云。海浪是一团白色的沫沫，它会打在鹅卵石上，弹起来，然后风会把它带到海边，如果风很大，甚至还会把它带到悬崖上。

为了说服他，她又用了另外一些他不懂的词——泡沫、波涛、水雾。

他还是不信！他用大衣的风帽遮住脸。当他直直地向前看，看到尽头的时候，天空和大海，它们是同一个东西！它们的颜色一样，混在了一起。灰色的。好像画出它们并给它们上色的人草草了事，连分开它们的线都没有画。

无法分辨锋利的雨和只会打湿东西的雨，这让他害怕。于是，马罗内躲在风帽里，低下头看着地面。

城堡的塔楼。海盗船。房子。他还没有看到它们，但他可以想象出来。只要在走完一大段台阶之后，再向下走一小段台阶。他的房子是第三个。

　　他不知道为什么，但他很确定。一切都和古奇的故事里一模一样，但现在，他还想起了那些画面。

✦

　　"你领着他。"泽尔达说。

　　阿列克西观察着四周，视野之内一个人都没有。运气不错，恰好赶上寒风呼啸。没有冒冒失失的散步者打扰他们，海滩上没有，这里更不会有。就连平日里聚集在这里的滑翔翼爱好者们也没有冒险在今天飞行。但他仍旧额外小心，将SUV停在了一片栗树林的后面，就算在圣安德里厄路上缓慢地开车路过也不可能看到。

　　相反，从这个临时停车场可以俯瞰这片海滩，一直到拉艾夫海角。眼前是一派黑白两色的诺曼底秋景。泽尔达想象了一下瓦西尔·德拉戈曼最后的灰烬融入灰暗的背景中的场景。在他的摩托被烧掉的观景台上，警察们已经滚蛋了。几分钟前，当他从省道旁边经过时，他没有看到任何警方忙碌的迹象。他放慢速度，短暂地闭上眼睛，愉快地回忆他弹动手指，将烟蒂扔到那摊汽油上的情景。一具具尸体接连浮现。那些都是他沿途留下的。现在，整个勒阿弗尔警局的人大概都在玛涅格利兹，在阿曼达的客厅地毯上踱步。

　　警察需要多长时间找到他们？那个罗马尼亚的心理学家花了好几个星期。即便警方不止一人，但他们也不大可能更聪明。这不是在这里耽搁的理由，也不是改变这种会留下证据的方法的理由……小拇指的方法。

　　他把手伸到了阿曼达的背后，然后倾身凑到她耳边，同时张开另一只手放在她的太阳穴附近帮她遮风。

　　"我们下山，阿曼达。我们去藏身的地方，拿上我们要找的东西然后远走高飞！"

　　他的手又向下滑了几厘米，直到抚上她的腰际，手指在一层层衣服底下摸到了她缺乏美感的腰线。在他的想象中，那里的曲线要更美妙一些。

阿曼达没有反应。

对我的动作还是没感觉？泽尔达琢磨着。会有的。等到和迪米特里的这只小野兽一起生活之后，一定会有的。

慢慢地，他的手滑向了她的臀部上方，好像为了推她一把，让她走得更快，让她牵着马罗内的胳膊，走下修建在悬崖上的阶梯。

他们已经向下走了几十级台阶了。阿曼达牵着她儿子的手走在前面。马罗内不说话，低着头，似乎只关心海浪打来的水珠。他的小腿迈过一级级台阶，看不出疲倦。

阿曼达能感觉到阿列克西在她背后喘息。她知道，如果她放慢脚步，停下来喘息片刻，他就会在她上面的一两级台阶上站定，把一只手放在她的肩膀上，轻轻擦过她的一只乳房，把他的上半身贴在离她的嘴几厘米的地方。情况紧急可以充当借口。不要磨蹭，加快速度。他们要去取回赃物，警察还在找他们，还有马罗内要保护。

在这个时候，他还在轻薄她。

她不傻。他在调戏她，但她却感到心烦意乱。无论如何，不由自主。她没有傻到胡思乱想，以为自己有什么吸引力或者一丁点魅力，有一丝机会抛个媚眼、扭动一下腰肢，就能打动泽尔达。她只是在心里推测，泽尔达可能想利用她。在长达几星期、几个月的逃亡之前，他可能想从当前的局面中榨取好处。如果有必要，他会强暴她。

有一级台阶比其他台阶都高了一些，马罗内滑了一下。她在最后关头紧紧地攥住他的手，把他拉住了。

这也许是她最后的机会。不是为了她自己，而是为了她的儿子。也许她能够挡在孩子和杀手之间？让自己成为盾牌，她喜欢这个形象。一个厚重粗笨的女人可以做到。

她能感觉到马罗内的小手拉着她的手，每下一级台阶就拉得更紧一些。马罗内是唯一觉得她美丽的男人。只有面对这个男人，她才会变得温和、柔软、敏感。独一无二。只有他能够不加评判地爱她。总之，只有为了他，她的生命才有延续下去的价值。

她向下望去，楼梯似乎没有尽头。黑色的船在每个浪头打来时似乎都要散架，好像下一秒就要沉到黑漆漆的海里去了。然而那艘船已经在那里等待了很久。

阿曼达冲儿子露出一个会心的微笑，拉住他小小的胳膊，有如延长了自己的手臂。为了在她和她身后的毒蛇之间拉开至少三个台阶的距离，她继续加快了步子。

马罗内觉得很安心。当他拉着达妈妈的手时，他总是很安心。她像一座山一样结实。她总是领着他，他没法反抗、拖延、奔跑或者摔倒，她领着他过马路，安静地走过步行道，防止他在楼梯上摔倒，就像一会儿她要做的那样。达妈妈的手就像一根拉住他的粗皮筋。

马罗内想，他和古奇也应该是这样。他应该做古奇的粗皮筋，更粗，他可以为古奇做达妈妈不能为它做的，他可以拉住它的胳膊，不让它的脚落到地上，可以一整天都抱着它，可以把它扔到空中再接住，甚至可以缝好它的胳膊。是的，达妈妈对他要比他对古奇更温柔。

他和达妈妈在一起的时候从来不害怕。

就算食人妖在他们背后他也不害怕。

他知道如何从他手上逃跑。他现在什么都想起来了。几乎所有，除了森林和火箭。剩下的一切都在这里了。他马上就要回到他以前和妈妈一起住的房子里了。第三栋房子，百叶窗坏掉的那栋。也许妈妈就在那里等着他。也许他们要一起在那里生活下去，妈妈，他，还有达妈妈。

　　他还是很冷，但他什么都不怕了。

　　除了雨滴，不管是海里的，还是藏在他的风帽里的。

54

吉贝站了起来，看着警长，蓝色的眼睛对牢了她的眼睛。那是一双迷人的孩子般的眼睛，像个在所有人之前想到了办法的小机灵鬼。

这个花言巧语的家伙对多少女孩用过这招儿？

"瞧。"吉贝把一张从多维尔抢劫案的资料里拿出来的照片举到玛丽安鼻子底下。

玛丽安看着这张她已经研究过几十遍的照片。位于海滨浴池前面的海洋街，吕克维奇夫妇被当街击毙，赌场对面停放的布满弹孔的汽车。她不明白她的助手准备从这里推断出什么。

"你记得吧，玛丽安，我们讨论过西里尔和楼娜·吕克维奇打算如何逃跑，他们离开多维尔的计划是什么。最有可能的假设是，他们不可能拖着购物袋徒步逃跑，那么就是有辆车在等着他们。"

"我知道，吉贝。我都知道。我们核查了所有停在附近的车子的车牌号，什么也没找到。"

"看看这辆欧宝赛飞利。在照片的近景里，距离尸体几米远⋯⋯"

玛丽安集中精力，不过吉贝更快，他用食指指着冰冷的照片。

"这里，玛丽安⋯⋯"

"靠。"玛丽安轻声说。

在灰色轿车的后面，可以辨认出汽车座椅的形状。欧宝的后挡风玻璃被警察一枪击碎，无数细小的玻璃碎片洒落在汽车的后座⋯⋯和一把儿童椅上。

"一场玻璃雨，"吉贝接着说，"你没有想起什么来吗？"

"马罗内·穆兰的恐惧。"

"提莫·索雷假设中的儿子。"

吉贝和警长肩并肩站在堆满了玩具的小小儿童房里。她感到吉贝的皮衣蹭着她的胳膊，视线齐平处是他刚长出来的胡子，他挥之不去的香水味，迪赛，燃动生命，或者类似的。操碎了心的爸爸和唯命是从的丈夫不复存在，面具掉了下来。

他只是一个捕食者，和其他人一样。一只野兽。

男人里的浑蛋。

优秀的警察。

"你的理论是什么，吉贝？"

警员再次用他天蓝色的眼睛直直地看着警长的眼睛，像两枚射向自己的子弹。

"现在只需要解开这条线了，玛丽安，你会赞同我的。我们一直以为，有一名司机在赌场前面等着吕克维奇夫妇，是他把赃物藏了起来。但是我们没有证据，抢劫案发生时，有一百多辆汽车停在附近，而且枪战开始后的几分钟里，很多车都在混乱中消失了。那么，稍稍修改一下我们的假设……如果等待他们的不是一名男司机，而是一名女司机，一名女性驾驶员，提莫的伴侣。而且汽车后座坐着他们的孩子，一个不到三岁的小男孩……"

警员再次仔细看着照片上的尸体和周围的人群。

"这可以说是个高明的主意。抢劫案发生后，警方很可能立即设置路障封锁多维尔，但是不太可能会有人怀疑一个家庭，后座上还坐着个不到三岁的孩子。"

"只是他们在坐上欧宝之前就遭到了枪击。"

"对……如果我们想得没错的话，枪战过后，提莫·索雷的伴侣和她的孩子就在海洋街上的几十个人中，然后他们就人间蒸发了。"

"你想说的是几百个人。所有在海滩上、大街上散步的人，从格兰大酒店、卡西诺超市、海滨小屋、浴场里走出来的人。子弹雨一停，整个多维尔的人都跑出来充当记者。这倒也有好处，吉贝，如果查出来欧宝赛飞利的牌照不能提供什么线索，我们的资料里还有几百张业余人士的照片，整整一张光盘。只要把它们通通检查一遍，看能不能在某张照片上找到小马罗内·穆兰……"

"牵着他妈妈的手。"

玛丽安再次用手指抚过照片，小心翼翼地，好像破碎的玻璃把照片变得锋利了。

"一群疯子，"她喃喃道，"把一个不到三岁的孩子牵扯进一场抢劫中……"

"他待在安全的地方，"吉贝轻声说，"和他妈妈在一起。他们以为能全身而退。"

警长狠狠地瞪着他，那眼神在说，他的解释听起来像是借口，而他的借口意味着他的不负责任。

"该死的，吉贝……你有孩子吗？这孩子看到了一切！有人在他眼前死掉了，就在离他一米远的地方。也许就是他认识的人。"

玛丽安怒火中烧，她很想继续把她的恨意啐在吉贝身上。在抢劫中用一个孩子来设圈套，背叛妻子，将除了家庭别无所求的孩子们置于家庭生活分崩离析的危险中……这是同样的罪行！应该受到同样的惩罚！

只是警员似乎并没有注意到玛丽安身上翻涌的怒气。他只是把手放在她的肩膀上，眼里仍旧透着猎狗一样的兴奋。

"他认识的人……你是对的，玛丽安。就是这样，这就是关键！"

片刻之后，两人都在马罗内的床上坐好。

"我们从头开始，"吉贝说，"波提尼的一伙老朋友准备进行一次抢劫。西里尔和楼娜·吕克维奇，提莫·索雷，第四名火枪手可能是阿列克西·泽尔达。再加上提莫·索雷的伴侣，我们还不知道她的名字。"

"这样一次行动需要花费几个星期准备，"玛丽安接口道，"或许几个月。但是，行动当天，计划失败了。楼娜和西里尔在上车之前被击毙了，提莫·索雷则被认了出来……"

"而且我们推理出了第四名劫匪的身份，阿列克西·泽尔达，但是既没有证据，也没有目击者！没有一个认识提莫·索雷的人透露出什么线索，所有人都对此一无所知。那时我们无法想象还存在两个目击者——他的伴侣和孩子。"

吉贝向玛丽安靠过去了一些，想要把瓦西尔·德拉戈曼的资料拿过来。警长立刻躲开，结果压到了屁股底下印着巴斯光年的宇航服。

巴斯光年的抗议方式是一声小小的、毫无星际感可言的排钟声。

玛丽安吃惊地把手伸到被子底下，掏出了一个软软的小相册，厚厚的棉质封面上装饰着猴子、鹦鹉和热带树木，受到挤压时会发出木琴的声音。

她条件反射地翻开。

在第一张照片上，一个婴儿躺在一个柳条编织的摇篮里，摇篮被一层镂空的白色织物裹住，类似蚊帐或者有些媚俗的蕾丝。

这是马罗内吗？

她认不出来……尽管摇篮里，放在婴儿粉红的嘴巴边的，是一只崭新的、干净的古奇。

"另外两名目击者。"吉贝没有理会玛丽安的发现，继续道，"如果在抢劫之后，我们知道了提莫·索雷有伴侣和孩子，我们就会审问他们。那个女孩，她应该知道如何瞒过我们……"

"可是，"玛丽安插了进来，"那孩子会说出来！他会说出他的父母，说出他父母的朋友。"

"说出吕克维奇夫妇……尤其是说出藏在幕后的那个人。此人一定经常待在索雷家，喝上一杯，拿出多维尔的地图，骑着摩托，带着秒表，将欧热尼-科拉街的路线走了十几遍。阿列克西·泽尔达！"

"阿列克西·泽尔达，"玛丽安重复道，"马罗内一定认识他。他在他旁边玩着他的玩偶，晚上醒来尿尿，或者醒着坐在他妈妈的膝头的时候，即使是无意识的，他也会记得他的脸。如果追溯到这个孩子，我们就能找到泽尔达参与其中的证据。也许甚至会发现，索雷夫妇、吕克维奇夫妇和泽尔达住在同一个老巢里，隔绝了冒失的耳目。"

"我们在寻找的巢穴……隐藏在马罗内记忆里的海盗、城堡和火箭中的巢穴，也许就是瓦西尔·德拉戈曼发现的地方。"

玛丽安无意识地翻开了小相册的另一页。里面的塑料插袋由于被脏兮兮、汗津津的手指摸了太多遍，已经不太透明了。

　　婴儿已经几个月大了。他坐在草地上。天气似乎很好，婴儿只穿了一层尿布，头上围了一块红色的小方巾，让他看起来像个海盗。

　　一个男孩。还没怎么长头发。他被太阳照得眯起了眼睛，无法分辨他眼睛的颜色。

　　马罗内？也许……依旧不确定。

　　他胖乎乎的小手抓着古奇的后腿。已经遭受了粗鲁对待的古奇此时依旧很新。

　　"所以，假设就在这里，"警长用低沉的声音说，"他们让这孩子消失了。他们把他交给了一个家庭收养，等待风头过去，尤其是要等待这孩子忘记他看到的东西，特别是阿列克西·泽尔达的脸。"

　　她停下来，回忆了一下瓦西尔关于儿童记忆的理论，那是他在不到五天前在她的办公室里向她展示的。

　　"只需很短的时间，吉贝，一个不到三岁的孩子就能忘记过去，变成一个在他的余生里保持缄默的目击者。只需要几星期他就会忘记一张脸，要不了一年，几个月，他就会忘记过去经历的一切。"

　　吉贝再次凑到玛丽安身边，观察在马罗内的床上找到的相册。

　　"很狡猾……不只如此，还很有逻辑！但是这还是带出了一堆该死的问题，美人儿。这个花招儿要怎么耍？怎么找到一个收养家庭？还有，虽然孩子才不到三岁，但怎么改变他的身份？尤其是，为什么要冒这么大的险？只要索雷的伴侣带着她的孩子躲起来就够了，因为我们从没想到过有这个孩子的存在。我们接近真相了，玛丽安，但是我们还缺一块拼图。"

　　我们接近真相了 [①]……

　　头脑中的画面让玛丽安打了个寒战。海风吹起的灰烬在她眼前翻飞。她又翻了一页相册。

　　下一页照片上的孩子已经一岁多大了。他打扮成印第安人的样子站着。在他靠着的大树后面，可以认出玛涅格利兹住宅区的小池塘，以及更远处淡黄色的小

---

① 法语中，这句话的字面意思是：我们燃烧了。

楼。这次毫无疑问是马罗内，因为照片拍得很近，孩子的脸被好好地拍了下来，而且光线更清澈一些。

没有古奇的影子，也没有别的玩偶。

相册一页页翻过。马罗内在骑马场上，在水族缸前，在生日礼物前，与阿曼达和迪米特里在一起。三根蜡烛。

直到最后一页，马罗内站在一棵冷杉下。奇怪的是，警长感觉最后一张照片似乎比别的都要厚一些。她把手指伸到塑料插袋里，从照片后面掏出了一张纸，它被歪七扭八地折了八折。

是一张画！画是成年人画的，但是上色的，或者说把画涂抹得乱七八糟的是个很小的孩子。

马罗内的杰作？

画面表现的是经典的平安夜场景，一家人团聚在礼物和闪闪发光的圣诞树前。通常家长会在平安夜聚餐那天让过于兴奋的孩子画上这样一幅画，好让他能够老实一些，并且会保证在圣诞老人路过时把这幅画送给他。爸爸、妈妈和孩子，三名家庭成员画得十分潦草，无法提取出任何特征……尽管画上的妈妈有一头长发，比阿曼达·穆兰的要长得多。

玛丽安将最后一个细节刻入头脑中：画上有四个词，其中两个写在了圣诞树顶的星星旁：快乐圣诞。

另外两个写在礼物旁：永不忘记。

她仔细检查这张纸，很旧，可能被马罗内揉搓过好几小时。四个词语应出自女人之手，很可能是他妈妈的笔迹，需要和阿曼达·穆兰的笔迹对比一下。这四个词、三个人影和圣诞节对于这个孩子来说，可能代表了什么呢？

一个新的谜团？另一个关键？这要如何确定！这间普通的儿童房里的每一件物品都有可能是为了某个特定的目的放在这里的。它们出现在这里只是为了发挥一个计划好的功能，为了制造另一重现实，一个他们希望马罗内承认的现实。这些玩具是单纯的玩具，还是故意放在这里的陷阱？这个太阳系日历？还有这些在天花板上发光的星星？这条"玩具总动员"的羽绒被？这架"快乐天地"的飞机？

这箱野兽造型的毛绒玩具？这些摩比世界的海盗？这个相册……

　　玛丽安一边翻着相册，一边重新思考助手的推理。他们循着这孩子三岁以前童话般的生活一路看下来，可这孩子是谁？

　　是同一个孩子吗？

　　还是在这些巧妙地修饰过的照片背后，藏着两个不同的孩子？

　　或者，更有可能的是，孩子是同一个，只是人们向他讲述了两种生活……第一种生活到他三岁为止，终止于抢劫案、惨剧，和彻底的创伤。接下来的第二种生活是为了让他忘记第一种，保护那些他从出生以来便常常能见到的成年人。牺牲他来保护他们。

　　什么样的母亲会接受这样的事？接受失去自己的孩子，即便只有几个月？如果这几个月抹掉了他所有的记忆，把他变成了一个陌生人呢？

　　更令人震惊的是，什么样的母亲会接受用自己的孩子交换另一个孩子？卢卡斯·马怀特的调查工作做得非常出色，他们已经有证据证明，阿曼达和迪米特里·穆兰的确有一个孩子，名叫马罗内，2012 年 4 月 29 日出生于三角洲诊所。

　　如果提莫·索雷的孩子取代了这个马罗内，那么另一个孩子去哪儿了？

　　他也消失了吗？

55

短针指着 1，长针指着 11

在走完一大半台阶之后，他们来到了与四个巨大的圆柱几乎同高的地方。对面是那艘漂浮的船。在他们右边，已经可以看到一些废弃的房子。

阿曼达从未来过这里。她听说过几次这个奇怪的地方，但她从未把这个地方和马罗内的故事联系在一起。

现在，她懂了。

马罗内仍旧牵着她的手，乖巧、听话，陷在他的思绪中，或许是记忆里。

泽尔达走在他们后面，保持着同样的步调。她觉得他应该是想要他们再快点，但他什么也没说。孩子赶路的时候没有抱怨，他对此应该很满意。

当她停下来，花几秒钟脱掉她的防水大衣搭在胳膊上的时候，他也没说什么。裹在丙烯腈纤维下的衣服已经湿透了，冰冷的水珠顺着她的后背往下淌。恐惧。汗水。下山的过程很艰难。寒风抽打在他们的脸上，但她还是解开了衬衫的两颗纽扣。

喉咙暴露在外。疯狂的举动。找死的诀窍。或者是推迟死亡的方法，至少……体力的借口微不足道，但她没有别的王牌，她别无选择，只能向泽尔达传递一些粗糙的信息。

告诉他，她是个女人。

如果他想……

为了让马罗内有机会逃脱，她没有别的可以牺牲。她没能保护她的第一个孩子，她应该救下第二个。

她继续保持着不变的速度，一步一步地走下台阶。还要走一百级左右才能到达海滩。这是通向地狱的阶梯……

马罗内曾经坠入的地狱。

另一个马罗内，死去的马罗内。

2015 年 1 月 17 日，她收到了约里奥 - 居里诊所的来信。那封信上说，她的儿子只剩几个星期的生命，说他脑袋里的病变扩张了，就像一条能劈开石头的裂缝一样。那天，迪米特里一言不发地出门了。

当天晚上，他回来了。

带着一个孩子。用来代替被判了死刑，正在楼上的房间睡觉的那个孩子。

更准确地说，是许诺给她另一个孩子……如果她同意的话。

一开始她觉得他疯了。她完全听不懂他说的那些事。他说他有个好几年没见的朋友，阿列克西，他愿意帮他们，他们也可以帮他，这是一个交换，一笔交易，一桩好生意。她记得他用了这些词，就像人们在旧货市场上为几个小摆件和邻居们讨价还价时用的那些词一样。

只是他们谈论的是一个孩子，他们的孩子。

这是暂时的，一开始迪米特里这样说，就几星期，最多几个月，直到哀悼结束，痛苦淡去。有个孩子在家里欢笑，吵着要妈妈，要玩具，要抱抱，就像抗抑郁药一样。接着，很快，连他这么蠢的人也意识到了，这不是上策。

丈夫的尸体的样子再次从阿曼达眼前一闪而逝。暂时的……事实上，迪米特里是对的。暂时的，而且有预见性的，至少对于他来说是这样。几个月，正好是他活命的时间。

但是那晚，迪米特里还活得好好的，他懂得改变策略。他说了必要的话，正是这句话让她改变主意、接受这个来自恶魔的计划。

也许我们甚至可以留下他……

阿曼达后来才提出了她的疑惑。这个从天而降的孩子将要取代从楼梯上摔下来的孩子，她想知道他的故事，想弄明白为什么要保护他，为什么他的爸爸妈妈想远离他。进一步说，如果不是迪米特里又一次欺骗了她，那么他们甚至可能永远都见不到他了。

也许我们甚至可以留下他……

然而阿曼达犹豫了……现在想想，她是多么傻呀！要是她拒绝了迪米特里和阿列克西的提议，她就永远也不会感受到一个小人儿热乎乎的手被她攥在手心里，小孩暖烘烘的胸口贴着她自己的，小淘气湿漉漉的嘴唇印在她松弛的脸颊上。

幸运的是，她最后对迪米特里妥协了。她终于明白，这个别人送来的孩子是她的机会，第二次机会。

马罗内被判了死刑。从几星期前开始，他就不再和任何人说话，只和他那些该死的虫子说话。也许他用某种波交流，用看不见的触角，用传心术，但他什么都不表达，不论喜悦还是痛苦。是医生们的诊断告诉她，疼痛正在侵蚀着他，他吃下的大量的药既无法缓解这种痛苦，也无法修复劈开他的大脑的裂缝。高烧，头痛，谵妄。这个可恶的脑桥注定会坍塌。而他没有表现出一丝痛苦。

或许这样是最好的。马罗内离开，逃离一直摆脱不掉的痛苦，而他的母亲得到了抚养和保护另一个孩子的机会。如今在她看来，这是多么清楚明了。

海水舔舐着卵石。阿曼达不知道海水是在涨潮还是在退潮。木桩上没有潮湿的痕迹，也没有黏糊糊的水草粘在上面，于是她判断是涨潮。他们得快点。

他们终于走完了最后几级台阶，只要再翻过一道水泥护墙就能到达海滩了。阿曼达想帮她的儿子，但孩子躲开了。他灵活地爬上了墙，然后又把手伸向她。他头上的风帽一直没摘。

像个小猴子……

当然，她一面自言自语，一面在马罗内的椅子前哭泣。他在椅子上睡觉、流口水、小便，对此无知无觉，还不及一只垂死的动物。当然，那个新的孩子，她不会这么喜欢他的，他不会成为她自己的孩子，她只是通过这种方式向她真正的孩子求得原谅，向他证明她可以做一个好妈妈，宽容、关切、护子，让他在那个没有痛苦的世界里可以为她骄傲。

　　她抓住儿子的手，跳到了鹅卵石上。一米的落差。重重地落地。特别重。

　　他没有抱怨。他从来不抱怨。

　　她无法知道，那么，对于这个应该和他的儿子叫同一个名字的孩子，她会爱到什么程度呢？

　　他聪明、腼腆、想象力丰富，如果她可能喜欢、愿意喜欢一个男人的话，那么应该就是这个样子的。善良、审慎、会被幻想故事和诗歌触动，对火箭的兴趣大于汽车，对魔法棒的兴趣大于军刀，对玫瑰的兴趣大于气球，对恐龙的兴趣大于狗。

　　她愿意为他付出一切，尽管他并不爱她，不像爱另一个妈妈那样爱，现在还没有，不过以后会有的。时间会成全她。如果他没有时间，如果她为他死了，他也会循着记忆来爱她。

　　在那一刻，她虽未转身面向泽尔达，却在想象咸咸的水珠顺着她裸露的颈子向下淌，让她变得诱人的样子。

　　来到了海滩上之后，他们前进的速度更慢了。阿曼达现在可以确定了，潮水在快速上涨，将干燥的卵石卷走，又重新带来潮湿的石子，抛在比之前远了几厘米的地方，发出隆隆巨响。马罗内的眼睛一眨不眨地盯着建在木桩上的一排废弃的房子。

　　泽尔达走在了前面。他用眼神示意了第三栋房子，那栋房子的百叶窗是坏的。他连看都没看阿曼达，更别说她袒露在外的湿漉漉的前胸了。他甚至有些刻意地强调他的冷淡，弯下腰，用一种说悄悄话的语气对马罗内说话，仿佛他的妈妈不存在一样。

　　"我们得快点，孩子。这里已经不安全了，你似乎把我们的秘密小屋告诉了一个陌生人。"

他冲他眨了一下眼睛，好像表示他并不怪他一样。

待他直起腰，他这才居高临下地看了一眼阿曼达，从她的脸到胸口，像一台恹恹的扫描仪。

"我们没有时间浪费。"他强调。

她哆嗦了一下，迟疑着要不要重新穿上她的大衣。

我们没有时间浪费？

阿曼达没有力气抗争了。几米外就是这片荒凉的海滩上的废弃房屋。怀疑淹没了她的理智，来回滚动的鹅卵石让她无法思考，任何一点声响都会分散她的注意力，说到底，她不比迪米特里更聪明。她最终会和他一样，躺在一片血泊之中，两眼之间嵌着一枚子弹。

她呆呆地看着大海涨潮。

潮水会把她的尸体带向远方，和集装箱船上掉下来的垃圾一起带到三角洲的淤泥里。她满手是汗，马罗内的手像一条刚刚捞上来的鱼一样，在她手里几乎抓不住。

她的身体，她的生命，这条充满苦难的道路，她全都不在乎，只要她的儿子能活下去。

泽尔达在房子前站定，冲他们露出了坦率的笑容。扎斯塔瓦的枪托又从他刚刚解开的夹克衫里露了出来。他似乎看出了阿曼达内心的疑问，就好像他在她的脑袋里安了个监视器。她惊恐、犹豫，仍抱有希望，希望他至少停下来，喘息一下，希望他放过孩子，希望他在杀她之前先睡她，希望他拿到赃物后就收手。

完美！

他没有任何迟疑，没有任何理由改变他的计划。毕竟，为什么要克制自己继续扮演小拇指的欲望呢？反正在这孩子眼里，自己已经是食人妖了。

他已经耽搁了好几个月。在这几个月里，为了防止提莫告发他，他在他身边扮演病患护理；他迟迟不能动他的宝藏；他等待着这孩子遗忘，等待着警察把注意力转向别处。

他登上了通向房屋的三级台阶。这是一栋用木板和铁皮搭建的房子，它和其他同样破败不堪的小屋一起组成了这片布满铁皮房子的海滩……虽然他完全可以用脚踹开虫蛀的木门，但他还是从口袋里掏出了钥匙。他克制着涌上心头的狂喜，不能让它淹没他，不能得意忘形。

很难。

在抢劫之前，他和提莫、楼娜、西里尔，还有这个孩子，他们每星期都在这里度过，他们把它戏称为海盗窝。他知道几分钟后，他便会再度离开这栋房子。富有。

并且独自一人。

56

圣拉扎尔车站。14号线。我是挤在自动扶梯上的众多仓鼠中的一只。

杀人欲望

我放一枚炸弹。他们不懂，他们在谈论基地组织。但只不过是我而已。

判决：335

无罪释放：1560

www.envie-de-tuer.com

她一直很讨厌停车场，近乎一种恐惧症。

尤其是购物中心的巨型停车场，地上铺着钢板，禁止行人通过，车子一靠近出口就会被拦住，然而又必须从那里通过。

小时候，她在停车场里迷路过一次。

那是在卡昂市郊的蒙德维尔第二购物中心。她从围绕着购物中心的停车场的北门走出来，她在赌气，因为她的父母没给她买最后一个神奇宝贝球。她很确定，她和爸爸妈妈进来的时候走了一模一样的门。但那是南门。她的父母在紫色的 S2 停车场找了她一小时，而她则在绿色的 N3 停车场大哭。她吓坏了，觉得自己被抛弃了。

保安在那里找到了她。

杀人欲望。

停车场……恐惧症。

成年后，她几乎每次都会在停车场找不到车。

今天，她在这里失去她的爱人。

黑色的血从提莫身上源源不断地缓缓流出。他身下的深色污迹不断扩大，印在 Twingo 象牙色的座椅上，如同浸在咖啡中的方糖的颜色。与此相反，提莫的脸、手臂、脖子变得越来越苍白，比没染血的座椅还要白。

她轻抚他的大腿，带着爱意和安慰。提莫坐在副驾驶座上，系着安全带，座椅被最大限度地放平。那些迷失在停车场里的车主从他们旁边经过时什么也不会注意到，那些转过头向车里张望的人像是要透过窗户窥探别人的生活，但最后只会认为他们是一对悠闲的情侣，正在讨论着什么。

提莫的嘴唇在嚅动、颤抖，若有人从另一侧的车窗看过来，甚至会认为他在说话。

他的确在尝试。然而她只听出了几个音，偶尔能听出几个音节。随着最后一声叹息，提莫的嘴闭上了。

"……呃……"

她冲他微笑，抬起手放在他的胸膛上。她一直都觉得提莫很英俊。以前，在提莫还能在外面散步而不会被认出来的时候，女孩们总是围着他转。

"……呃……"

提莫想说什么呢？他在说什么？

他的痛苦？

他的害怕？

还是别的话，在他死之前……

"你得活下去，提莫。你听到了吗？你得活下去……"

她也尽量吐字清晰地慢慢说，好像要让提莫也用这种方式回答。

没有回答，只有嘴唇的颤动。

"你得活下去，亲爱的。为了我们的儿子！我得走了，你知道的。我得离开你几分钟，但是你得坚持住。然后，我会叫救护车，我什么都告诉他们，通道的编号、停车场的颜色、我们的车牌号，他们会过来找到你，救你。他们会让你住几星期院，也会让你坐几年牢，但是你会出来，你将依然年轻，亲爱的，你的儿子也还是个小伙子。你们会团聚。你明白的，你得活下去，亲爱的，为了我们，为了我们三个。"

在说这番话的同时，她一直盯着仪表盘上发光的数字。

14：13。

提莫又说了一个词，只有第一个字母能听清——A。余下的淹没在翻涌上来，又被他强忍下去的唾液和鲜血中。

一个 A 开头的词。

爱？

一会儿见？

永别了？

她吻了吻他的嘴唇。它们干燥、坚硬、皲裂。在他们的头顶上，一棵小小的冷杉悬挂在后视镜上，摇摇晃晃。香草和冷烟的味道混合在一起，却没能让她成功遗忘。

她没能压抑住她的想念，冷杉让她无可避免地想起了那张藏在她的宝贝照片背后的画。

快乐圣诞

永不忘记

那是他和她之间唯一的联系。

一切都安排妥当了。一切都计划周全了。如今只有相信运气……

她确认好提莫不会摔倒，躺在副驾驶座上的姿势舒适，至少可以忍受；她把车窗上的帘子拉起来，确保停车场里不会有人注意到他。

提莫能撑过去。提莫会撑过去。那次抢劫之后的这么多个月他都撑过来了，被那个浑蛋医生摆了一道之后，过了这么多天，他也撑过来了。他可以再撑几小时，就几小时。

生存欲望。

她下了车，最后一次对提莫露出微笑。她爱人的眼睛再次合上了，只有嘴巴在颤抖，只是已经发不出任何声音。

她脚下踉跄，一只手扶住车身，任泪水在墨镜后面流淌。透过模糊的双眼，腕上的手表扭曲变形，像达利画的软软塌塌的薄饼。

14：23。

停车场尽头，电子滑动门随着人流的进出开开合合。她的时间掐得很准。

57

帕德鲁目瞪口呆地看着面前的深坑。

五百六十米!

巨坑周围的一切都像是被遗弃了。显然,他迷路了。他的导航没有更新波提尼最新改造工程的数据,包括最近拆掉的荒废的工业区,以及穿过消失的工厂、肮脏的矿工宿舍或者砖砌大楼的新街道,如同穿过了一个幻影,除了一阵难以名状的颤抖,别的什么也没有感受到。警员不知不觉开出了村子,在掉头回去之前,他把车子停在了一个堆满瓦砾的停车场里。

他重新寻找格瑞佐恩街,那里有一栋小小的矿工宿舍。等到所有矿工都死了,它也会被拆掉,然后在那片地上种上苹果树,饲养奶牛,以此彻底擦除掉这里的异常。

北部是铁矿、金字塔状的矸石堆和红色的矿工宿舍,宿舍周围是铺砌的街道,道路两侧种满了鲜花;而在诺曼底,居住区是由农庄、鸽舍和院子深处的水井组成的。景观终将被集体想象的产物同化。在北部,人们想找到左拉;在诺曼底,人们想找到福楼拜和莫泊桑。像是某种形式的整容手术,由睡在角落里的男人实施,因为他们无法对和他们一起睡的女人实施。是一种对抗过去的时光、擦掉曾经的丑陋的方式。

帕德鲁喜欢一个人在头脑中重建世界,不接受任何人的反驳。

包括这个用甜腻腻的声音指示已经不存在的道路,并命令他"立刻掉头"的导航。

蠢货!

为了捍卫他的导航，帕德鲁警员没太注意它的指示。他一边慢慢地开着车，一边查看玛丽安发给他的信息：是马罗内的画，依然是同样的线索。

一艘船。

一座森林，一枚火箭。

一座建有四个塔楼的城堡。

警长附在画下面的信息越来越急迫。

妈的，帕皮，你在三角洲生活了五十多年了，你应该有想法！

好吧，走着瞧……

这位警察对这些儿童画也不太上心。每个人都有自己的工作。在勒阿弗尔有十五名警察趴在这些涂鸦上研究！案件调查是团队工作，他尤其喜欢的是在别的警察没有走过的路上寻觅，独自工作，有点像个私人侦探。再过几个月他就要退休了，他完全可以允许自己享有这样的自由。他直接和卢卡斯·马怀特取得了联系，那个窝在警局的实习生，然后丢给了他一堆问题。他希望当他找到那条见鬼的格瑞佐恩街、走在那个小小的住宅区里的时候，他手上能握有尽可能多的牌。提莫、楼娜、西里尔和阿列克西在这片区域出生、长大的时候，正好赶上铁矿关闭的时期。他们就像村子遭到轰炸后仅有的幸存下来的小孩，在废墟里发明游戏，用笑声覆盖老人们的哀叹。孩子们围着一座坟墓奔跑，像奥拉杜尔 [1] 的儿童，广岛的婴儿，带着无根的希望，懵懵懂懂，不懂得敬畏牺牲。

他站在这座深达五百六十米的坟墓前，那里面埋葬的是这个角落的百年历史。

警员已经从车上下来，读了小牌子上的字，这才俯身观察深坑。艾希矿井是村里仅存的铁矿生产工业遗迹。直径五米，却几乎深不见底。19 世纪 80 年代末以前，人们一直利用这个矿井开采铁矿石，并在矿井周围修建了一圈类似碉堡一样的水泥结构，用于运送铁矿，顶上建有一座三十米高的开掘塔，四四方方，上

---

[1] 法国市镇，二战期间遭到纳粹武装党卫军屠杀。

面布满了密密麻麻、并非用于攻击的小窗，玻璃已经碎了。

他在原地站了一会儿。那个实习生在干吗呢？他提的问题都很具体，只要能上网都能解决，尽管那些问题可能会让他觉得奇怪……这个老警员是老糊涂了吗？他首先想知道的是关于刺豚鼠的一切！南美洲的一种奇怪的啮齿动物……一切，绝对的一切。愚蠢，我的小马怀特，也许吧，但觉得我愚蠢又不是世界末日。还有更容易的，给我查几个波兰语单词的意思，不管你用哪个自动翻译软件……格瑞佐恩，以及翻译软件里跳出的所有与波提尼的波兰佬移民区有关的名词。

他坚信，关键就在这些观念的集合里，在记忆的编码中。

最后一项任务很难，但也应该考验一下小马怀特。他想要提莫·索雷、阿列克西·泽尔达、西里尔和楼娜·吕克维奇的生平资料，尽可能地详尽，从他们的童年时期一直到现在。不要他们的犯罪记录，这些我们已经了解了，而是要剩下的一切，那些警察和律师都不感兴趣的信息……

他等着呢！

一分钟后，短信来了。是玛丽安而不是马怀特。

帕德鲁骂了一声。

上司的耐心告罄。

她发了一张马罗内·穆兰的画，在他看来和其他画没什么区别。一张胡乱涂抹的画，他对它那一秒钟的兴趣只是因为它很像他的孙子孙女们画的画，他把它们用四枚磁铁吸在厨房的冰箱上。

四条竖直的黑线，三条勉强水平的蓝线。

这就是马罗内口中的著名的城堡和大海。

*一座城堡！*玛丽安写道，*帕皮，给我在三角洲找到一座见鬼的城堡，能看见拉芒什海峡的。*

并不存在，玛丽安！

那孩子瞎编的……

帕德鲁又等了一会儿，品尝着在深不见底的坟墓前沉思的片刻时光，然后再次回到车上。不管有没有弹药，向格瑞佐恩街进发。

收到卢卡斯·马怀特的信息时，他正在和安娜对骂。安娜是导航里那个专横的女声。警员很喜欢和他对着干的专横女孩。

他收到了三个附件。

第一个附件是一个关于刺豚鼠的生活的文件，有三十多页。帕德鲁警员快速地浏览了一遍。一会儿再细看……

第二个文件只有一页，是一张表格，分为两列，一列是波兰语名词，另一列是法语翻译。

他只对其中一行感兴趣。

格瑞佐恩。

警员感到自己的心跳加速。他用拇指截了一下触摸屏，让安娜闭嘴。这样的话，他从一开始就是对的。

他有些兴奋地打开了最后一个文件。两页，包含了索雷和吕克维奇夫妇的一些生平信息。这个实习生真是太能干了，他把职业中心的旧简历翻了出来；他记得这几个小混混在抢劫之后的几个月内都被登记为失业状态。没有人对他们过去的职业经历、教育阶段或者定期合同感兴趣。对于吕克维奇夫妇更是如此，他们的失业期结束于 2015 年 1 月的那个早晨，在多维尔的散步道前。人们只知道他们曾经在码头上工作了一段时间，男人做码头工人，女人做会计。

帕德鲁抬起眼睛望着天空。现在他已经拿到所有王牌了。他会不会错了呢？他是否应该和玛丽安说说呢？目前来说，这对他不会有任何帮助，既无益于找到提莫·索雷，又不能帮他确定马罗内·穆兰、阿曼达·穆兰和阿列克西·泽尔达的位置。但是他现在知道了这起疯狂的事件究竟缘何而起。

又来了一条信息。仍然是玛丽安，她非得用那些涂鸦来烦他吗！

帕皮？你收到我最后一条信息了吗？

警察叹了口气，用手指再次点开马罗内·穆兰的画。

四条黑线……

那孩子曾向心理学家描述过圆柱形的塔楼，然而勒阿弗尔周边没有一座留存下来的城堡，更没有面向大海的。所有城堡都在战争中被炸毁了。

　　玛丽安弄得他很烦，每个人都有自己的调查任务，每个人都有自己的线头。如果每个人都做好自己的工作，那么当大家聚在一起的时候，线团就会被解开了。

　　警察的目光随着飘动的云朵游移了一会儿，最后落在艾希矿井的开掘塔上。

　　他的头脑中好像有一个齿轮咔嗒一声咬合了，一台机械装置开始运转。这一瞬间，他觉得那个高耸入云的巨大水泥块仿佛在摇晃、颤动，最终也会坍塌，落入它脚下张着大口的深渊之中。

　　他用颤抖的手抓起手机。不管怎么说，他热爱满足专横的女性哪怕一丝一毫的欲望。他按下了通讯录里老板的那一栏。

　　"我找到了，玛丽安。我找到了，你那个位于水边的倒霉城堡。"

58

短针指着 2，长针指着 7

马罗内坐在带木桩的房子的台阶上，面对着大海。古奇被他放在膝盖上，以防海浪突然涌上来，或者一个更大的浪头打过来。古奇没有风帽，它的头上没有任何东西可以挡住雨滴。食人妖说不让他进屋，让他待在外面等着。坐好。

真好。虽然他很冷，但他更喜欢待在这里。在他的记忆中，那艘船更漂亮，它有大大的白帆和一面高高挂起的黑旗。这一艘很丑，一半淹没在水里，简直像块石头。

城堡也一样。它看起来也不太结实，那些塔楼也保护不了什么东西，而且要是有人登上去的话，应该也看不到太远的地方，因为上面没有窗户，也没有楼梯，什么都没有。只是四座塔而已。塔与塔之间连供骑士们站岗的城墙都没有。一个大浪打过来就完蛋了，一切都会消失，船、食人妖的房子，还有古奇。

不，古奇被他好好地夹在膝盖之间，尽管它已经死了。

马罗内期待着大海走远。他也想起这个了。有时，大海会走得很远，比圆圆的鹅卵石还远，直到沙子露出来。马罗内和妈妈一起堆城堡，就在房子前面，大大的沙堡在大海回来之前能立好久。

就在这里，他十分确定，尽管一切都被藏到大海底下去了。也许等到大海走开，妈妈就会回来和他玩了。

是这里的妈妈，不是达妈妈。

一声可怕的叫喊吓得他跳了起来。那是食人妖的声音。他立马拉紧风帽，裹住耳朵。在此之前，他先用两根手指堵住了古奇的耳朵，以防它也听到。

阿列克西·泽尔达粗暴地推倒了胶合板做的橱柜。柜子在潮湿的木地板上碎成了十几块木板，隔板、门板和抽屉被摔得七零八落。他用脚在满地的木板、破碎的杯碟、摔坏的小零碎和翻飞的泛黄的纸巾中翻找。什么也没有。

只有一堆没用的玩意儿。

他带着同样的怒火拆掉了用四个钉子钉在墙上的搁板。几本书、碟片、花瓶、罐头也被掉落的木板砸得稀烂。

还是什么都没有，只有一堆他们离开这个老巢时留下的破烂。

连赃物的影子都没有！

泽尔达接着把剩下的家具都翻了一遍，搜了床底下，拆掉了五个房间之间的薄薄的石膏隔板、卧室、厨房、客厅。他只是被愤怒驱使，其实在他打开厨房冰箱底下的活板门时，事实已经很明显了：他被耍了！

赃物被藏在了房子底下的空隙中，只有移开冰箱才能进去。它们被分装在三个行李箱中，行李箱的大小刚好可以让人带着坐上廉价航班。两百万的货！第一间卧室的床被狠狠地撞在墙上，他用手里的匕首在床垫上划开了一道长长的口子，掀起了一场海绵色的泡沫塑料雨。

只有他们四个人知道藏东西的地方！提莫、吕克维奇夫妇和他。连那孩子也不知道。迪米特里和阿曼达当然也不知道。他们按照计划在抢劫后藏好了赃物，等待风头过去，同时也在这段时间内联系买主，中国人，世界另一头的家伙们，他们和这里的警察找到的线索不会有半点联系。

是谁背叛了他？

泽尔达剖开了另一个因潮湿而半发霉的床垫，然后把它扔在地上，像是费力地在一具尸体的肚子里翻找过后，将已经开膛破肚的尸体扔下。

不可能有个浑蛋把赃物从活板门底下拿出来后藏在了房间里的其他角落。而且他记得很清楚，抢劫的当晚，他回到这里，把三个行李箱藏在了这个位置。

　　谁？

　　谁有可能在他之后回来过？

　　不是提莫。他那种状态不可能。他把他留在涅芝区的公寓里的时候他已经快死了。吕克维奇夫妇更不可能，在他藏行李箱的时候，西里尔和楼娜已经躺在勒阿弗尔的停尸房，等着法医解剖了。

　　那么只剩下一种可能性，有人走漏了消息。

　　提莫？对他女朋友？对那孩子？

　　泽尔达停下来看了一眼阿曼达，她正坐在客厅的一把椅子上，若有所思，就好像在专注地看着一台隐形的电视。

　　他一会儿再处理她。

　　他几步走到门口，花了点时间调整呼吸，冷静下来，然后向那孩子弯下腰去。

　　谁知道呢。

　　阿曼达盯着墙壁。更准确地说，是墙上的一道裂痕，它让她想起了一个孩子大脑里致命的裂缝。这栋房子最终也会倒塌，一开始总是这样，一道细小的裂缝，然后无情地扩大，最后在不知不觉间形成一片虚无，一个深渊，你珍惜的一切全部落入其中。

　　她缓缓地站起来。泽尔达似乎不再注意她，但她了解他，他是一只时刻保持警惕的野兽，像一只老虎，表面上一副懒散模样，实际上随时都会一跃而起，扑向任何对象。

　　她很在意这个裂缝……

　　她走过去，把鼻子贴在墙上。裂纹看起来更像一条自天花板延伸至地面的线，沿着踢脚线伸展，然后又向上爬了几厘米，最后通向一张只有一个抽屉的贴面塑料小桌子。好像有一群蚂蚁找到了一个白糖罐，然后精心组织了一次抢劫活动。

阿曼达摸了摸墙壁。更奇怪的是，墙上的这道裂痕不是自然形成的。有人用黑色的毡笔画了一串细小的点，用一种惊人的方式模仿了一列不易察觉的昆虫队伍。

好像有人希望她发现一样！她一个人。好像画这道线的人知道她儿子的秘密，知道陪伴他升入天堂的仅有的活物便是昆虫，它们在他的脑袋里列队前行。

她慢慢地朝泽尔达转过身。他正在门口和马罗内说话。

他能跟他说什么？

无所谓，她有几秒钟喘息的时间。很明显，画这条线的人希望她打开抽屉。

她拉开抽屉，小心地用身体挡在抽屉前。没有折好的老旧的公路地图仿佛因为浑身酸痛而舒展开了身体。她把它们推开，翻找下面的东西。她咬住了嘴唇。

她不明白。

她的手指碰到了两张长方形的卡纸。

她拿到了两张机票！

两个座位号，23A 和 23B。

两个名字，阿曼达和马罗内。

一个出发地：勒阿弗尔－奥克特维尔；一个目的地：卡拉卡斯；在爱尔兰的戈尔韦转机。

16：42 从勒阿弗尔起飞的航班。还有不到两小时。

这是什么意思？

有人把机票放了这里？泽尔达找的是机票吗？他也准备用这种方式逃命？不可能，全法国的警察都在找他，他不可能这样通过海关的。

那么是谁？

突如其来的一阵剧烈的咳嗽让她无法继续思考。泽尔达轻蔑地看了她一眼。解开胸前的扣子是她最后一个愚蠢的主意，结果只是让冰冷的寒气渗入胸口，进入肺部，把她的心脏挤压到一个冰封的小盒子里。

她几分钟后就要死了，流着鼻涕。可笑、可怜，如同她的一生。她现在应该全神贯注地想一件事情，那就是转移泽尔达的注意力，同时大声叫喊让马罗内逃跑，远离这间小屋，跑得越快越好，不要等到潮水把他们彻底困在这里。

"你的宝藏找不到了吗？"

马罗内不害怕食人妖，他可以帮他。尤其是这个食人妖看起来困惑极了，一点也不像天真骑士故事里的那个森林里的大食人妖，也没有能切开月亮的匕首。

"你有想法吗，马罗内？你知道它被藏在哪里了吗？"

他有一副试图装作好人的坏人的嗓音。

"那么你和古奇一样……"

"什么意思，和古奇一样？"

"对，和古奇一样。你不知道那个故事吗？古奇，他的宝藏，他在睡觉前把它藏起来了，为了在他醒来时能找到它。"

"继续，马罗内。继续。为了找到他的宝藏，他做了什么？"

"什么也没做。故事就是这样。他再也找不到宝藏了。每次古奇埋下宝藏，他就会丢掉它，他不知道他把它藏在了哪里。"

一连串的咒骂在泽尔达的脑海里炸响。想想看，有人在这孩子脑袋里塞了这么多想法，就是为了羞辱他！

然而他的声音变得更加柔和。虽然很尖，但孩子们喜欢。必要的时候，他懂得如何控制。

"如果古奇永远也找不到他的宝藏，那么谁找到了？谁偷了他的宝藏？"

"没有人……"

马罗内把古奇紧紧地夹在两膝之间，注视着大海，继续说。

"没有人，以及所有人。这就是这个故事。古奇的宝藏是一粒种子，种子埋在地里，发芽，长成一棵大树，所有人都可以在上面玩耍、吃饭、睡觉。"

泽尔达把身子弯得更低，靠近孩子。他感觉到腰带上别着的扎斯塔瓦手枪的枪口摩擦着他的大腿。

好奇心战胜了一切，阿曼达继续在抽屉里翻找，同时始终注意挡住阿列克西的视线。她掀起了最后一张地图——伊芙托，蓝色系列，编号1910-O。由于动作太快，她把藏在底下的什么东西也一起碰到了一边。一声轻微的响动，也许被海浪的声音盖住了，但它却让阿曼达浑身颤抖。

就像是在玩精确性测试游戏一样，这一次，她以极缓慢的动作把公路地图放在贴面塑料桌上，露出抽屉的底部。

她眨了好几次眼，以确定她没有在做梦。

没有别的解释，一定有人故意把它放在这里。为了她。

59

今天，斯蒂芬妮生下了我们的第三个孩子。只是她肚子里还有两个孩子。

杀人欲望

我问她想保哪一个。

判决：1153

无罪释放：129

www.envie-de-tuer.com

古奇刚刚满三岁，这在他的家族中已经算是年长的了，因为他的妈妈只有八岁，而他的爷爷有十五岁，已经很老了。

五名警察在奥格蕾丝警长和勒什瓦里埃警员旁边忙碌着。

迪米特里·穆兰的尸体和浸满血的竹毯已经在几分钟前被运走了，自此以后，警察们便无所顾忌地在犯罪现场里里外外来回走动，他们甚至在穆兰家客厅的桌上铺开了一张地图。

警长不断强调事态的紧迫性：阻止另外两起谋杀，其中包括对一个三岁孩子的谋杀。而且在帕德鲁打来了电话，把他的想法笃定地告诉了他们之后，他们终于有了一条严肃的线索。

马罗内画的不是城堡的主塔，而是工厂的高塔！

帕德鲁警员在观察一座铁矿的高塔时发现它奇异地与城堡主塔很相似，于是明白了这一点。他们要找的不是四座主塔，而是四座烟囱、四座蓄水池或者四个储油罐。

面对大海……小菜一碟！

五名围坐在桌边的警察每人面前有一台笔记本电脑，鼻子贴在屏幕上，好像是一个极客团队正在线对抗地球另一端的某个队伍。

谷歌地图，谷歌街道实景，Mappy，勒阿弗尔城市规划所或市镇共同体提供的地理信息系统，一切包含地理坐标信息、照片、地图的网站都被仔细浏览。另外两名警察本哈密和波戴恩则负责联系海港管理局和工商会。

奥格蕾丝警长监督着整个队伍的工作。帕德鲁是她的团队里最优秀的警察，他的直觉再次证明了这一点。可惜这个臭脾气的家伙喜欢单独行动！否则她就让他来换走吉贝了。倒不是因为这个撅着屁股趴在桌上的警员让她不悦，也不是因为他作为警察不够高效，他辨认出了停在多维尔赌场的欧宝赛飞利里的儿童椅，这就证明了他的能力。但是帕德鲁的存在会让她安心，她也不明白究竟为何如此。这很傻，但她无法再完全信任吉贝了。

很久以前，有一座木头城堡，它是由环绕在周围的大森林里的树木建造而成的。城堡有四个高高的塔楼，人们从老远就能看到。城堡里住着骑士。那时，骑士的名字取自他们出生的日子……

"找一座工厂！"帕德鲁警员的建议带来了一阵狂喜，然而热情随后便退却了。

没有符合的目标……

大部分调查员都把注意力集中在港口工业区，但是这离拉艾夫海角太远了。在海边，大家既没有找到精炼厂，也没有找到发电厂、炼钢厂或者化工厂。大部分工厂都建在河流上游、内陆，热罗姆桥附近有法国最大的精炼工业区。警察们也找了塞纳河的另一侧，翁弗勒尔附近，但他们在那里只找到了一个休闲化的港口，有几艘渔船、一座灯塔，没有一座塔楼，就算是工厂的高塔也没有……北边是安提费的油船装油码头，依旧没找到任何与马罗内·穆兰的描述相似的建筑。

　　玛丽安恶狠狠地看了一眼手表，咒骂了一句。

　　14：40。

　　他们陷入了僵局……至少，吉贝有了一个晚回家的好借口！他可以在亲吻他的孩子和妻子时不用担心后者闻到另一个女人的香水味。警长甚至可以向他漂亮的心上人说句抱歉。

　　此外，另一方面的调查也一样寸步难行。有关欧宝赛飞利车牌号的线索走入了死胡同。抢劫案发生后，那辆车被开走了，也许是几小时后，也许是第二天，没有人注意到它，或者在别的地方看到过它。车牌号显示，这辆车属于讷伊市的一名药剂师，他几乎从不来多维尔，而且他的车库里有三辆车。直到三个月后的4月9日，他才报失这辆车。没有人把这辆失窃的车和抢劫案当天停在海洋街边的剩下的二十七辆车联系起来。多么漂亮的失误！那辆欧宝可能在案发后，在三角洲的某个角落被烧毁了，或者从某个码头边滑入了海底。

　　他们只能从中得出两个结论，也不是什么新结论：劫匪的计划极其周密，并且，既然这是一辆偷来的车，那么西里尔和楼娜·吕克维奇一定是打算乘坐这辆车逃跑，而且赃物也是由这辆车带走的。

　　现在只剩下最后一个希望：从枪战发生前到枪战结束后游荡在街上的路人所拍摄的某张照片里，找到马罗内·穆兰。卢卡斯·马怀特正在做。目前没什么可指示的，而且，除非运气好，否则这项工作将会花费他一段要命的时间。这位电脑小能手要来回扫描几百张照片，在里面搜索一张脸，一群游客中唯一的那张脸。

　　在他的岛上，所有人都叫他"海盗宝宝"。他不太喜欢这个名字，特别是他早就不是小宝宝了。但由于他是最后一个出生的，在他长大的同时他的伙伴们也在长大，所以他永远是最小的。

　　在穆兰家的客厅，古奇经过处理的声音继续讲述着他的故事，从星期一到星期日，如此循环，已经快一小时了。玛丽安坚持不让关掉 MP3 播放器，直到有人破解了隐藏在里面的全部地点信息，尽管这个瓮声瓮气的声音让现场变得很诡异，几乎不现实。

你看，古奇，真正的宝藏不是我们毕生所寻，它们一直藏在我们周围。

警长口袋里的手机在振动，她走到离桌子远一点的地方接电话。

安吉。

时机正好！

玛丽安捂住右耳，一直走到穆兰家后面的小花园里。

"玛丽安，你在吗？"

"安吉？怎么了，出什么事了吗？"

"没……是你。你应该在今晚之前给我回电话，告诉我消息的。你的心理学家，是他吗，那堆灰烬？"

警长望了望天，然后快速扫视了一圈三面环绕着女贞树的花园。一间棚子里堆着两立方米的木材，然而房子的男主人再也不会回到棚子里了。他也再没有机会把遗落在一只塑料椅底下的气球还给他的儿子，生锈的烤肉架也再也不会被点燃。

"是的，是他。"玛丽安松了口。

一阵长久的沉默，仿佛无穷无尽。是警长延续了这场对话。

"在那之后又发生了很多事，我的美人儿。我真的没时间，那件事……"

"我……我明白……"

玛丽安无意识地摆弄着口袋里的一张纸片。她把它掏出来，读着上面的字。

快乐圣诞。永不忘记。

那是在马罗内的相册里找到的纸片。

"你……你今晚有时间吗？"安吉怯怯地问。

"没有，恐怕没有……"

玛丽安立刻后悔了，她不应该回答得这么干脆，但是她不能让安吉占用她的电话超过一分钟。不过她还是追问了一句：

"你还好吗？你在客厅里？我觉得你有点奇怪……"

"我很好，我很好。我很依赖你，你知道的，玛丽安。我需要你。"

她说这话的时候声音很轻，几乎和耳语差不多，像是趴在孩子或者恋人耳边说话。这让女警官很是触动。她对安吉有很深的感情，无法解释，尽管她们才不过认识了几个月而已。当然，这是因为她和这位喜欢做梦的理发师有着同样矛盾的想法，她们既对公主命彻底绝望，又不可抑制地想要追逐这样的命运。只有某种炽烈的情绪才能让她们得以忍受这两种情感之间巨大的落差。

杀人欲望。

生存欲望。

炸毁一切的欲望。

想要一切，又什么都不想要。

不是现在，不是今晚，等到这件案子结束，她们就会有时间痛饮里奥哈，重建世界。重建她们的小世界。

"谢谢，美人儿。"玛丽安喃喃地说，"我很快就会去见你，我保证。但是我要挂电话了！"

"没问题。再见……"

玛丽安回到了闹哄哄的蜂巢，十只蜜蜂警察正在忙碌。吉贝焦躁地在电脑屏幕之间来回走动，耸着肩膀，好像越来越不相信帕德鲁的灵感了，把塔楼换成烟囱，把骑士换成工人。然后，时间一点点地流逝，这个可怜的家伙被困在了这里……

安吉的声音仍然飘浮在她的脑海中。

我需要你。

比爱情宣言更甚……这是求救哇！

玛丽安暗自咒骂自己，好像自己既是教师又是不听话的学生。真是可笑，她可不想重新在脑袋里塞入乱七八糟的想法。况且，把注意力集中到其他事情上也不难，只要靠近放在桃花心木吧台上的音箱就够了，古奇的声音正从那里传出来。

他掏出了他的大刀。刀刃在黑暗中闪着寒光，衬得他们头顶上的月亮就像一块奶酪，而这把巨大的武器能把它切成薄片。

波戴恩保持立正的姿势站在她面前，笔直得像一株修剪得整整齐齐的侧柏。

"找我的？"

他飞快地点了一下头，树干一动不动。

"我是警长奥格蕾丝，请讲。"

"我是于贝尔·凡·德·马埃尔，海港管理局的工程师。其实是退休工程师。局长给我打了电话，你们似乎在找一个与某件案子有关的具体地点？他没空，所以就使唤他的老部下。这让我有事可做，帮我抵抗阿尔茨海默病、亚历山大病、帕金森病或亨廷顿舞蹈症，一旦人家不用你了，这些病就会伺机找上门来。所以局长很清楚我是不会拒绝的。准确地说，你们在找什么？"

玛丽安心很累，她快速地解释了一遍，略去了细节。一个靠海的、可能会被认作城堡的场所和一艘可能会被认作海盗船的船……然而他们什么都没找到，他们甚至沿着三角洲的内陆方向找了五十公里，也找了东西两侧的海岸……

凡·德·马埃尔权威的声音打断了她：

"您说的是老北约基地？"

"什么？"

"废弃的北约基地。在滨海奥克特维尔市，拉艾夫海角后面，机场附近。"

玛丽安心如擂鼓。

"您继续。"

"20世纪60年代初，正值冷战，当时还是北约成员的法国决定在勒阿弗尔北部五公里处建一座小型基地，以防港口遭到轰炸。六十厘米高的水泥墙，四个容积为一万立方米的圆柱形储油罐，用于锚定油轮或装甲舰的锚地，这一切都藏在悬崖脚下，通过一道长达四百五十级台阶的阶梯与崖顶的平地相连。在二十年的时间里，那里被列为秘密防御基地，有军人把守。就像沙漠里的鞑靼人年复一年地等待着敌人，结果连哥萨克人的影子也没看到，他们也没等来过红色间谍。那个基地没派上过任何用场！20世纪80年代初，它便被中立化了。油罐里被灌入了水泥，碉堡的门被焊死了，一切都被原样弃置在了那里。现在那里只有一条坑坑洼洼的路和那道阶梯。由于靠海，而且有废材可以回收，那里非法建起了十来栋小屋。这是非法占地，只不过这地占在了水里……然后，除了几个环保组织，所有人都遗忘了这段历史！"

"那四个油罐是什么样的？"

"它们面向大海排成一排，建在水泥碉堡的下面，看起来相当震撼。从下面仰视，只能看到它们。的确，动用一点想象力的话，可以把它看成科幻小说里的场景，坏人的巢穴，那种詹姆斯·邦德会勇闯的地方。那是个相当肮脏的地方。"

"您说那个基地从来没派上过用场。所以那里没有船？"

"没有，一艘都没有，从来没有过。所有码头都在基地关闭时被摧毁了……而且那里还建了五座海堤，防止一切船只停靠。"

玛丽安咬着嘴唇。又是一条错误的线索？

"也就是说，"凡·德·马埃尔补充道，"没人有胆量、时间和资金跑到锈迹斑斑的储油罐和悬崖下的铁皮房之间清理那艘沉船，这让那里显得更加阴森可怖。"

"沉船？"

"是的。它也成为那里的一景。那是三十年前沉没在那里的一艘船。第一代油船。断成两截了。涨潮的时候，它看起来好像仍然漂浮在海上，就像一艘幽灵船。但是退潮时，海水一退走，人们就能清楚地看到，那艘船只是沉在沙地里而已。黑色的。矗立在淤泥里的姿态几乎算得上骄傲，只是仿佛从远古时代就被困在了那里。用今天的人的话来说叫纪念碑化，但是又和死者纪念碑不一样。它被困在那里是因为一场没有发生过的战争。要我说，就是鞑靼人的沙漠。"

玛丽安没再听下去，她已经把电话还给了波戴恩，甚至连声谢谢都没和退休工程师说。她看了一眼摊在桌上的儿童画，然后打断了吉贝的工作，脑子里没有别的想法，只想着快一点，越快越好。

"那个贼窟是存在的，吉贝！那孩子没有瞎编，他只是有点扭曲事实。一切都说得通了，那里肯定就是马罗内前几年生活过的地方（她深吸一口气，以平复自己的心跳），而且有可能是他最近几小时所在的地方（她又停下来喘了口气）。现在，和一个杀人犯在一起！"

60

短针指着 2，长针指着 9

阿列克西·泽尔达看着木桩晃动、颤抖，变得和橡胶缆绳一样柔软。上涨的潮水几乎彻底没过了木桩，胆子最大的浪头已经打到房子的露天平台上了。他们得走了……

很明显，这孩子什么都不知道。他只是重复别人灌输到他脑子里的东西，一个关于一只亚马孙森林里的老鼠的故事。这只老鼠埋下了它的宝物，然后再也找不到它，它一直寻找，直到变成疯子。

这孩子就是只鹦鹉，有人教给他一个寓言！那个把这故事刻在他脑袋里的人一定就是那个动了他的赃物的人。疯子！居然敢看不起他，还让这孩子落在了他的手里……

泽尔达右手伸进马罗内的风帽里，抚摸他的头发，同时，他的左手慢慢地伸向他别在腰间的扎斯塔瓦手枪。他应该先摆脱掉阿曼达，然后再处理这孩子。他不明白为什么，但是对于社会来说，孩子是无价之宝，比三箱价值两百万欧的赃物还要值钱。那么对于一位母亲来说，一个孩子的价值又会翻多少倍呢？

"阿曼达，我们走。"

泽尔达用冷静的、不容置喙的语气命令道。

他看了看屋里，走进去，关上了身后的房门。阿曼达一动不动地站在客厅里，站在被他砸烂的家具中间。强大的双腿支撑着她颤颤巍巍的身躯，这副样子几乎让他心生触动。他也觉得她几乎是诱人的，不论是她敞开的衬衫领口，还是颤抖的胯部，抑或是她开始惋惜的、即将结束的人生。也几乎是美丽的，甚至包括她乞求的眼神。

你在我身上做什么都行，但是放过孩子。

这种放弃一切的眼神……他还有机会在生命中遇到这样的顺从、屈服和自我献祭吗？可能再也不会了，没有任何女人会这样，即便他用残酷的折磨迫使她屈服。

母爱让女人变得崇高。

但也变得脆弱和可以预测。他向前走了一步，同时留心确认马罗内仍然待在原地，玩着他的老鼠，幻想着海盗。他把扎斯塔瓦手枪藏到背后。

泽尔达认识别的女孩，尽管勾引她们是需要花钱的，很多钱。

对金钱的爱也会让女人变得崇高。别的女人。别处的女人。

他的拇指摸索着打开了手枪的保险栓。

"我不会伤害他的，阿曼达。我向你保证，不动那孩子。"

这是他的了结方式，体面、利落。他的食指扣在了扳机上。他会在拔出枪的同时开枪，让阿曼达没有反应的时间。她不是要被行刑队处决的叛徒，没有举起武器、准备射击那一套，她只是他的小拇指在路上撒下的一块面包屑而已。

迅速了结，离开这里。

"我知道，阿列克西，"阿曼达说，"我知道你不会动那个孩子。"

她笑了。这样更好。她看开了，这让泽尔达觉得松了一口气。他只来得及在极短的一瞬间里意识到，他最后的这个想法有多么可笑。

她看开了什么？她的死？他的行刑？

他模糊地听到了阿曼达对他说的最后一句话。

"因为你不会有时间动他了。"

他猛然间注意到了阿曼达伸到衬衫下面的手臂，它伸直，直指着他，手臂末端是一把手枪。

她开枪了。四枚子弹。

两枚打中了泽尔达的胸口，第三枚穿透了他的肩胛骨，第四枚从他右边一米远处飞过，打中了胶合板的墙壁。

泽尔达来不及反应和理解，倒下了。

当场死亡。

阿曼达机械地进行着接下来的动作。她在头脑中列出清单，就像她每天罗列出一大堆要做的家务活那样：把从抽屉里的地图下面找到的手枪装进右边口袋里，出去后她就会立刻把它扔进海里，把两张机票放进了左边口袋。草草整理。

尽可能地弄乱现场，就像泽尔达做的那样。在表面上混淆警方的视听，能拖一阵是一阵。

然后离开这里。

"我累了，达妈妈……"

马罗内还没有爬完整段阶梯的四分之一。阿曼达更加用力地拉着他的手。再走一级台阶，还剩下三百级。吹在他们背上的风能稍微推着他们前进。

"我想停下，达妈妈，我想休息，我想回家，回海边的家。我要等妈妈。"

阿曼达没有回答，只是拉着他的胳膊。再走一级。

298。

"太长了，太高了！"

297。

"停下！你把我的胳膊拉疼了！"

296。

"你很坏，达妈妈。你很坏。我不爱你。"

296。

"我不爱你。我只爱我的妈妈。我要妈妈！！！我要我妈妈。"

296。

阿曼达猛地甩开了马罗内的手，接着，在他还没反应过来的时候，抢过了他左手抓着的玩偶。面对阿曼达冰冷的怒火，孩子的眼睛里充满了惊恐。他一句话也说不出来了。风把他冻住了。

　　阿曼达一秒钟都没有犹豫。她向前冲了一步，像要播种一样，用尽全力把古奇扔了出去。它落在了几米之下的地方，像个失去了提线的木偶，在榛树光秃秃的枝丫上弹了几下，那下面便是长满刺梅和荨麻的山沟。最终，它挂在了荆棘丛上，爪子交叉，头朝下，不动了。

　　古奇！

第三部

安吉丽克

在登机之前，你应该说一句话，这句话你已经说了一千遍，但是你应该在那一刻把它说出来。即便它不是真的，也必须让别人相信你。

星期五

爱情之日

61

勒阿弗尔－奥克特维尔机场，
2015 年 11 月 6 日，星期五，15：20

安吉丽克很痛苦。她的姿势几乎令她难以忍受。她的大腿、屁股和后背压在一摞被她堆起来的纸箱上，她要小心不把它们压垮，也许一个小小的动作就会让她身下的纸箱像一座纸牌城堡一样坍塌。

她必须保持平衡，如同一名走钢丝的杂技演员坐在了一只玻璃凳子上，而玻璃凳子下是一条悬空的绳索。只要某只纸箱显示出了一丝危险的迹象，她的手就会扶住一面墙，以减轻她的重量，或者重新分配一下承重。她的肌肉因为一直维持着这个姿势而痉挛。

她看不见。一个眼睛被蒙住的走钢丝的杂技演员，不过是为了增加节目效果。

安吉已经准备好继续长时间地忍受这种痛苦了，如果有必要，她可以永远忍受下去。提莫身体里的血已经流了三天，而她只是蜷缩起来的小腿和按在墙上的手指暂时缺血，她又有什么可抱怨的呢？三天里，她用自己的身体贴着她爱人的身体，妄图以此抵抗他身上散发出的死亡的臭味，而现在，钻进她鼻孔里的氨水、薰衣草和粪便混合起来的刺鼻味道又有什么可诅咒的呢？

她应该在漫长的时间里继续坚持，就像她在过去的将近一小时的时间里做的那样，就像提莫在停车场里的 Twingo 里坚持着一样。

手表的背光屏幕发出了微弱的光芒，足够让她看到时间，同时不会让外面的人注意到。

15：23

等她安全了，她就立刻叫救护车。

她一点一点地加强扶住隔板的双手的力度，以完成极微小的晃动来巩固平衡。至少是她预想中的平衡。这是她读到的。她读了一切对她有用的东西，把能写的、能注意的、能提前准备好的都做了，为的就是尽可能地为自己争取机会，不管这机会只有百分之一，还是千分之一。

安吉丽克听到脚步声打破了寂静。有人开门，敲门，关门。几乎没有说话声，没有笑声，没有音乐，只有脚步声、杂音和呼气声。每听到一个声音，她便屏住呼吸，尽管没有人会怀疑她在那里。近在咫尺。

无声的画面在黑暗中一一掠过。多维尔的抢劫，死在她面前的楼娜和西里尔，躺在海滨浴池前的两具尸体，穿透欧宝赛飞利后窗的子弹，玻璃雨，他们周围贪婪的人群，还有把儿子头发里的玻璃碴儿拍掉的她，如此自然，好像只是在用手背拂去游行队伍经过后留下的五彩纸屑。

时间加速流过，她又看到了阿列克西·泽尔达的脸，他的慌张，他对楼娜和西里尔的愤怒，虽然他们已经死了；因为提莫把头盔掉在了赛马场前的步行道上，他也对提莫发了火，尽管他的肺部受了伤。

泽尔达从小屋里出来，走到了海滩上，那时是晚上，悬崖脚下方圆几公里内一个人也没有，然后他粗暴地对他们说，如果警察确定了三名劫匪的身份，他们一定会把这个案子和他联系起来，他们不需要跑到比格瑞佐恩街更远的地方调查。

"他们没有证据，阿列，"提莫只有耳语的力气，"就算他们把我关起来，我也不会说的。"

提莫说这话的时候没有什么算计，不是怕泽尔达把他丢下，像丢掉一条受伤的狗，或者怕他可能会杀了他。他说的很真诚。是呀，安吉丽克回想着，她的傻瓜提莫是真心觉得对不起泽尔达这个浑蛋，他真心想要道歉，为弄掉头盔，为肺部中弹，为配不上这个集团的智囊设计的完美计划，而这位智囊甚至没有与他湿漉漉的眼睛对视的勇气。

很快安吉丽克便意识到，他那双毒蛇的眼睛之所以避开了提莫的眼睛，是为了观察他的儿子。

马罗内。她现在得叫他马罗内了。

泽尔达盯着这个不到三岁的男孩看了很久，那眼神与他看警察、线人以及一切挡在他和自由之间的障碍的眼神如出一辙。

马罗内认得阿列克西的脸。

如果警察查到了这个孩子，他们只要给他看一张照片，任何一张在波提尼的足球俱乐部或者矿区的香烟酒吧拍的照片，马罗内就会点头称是。一个三岁孩子是不可能被传唤到法庭上做证的，但是他的证词仍然会被预审法官作为证据，足以逮捕他，把他关起来，然后法院、警察，全都开始了。

甚至这不只是一个证据。如果马罗内点头表示他认识泽尔达，调查人员就可以确定一件事：他们四个曾一起策划这次抢劫，从几个月前开始，当着这孩子的面；他们曾在这个活泼而多嘴的孩子面前花费大量的时间讨论每一个细节。提莫就算被抓住了也什么都不会说；她就算被警察们查到了也不会说。只有这孩子是个威胁。

安吉丽克的大脑飞速运转，速度快得像油罐后面漆黑的海面上驶过的帆船。她必须说服泽尔达，马罗内不是一个危险的目击者，不管怎么说，他活着要比死了风险更小。她刚把孩子打发到海滩上玩耍，理由便自然而然地浮上了心头。

"一个不到三岁的孩子是很健忘的，阿列。他很快就会忘记。几星期之内，最多几个月，他就会把你的脸从他的记忆中抹去。只需等待，伺机而动，暂且放下赃物。"

阿列克西·泽尔达观察了马罗内很久，他穿着红色的靴子，正忙着收集海滩上的苔藓，然后把它们放在几小撮鹅卵石中间，摆成一个圆圈。

或许，泽尔达心里明白他没有选择，如果他选择除掉孩子，那么在被他的妈妈掐死之前，他也不得不杀掉她，而他不想这样做。

泽尔达一直对她有意思。

可笑！

她的计划就在那时诞生，在她把眼前的三幅独一无二的景象联系在一起的那一刻。近景是这栋铁皮房子锈迹斑斑的骨架，中景是广阔的海滩上马罗内的红靴子，远景则是一望无际的大海。

合并在一起的三幅景象，一个疯狂的计划，一座纸牌城堡，一栋纸糊的房子，只要撤掉一个小小的隔板，整栋房子便会摇摇欲坠。

一个精心准备了数月的计划，等到紧要关头，它将被一丝不苟地执行。她从昨晚开始执行这个计划，因为她意识到，阿列克西·泽尔达开始择清自己，清理所有碍事的目击者。

黑暗中传来一阵细高跟鞋踩在瓷砖地上的恼人声音，将她从她的思绪中拉了出来。那脚步声很急促，而且跑跑停停的。一名着急回到工作岗位上的工作人员？一个时间表排得满满的打工妹？一位跑去与爱人相会的贵妇？

离她这么近，却看不见……

安吉丽克努力将精力集中在回忆上。是的，这个情急之下想出来的计划疯狂，不现实，然而她别无选择。她得制作出一个又一个的小隔板，并把它们组装起来。每一个隔板都很脆弱，合在一起却能屹立不倒。她只需要把计划拆开、分隔，并成为那个唯一知道全部计划的人，这其实不是很难。引诱他人，她很在行。

引诱一个单身男子，她拥有所有王牌。

引诱一个单身女子说到底可能更简单。单身女人不信任男人，但却信任从天而降的闺密。

瓦西尔·德拉戈曼。玛丽安·奥格蕾丝。

剩下的就取决于她的儿子了。马罗内！把他唤作马罗内，把这个名字深深地埋进他的脑袋里。他是否一字不差地听从了她的劝告？他是否乖乖听了古奇的话？他是否听了她录下的所有故事？她改变自己的声音，做得如此隐晦，当然是为了不让阿列克西发现。这个杀人凶手怎么会想到，她的复仇是通过儿童故事和一只玩具老鼠完成的，而这只玩具老鼠知道唯一一个摆脱食人妖的方法呢？

细高跟鞋的声音远去了，取而代之的是之前从未有过的笑声，孩子们的笑声。几秒钟后，一个更响亮的声音响起，是一个妈妈的吼声。

粗鲁，庸俗。毫无幽默感，毫无温情，毫无道理可言，仅仅是囚犯看守的咆哮，仿佛她的孩子们的快乐的存在本身就是一种侮辱，仿佛孩子们的生命是属于她的，她拥有他们如同拥有物品，整理，抛光，用忽视或愤怒打碎他们。

杀人欲望。

孩子们已经跑向别处了，他们的妈妈迈着沉重的步子跟在后面。

想到她的计划，安吉丽克又想起了更早的回忆。那些古怪的记忆要追溯到三年级时法语课老师让他们读的一本短篇小说集。那是一本科幻小说集，里面讲述了一系列关于火星遭到人类殖民的故事，无稽之谈。在火星人被人类灭绝之前，他们拥有一些奇异的能力，比如有人曾看见他们可以变成不同的样子。在最后一批幸存下来的火星人中，有一个火星人藏在了一个偏远的农场里，他被那里的人类殖民者当成了他们死去多年的儿子。他留在了那里，被人爱着，过着平静的生活。直到有一天，他的养父母把他带到了城里。多么糟糕的主意！在街上，火星人被一个女人当成了他几天前死去的丈夫，被一个男人当成了离开他的妻子，还有人把他当成了留在地球上的朋友……火星人逃也逃不掉，他总是被别人错认，他们拉住他的手，抱住他的腰，搂住他的脖子，恳求他留下来，不要再次消失。他就这样死了，被这群悲痛万分的人踩踏、撕扯，他们爱他，不愿分享他。

如今她读懂了这个荒唐的故事。这是不应发生在她儿子身上的故事。

对于阿曼达来说，他是马罗内。

对于她来说，他从此变成了马罗内。

然而即使他用了别人的名字，他依旧是她的儿子。

一只纸箱被她压垮了，安吉丽克不得不用两手撑住隔板，祈祷着纸箱堆不要整个垮塌。她松了口气，金字塔稳稳地立着，尽管她感觉自己临时搭建的王座似乎在以一种不易察觉的速度，一毫米一毫米地不断下沉，每一秒钟都有可能倒塌。

不要在现在，她祈祷着，不能功亏一篑。她的纸房子只要再挺立几分钟就够了。

　　然后，他们就会拥有无穷的时间造一个新的，在世界上最大的森林里，最明亮的空地上。

　　远远地。

　　一座坚不可摧的石头房子。

　　为她的家。

　　她、提莫和他们的孩子。

62

今天，为了埋葬我的少女时光，我的三个姐妹让我打扮成墨西哥妓女的样子，穿着渔网袜，戴着假胸和阔边毡帽在香榭丽舍大街上招摇过市。

杀人欲望

当她们后退着给我拍照的时候，一辆旅游大巴开了过来，而我什么都没说。为了埋葬她们短暂的人生，她们打扮成了墨西哥玉米饼。

判决：19

无罪释放：1632

www.envie-de-tuer.com

勒什瓦里埃警员毫不犹豫地脱掉了鞋子，把帆布裤子一直挽到了膝盖。他蹚在蚕食着木桩的三十厘米深的水里，不断上涨的刺骨海水似乎并没有让他分心。他在木板和铁皮搭建的房子下面捞了一通，再站起来已是浑身湿透，手里举着一件沾满鲜血的大衣。

"我只找到了这个。"

玛丽安干干爽爽地站在门槛上，观察着大衣。一件雨衣，女式剪裁，尺码很大。吉贝用戴着乳胶手套的手摸了摸湿透的布料，强调道：

"从布料上浸染的血量来看，泽尔达可不只是想给阿曼达·穆兰搔搔痒。从血迹判断，我估计有好几枪，全部致命，胸口、腹部和肺部。"

警长的表情扭曲了一下。吉贝很少在案件的弹痕分析方面出错。

"应该料到的，"她叹了口气，"还是没找到尸体？"

"没有，"吉贝回答，"另外，也没找到孩子……"

"运气好的话，泽尔达沿用了同样的策略，在每一阶段留下一具尸体。那孩子仍和他在一起。"

"你认为马罗内是他的下一个目标？"

玛丽安凝视着她的助手。

"除非我们的动作够快！你给我把这屋子一个钉子一个钉子地拆了，找到阿曼达·穆兰。泽尔达不可能把尸体搬到楼梯上面，它也没有被潮水冲走。这间屋子就是格瑞佐恩街的那伙人策划多维尔抢劫案的地点。所以，站在水里，把他们在这里逗留时的纪念品给我好好地收集一遍。"

吉贝赤着脚进屋了，湿透的天蓝色衬衫紧贴在他的皮肤上。玛丽安则把手机紧贴在耳朵上，开始动员 DCPJ[①] 的行动支援小组。

"你们听到了吗？对，我是警长奥格蕾丝。你们给我加强对阿列克西·泽尔达和提莫·索雷的通缉。照片，布告，邮件，传真，给我塞满整个地区。"

她抬眼望了一下天。

"还有，让勒阿弗尔 - 奥克特维尔机场的人在各处都贴上照片，保证每个窗口的每个员工眼皮底下都有照片。这里离机场只有不到五公里，我可不信这是什么巧合。"

海平面上涨了二十厘米左右。警察们在楼梯和房子之间来回走动，在玛丽安严厉的监督下，小心翼翼地搬来犯罪现场分析的必需设备。他们不敢花时间脱掉鞋子和长裤，只得穿着衣服走在及膝深的水里，在被海浪冲散的光溜溜的鹅卵石

---

① 法警指挥中心。——原注

上蹒跚。

玛丽安谨慎地走在这间屋子的地板上，它已经因为潮水的冲刷而变得很滑，水里沉淀着警察们湿漉漉的半筒靴。吉贝一个人待在最角落的房间里，似乎对周遭的忙乱充耳不闻。他坐在一张用一块木板和两个板凳临时搭起来的桌子前，眼睛死死地盯着一台笔记本电脑。

海水仍在他背上流淌，使得衬衫透明的布料紧贴在他最健硕的肌肉上。斜方肌，背阔肌，腰肌，玛丽安觉得这样的他很性感，不在乎被弄湿，像在瓢泼大雨中踢九十分钟比赛的足球运动员一样帅气，头发被打湿成绺，大腿上闪着水光，全神贯注地比赛，似乎感觉不到雨滴。顺便一提，这是看球的唯一福利。

如此英俊，如此愚蠢，这帮浑蛋。

吉贝应该是感受到了她站在自己背后，于是向警长转过身来。

"这是泽尔达的笔记本电脑。他把所有东西都删掉了，不过我准备挖掘一番，说不定会有意外发现。"

玛丽安没有反对。从逻辑上讲，他们应该把手机交给信息和痕检中心，不过时间紧迫。吉贝能用一台笔记本电脑搞定很多事情。这关系到一个孩子的性命……

如果他还活着的话。

警长害怕DNA分析只会告诉她一个事实：雨衣或者地板上的血迹里还混有另一个人的血，一个三岁孩子的血；或者，过不了多久，他们不只会在某个壁橱里或某块活动地板下面找到妈妈的尸体……而是两具尸体。其中一具属于一个孩子。

玛丽安颤抖了一下。

"你还好吗，玛丽安？"

警长犹豫着要不要把她的助手呛回去。湿透的人是他，哆嗦的人却是自己。

英俊，愚蠢，高傲得像只孔雀！

"警长？您的电话！"

波戴恩站在她身后，没进屋，两只脚没在海水里，站成了一棵垂柳，细瘦的双腿并拢成树干，湿答答的胳膊在水面上方几厘米处举着一部手机。

"头儿？我是卢卡斯！您一定会为我骄傲，我在照片上找到了马罗内！"

"照片？哪张照片？"

卢卡斯·马怀特放慢语速，如同一个老专家面对一个很难同时把所有信息一同考虑的新人。

"多维尔抢劫案发生后被拍到的六百二十七张照片的其中之一。由几十名永久记录下现场并有心和我们可爱的警方合作的游客友情提供。"

"好，长话短说。你确定那是小马罗内？"

"毫无疑问，头儿！另外，我给您把 JPEG 格式的照片发过去了。波戴恩打开了图片，您只需用手指从左向右滑一下。"

谢谢，玛丽安不爽地想，我会用触摸屏！她用拇指轻轻滑过屏幕，与此同时，实习生仍在滔滔不绝：

"不止这些，头儿。您猜猜，在那张照片上，牵着马罗内手的人是谁？"

卢卡斯三个字不离"头儿"这一点依旧让警长十分火大，她正犹豫着要不要教训一下这小子时，图片打开了，同时，马怀特说完了他的话。

"是他妈妈！"

在 5 厘米 ×3 厘米的照片上，几十个人挤在卡西诺超市的周围。玛丽安紧张地用拇指和食指放大和拖动屏幕上的照片，浏览上面的面孔。她的目光扫过的几乎只有六十多岁的夫妇。

"在禁行标志下面，头儿，"卢卡斯指出，"在一个高个儿秃子旁边，他比别人高出了一个头。"

照片拖向左边。

禁行标志。

高个儿秃子。

向下。

看到马罗内的脸时，玛丽安立刻想到了蒙克的《呐喊》里那张扭曲的脸，《惊声尖叫》中的面具便是受此启发。那是一张陷入了疯狂的孩童的脸，突如其来、难以承受的疯狂。

警长的眼睛像被吸住了一样在马罗内身上停留了好一会儿，如同被这份恐惧深深吸引，它与其他围观群众的无动于衷形成了鲜明的对比。接着，她的目光终于移动了几厘米，落到了牵着他的手的人身上。

他的妈妈。提莫·索雷的妻子。

有一瞬间，她以为木桩上的小屋被海水冲倒了。

不，是她站不住了。

她用左手抓住门框，右手失去了所有力气，手机滑到了海水里。

始终立在原地的波戴恩目瞪口呆，没有伸出一根枝条捞回手机。

安吉……

安吉丽克是马罗内的母亲。

一切在玛丽安的头脑中飞速掠过，一闪即逝……

她们在十个月前相遇，起因是"杀人欲望"网站的调查。有人私下向警长匿名投诉该网站，这种投诉在网上有上百万件。只是这个网站的地址位于勒阿弗尔的某处。警长通过信息痕迹部门轻而易举地锁定了网站的位置。她把住在那里一个叫安吉丽克·封丹的女孩传到了警局。女孩承认，几年前，在她十几岁时，她创立了这个网站，一个阴暗版的"他妈的生活"。这几年来，"杀人欲望"没有她的管理却存活了下来。一些网友仍会不时在上面发帖，每月最多时有几百点击量。安吉丽克不反对关闭网站，她无所谓，她已经抛下了这些病态的少女时代的疯言疯语。警长向检察官提交了一份标准的报告，这件事便随他们处理。

她与安吉丽克之间很快便开始了友好的交往。她漂亮，亲切，爱笑，却又有蛮横无理的一面。是安吉丽克第二天又联系了她，说是要给她送去关于"杀人欲望"网站的其他资料，包括邮件的旧复印件和网站主机的发票。某个晚上她们一起喝了一杯，因为安吉丽克白天在理发店上班。一星期后，她们再次相约在尤诺吃晚饭。当然，一切都是算计好的，包括最开始的那封匿名信……

玛丽安看着漂浮在水里的手机。海浪将它托起，在屏幕上留下了一摊灰色的泡沫，但它没有沉下去，大概是硅胶外壳的功劳。

她没有怀疑过安吉。再说，为什么要怀疑她呢？她几乎从未向安吉透露过关于她正在调查的案件的任何信息。只有瓦西尔·德拉戈曼和马罗内·穆兰的名字，甚至在她坐着梅甘娜去涅芝区抓捕提莫·索雷的路上，安吉丽克给她打电话时，她也没有提索雷的名字。她应该只是听到驾驶室里的导航高声喊出的地址："上五号桥……"于是很容易理解，来的不是给她的爱人看病的拉罗什尔医生，而是警察……安吉丽克相当巧妙地避免了正面询问，她只是监视她，对她所在的位置和停留时间做到心中有数。某种意义上的掌控全局。

卢卡斯·马怀特还在已经化身木筏的手机里嚷嚷着什么，仿佛实习警察被关在了一口漂浮在海上的迷你棺材里。他的话无法分辨，或者是玛丽安根本没有听。

她试图回忆，在她们漫长的交谈中，她都对安吉丽克透露了关于这件案子的什么信息。

几乎没有。她们聊了男人、衣服、书、电影……还有孩子。尤其是孩子。

别人的孩子。

没什么严重的。只是一个天大的职业错误……

她从口袋里掏出一张画，那是从马罗内的小相册里的一张照片背后找到的。四个词——星星，冷杉，礼物，家人。

快乐圣诞

永不忘记

女性的笔迹，长头发的妈妈。她怎么能这么傻？

是快乐圣诞而不是圣诞快乐……

永不忘记。

NJ[1]。

---

[1] "快乐圣诞"和"永不忘记"这两组单词的首字母均为 NJ，同时，法语中"NJ"的发音与"安吉"相似。

安吉……

马罗内已经能认得字母表上的一些字母了。这幅画是让他记住妈妈的名字的绝妙办法，至少是在潜意识里记住。继她为儿子录下的古奇的故事之后的又一个密码。奥格蕾丝警长现在明白那些故事为什么要用经过修改的声音讲述了。

她上当了，像个小女孩似的！

玛丽安克制住了跳下门槛的欲望。这个冲动很可笑，因为这里的水想淹死人嫌少，想撞破头又嫌多。波戴恩依旧戳在原地，摇晃着柳条般的手臂，等待命令。可能在大海潮来临之前，他能一直这样站着。

警长终于将注意力集中在硅胶长方体里大喊大叫的卢卡斯身上。她点了一下头，示意波戴恩捞起电话。

手机上的水不住地滴在她的肩头，卢卡斯仍在嚷嚷。

显然，完好无损。

"头儿？您在哪儿？我查到了马罗内·穆兰的妈妈的所有情况。她叫安吉丽克·封丹。稳住，头儿，她也来自波提尼。她在哥白尼巷长大，与格瑞佐恩街之间隔了三条街，我在 Mappy 上查过了。她在四年级以前一直和索雷一个班。后来，就在她满十六岁的那天，她离开了村子。我猜她后来又找到了索雷，然后……"

奥格蕾丝警长没等他做完报告便挂断了电话。同时，她拨出了她记得的另一个号码。

"行动支援小组吗？还是我，奥格蕾丝。新增了一条通缉信息，赶紧行动！除了泽尔达和索雷的照片，你们给我再加一张。一个女孩。安吉丽克·封丹。你们联系一下中心，他们有照片。我要你们几分钟之内就给我印出来，然后贴到所有地方——火车站、公路收费站，还有驻守在每个环形交叉路口的机动队那里。"

玛丽安把手机拿到离耳朵更近的位置，好像落水最终还是影响了收音的质量。等确定对方听懂了她的话之后，她冲着听筒大吼：

"对，当然，你们也给我把她的脸贴在勒阿弗尔机场！优先贴在那里！"

警长没有听到吉贝走到了她的背后。他赤着脚，湿透的衬衫贴在他的胸肌上。

"你是对的，玛丽安。"

她没听他说了什么。

"还是没找到阿曼达·穆兰的尸体？"

吉贝摇了摇头，重复了一遍：

"你是对的，玛丽安。"

"什么是对的？"

"你的优先是对的。机场。"

她的助手把他拿着的笔记本电脑举到了她眼皮底下，玛丽安睁大眼睛。

"看，我在这部手机的内存里找到了这个。"

警长只在暗淡的屏幕上看出了一堆微小的符号，她看不懂。

"继续，商博良①，破译一下……"

"别激动，玛丽安，你眼前的是一些航空公司对比网站的全部搜索历史。所有搜索都指向了同一个出发地和同一个目的地：勒阿弗尔—戈尔韦和戈尔韦—卡拉卡斯。今天，16：42 的航班。"

他看了一眼手表。

"半小时以后！"

他观察了一下天空，然后低下头看着冰冷的海水，就好像要一头扎进去似的。他估计了一下水深，合起电脑夹在胳膊底下，然后信心满满地说：

"机场离这里不到五公里，来得及！"

---

① 让－弗朗索瓦·商博良，法国历史学家、语言学家、埃及学家，是第一位破解古埃及象形文字结构并破译罗塞达石碑的学者。

63

短针指着 4，长针指着 3

阿曼达抱着马罗内的腰，把他举到窗口里的女孩可以看到的位置。和她刚刚承受的那些相比，这点体力活实在不算什么：她抱着马罗内走完了楼梯的剩下三百级台阶，然后开着泽尔达的福特翼虎飞驰到了机场。然而，她还是对检查他们的文件和机票的工作人员笑了一下，以夸大她的辛苦。那是一个心照不宣的微笑。那个女孩不算很漂亮，紫色的制服穿在她身上有点紧，但细节上的搭配帮她挽回了一些损失，比如苹果绿色的小圆眼镜，戒指上装饰的小猫，涂成彩虹色的指甲，这些都使她比其他登记窗口骨瘦如柴的工作人员多了一丝魅力，不像后者掐着腰线，扑着脂粉，化着浓妆，犹如一模一样的空姐芭比娃娃，刚刚被人从十二个装的箱子里拿出来，拆开包装。

腼腆而爱做梦的女孩，阿曼达想。让娜，她的名字被别在胸前；她喜欢孩子，显而易见。孩子和猫。

工作人员示意阿曼达可以放下马罗内了。脚一沾地，他就躲到了她的腿后。

让娜不像要找碴儿的样子，但她还是细心地检查了每一份文件，这肯定是因为这里的备战状态，这些在大厅里走来走去的警察，以及墙上贴的阿列克西·泽尔达和提莫·索雷的照片。阿曼达感到汗水顺着后背往下淌，尽管她不停地对自己说，没什么可怕的，她和马罗内的所有文件都是合法的，警察不会打电话到机场指出她的名字，因为就算最坏的情况发生了，警察找到了位于北约废弃基地的那个藏身地，他们也会以为她死了！

"你坐过飞机吗，小家伙？"让娜俯身问道，"你去过那么远的地方吗？"

马罗内再次躲到她后面，阿曼达爱极了这个像怯生生的小猫一样的反应。工作人员没有放弃。

"你不害怕，对吗？因为你知道，你要去的那个地方啊，有——"

她故意等了一会儿，想看马罗内的反应。阿曼达后背上的汗水流到了牛仔裤里，她觉得她无法忽略掉牛仔裤苦涩的味道。

"有一片丛林……对不对，小家伙？"

马罗内依旧沉默不语。

两声盖章的砰砰声在阿曼达的头颅中回响，如同两声铁锤砸破监狱墙壁的重击声。

"你完全不用怕，小宝贝。你妈妈陪着你呢！"

军人从他们身后走过，让娜不屑地看了他们一眼，接着对马罗内说：

"你可以问问妈妈，她会告诉你丛林什么样。"

阿曼达觉得自己要晕倒了。

马罗内没有看她！

当这个愚蠢而多嘴的工作人员提到"妈妈"这个词的时候，他把头转向了另一边，看着墙壁，看着墙上贴的照片，不是泽尔达或索雷的照片。

而是安吉丽克·封丹的照片。

警察的调查进度比她想象的要快，他们已经查出了这个女孩，他们可能已经知道了她是马罗内真正的妈妈，那么他们就全都明白了……

阿曼达强忍着惊慌。幸运的是，让娜没有看她，她的注意力在马罗内身上。

警察全都明白了……除了一点，她，阿曼达，还活着，而且没有人能从她身边抢走她的孩子！安吉丽克·封丹放弃了她的孩子，她是杀人犯的同伙，她要在监狱里潦倒地度过很多年；马罗内需要一个自由的妈妈，一个爱他的妈妈，他已经快要把以前的生活全部忘记了。再过几天，安吉丽克的脸就会变成照片上的一个模糊的面孔，再过几星期，她对他来说就变得根本不曾存在过了。

工作人员困惑地观察着他们。

不要在这个时候功亏一篑。

阿曼达也把头转向照片的方向，但她的目光没有停留在照片上，而是望向视野里更远的地方，观景窗后面的飞机、大海，一只手自然地抚弄着马罗内的头发。

一对母子在长长的旅行前，心已经飞到了天上。

一段无限漫长的时间，被年轻的武装士兵蹬着靴子重重踩过。终于，让娜把护照从防弹玻璃的小窗口里递了出去。

"没有问题，夫人。祝您旅途愉快。"

"谢谢。"

这是阿曼达说的第一句话。

跑道尽头，一架天蓝色的荷兰皇家航空 A318 号空中客车起飞了。

勒什瓦里埃警员抬起头望着划过天空的蔚蓝色空中客车。他的目光追随着它越过石油一般的黑色海面，然后他沿着楼梯往上跑去。

玛丽安站在五十多级台阶下面，气喘吁吁。

"我发现了一个目击者！"吉贝叫道，"而且不是随随便便的一个人……"

他停在警长面前，递给她一个玩偶。

"你在哪里找到的？"

"在树莓丛里，从这儿往上再爬几级台阶。肯定是阿列克西·泽尔达在消失之前把它扔掉了。"

警长没有回答。有一会儿，他曾希望能得到一句称赞、一个微笑，类似"干得漂亮，吉贝"之类的表示。警员不傻，他知道这个玩偶是个重大发现。那孩子绝不会和它分开，这个化纤毛球能让那孩子安心，平静，给他安慰。泽尔达扔掉了这个玩偶，说明他不想再带着孩子。也许他甚至已经摆脱了他，在楼梯边上长满荆棘的山沟里，某个更加隐秘的角落。

玛丽安接过她的助手拿着的玩偶，搂着它，那副温柔的样子在勒什瓦里埃警员看来实在有点过了，就好像这回他的上司也相信这个玩偶会说话一样……她抚摸它，像是要哄骗它道出秘密。

"继续走，吉贝！"玛丽安说，"快点，爬上去。"

再一次，警长下命令的时候没有看他。警员三步就迈过了五级台阶。这几小时以来，玛丽安转变了对他的态度，他觉得很奇怪。那是一种笼统的恼火和攻击性，应该不仅仅是因为这个案子，因为他们接二连三的失败，或者因为她急于抓住泽尔达和索雷，应该是针对他个人的。

某种偏爱的表现。特殊献词。

仿佛他们几乎源于本能的默契已不复存在，他在他的上司眼里不过是一名有能力执行命令的男警察，和警局里几十名其他有能力执行命令的男警察没什么差别。他不明白这突如其来的失望的原因，这让他备受折磨。他可是贡献了很多呀，他认出了停在多维尔赌场前面的欧宝赛飞利里的儿童椅，他在泽尔达的笔记本电脑里挖出了勒阿弗尔—戈尔韦—卡拉卡斯的机票的痕迹，他找到了挂在树丛上的古奇……

很奇怪，在玛丽安眼中看到赞许是他在生活中很看重的一件事情。没有任何性的成分，一次也没有。他和他的长官之间的上下级关系毫不含糊，他们只是配合默契的搭档，有点像一对舞者或者滑冰运动员。

又一架空中客车划过天空。与勒阿弗尔机场的直线距离只有两公里。飞往卡拉卡斯的飞机还有十五分钟就要起飞了，就算有机场的警戒布置，泽尔达、索雷或者安吉丽克·封丹插翅难飞，他们也要赶上！

一分钟后，吉贝已经到达了最后一级台阶。他回头看玛丽安，她正站在三十几级台阶下面，茫然地望着大海，手上紧紧抓着古奇，如同一个女孩在电车上紧紧抓着手包，浑身发抖。

在不到一秒的瞬间，他恍惚看到，那只玩偶等到单独和警长在一起的时候向她揭示了一个残酷的真相，它让玛丽安震惊不已。这很蠢，当然，但是这恰好可以解释他的上司的态度：好像仅仅通过观察玩偶，她突然之间明白了，他们从一开始就错了。

他穿过停车场。等他跑到五十米外的梅甘娜那里，启动车子，开到楼梯口，玛丽安就会走到那里了。他会帮她打开副驾驶一侧的车门，不用让她耽误一分一秒。

高效。反应快。步调一致。一对滑冰运动员……

闪动梅甘娜的车头灯的时候，一个想法让他不快：他以前一直不明白，一对舞者，不管是踮着脚尖的、穿着漆皮皮鞋的还是踩着冰刀的，他们如何能够在互相触摸对方的身体那么多年后，仍然不会爱上对方。

64

也许安娜还在车里一个人发脾气，帕德鲁不知道，他已经熄了火，停好梅甘娜，扔下导航，实行计划 B。

老掉牙的计划。一张村庄的老地图。

在波提尼的新区里很容易辨认方向，一条宽阔的街道串起一家家商铺，商铺外围是一圈新建的小楼。而矿工的旧区却谨慎地躲避着稀少的参观者。这里只有十几排两百米长的条形建筑物，每一个都被分割成十栋相互毗连的房屋，所有的房屋都一模一样。

帕德鲁警员在地图上标出了格瑞佐恩街，并且更加精确地标出了这出戏剧中每一个演员的地址。卢卡斯·马怀特甚至还在一本关于波提尼的旧历史书中帮他找到了矿区运转时期那些房屋的照片，他近距离地拍下并扫描了对他们有用的照片。

费德里克和欧菲莉亚·索雷，格瑞佐恩街 12 号

托马兹和卡罗丽娜·阿达米雅克，格瑞佐恩街 21 号

约瑟夫和玛尔塔·吕克维奇，格瑞佐恩街 23 号

达尔科和热莱娜·泽尔达，格瑞佐恩街 33 号

在下车之前，他收到了玛丽安语无伦次的短信，于是新添了一个叉子。安吉丽克·封丹的父母的地址，哥白尼巷，与格瑞佐恩街隔了三条街。这是他第一个找到的地址，一栋小小的房子，因为一个巴掌大的花园的关系而奇迹般地独立于

周围的房子。很难相信，这栋幽灵般的房子里曾有过孩子的欢笑或者少女的喊叫。

波提尼不是一个可以让人成长的村子。最多，它会让人变老，这是最糟糕的情况。

他转向右边，终于来到了格瑞佐恩街。最先使他吃惊的是这里排列整齐的房屋在建筑上的一致性：规格统一，千篇一律，颜色单一，只有当难得一见的阳光照在红色的砖墙上时，才能看出一点颜色上的细微差别。

铁锈红，酒红，血红。

这里也看不见孩子了。只有一条搓板路前的一块牌子上写着·"儿童慢行"，但真正起作用的时间一年也就一两回，在孙子辈的孩子们回来过圣诞节或者过生日的时候。

帕德鲁慢慢地走着。街道笔直、空旷，时常有风刮过，很像黛西镇的主街，而他则是幸运的卢克①，被上千双躲在窗帘后面的眼睛窥视着，有银行家的，中国洗衣工的，酒馆里的漂亮姑娘的。在街道的尽头，比利小子②将会出现在那里。

没有人。

连殓尸人都没有。

他走到了12号，索雷的家。根据马怀特提供的资料，这栋房子在提莫的父亲去世几星期后被人买走了。真是桩好买卖，毕竟费德里克辛辛苦苦干了一辈子，就是为了熬到退休，而在退休的那几个月里，他宁愿待在家里修修补补，也不愿去医院做化疗。在对照着提莫少年时期的照片玩了一番找不同之后，可以看出，沙箱被换成了几盆绣球花，足球草坪被换成了滚球游戏场地，篮板被换成了烤肉架。从一扇拉开窗帘的窗户看进去，可以看到一件粉色的晨衣。帕德鲁继续走。

21号，托马兹和卡罗丽娜·阿达米雅克。栅栏上挂着一个牌子。

---

① 幸运的卢克为法国同名系列动画片中的主人公。前文提到的黛西镇为片中出现的一个小镇。

② 原名为威廉·邦尼（William Bonney），美国大西部的枪手，著名罪犯。

房屋出售。

从房子的破败状态来看，显然已经弃置多年，与楼娜父母被细心打理的坟墓形成了鲜明的对比。

隔过一栋房子便是 23 号，约瑟夫和玛尔塔·吕克维奇的家。帕德鲁警员决定过一会儿再去看 33 号的泽尔达家的老房子，因为他们已经离开村庄二十多年了。而如果卢卡斯·马怀特的资料准确的话，西里尔的父母则一直住在这里。与老照片上一模一样的浅绿色百叶窗，一模一样的菜园，一模一样的滑梯，一模一样的挂在樱桃树高枝上的秋千，仿佛他们的孩子从未离开过。

帕德鲁走到栅栏门前。

一个信箱。上面有奥芝地区的标志。在上方几厘米处有一个门铃。

他的食指在按响门铃前微微地颤抖，好像这铃声不仅会唤醒房子里的住户，还会唤醒整个旧区，整个村庄，包括那些沉睡在坟墓中的人。

他是对的吗？

他独自沿着这条路行走，没有玛丽安或其他任何一个警察的陪同，这样做是正确的吗？

他按响了门铃。

他等了好一会儿，橡木门才打开。

他以为开门的会是玛尔塔·吕克维奇，结果是约瑟夫。

满头灰白，穿着同样颜色的毛衣，站姿如同奥得 - 尼斯河线 [①] 上的波兰海关守卫。只是他的手里没有步枪，他只有一双瞳距很近的黑眼睛，像双筒枪的两个枪口，随时准备杀死任何一个陌生人。

"什么事？"

尽管约瑟夫·吕克维奇努力地想要唬住帕德鲁警员，先是把他堵在栅栏门

---

① 即德国与波兰的边界线。

后面，接着连他的来意都不想弄清，便要尽快把他打发走，然而帕德鲁连看都没看他。

他看着更远的地方。

他的身后。

在打开的一道门缝和退休矿工肥硕的身躯之间。他只需不到一秒的时间便明白了，他的调查不是徒劳。他从一开始便猜到了真相。

65

短针指着 4，长针指着 4

"达妈妈？"

她恼火地瞪了一眼马罗内。他立马改口。

"妈妈？"

"什么事，亲爱的？"

"为什么人们要脱掉他们的鞋子？"

马罗内没太听懂回答。他看不出腰带、女人的首饰、眼镜、鞋子和电脑等物品之间的联系。

达妈妈，不管怎么说，在他的脑袋里，他有权这么叫她，达妈妈现在只对他说两个字，她一直在重复这两个字：

"快点……"

她一手推着他的后背，一手拉着他的胳膊。两名警察，一位先生和一位女士，他们再次检查了达妈妈递给他们的几张纸。马罗内趁机往旁边迈了一步，她在紧要关头抓住了他。

"怎么了，亲爱的？"

马罗内注意到她的声音温柔了一些，肯定是因为警察在这里，有点像在老师面前要乖乖的。这是个好时机。

"我要古奇！"

马罗内回想起了他的玩偶头朝下挂在带刺的灌木上的样子。达妈妈无权绞死它。

无权把它留在那儿。

无权扔下它离开。

她带着傻乎乎的表情看了一眼警察，同时把他紧紧地搂在怀里。

"我们去的地方，亲爱的，那里有很多古奇，一模一样的。我可以给你买个新的，更漂亮的。"

马罗内没有听，他的眼睛从达妈妈的手臂间露出来。机场大厅很大，但他跑得很快。比达妈妈快，这是当然。他只要逃掉就行了，并不难。

他用很小的声音说：

"好的，妈妈。"

达妈妈放开了他。

马罗内立刻跳了起来，达妈妈根本来不及反应。他只要跑远，直直地往前跑，跑过墙上贴着的那些巨大的布告之后转弯。

"马罗内，停下来！"达妈妈的声音在他背后大叫。

他停了下来。

不是因为她喊了他，和这个无关。达妈妈叫得那么大声，机场里的所有人大概都在回头看她，但是他几乎没有听到。

他看着布告。

是妈妈。

她在那里，灿烂的笑容、长长的头发，她也在看着他，似乎在责备他。

责备他如此愚蠢，说他没有听她的话……

他直到现在才想起她的叮嘱，那是他决不能忘记的叮嘱，她曾让他保证，每晚都要对着古奇，在头脑中重复。

他应该等待，仅此而已。

达妈妈结实的手牢牢地抓住了他。

"够了，马罗内！"

等到时机成熟。

在此之前，要假装达妈妈就是他的妈妈。他们再次从警察面前通过，达妈妈摘下了眼镜、手表，拿掉了手机。马罗内只摘掉了脖子上的纪念章。他们通过了一扇没有墙的门，达妈妈响了，不是他，她还得摘掉项链。

他在门的另一边乖乖等着。

警察们聚在一起笑着什么。还有一些站在稍远一点的地方，拿着枪，他们的装扮像是真的要去打仗一样。

当他们走在走廊里，走过可以看到飞机的大玻璃窗时，马罗内又想起了妈妈说的最后几句话。

"8 号登机口，"达妈妈说，"就是上下摞在一起的两个圆圈。你要和我一起找吗，亲爱的？"

马罗内看着别的地方，一会儿看看墙，一会儿看看商店，一会儿又看看登机口。

他要勇敢起来。他真希望古奇和他在一起。他只有一个方法可以逃离食人妖！只有一个方法可以不用登上飞往他们的森林的飞机。

在妈妈对他说再见的时候，她又重复了那些话，而他抱着古奇，将它紧紧贴在心口。

这是一种祷告，你的祷告。你绝不能忘记它。

这很简单，你可以做到。

在登机之前，你应该说一句话，这句话你已经说了一千遍，但是你应该在那一刻把它说出来。

即便它不是真的，也必须让别人相信你。

上下摞在一起的两个圆圈。

8 号登机口。

达妈妈笑了。一架白色和橙色的飞机上连了一根管子一样的东西，像一台庞大的吸尘器，就好像人们只是一团团灰尘或者一堆面包屑。

马罗内扯了扯达妈妈的袖子。

即便它不是真的，也必须让别人相信你。

"妈妈。"

达妈妈对他微笑。只要叫她妈妈，她就会对他笑。

"嗯，怎么了，亲爱的？"

"我想尿尿。"

66

今天，快到午夜的时候，他对我说："对不起，我的美人儿，我从不在第一天晚上就和人睡……"我也一样，前 317 晚都不算。

杀人欲望

我把我的细高跟鞋留给他做纪念……一个蛋上一只！

判决：97

无罪释放：451

www.envie-de-tuer.com

梅甘娜在机场巨大的玻璃门前猛地刹住了车。前方的两扇车门同时打开，默契十足。玛丽安和吉贝齐齐跳下了车。警长左手仍拿着古奇，正准备全速冲刺。

16：33。

经戈尔韦飞往卡拉卡斯的航班将于九分钟后起飞。

这个倒计时一直压在她的心头，尽管她知道阿列克西·泽尔达不可能从这个机场通过这次航班逃跑，无论是带着孩子、提莫还是安吉。

也不可能一个人逃跑。他们已经通知了每一名工作人员，每一名警察，每一名空姐，将三名嫌疑人的照片公布了出去。在这个巴掌大的机场里，他没有空子可钻。查找机票肯定只是又一次的声东击西，或者是泽尔达众多计划中的一个，计划 B，或者计划 Z，是哪一个不重要，但不是他会实行的计划。他一点也不傻，不会自投罗网……

l6：34。

只要有怀疑，她就会彻查到底！

滑动玻璃门在她面前打开了。玛丽安正准备一口气冲过去，却感到后面有一股力量拉住了她。她猛地停了下来。

吉贝拉住了她的手腕！

自从他们在停车场停下车，警员的耳朵就没离开手机，却只是一下一下地点头。

"等等，玛丽安。"

她的助手与她的肢体接触并没有引起任何战栗。三分钟前，当吉贝在车里换上一件干衬衫时，她肆无忌惮地细细饱览了他健美的上半身和无可挑剔的六块腹肌。然而，她的脑海中跳出的唯一画面却是，当吉贝的孩子们在放学时等待着爸爸的时候，他却将自己完美的身体送给某个漂亮的女孩爱抚。

愚蠢的排斥！吉贝依旧是一名高效的警察，一个当她从后视镜中悄悄看着他时会觉得赏心悦目的同事。然而想入非非已经结束。至少现在……等到玛丽安绝经之后她会继续幻想，如果帅气的吉贝在年过四十之后没有长胖十公斤的话。

帅气的吉贝依然没有放开他的手。

"见鬼，怎么了？"

"是贡斯坦提尼。他们在北约基地的藏身处找到了尸体。小屋背后有道沟，里面堆满了瓦砾、石油颗粒、海藻，由于涨潮，海水已经把它淹没了。贡斯坦提尼不得不跳到齐肩深的水里把尸体捞了出来。"

"好了，吉贝。这在意料之中。"

玛丽安再次转向机场大门，想要向前走，然而勒什瓦里埃警员仍抓着她不放。滑动玻璃门打开了，一秒钟后，仿佛见无人通过，又失望地关上了。

"怎么，吉贝？"

"有个问题。关于尸体。"

警员停顿了一下，同时抓紧了玛丽安的手腕，好像在测她的脉搏似的。

每分钟一百五十下。

机场大门神经错乱地开了又关。

"赶紧的，吉贝！"

"尸体。那不是阿曼达·穆兰的尸体！"

警员加重了手上的力道。

每分钟一百七十五下。门型铡刀仍在斩首空气。

"那是泽尔达的尸体。胸部中了两枪。"

吉贝终于放开了警长的手腕。她像只弹簧一样直挺挺地跳到了机场大厅里，看也不看她的助手，直接问道：

"还有别的吗，吉贝？"

吉贝走在她旁边，仅落后几厘米。

"是的，而且比泽尔达的尸体更加出乎意料……是马怀特，那个实习生，那孩子干得不错。他动作很快。他深入调查了安吉丽克·封丹。"

玛丽安咬着嘴唇。玻璃门在逆光中映出了她变形的身影。吉贝要告诉她，他们找到了安吉的一张照片，或者更厉害，一个目击证人，尤诺的服务员；安吉丽克·封丹每星期都会和一个女人见面，很奇怪，那个女人和她很像"是的，玛丽安，你可能不相信，一个酷似你的人！"

"马怀特到处寻找，"吉贝接着说，"翻遍了这个安吉丽克的生平，从她离开波提尼一直到现在。她在勒阿弗尔的一家理发店工作，她住在格拉维尔……"

玛丽安感到一阵燥热。当然，她会辩解，当然，她会承认她的愚蠢，她只要别人给她几分钟，先让她去救那个孩子。

"所以呢？"玛丽安含糊地问。

两名背着突击步枪、全副武装的士兵向他们走过来。

"没有任何孩子的痕迹！从她二十岁以后的生平信息中完全看不出她曾经有过一个孩子的迹象！"

玛丽安又想起了他们在尤诺的对话，怀孕时的安吉出过车祸，由孩子的父亲造成，她对于永远无法成为母亲感到十分悲痛。所有的倾诉只有到最后一幕才具有意义。

"怎么可能藏起一个孩子呢？"勒什瓦里埃警员继续说，"还藏了三年！这里面涉及公民身份、妇产医院、托儿所、保姆、祖父母、儿科医生、邻居。人们没法在上班的时候把孩子藏在公寓里，或者在购物的时候把他藏在大衣里。马怀特和其他同事在安吉丽克·封丹的一生中没有找到任何抚养孩子的痕迹。完全没有！"

两名士兵站在离他们不到两米的地方。

一个醒悟的声音在警长的脑袋里冷笑。是呀，吉贝，每个人都有他的关于家庭的小秘密。你有你的老师，我有我的好闺密。

玛丽安把警官证拿到士兵眼皮底下晃了晃，继续不闪不避、大步流星地向前走，享受着凌驾于这些光头小子之上的微不足道的权力的象征。类似某种荣誉之战。有一瞬间，她的目光停留在对面墙壁上张贴的布告上。

阿列克西·泽尔达、提莫·索雷和安吉的脸被放大到 A3 纸的尺幅。

没用！阿曼达·穆兰才是他们在这个机场里应该找的人，是她要带着她收养的、冠上了她的姓氏的孩子坐上飞机。海关人员没有任何理由拦下他们。干得漂亮，阿曼达！

警长看了看手表，同时，吉贝也在照片前面停下了脚步。也许他认为事情已经失控，他们无法再控制什么。可怜的家伙……

距离飞机起飞还有五分钟。

她继续在大厅里走着，手里依旧抓着古奇。吉贝虽然是个好警察，但是没有用，他在这件事上搞错了。他什么都没懂，已经跟不上了。

她懂了，多亏了这个玩偶。

阿曼达不能带着马罗内逃跑。尤其不能！不是因为她杀了阿列克西·泽尔达，至少可以算她是正当防卫。不，有另外一个原因。

安吉没有骗她！安吉只是向海里扔了一个瓶子，一个 SOS 信号，引起了她的共鸣。她甚至以某种方式向她坦白了真相。要紧的就在那里，只在那里，其余的，之后她会在警监面前把她的感情因素梳理好。

　　玛丽安脚下不停地指了指海关的方向，自己则往登记窗口那里去了，就像和她的助手跳一支几乎仅凭直觉跳的芭蕾。无须解释。专业、默契。

　　玛丽安站在另一个士兵面前，对方不到二十岁，一脸怀疑地看着她一只手上的老鼠玩偶和另一只手上的警长证件。她刚要把证件收起来，口袋里的手机就振动了起来。

　　她发现自己在祈祷，然而又觉得不太可能。

　　上帝，让来电话的是帕德鲁吧！

　　这次，让他帮她做出正确的决策；让他证实几分钟前，当她走在北约废弃基地的楼梯上时，古奇向她揭示的真相。

　　三个简单的单词绣在它的绒毛上，除了她，没有一个人注意到。庸常。标准。几千只在全世界贩卖的一模一样的玩偶身上也绣着同样的单词……然而它们像一道不真实的闪电，照亮了真相。

　　安吉丽克不是马罗内的妈妈！

67

短针指着 4，长针指着 7

他们前面几乎没有人了。吸尘器应该吸走了所有尘絮。嗬，直接吸到飞机里去了。

马罗内咧着嘴，牵着他的那双手弄得他有点疼，尤其是那枚压到他皮肤里的戒指。他强忍着眼泪。

他抬起眼睛。

一，二，三。

他们前面还有最后两团灰尘。队伍前进得很快。穿着制服的女士比其他人都要快得多，比刚刚坐在玻璃窗后面等人们交纸的快，也比摘腰带和手表的地方的快。现在的这个几乎不看经过的人，更不看人们递给她的有照片的纸，她只收一张纸片，坐飞机必须有的那张纸片，把它撕掉，再还给你。

一，二，三，马罗内又数了一遍。

这是第三次展示那些纸了。肯定，到了第三次，这位女士就没那么注意了。

吸尘器的嘴吞下了最后的尘絮。女士把那些人都放过去了，现在轮到他们了。

马罗内犹豫着，这位女士让他有点害怕，她有长长的指甲，火红色的头发，深色的皮肤，黑色的眼睛，说话的时候嘴张得很大，而且从来不会完全闭上，好像她的牙齿太多了似的。

马罗内明白了。

这是一条龙。

她看守着洞口，这个洞是通向食人妖森林的，她让尘絮通过，她不在乎那些东西，可他们呢，她会让他们通过吗？

龙接过有他们的照片的纸，几乎没看，然后撕掉了那张纸片，没有抬眼，张开嘴道：

"祝您旅途愉快，夫人。"

吸尘器里有点黑，也有点冷。马罗内看到尽头有另一个洞，飞机的洞。

那只手把他拉得更紧了。

食人妖森林……

这一次，马罗内忍不住哭了。

攥着他的手变柔软了。通道里响起温和的声音。

"你已经很勇敢了，亲爱的。"

马罗内才不在乎是不是勇敢。他不在乎食人妖。他不在乎龙。他不在乎飞机是否带着他们起飞。

他想要古奇。

他想要他的玩偶。

"你还要再勇敢一点点，亲爱的。古奇会为你骄傲的。你做的事就是它期待你做的。"

她抱了抱马罗内。

"好吗，亲爱的？"

马罗内吸着鼻子。他继续向前走。就在走出吸尘器、进入飞机之前，那里有一个小洞，透过它可以看到底下的沥青跑道。就在小洞后面，还有两位穿着制服的女士在检查被撕掉的纸片。这回不用看有照片的纸，只要那张纸片。他们的座位号写在那上面，达妈妈跟他解释过。这两位女士也有一口过多的牙齿，不过她们亲切地向他们示意了他们在飞机里要坐的位置。

那只手把他拉得更紧了。

"我们要走了，亲爱的。我向你保证，爸爸很快就会和我们会合。"

她亲了他。马罗内吸着鼻子。没有古奇可以抚摸，他的手不知该干什么。他的眼睛还在哭泣，但他还是挤出了一丝微笑。

"好的，妈妈。"

68

今天，他又来买面包了。他很帅。他是工程师，大概是这一类的。他穿着西装，打着领带，他背着孩子们转圈，弄得他们咯咯笑。每次我递给他长棍面包的时候，他一次也没看过我。他的目光一次也没有落到我敞开的衣领上。他看我的眼神从来都是看一个一文不值的售货员的眼神，一次都没有变过。

杀人欲望

我编了一堆故事，全部寄给他的妻子。她用一只电熨斗敲碎了他的脑袋，这是我在地方报纸上读到的。

判决：2136

无罪释放：129

www.envie-de-tuer.com

向玛丽安走来的人影犹如幽灵。巨大的、半透明的，走得越近就变得越大，现在已经和机场红白相间的指挥塔一边高了，碾压了停在跑道上的如同儿童模型一般的两架波音737。它们一瞬间变暗了，几乎让人害怕，然后下一秒便消失了。或许是天上的一块云彩的作用，映在机场巨大的观景窗上的人影不见了。是来见警长的警察。

在她背后。

玛丽安没有因此而收回望着飞机跑道的目光。

5至9号登机口。阿姆斯特丹。戈尔韦。里昂。巴塞罗那。

吉贝气喘吁吁地站在他的上司旁边，完全没有看风景。

"玛丽安？听着，我们找到索雷了！有一通匿名电话。一个女人。他躺在一辆停在机场停车场里的Twingo的副驾驶座上。"

玛丽安突然从恍惚中回过神来，丢下一动不动的飞机，转向她的助手。

"提莫·索雷……终于！他怎么样？"

"很糟糕……肺部穿孔，肩胛骨上的伤口一直没合上，内出血，不过波戴恩和本哈密打开车门的时候，他还活着。他们甚至唤起了他的一丝意识。他的眼皮动了，嘴唇颤抖，大概这样，没有更多了……你可别期待他招供什么！"

警长盯着助手的眼睛。

"你的判断，吉贝？"

"难说。救护车过去了。十分之一的生存概率？百分之一？不管怎么说，索雷一直活到了现在，他活着这件事已经是奇迹了……"

在他们右边，一个机场安保负责人正在忙碌。显然，他不关心提莫·索雷的生死。这是个打着领带的小个子男人，戴着一副镜架纤细的眼镜，由于鼻梁坡度过陡，那副眼镜一直在往下滑，汗水从他光秃秃的头顶流下来，打湿了耳朵和脖子之间那一圈依然健在的头发。他旁边站着一名机场工作人员，一头红发，涂着指甲油，比他高出一个头，还有两名年轻的光头军人，穿着作战服，背着冲锋枪。黑帮党四人组。一个可疑的公务员，他的随从，以及两个保镖。他的声音又干又脆，完全没有权威。

"我们怎么办，警长？"

玛丽安没有回答。她再次看着玻璃窗后面的波音737，在头脑中重新播放了一遍最新发生的事件。

徘徊在生死一线的提莫·索雷被人扔在机场停车场，但是有人安排了救护车及时赶到，确保他有机会得救，尽管概率极小。不管怎么说，这很合理，因为这个故事的所有剧情早在一开始就写好了！说到底，玛丽安不过是这场影子游戏中的一只提线木偶，一个被写好角色的人物，一章接着一章。

她回想上上个事件，就发生在不到五分钟前。

一声尖叫回荡在机场里，那时她正在询问窗口的工作人员。吉贝跑了起来，贡斯坦提尼跟着他，两人都向女洗手间奔去。玛丽安落后了几米，跟在他们身后。当她看到被贡斯坦提尼撞开的门和躺在洗手间里的人时，她一下子明白了。

又是一招儿偷梁换柱。

阿曼达·穆兰被突袭打晕在这个巴掌大的机场唯一的一间厕所里，袭击者接着把她拖到了最近的隔间里，粗糙地捆住并堵上了她的嘴。一切都做得很匆忙。

"他躲在这里，"吉贝打开了他们面前的保洁柜的门，"他藏在这个扫帚间里等着阿曼达·穆兰。"

玛丽安观察着橱柜，被压坏的纸箱摇摇欲坠地摞在一起，旁边是除垢剂和拖把。

"真是疯子，"吉贝接着说，"他这样缩在这里面能坚持多久？"

"是她……"

"她？"

警长最后看了一眼这个狭窄的、宽度大约三十厘米的长方形柜子。阿曼达·穆兰坐在马桶上，捆住嘴巴的布条落到了脖子上，她迷茫地转动着眼睛。

"是她！只有女人才能躲在这里，一个瘦且柔软的女人。"

安吉。

阿曼达的脸慢慢消失了，堆放着一箱箱卫生纸和消毒水的空无一人的橱柜也消失了。取而代之的是波音 737 飞机。

安保先生一直盯着玛丽安。他紧张的目光一会儿落在几乎与他的视线齐平的女工作人员的胸部，一会儿落在他的两个保镖的冲锋枪上，一会儿又落在警长身上。安保先生大概不习惯看到一个女人腰间别着枪，而他不得不向这个女人讨一个决定。

玛丽安思索着，很快。毕竟，一切都清晰了。安吉代替阿曼达·穆兰上了飞机！她应该在几小时前就进入了机场，那时她的照片还没有传到海关工作人员手里。她肯定在另一趟航班上订了一个位子，随便哪一个，然后只需耐心地躲在厕所里。她只要等到阿曼达·穆兰和马罗内一起过来，没有人怀疑她，没有人有她的照片，她会通过行李托运，通过海关，通过所有关卡。登机前的最后一道关卡纯粹是走形式而已，一百二十名乘客要在几分钟内清到飞机上，工作人员看护照只是出于原则，她们只检查机票上的座位号。检查工作在前两次已经完成了。

一对母子。两名乘客。大致相似。安吉只要稍微藏一下她的脸，就绝不会在这一步被拦下。

· 完美的计划。安吉只是展示了她惊人的勇气。

安保先生已经耗尽了精力和说辞，绝望地寻求帮助，随便一个支持也好。然而两名保镖一动不动，如同两件彩陶犬，女工作人员一言不发，像一个蜡像娃娃。

完全帮不上忙！他叹了口气。

"好吧，我们该怎么办？"

玛丽安用手指着观景窗，回答道：

"飞往戈尔韦的飞机还在跑道上？"

对方抬眼望天，拍了拍手，然后也指着跑道上的波音客机。

"对！而且后面还有三架等着呢。女人和孩子在上面，我们确认过了。我们只等您的命令，警长。杜马法官的态度很明确，没有您的同意，飞机不能起飞。我有十五个人可以出动，只要……"

玛丽安没有回答。安保先生垂下眼睛，脸皱成了一团。他要疯了。这个优柔寡断的警长拎着一只脏兮兮的玩偶闲晃，却没有人发一声牢骚，难不成只有他一个人注意到了。这事有点不正常……

玛丽安不但没有安慰这位负责人，反而用手抚摸起玩偶来。她的手指滑过古奇的皮毛，从一条缝线到另一条。警长又读了一遍玩偶的标签上绣的三个单词。古奇的秘密。

她情不自禁地弯起唇角，露出了一丝微笑。

三个单词从一开始就摆在他们眼前，而他们谁也没有注意到。

圭亚那制造。

是的，安吉从一开始就写好了一切，整个故事，直到最后一章！然而，现在轮到她，玛丽安，来选择最后一个单词。

安吉在尤诺的餐桌上对她的倾诉只为了这个。只为这一时刻做好准备。只为了悄悄埋下犹豫的种子……所有的那些夜晚，那些安吉陪伴她的朋友度过的时光。

是操纵？

还是求救？

安保先生踮起脚尖，用一种小型犬的尖厉声音喊道：

"见鬼，我们在等什么，警长？"

玛丽安平静的回答终于让他疯掉了。

"一通电话。"

69

今天，雷昂斯让我切断他身上的电源。

杀人欲望

我没去。

判决：7

无罪释放：990

www.envie-de-tuer.com

孩子慢悠悠地荡着秋千，丝毫没有意识到危险。

连接着裂开的木板的两根绳子已经磨损了，由生锈的弹簧扣与秋千架相连。雨水和时光也同样侵袭了其他器具：一根虫蛀的单杠，几只不成对的吊环，一个满是窟窿的简易吊桥。

孩子没有动，秋千自己在摆动，没有任何停止或加速摆动的动作，连眨眼都没有。孩子的目光凝固，可以想象，对于他来说，晃动的是除他以外的一切——草，树，房子，整个大地。

玛尔塔·吕克维奇透过玻璃花房盯着戴着帽子和手套、从头到脚裹得严严实实的孩子看了好一会儿，然后将咖啡放在桌上。玻璃花房里，各种各样的花草和灌木被井然有序地种在陶土花盆里，贴着窗户摆成一排，橘子树、柠檬树、醋栗，它们的颜色形成了颇为精致的色彩搭配。

约瑟夫坐在帕德鲁警员对面，用手指着用三面砖墙围起来的花园。帕德鲁还以为他要说那个孩子。

"看不出来，但我们确实在南方。我们在 1990 年造了这个花房，就在铁矿关闭之后，用赔偿金建的。很疯狂……"

他一边咳嗽着一边给自己拉过一杯咖啡。

"二十五年过去了，我们还在为它花钱，可要是我没有在花房里，被这些植物环绕着过日子，那我可能就活不到今天了。"

他的咳嗽变成了浑浊的笑声。玛尔塔没等她丈夫要求，直接在他的咖啡里放了一块糖。

"而且，有了这三堵墙，我们就不用被邻居们烦了！"

这便是他的结论了。他的嘴唇除了在碰到热咖啡的时候颤一颤，再无动作。

帕德鲁啜了一口自己的咖啡，很苦。他刚才为了说服约瑟夫·吕克维奇让他进屋使出了浑身解数，把警官证摆在退休矿工的眼皮底下对摆平状况毫无帮助。直到他说出了提莫·索雷、安吉丽克·封丹和阿列克西·泽尔达的名字时，约瑟夫才把门又打开了一厘米。

尤其是在听到阿列克西·泽尔达的名字时。帕德鲁凭直觉做出了反应。

"阿列克西·泽尔达死了！被杀了。就在不到一小时前。我们在北约的旧基地那里的一个沟里发现了他的尸体。"

门开了，约瑟夫只道：

"去花房。玛尔塔，给我们准备咖啡。"

结束。好像约瑟夫一点也不想让警员在贴着过时的墙纸的走廊里耽搁，在贴在鞋柜上的团结工联①的海报、瓦维尔大教堂②的照片或是 Bronisław Bula③的海报前驻足。

---

① 波兰的工会联盟。

② 位于波兰克拉科夫市维斯瓦河畔的山岗上，曾是历代波兰国王加冕和王室成员下葬的地方。

③ 一名波兰足球运动员。

他们在花房招待客人。

不用被邻居们烦。

帕德鲁一口气喝光了咖啡，克制住龇牙咧嘴的冲动，然后毫不回避地盯着秋千上的孩子看。

"发生了什么？"

玛尔塔·吕克维奇伸出一只手搭在了丈夫的手上。那是一只布满皱纹和晒斑的手，像那些健身器材一样饱经风霜，因为常年抱着孩子而疲惫不堪，直到他们长大，然后离开她。帕德鲁警员明白，这只搭上去的手是在对她的丈夫说，太迟了，应该都说出来了。一个简单的接触便可以心意相通。说话的是丈夫，坦白的却是妻子。

约瑟夫又咳了起来，也没费心护着他的咖啡。

"多维尔抢劫案之后，阿列克西给我们打了电话。我叫他阿列克西，嗯？对于我们来说，泽尔达是达尔科，他父亲，二十年前我和他父亲一起下的矿井。"

玛尔塔的手更用力地握住了她丈夫的手。

"他是第一个告诉我们的，比警察早，比记者早，比邻居早。西里尔在多维尔的海洋街上被警察杀死了，和楼娜手拉着手，她也死了。我记得，那时接近正午，玛尔塔在花房里，一边听着'怀旧'电台，一边给一株山茶花换盆，然后她就把频道换到了'法国新闻'。他们只说这件事。阿列克西说的是真的，她手里的花盆掉了，到现在还有印子呢，那儿。"

他指了指地砖上的一道裂痕。

"本来玛尔塔和我，我们以前就不太喜欢警察……

帕德鲁没说什么。小花园里的孩子还在荡秋千，像时钟的钟摆一样规律。

"阿列克西·泽尔达想见你们？"

"对，我们不到一小时后见面了，在卡尼韦的池塘边。过去，村里的所有小孩都爱去那里钓鱼。他一个人。我们两个人都去了。开车的是玛尔塔。我呀，我抖得太厉害了，我右手那见鬼的风湿就是在那个时候又犯了。"

帕德鲁此时意识到，玛尔塔把手放在约瑟夫的手上也是一种安抚他的方式，让那只手保持静止，就像用抚摸安抚一只受惊的鸟儿。

"阿列克西站在池塘前，他旁边的灯芯草丛里是他们十岁的时候做的抓青蛙和水鸡的小棚子，现在只剩下几块破破烂烂的铁皮和木板了。阿列克西也在发抖。我第一次看到他这副样子。即使在他因为敲诈了小勒盖内而被中学老师叫去谈话的那次，他也从未咽下那种蔑视一切权威的傲气，永远是一副挑衅的样子，和他父亲面对矿区监工的态度一样。可那天不是。他好像头一次显得，怎么说，脆弱，我们知道这是为什么。"

"因为他与死亡擦肩而过。因为西里尔和楼娜——"

"不，"约瑟夫打断了他，接着又咳嗽了一阵，"阿列克西不关心我们的儿子、我们的儿媳，甚至也不关心被子弹打穿了肺的提莫。说得再绝点，这对他还有好处呢，分赃的人少了，或者知情者也少了。您知道，我对小阿列克西从没抱有过任何幻想。我第一次见到他的时候，就在这儿，在这个花园里，西里尔五岁生日，他来吃点心。可能听起来这很奇怪，但是一个上幼儿园的孩子以后会变成什么样，我们从他的一举一动就可以猜出来。小阿列克西，用一句话概括，那时他就不是个喜欢分享点心的孩子。"

帕德鲁没有评论什么，而是将话题拉回到案子上。

"那么，是什么让他变得脆弱？"

"最后一个目击者还活着！"

帕德鲁警员打出一张牌。

"安吉丽克·封丹？"

约瑟夫和他的妻子不约而同地露出了微笑。

"不。安吉绝不会对警察说出任何事，她不是那样的人，他知道。不，让阿列克西恐慌的是那个孩子。正因如此，他才会冒险来找我们。为了那个孩子。"

"他多大了？"

"快三岁了。那孩子在他们准备抢劫的时候一直待在他们身边。在他妈妈怀里待着，在他们旁边玩耍，和他们一起吃饭。警察肯定会询问那孩子。他还不到三岁，却聪明伶俐，能说会道。那孩子可能会说出来。往少说，警察给他看照片的时候，他会认出阿列克西的脸。往多说，他可能会重复出只言片语，日期、地名、街道、店铺。这个年龄的孩子就像海绵。"

"一个不到三岁的孩子的证词？法官会考虑吗？"

约瑟夫的目光穿过花房。秋千的摆动不易察觉地慢了下来，也许它厌倦了坐在上面的孩子，他一下也没有推它。

"他们会了解情况，"退休矿工继续道，"从 20 世纪 90 年代开始，自从出了恋童癖的那档子事，是的，法官们开始听孩子们说的话了……再说，这也没让事情更糟。"

"确切地说，阿列克西·泽尔达的计划到底是什么？"

约瑟夫的回答十分突兀，把玛尔塔吓了一跳。

"交换孩子。"

他突然没完没了地咳嗽起来，比前几次都要厉害。是玛尔塔将对话继续了下去，她的声音很轻柔。

"说到底，这是唯一的解决方法。警察一定会发现这孩子的存在。他们会来询问他，那孩子会把一切都说出来，会供出阿列克西。就算我们让他对警察撒谎，假设有可能要求一个三岁孩子做这种事情的话，警察也一定会看出他隐瞒了什么，他最后还是会露馅。阿列克西·泽尔达想出来的办法很简单，想想看，只要让警察不要询问对的孩子就是了。只要用另一个孩子取代他，可能的话找个不像他那么爱说话的……最好找个无法交流的孩子，受过刺激的，陷在自己的内心世界的孩子。这是唯一的办法。"玛尔塔重复道。

她的手依然坚定地放在她丈夫的手上，然而她却控制不住声音里的颤抖。约瑟夫在咳嗽的间隙里补充了一句：

"要是我们不答应，阿列克西会杀掉那孩子。他会为了让他闭嘴而杀掉他。"

花园里的孩子离开了不再晃动的秋千。或者说他从秋千上摔了下来。他侧躺在草坪上，高草盖过了他的耳朵、肩膀和大腿。他的脑袋几乎没动，只用脸颊蹭着离他最近的草叶，就好像那丛草是某只动物的鬃毛，而他正躺在它的身上睡觉。

玛尔塔起身询问警员是否再要一杯咖啡，他原则性地同意了，同时琢磨着他可以一直不喝光它。当玛尔塔端着咖啡壶回来时，帕德鲁接着刚才的话继续说：

"只要换一个孩子，让警察不会问到对的孩子。主意不错，但是还是得想个瞒天过海的花招儿，不是吗？"

约瑟夫啜了一口新倒的咖啡，咳嗽明显得到了缓解。他解释道：

"阿列克西有他的盘算。他找到了一个提供者！那人曾和他在布瓦达尔西蹲过一个牢房，叫迪米特里·穆兰。他的孩子马罗内从楼梯上摔下来了，几乎成了植物人。这个条件很理想。说服那个父亲只花了几千欧……"

他看了玛尔塔一眼，然后接着说。

"说服孩子的母亲有点困难。她拒绝和她的孩子分开，哪怕只有几个月。于是，他们和那个父亲一起篡改了医院最新的检查结果，他们让阿曼达，那个母亲，相信她的孩子必死无疑，他只有几个月可活。阿曼达会打几小时的电话，一开始一天打十回，后来少了一点，再后来几乎不打了。我们一直给她发信息，写信，寄照片，让她放心。反正，就是让她放心……就是告诉她，马罗内还活着，别的也没什么可说的。没发现任何进展。马罗内吃饭，马罗内荡秋千，马罗内睡觉，马罗内看蝴蝶，马罗内看蚂蚁。马罗内不说话，马罗内不玩耍，马罗内不笑……对，我们一直给她消息，但其实，我们很清楚……"

他没能说完这句话。泪水流过他布满皱纹的脸。花园里，孩子盯着草地上只有他才能看到的一个点，也许是一只很小的虫子。

帕德鲁帮约瑟夫把话说完。

"你们很清楚，在阿曼达的心里，她的孩子的位置已经被另一个孩子所取代。对吗？"

"对，"玛尔塔承认，"当然，我们已经获得了他的所有病历资料。（她透过花房看了一眼躺在草地上的小小身躯）事实上，这孩子会持续这样很多年。他现在甚至都不疼了。"

她的声音很轻很轻。

"阿列克西的计划可能看起来很复杂，但实际上很简单。只要交换持续几星期，等孩子忘记他以前的生活，至少忘记和抢劫案有关的脸、名字和地点。这是不可避免的！然后，这两个孩子接下来会怎么样，阿列克西并不在乎。"

于是老吕克维奇夫妇同意了交换孩子，同意包庇泽尔达，欺骗警察。帕德鲁警员想到了放在梅甘娜副驾驶座上的打开的文件。约瑟夫年轻时曾有过一些法律纠纷。醉倒在公共道路上，在街上打架，侮辱公务人员，没什么特别恶劣的，而且那已经是五十年前的事了，但这足够说明，约瑟夫和玛尔塔不是那种会不假思索地配合警方工作的人。

然而，资料里还是有一些模糊不明的地方。安吉丽克·封丹没有生过孩子，资料里没有一丝关于孩子的线索，卢卡斯·马怀特说得很明确。

"跟我说说安吉丽克·封丹。"帕德鲁说。

玛尔塔的脸上露出了大大的笑容。

"小安吉一直是整个格瑞佐恩小团体里最聪明的孩子，机灵，天才，优雅，也有点爱幻想。在她还是小女孩的时候，在波提尼，人们每次遇到她，总会看到她手里拿着一个布娃娃或者一本书。而且俏丽可人……漂亮又浪漫，您可能猜到了，警官，安吉的问题就是男孩们，男孩们以及总体的权力。在她所有的爱慕者中，提莫·索雷是最好的……但也是个坏小子，一个秘密的爱慕者，所以你们警察的雷达没有侦查出那女孩上过提莫的床。对于安吉来说，在她青春期的时候，生活突然急转直下，她妈妈背叛了她那可怜的爸爸，这事传遍了整个村子，他是第一个知道的，但问题不在这儿，我觉得。问题只是，她的父母不再高高在上，小安吉对于他们来说成了外星人，他们在哥白尼巷的家变成了一个没有生命的星球，而安吉梦想着能打一辆出租车去银河系。然后，在她离开之后，一切都失控了。六个月后，她的父亲因癌症去世，她创办了那个众所周知的'杀人欲望'网站，当然，再后来还有那场意外。"

"意外？"

帕德鲁一惊。马怀特给他的资料里没有提到任何意外。这是他缺少的那块拼图？

"安吉坐在车上，那是 2005 年 1 月，在格拉维尔坡道的转弯那里，和她当时的男朋友在一起。一个下流坯，和她遇到的那些浑蛋一个样！他连个擦伤都没有，但安吉当时怀孕几个月了。她的孩子没了，而且医生告诉她，她可能再也不能怀孕了。可是，上帝知道她有多想要孩子，小安吉。我记得很清楚，可怜的孩子，她小的时候，总是推着她粉色的婴儿车，带着她的娃娃在波提尼闲逛，一圈又一圈。"

看到警员怀疑的眼神，约瑟夫觉得应该补充几句。

"知道这件事的人很少，但我们和封丹一家的医生是同一个，萨尔基希安医生。况且，他一直住在波提尼，他可以向您证实这件事。我们每星期五下午和他一起玩滚球。他是自己人，就像大家说的。再说，一个医生要想待在这里，他必须得是自己人……"

帕德鲁咽了口唾沫。一切都清晰了，几乎。他也把手放在了约瑟夫和玛尔塔的手上，在他们把手抽出来之前提出了问题。

"你们最后一次看到你们的儿子和儿媳是什么时候？"

他感到那两双手想要抽走，于是紧紧抓牢。

谁会回答？他以为一定是约瑟夫，结果是玛尔塔。

"这取决于您说的'看到'指的是什么，警官。西里尔和楼娜在抢劫案之前回来过一两次，匆匆忙忙的，喝杯咖啡，吃顿晚饭，连散步和打牌的时间都不够，但我们很满足，这已经比以前要好了。"

他们的手很热。真奇怪，三个人的手握在一起的感觉。

"跟我讲讲。"警员说。

"西里尔中学毕业后做过各种营生。那时铁矿已经关了。他开始倒卖一些东西，大麻、汽车收音机、小汽车、第二住宅的警报器……他不是天使，楼娜也不是，不过他们都付出了代价。前前后后加起来在监狱里关了两年多。出狱后，他们结婚了，而且过上了正经的生活。真的，警官！他们在勒阿弗尔租了间公寓，在涅芝区，他做了码头工人，工作很卖力，他喜欢这活。然后，在欧洲码头上做了四年后，他们走了。"

"去了圭亚那 ①，对吗？"

———————

① 指法属圭亚那。

"对。在雷米尔 - 蒙约利①的大海港，快桅②在那里开了一条新航线。那里的工资比勒阿弗尔高，高很多，但是需要签一个好几年的海外工作合同。"

"他们当时没有犹豫？"

"没有……他们俩一起去的，那是 2009 年 6 月，到现在有六年了。从那以来，我觉得我见到西里尔的时间总共也就不超过七天，直到他被……"

又是一场泪水。她偏过头看着花园里锈迹斑斑的秋千架，仿佛它代表着离开这所房子的生命。玩蚂蚁的孩子只是另一个幽灵而已。

约瑟夫接着说。

"过了五年，西里尔回到了勒阿弗尔，码头上没有他可以做的工作了。人员编制减少了一半。肌肉已经没用了，一个人摆弄操纵杆就可以卸下一条邮船上的一万五千个集装箱。我就不跟您细说了，警官，失业、困境、没钱，西里尔又开始和阿列克西来往了。"

玛尔塔用一块绣花手绢擦干了眼泪。

"他们必须得好好承担起责任，"约瑟夫辩解道，"我们没想到，他们去圭亚那的时候……"

"你们没想到什么？"帕德鲁追问。

然而他已经有了答案。

花房外，在未经修剪的草丛里，一只蝴蝶在孩子周围飞舞，孩子却无动于衷。

鼓起勇气说出答案的是玛尔塔。

"我们没想到，西里尔和楼娜会给我们带回来一个孙子！"

---

① 法属圭亚那的一个市镇。

② 丹麦的海运集团，全球海运巨头。

70

帕德鲁沉默了许久，在此期间集中精神回忆文件中的关键点，在之前的那个晚上，他在警局熬夜等着给克利夫兰的阿娜依打电话之前，他一直在琢磨那几点。

直觉！

他再次透过花房的玻璃观察着躺在高草里的孩子。

"我们没想到，西里尔和楼娜会给我们带回来一个孙子！"

根据报告，卡昂分局的警察于 2015 年 1 月 20 日来找过约瑟夫和玛尔塔·吕克维奇，为的是询问西里尔和楼娜·吕克维奇的孩子。一切合乎规矩。失去父母的孩子由祖父母抚养。他们给孩子看了所有可能的嫌疑人的照片，其中包括阿列克西·泽尔达。他们问了整整一小时。什么也没问出来！

报告上说，那孩子似乎不太清醒，最糟糕的情况可能是智力障碍。警察们把这个情况写入了报告，他们对此并没有感到特别吃惊：孩子刚刚失去了双亲，而且两人死得十分惨烈。他们建议孩子进行心理治疗，和祖父母聊了几句，但没有得到任何线索。可以理解，说到底，这不过是个例行公事的问话，不过原则上来说，当地警方不想错过任何线索。这次问话的报告共有十几行，夹在几百页的目击证词和专家意见中间。除了帕德鲁，没有人注意到它。

现在，他要澄清所有细节。

"你们第一次见到你们的孙子时，他多大？"

玛尔塔的声音里的颤抖暴露了她的感情，就像她谈到安吉的时候一样。

"快两岁了。他刚从圭亚那回来，他是在那里出生的，只认识那个地方，只熟悉赤道地区的气候，这是我注意到的第一件事，那孩子在诺曼底总是觉得冷，我提醒过西里尔很多次，要给他的孩子穿暖和点，不过我想他根本没听。那是个快活的小家伙，以他这个年龄来看实在太成熟了。他已经会说很多词了，说个没完，尤其是亚马孙大森林、猴子和蛇，在库鲁[①]发射的阿丽亚娜火箭，尽管他已经开始忘记和混淆一些东西了。"

她用眼神示意了一下花房里的植物。

"他喜欢把花盆都摆到一起，做成一个丛林。他还把杯子摞起来做成火箭，用嘴巴模仿火箭的声音，爬到秋千架上大叫，模仿猴子。"

"我猜他从不肯放下他的玩偶？"

玛尔塔的眼角又蓄满了泪水。那里面既有痛苦，也有快乐。

"他的古奇？对，他从不放开它！他父母在那边给他买的。他们本来可以选一个更有名的亚马孙的动物，美洲豹、犰狳、树懒、美洲狮、鹦鹉，选择多到让人头痛，但他们一瞬间想到了自己儿时居住的街道，**格瑞佐恩**在波兰语里是'啮齿动物'的意思。"

刺豚鼠，格瑞佐恩，啮齿动物……

帕德鲁直到来到波提尼的时候才终于将拼图拼好。西里尔和楼娜档案里提到的远赴圭亚那的五年，被取名为古奇的玩偶，还有其他线索，比如玛丽安在电话里提到的相册，上面装饰着猴子、鹦鹉和热带树木，装有蚊帐的柳条摇篮，孩子记忆中混淆起来的回忆：北约基地、丛林、火箭……

玛尔塔站了起来，提高了声音。

"一个宝贵的孩子，"她说，"充满幻想。那之后我们每月看他一两次。那孩子本来可以很幸福。他生在接近天空的地方，不像这个村子里的人，都生在地底下。那孩子至少可以逃离这里。他有机会的，直到……"

"直到什么，玛尔塔？"

年迈的女人靠在冰冷的玻璃墙上。她的话化成了不透明的水雾。

---

① 法属圭亚那的一个市镇，建有火箭发射基地，阿丽亚娜系列火箭均在此发射。

"直到他看到他的父母在他眼前被杀！您有孩子吗，警官？为了在抢劫后通过警察的路障而利用一个两岁半的孩子，还有比这更加丧心病狂的计划吗？利用自己的孩子，我在跟您说我的儿子，警官，我的儿子和儿媳！您觉得一个孩子如何在承受了这种事之后活下去？阿列克西跟我们讲了，他说的时候一点也不难受，他说西里尔被打伤了，只来得及用一只手扶上欧宝赛飞利的车门，和他的儿子对视一眼，然后就跑开了，后背中了三枪。您觉得一个孩子如何从这样的创伤中恢复过来？毁了，警官，这孩子也毁了！"

她转过身，没有坐下，再次握住了丈夫的手。

"约瑟夫也毁了，他挖了一辈子，只挖出了一个硅肺。西里尔也毁了，因为想碰那些闪闪发光的东西而被打死了。三代人都毁了。"

她的目光扫过花园，扫过三面砖墙。躺在草地上的孩子似乎睡着了。

"摆脱不了的，警官，永远。"

"除非他忘掉。"帕德鲁喃喃道。

玛尔塔第一次看起来情绪失控。

"您想让他如何忘记？那孩子没有父母了！我们太老了，等到他在穆兰家平静的日子结束，对他来说，他的生活将会变成一家又一家之间辗转，带着印在脑袋里的死亡标记。一个无法被清除的标记……"

一个无法被清除的标记。

帕德鲁又想到了与玛丽安的对话，想到了瓦西尔·德拉戈曼的理论。有可能在一个孩子的记忆稳定之前，将他的回忆甚至是创伤抹去吗？尤其是创伤，有可能埋葬它，而非被迫带着它度过余生吗？需要多少无意识、绝望和决心才能尝试这样的赌注？

然而，他什么也没有回答。

玛尔塔再次转向庭院，垂眼看着躺在草地上的孩子，他的脸上带着微笑，嘴唇上挂着一丝口水，微风拂过，他的头发和青草纠结在一起。

"到头来，这个小天使会过得更幸福。"

约瑟夫似乎陷入了沉思，帕德鲁借此机会站了起来，掏出了电话。既然他现在已经掌握了所有要素，他得赶紧通知玛丽安。他往远处走了两步。突然之间，由于光线角度的变化，花房的玻璃窗上映出了他的身影。不知是否与老吕克维奇夫妇的接触有关，帕德鲁忽然觉得自己老了。

　　毁掉的三代人，玛尔塔不停地重复着。他不禁想起自己的孩子，塞德里克、德尔菲妮、夏洛特、瓦伦汀、阿娜依，他们全都离开了故乡，还有他的五个孙子孙女，他几乎见不着他们。是的，他觉得自己老了。对于他来说，是不是也全毁了呢？

　　他盯着自己的镜像看了许久，久到玛尔塔以为他在透过花房看着外面的孩子。

　　老妇人恶狠狠地问：

　　"那个孩子，您也要把他从我们身边抢走？"

71

今天，我走过了艺术桥。

一个人。

杀人欲望

如同压死骆驼的最后一根稻草，我要挂上压垮这座桥的最后一道锁 ①。

判决：19

无罪释放：187

www.envie-de-tuer.com

十五名军人包围了飞机，像是遵循了一套巧妙的编舞，站在观景窗另一侧的安保经理轻轻挥手，便是这支舞蹈的配乐。

玛丽安没有理他，挂断了电话。帕德鲁的话仍在她的脑海中回响。它们和几天前瓦西尔·德拉戈曼说的话混在了一起。

人们能抹掉一个孩子的记忆吗？能掩埋掉一次创伤吗？能阻止它扩大，扎根，一点点摧毁生活吗？

毕竟，为什么不呢。

一个三岁孩子的大脑是一个可以揉捏的面团。这孩子的父母死了，在他面前

---

① 巴黎的艺术桥上挂满了情侣的爱情锁。

被杀死了，既然这记忆如此难以承受，而他又找到了一个挥一挥魔法棒就可以消除记忆的仙女，为什么不忘掉它呢？

是的，这孩子相信，安吉是他的妈妈。安吉为了救他而操纵了他。古奇曾是她的工具，她的同伙。安吉只是玩了一个世界上最古老的花招儿，将两个事实对立起来，将阿曼达与安吉对立起来，对于孩子的小脑袋来说，这样的取舍已经相当复杂了。两个深爱着他的妈妈，太难抉择了，这是最好的方法，可以让他忘记他的第三个妈妈无法再抚养他了，忘记她倒在他的面前，忘记他的爸爸沾满鲜血的手在车门上留下的血痕。让他只记得一场锋利的玻璃雨，然后连这场雨也忘得一干二净。

当着垂头丧气的机场安保负责人的面，玛丽安用力抱紧了破破烂烂的玩偶。

安吉想要一个孩子，比什么都想要。安吉会成为一个好妈妈。马罗内跟着她会幸福地成长。

安吉没有杀任何人。

她明白安吉想救这个孩子，正因如此，安吉才成了她的朋友。因为安吉是他唯一的机会。

安吉之所以接受了泽尔达的计划，交换了两个孩子，是因为她要等到时机成熟，彻底摆脱他。阿列克西·泽尔达自然无法想象，一位母亲为了保护她的孩子可以下多大的决心。而当两位母亲保护同一个孩子的时候……阿列克西注定要完蛋！一位母亲，阿曼达，对着他的胸口开了两枪，而这把枪是另一位母亲安吉交到她的手中的。

安保头子似乎决定做个了结。他擦了擦头顶上的汗，突兀地从涂着指甲油的女工作人员身旁走开，在玛丽安面前站定。

"所以呢，警长？进还是不进这架破飞机？那是一个女人和她的孩子，他们没有武器。那您还等什么？是您命令我们不要让这架飞机起飞的！"

吉贝仍站在他们身后没有动，旁边站着波戴恩和贡斯坦提尼，他似乎在计算比分。

玛丽安没有回答。她忽然间感到一阵眩晕。停在跑道上的飞机。包围着飞机的一群穿制服的家伙。冲她大声嚷嚷的矮子。两名保镖一丝不苟的僵硬站姿。女工作人员凝固的微笑。仿佛她周围的一切都停了下来，只有哈巴狗还在狂吠不止。

"该死的，阻止一架飞机起飞，就是阻止后面所有的飞机！我后面有四个航班排着队呢……我有十个全副武装的人站在跑道上，分分钟就能攻占座舱。"

"冷静。"警长几乎是下意识地说，"我们在谈论的是一个孩子和他的妈妈。"

哈巴狗继续叫个不停。

"那干吗要折腾这一出？干吗要把这架飞机困在地面上，耽误所有航班二十分钟？"

他要挑战警长，以权威挑战权威，以正当性挑战正当性，必要的话可以上拳脚。来自男权的恫吓。

他像一只火鸡一样立起镶着饰带的领子，用嗓子顶着玛丽安的胸脯。

这回要做个了结……

她甚至没有施舍他一个眼神。她转向红发红唇、带着微笑的女工作人员。

她把一只手友好地放在她的肩膀上，慢慢伸出另一只手，让她明白，她正在把这个案子里最棘手的任务交给她。

工作人员的手轻柔地握住了，尽管她并不明白警长期待她做什么。

"那孩子把他的玩偶落下了。他不能丢下它出发。"

72

短针指着 5，长针指着 3

拉艾夫海角化成了地平线上的一个小点，下一秒，它便消失在了波音 737 的机翼之下。透过舷窗，从机翼的正前方看过去，安吉只能看到大海，海面上飘过几片云絮，他们从其中穿过，却没有撕破它们，就像梦境扯破了一个羽毛枕头。

马罗内躺在她的膝盖上睡着了。古奇被他搂在怀里，贴在胸口。玩偶轻轻起伏，仿佛在和男孩以同样的节奏呼吸。

仿佛和她一样精疲力竭。英雄在最伟大的冒险的尾声，在休息的时候睡着了。

安吉喜欢这种感觉，好像被困住了，胳膊、大腿一动也不能动，感受着麻痹感逐渐加剧，连呼吸都要控制好。千万不能吵醒她的宝贝。

一名空姐微笑着走过来，亲切地问她是否一切都好。安吉也喜欢这个女孩看到她睡着的宝宝时那柔软的眼神。

她曾经多么期盼着这个时刻。

给这个孩子第二次机会。不重要。从今以后，她也可以和古奇一样，一直陪伴着马罗内。她轻轻地向后靠在蓝色的天鹅绒座椅上，闭上了眼睛。

其实一切都很简单。

阿列克西·泽尔达很危险，但可以预测。她轻易地说服了他，让他放过孩子，只要找个孩子交换，等过几个月，他就会忘记一切……可怜的疯子！这孩子会忘掉最糟糕的部分，当然，他也会记得剩下的，剩下的全部，在他该记起的时候，记起他应该记得的东西，这要归功于古奇。

她怎么能放弃这个被楼娜和西里尔疏于照料的孩子呢？在抢劫前的那几个月里，她充当了他的保姆，他的大姐姐，甚至是他的妈妈。是她哄他睡觉，给他洗澡，给他讲故事，而其他人则在无数次地重复他们的计划，重复多维尔的每条街，地图上的每一厘米，抢劫的每一秒钟。他们计划只花三分钟，下半辈子便可高枕无忧。

说到底，古奇没有撒谎，安吉就是他的妈妈，他真正的妈妈，在他的父母升天之前就是了。

阿曼达·穆兰，从另一种方式入手，也是可以预测的。当然，她爱上了这个新的马罗内。当然，为了留下他，和他在一起，她什么都做得出来。当她找到通往天堂的机票的时候，她当然会带着他逃到世界尽头；当她找到通往地狱的武器时，她当然会用它摆脱掉任何挡路的人。即使警察发现了她搜索机票的信息痕迹也无所谓，这也是一种混淆视听的方法；她订机票时用的是泽尔达的电脑，和赃物一起藏在北约基地里，不过她小心地删掉了提到阿曼达和马罗内的名字的网页。

只有玛丽安·奥格蕾丝她无法确定。她必须明白。不能太早，以免妨碍到计划的进展，也不能太晚，这样她才有时间回忆她的倾诉。给她寄一封匿名信足以制造她们的相遇，接下来，安吉用尽全力，掏心掏肺。她从未和一个女性朋友如此深交。

包裹在谎言里的真诚。这是一场赌局。她在绝望之际下了最大的赌注，代价是她的自由。

最后一次，她回想了被她反手挥开的心理学定论。她很笃定。

尽管她曾和瓦西尔·德拉戈曼就回弹理论进行过无穷的讨论，她还是不认为应该唤醒过去的幽灵，面对它们，而应该让它们在遗忘中沉睡。

她还是不承认，应该让孩子在余生中背负真相的重担，以知情权为名义。相反，谎言可以给他们一个机会，让他们撕碎被画掉的纸页，在空白的本子上重新书写他们的人生。

当然，她不是不知道创伤记忆、无意识，以及将会折磨马罗内一生的噩梦。然而她不相信，爱，她的爱，在幸福的天平上，不会分量更重。

波音客机继续爬升。三角洲渐渐缩小。几秒钟后，他们会飞到云层之上，世界的彼端。在初露端倪的暮色中，最后一丝生活气息只能从点亮城市的许多发光的花环中找到了。大部分车辆已经打开了前灯。

在离开这片土地，飞向另一个大洲之前，安吉无法抑制地想起了提莫。这是她的计划中唯一的局限。他不能和他们一起走！他已被警方锁定，不可能通过海关，坐上飞机。

她把手放在马罗内的额头上，然后对他轻声耳语，让她的话进入他的梦里。

"爸爸之后会和我们会合的……"

她希望如此。她多么希望如此。提莫会是最好的父亲。

她最后一次靠向舷窗，同时小心不要吵醒马罗内。在云层最终吞没一切地面上的生活迹象之前，她看到的最终画面，是闪耀的黄色灯光织就的城市蜘蛛网中，只有一点蓝光穿行其间，迅疾无比。

73

今天，我的医学院一年级阶段考试结果出来了：第1128名。他们要前117名①。

杀人欲望……

……反正我想救人就等于杀人！剩下的就是选择方式了。刽子手？雇用杀手？侦探小说作家？

判决：27

无罪释放：321

www.envie-de-tuer.com

警灯闪烁，警笛长鸣，二者一同宣告了危险。红塘区的高楼大厦的外墙上倏地闪过一道蓝光，紧接着救护车便出现在了布瓦奥科街上。短暂扫过的探照灯光足以将一些居民吸引到了阳台上。他们只来得及看到救护车驶过，听到警笛声在大楼的砖墙之间回响了几秒。

救护车沿着蒙加雅购物中心的街道开了一会儿。三百米内，霓虹灯与警灯的光芒相互辉映，直到店铺招牌消失，没有尽头的停车场和停放在其中的汽车也看不见了。

救护车驶入乌鸦谷大道。

---

① 法国的医学生在结束第一年的基础课程学习后要参加一个阶段考试，通过考试方可继续学习。

离莫诺医院只有不到两公里了。急救车上的路标系统的指示精确到秒：一分三十二秒。

前方，一辆摩托车紧急刹车。一辆小型卡车让到了一旁。

伊冯保持着同样的速度，他的车技老练，不图打破纪录，只求严格依照指定的时间，稳稳地行驶完他的路程。

追求速度是疯狂的行为。

救护车扎进市里。伊冯逆向驶入了下一个环岛，进入了公交车道。

五十五秒。

他只要再开上弗利勒兹大道就到了。

伊冯感觉到一只戴着手套的手搭在了他的肩头。

他习惯了。十次里至少有一两次。唐吉是另一名救护车司机，他的后方搭档。他们一起工作三年了，无须多言。

他们行驶在一条公交车专用道上。伊冯踩下了刹车，倒车，停在了一辆靠站的公交车后面。他关掉警灯和警笛，然后转向唐吉。车厢里还有一个女孩，很年轻，穿着白大褂，他不认识，可能是新来的。另一个是急救医生埃里克。他已经习惯了。

说话的是他。这个优先权归他，如果能称之为优先权的话。

最后一句话，最后一个动作。

在他们旁边，一群模糊的人影匆匆忙忙地走下 12 路公交车，一个接一个地消失在沿街的建筑物黑洞洞的入口中。

"结束了。"埃里克说着，将急救毯拉起，盖住了提莫·索雷年轻而英俊的面容。

六个月后

74

布里冈丹宾馆的露天平台上几乎只有男人。

只有。

物理学家、信息科学家、软件工程师、技术专家，库鲁的圭亚那航空中心里的所有人才都集中在这里，商讨阿丽亚娜火箭的第 217 次发射。几乎都是例行公事，发射预计在两小时后进行。这似乎并没有让人们紧张。相较于此，那些打着领带，穿着拉科斯特 POLO 衫或土黄色百慕大短裤的人更担心的是如何忍受午后的汗水。甚至能听到从竹墙后面稍远一点的地方传来的阵阵笑声和医院游泳池的水声。

在铁丝网的另一边几百米远的地方，在热浪之中，阿丽亚娜矗立在地平线上，在棕榈树和车库上方投下巨大的阴影。她高大而优雅，犹如一座纯白无瑕的大教堂，建立在一片早早便为她开辟出来的林中空地上，比围绕着她的城市诞生得还要早。一座任性的教堂，她要飞到天上挑战上帝，同时在空中播撒下钢铁的天使。

马克西米利安端着一杯莫吉托走到露天平台上，一眼便看到了她。

唯一的女人！

吧台前后拿着扫帚的女工或者穿着露肩装的混血女服务员不在他的女人范畴里。

那个女人一副若有所思的样子，面前放着一杯薄荷汁，就像歌里唱的那样，只差可怜的点唱机和神圣的放映机。年轻，漂亮，戴着黑框眼镜，长发梳成辫子，搭在花朵图案的长裙上，手臂和小腿晒得恰到好处。她应该在圭亚那住了几个月了……但没到一年。作为经验丰富的业余爱好者，马克西米利安仅凭晒过的肤色就能准确地判断出移居此地的女性在这里待了多久。

他走上前。

"我能坐在这里吗？"

平台上挤满了人。借口成立。女孩笑容满面。加一分。

"可以，当然。"

她把眼镜摘掉了一下。她觉得他很有魅力，他会心的眼神不会说谎，再加一分。

他比她大不了多少，最多五岁。他的皮肤也呈现出明显的长期日晒的古铜色，不过并非连续日晒，三星期在圭亚那，三星期在法国。他会简单地向她解释，这枚火箭的发射也有他的一份功劳，他带领着一个由三十多名工程师和技术专员组成的团队，每次发射他都会肾上腺素飙升，他总是习惯不了；他会说他也有很可观的收入，他经常来这里，发射结束后他会有些无聊，他喜欢结交朋友，他小的时候梦想做宇航员，他几乎实现了……

他向年轻的女人伸出手。

"马克西米利安，不过我更喜欢人们叫我马克西……"

"安吉丽克，不过我更喜欢人们叫我安吉……"

他们不约而同地大笑起来，无比默契。再加一分。马克西开始自我介绍，用有趣而又不失实的方式叙述了一番他的履历。尽管安吉对他有所保留，甚至有些顾虑，他仍然认真地听她讲话。她对他简单解释，她刚来这里几天，为的是处理一些事务，她更常待在委内瑞拉。有点，他看着放在她旁边的西联汇款的钢笔，一时间想，有点像试图逃避法国警察的非法商人，如同一只松鼠猴一样不时地跳到法国，然后马上又回到赤道的森林中藏起来。

她的黑框眼镜后面藏着偷渡客的态度。这让女孩增加了一层神秘感。

马克西先用手指轻抚她的手，接着握住，而她并没有抽回。没有模棱两可。

他的无名指上戴着一枚婚戒。马克西亮出了它的颜色，依旧毫不含糊。移居者的特权，赤道地区和身上的薄汗的特权。

"你真迷人，安吉。"

"你是个殷勤的诱惑者，马克西。"

他们潮湿的手指纠缠在一起，彼此相贴跳了第一支探戈。安吉的眼睛闪闪发亮。

"你一定也是个甜蜜的情人……要是我告诉你我有多久没做爱了，你恐怕不会相信。"

马克西似乎有一瞬间被面前的女孩的大胆弄得不知如何回应。

"不过这些品质还不够，马克西。我还需要另一个。"

"一个挑战？"

工程师重新找回了笑容。这个女孩很会玩。他喜欢。然而他还没来得及询问挑战是什么，回答便出现在了他的眼前。

活泼而快乐。

"妈妈，我们还能在这儿再待一会儿吗？好像火箭就要发射了！"

四岁的孩子突然出现在桌子之间，一下子跳到年轻妈妈的膝盖上，在火神发动机①喷射火焰之前就让莫吉托和薄荷汁震动了一番。

"当然，宝贝。我们来这里就是为了这个。"

调皮的孩子咯咯笑着跑开了，一路拖着一只脏兮兮的老鼠造型的玩偶，绕开桌子和服务员，再次趴在铁丝网前，从那里可以不受任何阻挡地看到巨大的白色火箭。

马克西喝掉了半杯鸡尾酒，问道：

"四岁？"

"快五岁了……额外的一项品质，是为了他。我需要一个情人，他需要一个父亲。"

"这两项不能分开？"

"不能。"

"没有商量的余地？"

---

① 阿丽亚娜5号运载火箭的发动机。

"没有……"

马克西坦率地笑了。他用一根手指打开 iPhone，放在桌上，向她展示手机桌面上的照片。

"抱歉，安吉。你来晚了！我向你介绍塞莱丝特、科梅和阿尔赛纳，分别是三岁、六岁和十一岁，还有他们的妈妈，安娜·薇洛妮克。我爱他们，全部。"

他起身，端起他的莫吉托。

"再会，小姐。①"

他最后看了一眼那孩子，为了透过带刺的铁丝网看得更清楚，他爬到了一把塑料椅上。

"保重，安吉。把星星送给他，他值得。"

他吻了她的手。

"孩子缺少的不是爸爸。"

安吉目送着他消失在了布里冈丹宾馆的大堂里，接着，她的目光迷茫地落在了周围的桌子上，清一色的男人围在桌旁，或两人一桌，或三五成群，他们大笑、游戏、无所事事。他们梦想。

---

① 原文为西班牙语。

75

阿曼达·穆兰被判四个月监禁。杀害阿列克西·泽尔达被视为正当防卫，尽管阿曼达没有提出，她的律师也没有以此辩护。

然而阿曼达·穆兰也要为自己的其他罪行做出解释：身份盗窃、潜逃、绑架未遂。

她被关在雷恩市看守所。最初的两个星期，每天早上散步结束后她都会收到一封信。邮戳是波提尼的。背面的地址是格瑞佐恩街 23 号，约瑟夫和玛尔塔·吕克维奇的住址。

她从未拆开过，从未。

她知道里面的内容是什么。每次都是马罗内的照片。每次都是他一整天的记录。马罗内不会死，这是她的律师告诉她的第一件事。迪米特里和阿列克西·泽尔达一起篡改了约里奥 - 居里诊所的诊断结果。

诚然，在马罗内的大脑中，一道细小的裂缝劈开了脑干和脊髓之间的脑桥，导致他的运动机能和感觉几乎丧失殆尽，但是生命功能没有受到任何影响。

她从此便不在乎了，怎样都无所谓。极端一点，她倒宁愿马罗内死了，让一切结束。让人在她的牢房里留下一根钉子，一条床单，一张板凳，让她上吊自杀。

接着，监禁三星期后，她接到传唤。一个比她年轻的女人在接待室见了她。她是一名社会福利员。她向她解释说，儿童法庭的法官刚刚决定将马罗内的抚养权从老吕克维奇夫妇手中收回，因为他们与孩子没有任何亲属关系，因而无权，也不会被准许抚养孩子。在她监禁期间，孩子会被安顿在一家医疗教育机构中。

"然后呢？"

年轻的社会福利员垂下眼睛，没有回答。她只是把一些文件递给她，让她签字，包括法官、当地的卫生局和机构的文件。阿曼达看也没看，一一签下。

法官的裁定中包含了每星期一次的探视。

下一星期的星期三，早上 10 点半，阿曼达别无选择地被两名看守押着，在一个没有窗户的三米见方的屋子里与马罗内相见，一名女老师陪着他。

在十分钟的探视期间，马罗内只是盯着阿曼达身后墙壁上的一只发出嗡嗡声的苍蝇。同样比阿曼达年轻的女老师一开始也只是含糊地问了几个问题：您不抱抱他吗？您不亲亲他吗？您不跟他说话吗？然后，她也学会了闭上嘴。

每星期三皆如此。

阿曼达后来便顺从地去探视。再也没有发出嗡嗡声的苍蝇出现。

每次都会换一个女老师陪着马罗内。很奇怪，也许就是这一点最终让阿曼达有所反应。每星期马罗内都会跟着不同的女人来了又走，如同一个讨厌的物件被人们相互推诿。如同一件苦差。

她身上的某种东西慢慢苏醒、长大，一个星期三接着一个星期三。

她重拾了希望。再过几星期，她就能出狱了。人们会把马罗内还给她，她会照顾他。无论他什么样，她都会接受他。

离刑满释放还剩一星期时，儿童法庭的法官要求对阿曼达和马罗内进行完整的检查。阿曼达花了半天时间回答监狱的心理医生的问题，马罗内则被交给小儿神经外科医生拉克洛瓦教授做了两天检查，他是在马罗内摔下楼梯后给他做手术的医生。

在阿曼达出狱的当天早上，她去见了拉克洛瓦教授。他让她在候诊室里等了将近一小时，但那里除了她没有别的病人了，就连在角落里玩乐高玩具的小孩子都没有，只有三个秘书在旁边的走廊里咯咯笑。

终于，医生接待了她。他刚才和法官谈了很久。

马罗内的病房在一个专业机构里！

马罗内需要看守，照料，定期治疗。阿曼达可以随时来看他……

"把我的孩子还给我，"阿曼达只是这样说，"求您，医生……"

神经外科医生没有回答。他把玩着一支极细的银制钢笔，甚至懒得把阿曼达带来的文件从塑料文件夹里拿出来。那是准许她将马罗内带回家照顾的文件。他是唯一能在上面签字的人。

"求您，医生。"

阿曼达的语气里没有半分敌意。

作为回答，拉克洛瓦把病历递给她。阿曼达机械地翻看。这些检查结果她已经会背了。没什么新鲜的。状态稳定，认知或反应的曲线没有任何变化。

"这是为孩子好，穆兰女士，"神经外科医生觉得最好把话说清楚，"这不是要和您作对。马罗内待在一家专业的机构里会更好，这样他可以……"

阿曼达没有听下去。她的目光滑向了病历的其中一页，尽管这张费城的哈珀大学医院的估价表她已经读过几十遍了。世界上唯一一家能够通过在受损的神经元上植入新的轴突来治疗脑部损伤的实验室。一个由三十名高学历神经外科专家组成的队伍为患者服务，宣传单上如是写道，美国独一无二的技术设备，一个可以让患者安宁地度过术后康复的绿树成荫的公园，一个长达三栏的名单，上面全是成功接受手术的美国名人，尽管这些名字在法国无人知晓。

手术费用：六十八万美元。

"您很清楚，穆兰女士，"拉克洛瓦医生最后说，"我和您一样感到遗憾，但我不能冒险把马罗内交给您。他这种状态不允许，发生的所有事情也不允许。"

当神经外科医生把那支银制钢笔收进抽屉时，他的笑容令阿曼达感到厌恶。也许那支笔已经值这笔手术费的千分之一了。

莫里斯-拉维尔广场依旧没有任何变化。邻居们见她回来了，都跑到窗口看着她。家里很冷，很脏，很空。竹制地毯上仍留着红色的印迹。母亲节的小诗仍张贴在画框里，装饰着桃心和蝴蝶。

阿曼达连哭的力气都没有了。

接下来的三天里，她足不出户，不吃饭，也几乎不睡觉。邮递员不得不多走几步，穿过栅栏门，敲响房门，因为阿曼达连信箱都不查看，信件已经堆积如山。

一封来自圭亚那的信，邮递员骄傲地向她展示邮戳。

阿曼达在厨房的桌子上拆开了信，她面前放了一杯咖啡，那是她唯一可以下咽的东西。

第一页纸几乎是空白的，只有两个词。

给马罗内

以及一个签名：

安吉

第二页上的字多了一些，有十几行，阿曼达草草读过。

女性的笔迹诉说着她没能早一点联系她的歉意，讲到了一个她费心地寄到委内瑞拉的包裹，一位安特卫普的珠宝商，一个荷兰中间人，以及通过复杂的手段处理掉的赃物，它们被分散到新加坡、中国台北、约翰内斯堡、迪拜……

全是这些话，除了最后一行。

两个字母，一串数字和一个名称。

CH10 00230 00109822346[①]

Lloyds & Lombard，苏黎世联合银行

---

① CH 为国际汇款业务中代表瑞士的国家代码（IBAN）。

76

玛丽安决定不设限制。

既不限客人数量，也不限她要喝光的酒瓶数量。只有一个数字是固定的，那就是插在生日蛋糕上的蜡烛的数目。

四十。

玛丽安在一个晚上的时间里忘记了警监的调查，忘了倒霉的处分，或许也忘了她的停职。她手里端着一杯酒，蜻蜓点水一般地在朋友们之间穿梭停留，身上穿的那件紧身 T 恤上印着"不要孩子"，每次都抢着说祝酒词：

"敬自由！"

吉贝在 23 点左右的时候出现了，挽着一个比他小十岁的女孩。她穿着一件牛仔迷你短裙和一件紫红色的露脐上衣。吉贝在背后藏了一瓶香槟，用来庆祝他的离婚和他得到的共同抚养权，而且法官没有让他为此支付费用。他待了不到三小时，在玛丽安的额头上友好地吻了一下，然后悄悄对她说，他要去找洛琳的朋友，在夜总会。

其他人又待了一会儿，从凌晨 3 点开始便陆陆续续地散了。5 点钟的时候，在随处搁置的酒杯、忘在家具上的纸盘、没有重新封好的酒瓶、压烂的奶油点心和切开后几乎没怎么吃的蛋糕中间，只剩下帕德鲁了。

玛丽安瘫倒在沙发上，宠物猫魔怪旁边，手里拿着一瓶"亡命之徒"。

"我帮你收拾一下，美人儿？"

"别管了，帕皮。我待会儿再弄。现在我有一辈子的时间可以收拾屋子了。"

帕德鲁也开了一瓶啤酒。

"你在跟谁说话呢。"

帕德鲁警员一星期前庆祝了退休。那正好是他的五十二岁生日,可谓意义非凡。他工作了二十七年,每一个在警局工作的公务人员都可能做到这么多年。

玛丽安醉了。她手里的酒瓶滑落,掉到了木地板上,啤酒流到了沙发底下。

"管你叫帕皮真是太傻了……你只比我大了十岁!你比那些跟我一样大的男人保养得都要好。你一个人,不必向谁汇报。来,到我这儿来。"

她缩起身子,匀出了一块地方,用脚把魔怪赶下了沙发。帕德鲁只是笑了笑。

"你究竟能给我什么,玛丽安?"

警长回以微笑。

"吻。用来庆祝我的新生活。还有你的新生活。吻。没有别的,放心。我怀疑你不想再要孩子了。你已经有了。"

帕德鲁前警员颤抖了一下,拉过一把椅子坐在玛丽安对面。

"你会给我吗,玛丽安?"

"什么?吻?对呀……就一次,试试看……咱们之间没有等级差别了。"

"我是说,再生一个孩子,你能给我吗?"

玛丽安的头好像很重,但她还是点了点头,几乎是条件反射。意思应该是,对,或者为什么不呢,试试看。

帕德鲁俯身握住她的手。

"真的吗,玛丽安?你愿意给我一个孩子?你愿意答应我,六个月之后,我可以把手放在你圆鼓鼓的肚子上,那里面住着一个属于我的小东西?你愿意答应我,不到一年之后,我会在夜晚照顾一个哭着要我抱的孩子,而不是在网上闲逛。圣诞节的时候,我不再独自度过,我会给他做一个花园,用闪闪发亮的星星布置一棵圣诞树,让白胡子的圣诞老人此后每年都过来。我的花园里的跷跷板会重新发出嘎吱嘎吱的响声,我会重新搬出自行车,我会重新找到去港口散步、去游泳的理由,找到去游乐场坐过山车和看一大堆动画片的借口。真的吗,你愿意答应我这些吗,玛丽安?到我六十岁的时候,一个不到十岁的小人儿每天早上会亲我,会跳到我的腿上,一边说着'爸爸,你好扎'一边亲我!让我不会在年老的时候沦落成一个傻瓜,让我不再每星期给已经对我无话可说的孙子孙女们打电话，取而代之的是一个缠着我讲故事的孩子，吊着我的脖子弄得我腰酸背痛，就是不让我离开房间？真的吗，玛丽安，你答应我这些吗？答应我一切重新开始，一个新的周而复始，将指针回拨，将磁带倒带，一下子年轻二十岁……你真的答应我这些吗，玛丽安？"

玛丽安拉过帕德鲁的手，将他整个人拉到自己身边。

帕德鲁前警员没有抗拒。

"你不会失望的。我会是一个理想的父亲。"

玛丽安将嘴唇凑近对方的嘴唇，在吻上去前轻声说：

"你赚到了。我呢，我会成为一个超级烦人的妈妈。"

（全文完）

图书在版编目（CIP）数据

她不是我妈妈 /（法）米歇尔·普西（Michel Bussi）著；白雪译 . — 长沙：湖南文艺出版社，2018.5
ISBN 978-7-5404-8538-2

Ⅰ . ①她… Ⅱ . ①米… ②白… Ⅲ . ①长篇小说－法国－现代 Ⅳ . ① I565.45

中国版本图书馆 CIP 数据核字（2018）第 023811 号

著作权合同登记号：图字 18-2017-334

©中南博集天卷文化传媒有限公司。本书版权受法律保护。未经权利人许可，任何人不得以任何方式使用本书包括正文、插图、封面、版式等任何部分内容，违者将受到法律制裁。

Maman a tort by Michel Bussi
© Michel Bussi et Presses de la Cité, un département de Place des Editeurs, 2015

Extraits de *Mistral gagnant* (Page 175), paroles et musique de Renaud Séchan
© Warner Chappell Music France,1985
Simplified Chinese edition arranged through Dakai Agency Limited

TA BU SHI WO MAMA
她不是我妈妈

著　　者：[法]米歇尔·普西
译　　者：白　雪
出 版 人：曾赛丰
责任编辑：薛　健　刘诗哲
监　　制：蔡明菲　邢越超
策划编辑：马冬冬
特约编辑：李乐娟
版权支持：辛　艳
营销支持：李　群　张锦涵
版式设计：梁秋晨
封面设计：Thierry Sestier
美术设计：利　锐
内文排版：百朗文化
出版发行：湖南文艺出版社
　　　　　（长沙市雨花区东二环一段 508 号　邮编：410014）
网　　址：www.hnwy.net
印　　刷：三河市百盛印装有限公司
经　　销：新华书店
开　　本：880mm×1270mm　1/32
字　　数：392 千字
印　　张：12.5
版　　次：2018 年 5 月第 1 版
印　　次：2019 年 1 月第 2 次印刷
书　　号：ISBN 978-7-5404-8538-2
定　　价：49.80 元

若有质量问题，请致电质量监督电话：010-59096394
团购电话：010-59320018